To my Korean readers,

The character of Odd Thomas is very close to my heart. I often laugh out loud when writing his dialogue. I hope you find him as inspiring and amusing as I do.

Best Wishes,
Dean Koontz

한국 독자 여러분께,
오드 토머스는 제 마음에 꼭 드는 주인공입니다. 저는 때때로 그의 대사를 쓰다가 한바탕 크게 웃곤 합니다. 오드가 제게 영감을 불러일으키는 재미있는 주인공인 것처럼 독자 여러분께서도 공감하실 수 있었으면 좋겠습니다. 행복하시기를.

Photographs © Jerry Bauer

오드 토머스와 지하 묘지의 비밀
살인예언자 5

ODD APOCALYPSE

살인예언자 5

오드 토머스와 지하 묘지의 비밀

딘 쿤츠 장편소설 · 공보경 옮김

ODD APOCALYPSE
Copyright ⓒ 2012 by Dean Koontz
All rights reserved.

Korean translation copyright ⓒ 2014 by Dasan Books Co., Ltd..
Korean translation rights arranged with DEAN KOONTZ through EYA(Eric Yang Agency).

이 책의 한국어판 저작권은 EYA(Eric Yang Agency)를 통한 DEAN KOONTZ와의 독점계약으로 (주)다산북스가 소유합니다.
저작권법에 의하여 한국 내에서 보호를 받는 저작물이므로 무단 전재와 복제를 금합니다.

제프 자레스키의 통찰력과 강직함에 감사드리며

어린 시절부터 나는
남들과 달랐으니 — 세상을
남들처럼 보지 않았소
- 에드거 앨런 포의 「홀로」

　로즈랜드에서 손님으로 머물기 시작한 지 둘째 날 저녁, 저택 저택과 유칼립투스 숲 사이의 드넓은 잔디밭을 가로지르던 나는 본능적으로 위험을 감지하고 그 자리에서 뒤를 돌아보았다. 지금껏 본 말 중에 제일 강력해 보이는 훌륭한 검은색 종마 한 마리가 나를 향해 질주해오고 있었다. 예전에 본 말의 품종에 관한 책에 따르면 프리지아 품종의 말이 틀림없었다. 그 말에는 하얀 잠옷 차림의 금발 여인이 타고 있었다.
　여느 영혼이 다 그렇듯 금발 여인은 소리 없이 말을 몰아 빠르게 달려왔다. 발굽에선 아무런 소리도 나지 않았고, 말과 기수는 아무런 감촉도 없이 순식간에 내 몸뚱이를 통과해 지나갔다.
　내게는 남다른 재능이 있다. 꽤 솜씨 좋은 즉석요리사이면서, 가끔 예지몽을 꾸기도 한다. 깨어 있는 동안에는 여러 가지 이유로 저세상으로 건너가지 못하고 이 세상에서 미적대는 영혼들을 보기도 한다.
　오래전에 죽어 우리가 사는 세상에서는 영혼으로 존재할 뿐인 말과 기수는 나 외엔 아무도 자신들을 볼 수 없음을 인식하고 있는 듯했다. 그들은 어제 두 번, 오늘 아침에 한 번 내 앞에 나타났는데, 이 여인은 멀리서 봤을 때도 한눈에 알 수 있을 만큼 공격적으로 내 주의를 끌고 있었다.

말과 기수는 크게 호를 그리며 내 주변을 빠르게 돌았다. 나는 제자리에서 몸을 돌리며 그들을 눈으로 쫓았다. 그들은 한 번 더 내게 돌진해오다가 멈춰 섰다. 말은 뒷발로 서서 몸을 일으킨 후 앞발굽을 들어 힘차게 공기를 갈랐다. 콧구멍을 벌름거리고 눈알을 희번덕거렸다. 꿈처럼 실체가 없는 존재임을 알면서도 나는 그 거대한 힘에 압도되어 비틀거리며 뒤로 물러섰다.

나는 마치 고체를 만지듯 영혼들을 만질 수 있고, 살아 있는 이들처럼 영혼들의 온기도 느낄 수가 있다. 하지만 그들에게 나는 고체처럼 만져지는 존재가 아니라서 그들은 내 머리카락을 헝클어뜨리거나 내게 치명적인 타격을 가할 수 없다.

남다른 육감으로 인해 나는 사태를 복잡하게 만들기 일쑤다. 그래서 가급적 단순한 삶을 유지하려 애쓰고 있다. 수도사보다도 소지품이 적다. 튀김 전문 요리사로 경력을 쌓을 시간도 마음의 여유도 없다. 나는 미래에 어떤 일을 하겠다는 계획을 세우지 않는다. 얼굴에 미소를 머금고 미래를 잠시 생각하다보면 가슴에 희망이란 걸 품게 되고 결국 뒷덜미의 털이 곤두설 만큼 두려움이 밀려들기 때문이다.

프리지아 품종의 종마에 안장도 없이 맨발로 올라탄 아름다운 여인은 하얀 비단과 하얀 레이스로 된 잠옷을 입었다. 기다란 금발에 묶인 핏빛 리본과 잠옷이 격렬하게 휘날렸다. 하지만 상처는 눈에 띄지 않았다. 잠옷은 허벅지까지 끌려 올라갔고 여인의 무릎은 종마의 들썩이는 옆구리에 단단히 붙어 있었다. 여인은 왼손으로 말갈기를 한 움큼 휘감아 쥐었는데, 죽어서도 말의 영혼과 떨어지지 않으려고 단단히 붙잡고 있는 듯했다.

재능을 반납하는 것이 배은망덕한 짓이 아니라면 나는 영혼을 보는 이 초자연적인 능력을 당장이라도 반납하고 싶다. 그리고 끝내주는 맛으로 손님들의 감탄을 자아내는 오믈렛을 만들고, 얕은 바람에도 접시에서 둥실 떠오를 만큼 아주 얇고 가벼운 팬케이크를 구우며 하루하루를 평범하게 살아가고 싶다.

그러나 재능이란 노력으로 얻을 수 없는 불로소득인 만큼, 나는 재능을 완전히 그리고 가급적 현명하게 써야 할 엄숙한 책임을 지고 있다. 재능을 타고나는 것이 일종의 기적이며 재능을 갖고 태어난 자는 그 재능을 신성하게 쓸 의무가 있음을 굳게 믿고 있지 않았다면, 나는 지금쯤 이 재능을 멋대로 미친 듯이 써서 정부 요직을 차지하고 있을지도 모른다.

종마가 뒷다리로 춤을 추는 동안 여인은 오른손을 뻗어 나를 가리켰다. 마치 내가 자신을 보고 있음을 안다는 듯, 나에게 전할 메시지가 있다는 듯한 손짓이었다. 여인의 사랑스러운 얼굴엔 단호한 결의가 어려 있고, 수레국화처럼 푸른 두 눈은 생기가 아닌 비통함으로 번뜩였다.

여인이 말에서 내려왔다. 그런데 말 등에서 땅바닥으로 툭 떨어진 게 아니라 살짝 허공에 뜨는 느낌으로 스르르 미끄러져 내려와 풀밭 위를 스치며 내게 다가왔다. 여인의 머리카락과 잠옷을 물들였던 붉은 피가 옅어졌다. 그녀는 죽음에 이르게 된 상처를 감추고 마치 살아 있을 때처럼 보이려 했다. 상처를 고스란히 보여줬다가 그 끔찍함에 내가 거부감을 느낄까봐 배려하는 듯했다. 여인이 한 손으로 내 뺨을 만졌다. 손의 감촉이 느껴졌다. 어쩌면 내가 유령인 그녀의 존재를 믿는 것보다 이 여인이 나라는 존재를 믿는 게 더 어려울지도 모르겠다.

여인의 등 뒤로 석양이 머나먼 바다 속으로 녹아들어가고 있었다. 특이한 형태의 구름들이 돛과 돛대에 불이 붙은 고대의 전함들처럼 시뻘겋게 물들었다.

비통해하던 여인의 얼굴에 혹시나 하는 희망이 피어오르는 걸 보고 나는 입을 열었다.

"그래요, 난 당신이 보입니다. 허락하신다면 저세상으로 건너갈 수 있도록 도와드리죠."

여인은 격하게 고개를 흔들며 내게서 한 발 물러섰다. 내가 자기를 만지거나 주문이라도 걸어서 더는 이 세상에 머물 수 없게 만들까봐 두려워하는 모습이었다. 하지만 내게 그런 힘은 없다.

여인이 이런 반응을 보인 이유를 짐작할 수도 있을 것 같았다.

"살해당했군요. 이 세상을 떠나기 전에 정의가 구현되는 걸 보고 싶은 것이고요."

여인은 고개를 끄덕이다가 다시 가로저었다. '맞아, 하지만 그게 전부는 아니야'라는 의미 같았다.

죽은 이들을 익히 겪어온 덕분에, 내 뜻과는 관계없이 난 이 세상에서 뭉그적거리는 영혼들이 말을 하지 못한다는 사실을 경험으로 터득했다. 이유는 모른다. 잔인하게 살해당한 탓에 가해자가 응분의 처벌을 받기를 간절히 원하는 영혼들도 있지만, 그들도 전화를 통해서라든지 아니면 내게 직접 말을 해서 확실히 도움이 될 만한 정보를 전해주지는 못한다. 문자도 못 보낸다. 영혼들이 죽음과 저세상에 관해 우리가 알아서는 안 되는 정보를 누설하는 것을 차단하기 위해 말을 못 하게 해놓은 것인지도 모른다.

어쨌든 죽은 사람들은 산 사람들보다 상대하기가 어렵다. 까다롭기 이를 데 없는, 차량관리부를 운영하는 이들이 산 사람들인 걸 감안하면, 죽은 사람들이 산 사람들보다 더 까다롭다는 게 믿기지 않겠지만 분명한 사실이다.

프리지아 종마는 저무는 태양의 마지막 직사광선을 받으면서도 그림자를 드리우지 않았고, 사랑하는 국기를 바라보는 애국자처럼 긍지 높은 모습으로 고개를 꼿꼿이 들고 서 있었다. 그 종마의 국기는 바로 여주인의 황금빛 머리카락이었다. 종마는 이곳에서는 풀 한 점 뜯지 않고, 천국의 들판에서 풀 뜯을 날을 잠자코 기다리고 있는 것이다.

금발의 여인은 다시 내게 다가오며 나를 뚫어져라 바라보았다. 그 눈빛에서 여인의 간절함이 느껴졌다. 그녀는 두 팔로 요람을 만들고 앞뒤로 흔드는 시늉을 해보였다.

"아기요?"

그래요.

"당신의 아기인가요?"

여인은 고개를 끄덕였다가 다시 가로저었다.

이마에 주름을 잡고 아랫입술을 깨물며 잠시 머뭇거리던 여인은 한 손을 앞으로 뻗었다. 손바닥을 아래로 하고 지상에서 137센티미터 정도 높이에서 멈추었다.

그동안 영혼들의 손짓과 몸짓을 익히 보아온 터라, 나는 지금 이 여인의 손이 자기가 낳은 아기의 현재 키를 말하는 것임을 알아챌 수 있었다. 키가 137센티미터면 유아가 아니라 아홉 살이나 열 살쯤 된 아이일 것이다.

"아기가 아니라, 아이겠네요."

여인은 고개를 크게 끄덕였다.

"그 아이가 아직 살아 있나요?"

그래요.

"여기 로즈랜드에요?"

그래요, 그래요, 그래요.

서쪽 하늘이 석양에 불타오르고, 구름 덩어리로 이루어진 고대의 전함들이 불타는 오렌지색에서 핏빛 빨강으로 무너져 내렸다. 하늘은 서서히 어두운 보랏빛으로 변해가고 있었다.

아이가 딸인지 아들인지 물어보자 여인은 고갯짓으로 아들이라고 답했다.

이 로즈랜드에 어린애가 없다는 걸 알지만 여인이 너무나 비통해하고 있어 확실히 물어보기로 했다.

"아들이…… 왜요? 곤란한 상황에 처한 겁니까?"

그래요, 그래요, 그래요.

로즈랜드 저택에서 동쪽으로 쭉 가면 끝머리쯤, 리브참나무 숲 너머에 잡초들이 잔뜩 자라난 승마 코스가 하나 있었다. 승마 코스를 둘러싼 담장은 반쯤 무너진 상태였다.

내가 알기로 그곳 마구간은 지난주에 만든 것처럼 아주 깨끗했다. 마구간의 각 칸들은 지푸라기 하나 거미줄 한 올 없이 깔끔했고 먼지도 없었다. 정기적으로 철저하게 청소라도 하는 듯했다. 얼핏 봐도 아주 깨끗했고, 악취라곤 전혀 없이 눈 내린 다음 날처럼 산뜻하고 쾌적해서 수십 년간 말을 들이지 않았음을 짐작할 수 있었다. 그러니 이 하얀 잠옷을 입은 여인은 아주 오래전에 죽은 게 분명해 보였다.

그런데 어떻게 이 여인의 아이가 지금 아홉 살이나 열 살일 수가 있지?

영혼들은 진이 빠지거나 접촉 시간이 너무 길어지면 모습이 사라졌다가, 수시간 혹은 수일 동안 힘을 회복한 후 다시 모습을 드러낸다. 그런데 이토록 오래 내 앞에 모습을 드러내고 있는 걸 보면 이 여인은 아주 강한 의지를 갖고 있는 것 같았다. 갑자기 공기가 황혼의 불빛에 일렁거리면서 싯누렇고 괴상한 빛이 땅과 여인과 종마를 뒤덮었다. 주인의 목숨을 앗아간 사고 때 함께 죽임을 당했을 종마는 여인과 함께 순식간에 내 눈앞에서 사라졌다. 이 세상에서 추방된 다른 영혼들처럼 가장자리부터 중심 쪽으로 흐려지며 서서히 사그라진 게 아니라, 빛이 깜박이는 찰나에 갑자기 사라졌다.

붉은 땅거미가 노랗게 밝아지고, 서쪽에서 바람이 불어와 저 멀리 유칼립투스 숲을 흔들었다. 바람은 남쪽에 자리한 캘리포니아 리브 참나무 숲을 바스락바스락 스치면서 내 머리카락을 마구 흩어놓아 눈을 찔러댔다.

나는 태양이 마저 떨어지지 않은 하늘을 바라보았다. 천상의 시간

기록원이 우주의 시계를 뒤로 몇 분 돌려놓은 듯했다.

불가능한 현상은 연달아 또 일어났다. 지평선을 따라 구름 한 점 없이 노랗게 물들어버린 하늘에 연기인지 그을음인지 모를 시커먼 흐름들이 고지대에 흐르는 강처럼 번져나간 것이다. 검은 연기 사이로 회색 연기들이 무시무시한 속도로 쭉쭉 그어졌다. 연기들은 넓어졌다가 좁아졌다가 뱀처럼 구불구불해졌다가 하나로 합해졌다가 분리되었다.

이 시커먼 흐름들이 무엇인지 알 수는 없지만 부정적인 기운이라는 것을 직감할 수 있었다. 한때 도시를 이루던 덩어리들이 재와 그을음과 먼지가 되어 하늘에 흐르고 있는 것 같았다. 전례 없는 어마어마한 위력과 엄청난 양의 폭발물이 터진 끝에 거대 도시들이 가루가 되어버린 것. 하늘 높이 치솟은 그 가루는 수없이 많은 격렬한 대류권 제트류에 의해 궤도로 끌려 올라갔다.

내가 보고 있는 것은 환상이었다. 깨어 있는 동안에 이런 환상을 보는 건 예지몽을 꾸는 것보다 드문 일이었다. 대개 이런 환상은 내 머릿속에서만 일어났다. 하지만 이 거대한 바람과 불길한 빛, 하늘에 새겨진 끔찍한 무늬는 덧없는 환상이 아니었다. 어찌나 실감나는지 사타구니를 걷어차인 것처럼 정신이 번쩍 들었다.

그리고 이제껏 본 적 없는 괴이한 생물들이 떼를 지어 싯누런 하늘을 날아왔다. 심장이 바짝 조여들고 쿵 쿵 쿵 뛰었다. 그 생물들의 정체를 쉽사리 파악할 수가 없었다. 몸집은 독수리보다 크고 생김은 박쥐 비슷했는데, 수백 마리가 떼를 지어 북서쪽 하늘에서 지상으로 강하하고 있었다. 심장이 미친 듯이 빨리 뛰어서 제대로 생각을 할 수가 없었다. 이 광기 어린 풍경을 온전히 이해하려면 공포로 마비된 내 이성을 두들겨 패서라도 깨우지 않으면 안 되었다.

나는 미치지 않았다. 연쇄 살인범이라고 해서 꼭 미친놈은 아니고, 중앙정보부(CIA)가 자신의 머릿속을 지배하지 못하게 하기 위해 소쿠리를 머리에 쓰는 남자도 반드시 미친놈은 아닌 것처럼 말이다. 소쿠리는 적절한 곳에 쓰기만 한다면 굳이 싫어할 이유는 없지만, 모자라면 종류를 막론하고 질색이다.

그리고 난 사람을 여럿 죽이긴 했지만, 자기방어를 위해서 혹은 무고한 이를 지키기 위해서였을 뿐이었다. 그런 것까지 살인이라고 부르진 않는다. 굳이 살인이라고 부르는 이가 있다면 그는 온실 속 화초 같은 인생을 살아온 인간일 테니 어떤 의미에선 부럽기도 하다.

무기도 없고 몰려드는 괴생물체들의 숫자가 어마어마한 데다, 그들이 나를 죽일 작정인지 아니면 나 따윈 안중에도 없는지 알 수가 없어서, 일단 몸을 피하기로 했다. 나는 이런 상황에서도 자기방어가 가능할 것이라 여길 만큼 망상에 빠진 인간은 아니다. 그대로 몸을 돌려 유칼립투스 숲을 향해 긴 비탈을 달려 내려갔다. 유칼립투스 숲 안에 내가 머무는 게스트하우스가 있었다.

이처럼 괴이한 곤경에 처하는 건 내 인생에서 그리 드문 일도 아니다. 스물두 번째 생일을 두 달 남겨둔 지금까지, 나는 줄곧 온갖 불가능한 일들을 겪으며 살아왔다. 그런 까닭에 이 세상의 본질은 어느 누군가가 상상력의 베틀로 씨실과 날실을 엮어 자아낸 기이한 천보다 훨씬 더 기기묘묘하다는 것을 알고 있다.

동쪽으로 달려가는 동안 숨이 가쁘기도 하고 두렵기도 해서 땀이 줄줄 흘렀다. 머리 위와 등 뒤에서 괴생물체들이 날카롭게 울부짖으며 가죽 날개를 퍼덕이는 소리가 끝없이 들려왔다. 용기를 쥐어짜내 잠깐 뒤를 돌아보았는데, 거센 바람을 가르며 강하하는 그들이 보였다. 그들의 눈알은 저 소름끼치는 하늘처럼 싯누렜다. 그들은 나를 향해 곧장 돌진해오고 있었다. 어쩌면 그들의 주인이 빵과 물고기의 기적을 일으킨 이의 사악한 버전이어서, 나를 저 수많은 괴생물체들에게 먹이로 내주려는 것인지도 몰랐다.

다음 순간, 공기가 희미하게 어른거리다가 노란빛이 빨간빛으로 바뀌었다. 발을 헛디딘 나는 바닥에 등을 대고 나뒹굴었다. 게걸스런 무리들이 달려들까봐 두 손을 곧장 머리 위로 올렸다. 그런데 하늘은 이미 낯익은 모습으로 바뀌어 있었고 저 멀리서 날갯짓하는 바닷새 두 마리를 제외하고 하늘엔 아무것도 없었다.

잠시 후 해가 완전히 저물고 하늘이 온통 보라색으로 변했다. 불타는 고대 갤리온 범선들은 음침한 붉은 바다에 가라앉았다.

숨을 헐떡이며 일어나 잠시 하늘을 살펴보았다. 하늘의 바다는 검게 물들어가고 있었고, 타고 남은 불처럼 불그레한 구름 배들은 떠오르는 별들 사이로 침몰하고 있었다.

밤이 두렵진 않았지만 여기서 더 뭉그적거리는 건 신중하지 못한 짓이었다. 일단 유칼립투스 숲으로 걸음을 옮겼다.

가는 동안 종마와 여인의 영혼, 노랗게 변한 하늘과 날개 달린 괴생물체들의 위협을 곱씹어볼 작정이었다. 삶이 워낙 유별나니 곱씹어 생각할 거리가 떨어질까봐 걱정할 일은 없었다.

여인과 말, 그리고 노란 하늘을 겪은 그날 밤, 나는 도저히 잠이 올 것 같지 않았다. 희미한 램프 불빛 아래, 침대에 누운 채로 늘 하던 음산한 생각에 빠져들었다.

우리는 태어나는 순간 죽음이 예정된다. 이 세상은 이미 채워진 무덤들과 앞으로 채워질 무덤들로 이루어져 있다. 삶은 우리가 장의사에게 몸을 맡기길 기다리는 동안 일어나는 일들일 뿐이다.

삶 속에 죽음이 늘 존재한다는 명백한 사실과 '커피를 마시면 죽을 수도 있다'는 이야기를 익히 들어 알면서도, 우리는 스타벅스 컵에서 죽음의 정서를 느끼고 싶어 하지는 않는다.

로즈랜드로 오기 전까지만 해도 나는 기분이 무척 가라앉아 있었다. 하지만 곧 쾌활함을 되찾으리란 확신이 있었다. 나는 늘 그랬으니까. 아무리 무서운 일이 일어나도 시간이 조금만 지나면 헬륨 풍선처럼 기분이 둥실둥실 가볍게 떠올랐다.

이 낙천적인 성격의 근원이 무엇인지는 모르겠다. 어쩌면 이 성격은 내가 삶에 부여된 임무를 수행할 수 있도록 하기 위한 중요한 도구일 수도 있다. 내가 지독히도 암울한 상황 속에서도 유머 감각을 잃지 않는 원인을 알아낼 때쯤이면, 장의사가 내 번호를 부르고 나는 내 시신을 누일 관을 선택해야 하지 않을까.

하지만 내게 관은 허락되지 않을 것 같다. 삶이라는 주제를 다루는 천상의 사무실은, 그곳을 정확히 무어라 부르든 간에, 나의 삶을 인류가 자랑할 만한 온갖 괴상망측하고 폭력적인 일들로 잔뜩 채워넣기로 작정한 듯하기 때문이다. 그러니 나는 성난 반전 시위대에게 붙들려 사지가 찢기고 모닥불에 던져질지 모른다. 혹은 빈민들을 위해 일하는 변호사가 모는 롤스로이스 자동차에 치여 죽을 수도 있다.

도저히 잠이 올 것 같지 않았는데, 어느새 잠이 들었다.

2월의 새벽 4시, 나는 아우슈비츠에 갇힌 불안한 꿈을 꾸었다.

낙천적이고 쾌활한 성격은 수면 아래로 잠겼다.

로즈랜드 게스트하우스의 내 방에서 창문을 반쯤 열어놓고 자고 있는데, 창문 너머에서 익숙한 울음소리가 들려와 잠에서 깼다. 켈트족 노래를 연주하는 파이프 오르간의 낭랑한 울림처럼, 그 울부짖음은 어두운 밤과 숲을 슬픔과 갈망으로 수놓았다. 두 번째 울부짖음은 조금 더 가까이에서, 세 번째는 멀리서 들려왔다.

이 처연한 울음은 매번 금세 그쳤지만 지난 이틀간 동틀 무렵이면 어김없이 들려와 내 잠을 온통 흩어놓았다. 그렇게 깨고 나면 더는 잠을 잘 수 없었다. 울음은 내 동맥과 정맥으로 파고 들어와 온몸에 전류를 흘려보냈다. 그토록 외로운 소리는 들어본 적이 없었다. 무어라 형언할 수 없는 지독한 두려움으로 온몸이 떨렸다.

이번에 꾸고 있던 꿈은 나치 수용소 꿈이었다. 난 유태인이 아니지만 악몽 속에서 난 유태인이었고 두 번 죽게 될 것을 두려워하고 있었다. 현실과는 달리 꿈에서는 두 번 죽는 것도 완벽하게 이치에 맞았다. 그러다 오밤중에 창밖에서 들려온 괴기스런 울음소리가 이 생생한 꿈을 쿡 찔러 시들게 만든 것이다.

로즈랜드의 현 주인과 그 밑에서 일하는 모든 이들의 말에 따르면, 이 괴상한 울음소리는 '아비새'라고 하는 큰 새가 내는 것이라 했다. 그렇다면 그들은 무지한 거였다. 아니면 내게 거짓말을 하고 있거나.

집주인과 그 직원들을 모욕할 생각은 없다. 나 역시 좁은 시야로 살아올 수밖에 없었던 까닭에 많은 부분에서 무지하기 때문이다. 점점 더 많은 사람들이 날 죽이려 달려들고 있으니 나로서는 살아남는 것에 오로지 신경을 집중할 수밖에 없다.

하지만 내가 나고 자란 사막에도 연못과 호수가 있었다. 인공 연못과 인공 호수이긴 하지만 아비새들이 서식하기에 부족한 환경은 아니었다. 아비새들의 울음소리는 음울하긴 하지만 이토록 처연하지는 않았다. 아비새들은 어두우면서도 묘하게 희망적인 소리를 내지 이토록 절망하고 자포자기한 소리를 내지는 않는다.

개인 사유지인 로즈랜드는 캘리포니아 해안에서 1.6킬로미터 떨어진 곳에 위치해 있다. 하지만 어느 곳에 둥지를 틀든 아비새는 아비새다. 다른 환경에 산다고 해서 목소리를 바꾸진 않는다. 아비새는 새이지 정치인이 아니기 때문이다.

또한 아비새는 시간 맞춰 우는 수탉이 아니다. 이 괴이한 울음소리는 낮에는 전혀 들리지 않다가 자정에서 새벽 사이에 꼭 들려왔다. 어둠이 걷힐 때까지 울어대므로, 그 소리를 내는 시간이 이를수록 우는 횟수는 더 늘어났다.

나는 이불에서 빠져나와 침대 가장자리에 걸터앉아 속삭였다.

"나를 구원하시어 봉사하게 하소서."

이것은 어렸을 때 슈거스 할머니에게 배운 아침기도다.

슈거스 할머니는 몸집이 자기보다 두 배는 큰 거친 남자들과 프라이빗 게임(한 사람의 게임자 또는 소수의 특정한 게임자들을 위해 예약된 게임 - 옮긴이)을 하곤 했던 전문 포커꾼이었다. 그 남자들은 게임에서 지든 이기든 얼굴에 미소를 띠는 법이 없었다. 슈거스 할머니는 술고래였고 다양하게 요리한 돼지비계를 다량 섭취하기도 했다. 술에 취해 있지 않고 멀쩡할 땐 자동차를 어찌나 빠르게 모는지, 남서부 주의 경찰들 사이에서 할머니는 '최고 속도로 달리는 진주'라는 별명으로 통했다. 그래도 할머니는 장수하셨고 잠을 자다 편안히 세상을 하직하셨다.

이 기도가 할머니에게 효과가 있었듯 내게도 효과를 발휘하길 바랄 뿐이었다. 그리고 최근 들어 기도에 요구 사항을 덧붙였다. 오늘 아침에는 이것이었다. "누군가 성난 도마뱀을 제 목구멍 안으로 밀어 넣어 저를 죽이지 못하게 해주시옵소서."

신에게 어찌 그리 낯선 요구를 하느냐고 할지 모르겠지만, 어느 정신 나간 덩치가 날카로운 이빨을 가진 도마뱀을, 게다가 메스암페타민에 취해 미친 듯이 날뛰는 진귀한 도마뱀을 내 입에 강제로 쑤셔넣겠다는 위협을 가한 적이 있어서 나는 그런 기도를 할 수밖에 없다. 그놈은 실제로 그 일에 성공할 뻔했다. 당시 그놈과 나는 공사장에 있었고, 마침 나는 근처에 있던 단열용 폼 스프레이를 무기로 써서 놈을 물리칠 수 있었다. 그놈은 감옥에서 나오는 대로 나를 찾아내서 내 입에 반드시 도마뱀을 집어넣고 말리라고 이를 갈았다.

얼마 전부터 나는 신에게 이런 기도를 드리고 있다. 험악한 폐차장의 폐차 압축기에 짓눌려 죽지 않게 해주소서, 못 박을 때 쓰는 네일건에 맞아 죽지 않게 해주소서, 시체와 함께 사슬에 묶인 채 호수에 던져져 익사하지 않게 해주소서…… 실제로 내가 겪은 고난들이었고, 그때마다 나는 구사일생으로 목숨을 건졌다. 하지만 똑같은 상황에 다시 놓이면 전처럼 운이 따라줄 것 같지가 않았다.

내 이름은 럭키(운 좋은) 토머스가 아니라 오드(이상한) 토머스다.

그러니 내 인생도 이상할 수밖에 없다.

아름답지만 정신이 나간 내 어머니의 말에 따르면, 출생신고서에 내 이름을 토드라고 적으려 했는데 오드로 잘못 적었다고 한다. 십대 소녀들에게 강한 욕정을 품은 내 아버지, 지구의 사무실에 편안히 앉아 달의 토지를 분양하는 일을 하는 내 아버지는 처음부터 내 이름은 오드였다고 주장한다.

이 점에 있어서는 아버지의 말을 믿는다. 이마저 거짓말인지 알 수는 없지만, 그래도 아버지가 내게 한 말 중에 유일하게 진실일 거라고 믿는다.

어제 저녁 잠자리에 들기 전에 샤워를 했으니 나는 지체 없이 옷을 입었다. 어떤 상황이 닥칠지…… 모르기에 앞서 준비를 해야 한다는 생각이 들어서였다.

날이 갈수록 로즈랜드가 덫처럼 느껴졌다. 자칫 발을 헛디디면 어마어마한 돌덩이가 떨어져 나를 짓누르고 마는 그런 함정이 숨겨져 있는 곳 같았다.

당장이라도 여길 떠나고 싶었지만, 남아서 해야 할 의무가 있었다. 바로 종(鐘)의 여인에 대한 의무였다. 그녀와 나는 매직비치에서 함께 여기로 왔다. 여기서 해안선을 따라 북쪽으로 한참 가면 나오는 매직비치에서도 나는 수차례 죽을 고비를 넘겼다.

누군가에게 의무를 꼭 지키라고 큰 소리로 강제할 필요는 없다. 속삭이기만 해도 충분하다. 그리고 무슨 일이 있어도 의무를 이행한다면 후회할 일도 없다.

내가 사랑했고, 결국 죽음으로 잃고 만 스토미 르웰린은 온갖 갈등으로 분열된 이 세상을 신병훈련소라고 믿었다. 우리는 첫 번째 삶에서 영원한 삶으로 건너가기 전 이 신병훈련소에서 위대한 모험을 준비해야 한다고 그녀는 말했다. 그리고 여기서 주어진 의무를 등한시하면 잘못된 방향으로 가게 된다고 했다.

그녀의 이론에 따르면, 이 세상은 교전 지역이고 우리 모두는 보행 가능한 부상병들이다. 우리는 사랑하는 모든 것을 빼앗기고, 마지막에 가서는 목숨마저 빼앗기고 만다.

그러나 이 전장 곳곳에 웅장한 아름다움과 은총과 기쁨의 징조가 있음을 나는 안다.

지금 내가 살고 있는 유칼립투스 숲 속의 석탑 또한 거친 아름다움을 지닌 곳이었다. 건물의 엄숙한 중량감은 주변의 나뭇가지에서 폭포처럼 드리운 반짝이는 초록색 나뭇잎들의 섬세함과 대조를 이루며 아름다움에 일조했다.

석탑은 한 변의 길이가 9미터인 정사각형이고, 높이는 청동 지붕을 포함해 18미터 정도 되었다. 잎자루를 크게 확대한 것 같기도 하고, 왕관인 듯도 하고, 오래된 회중시계의 뚜껑처럼 보이기도 하는 지붕 꼭대기 장식은 그 높이에 포함시키지 않았다.

사람들은 이 석탑을 게스트하우스라고 불렀다. 하지만 항상 그런 용도로 쓰였던 것은 아니었다. 창문마다 쇠창살이 세로로 박혀 있어 환기를 할 때도 좁은 여닫이창을 안쪽으로만 열게 되어 있는 걸 보면 확실했다.

쇠창살이 박힌 창문이라니. 어쩌면 여긴 감옥이나 요새로 쓰였던 곳인지도 모른다. 어느 쪽이든 적을 여기 가두거나 적을 막아내거나 하는 용도로 쓰였던 곳일 것이다.

목재에 일부 쇠를 씌운 현관문은 포탄까지는 아니더라도 공성용 망치의 공격 정도는 견딜 수 있도록 만든 것 같았다. 현관문을 들어서면 바로 석벽으로 둘러싸인 대기실로 이어졌다.

대기실 왼쪽의 계단을 밟고 올라가면 이층 숙소가 있고 그곳에 종의 여인 안나마리아가 머물고 있었다.

그리고 현관문과 마주보는 안쪽 출입문을 열면 일층 숙소가 나오는데, 거기가 바로 로즈랜드의 현 주인 노아 월플로가 내게 내준 곳이었다. 내 숙소는 1920년대에 꾸며진 곳이며, 안락한 거실과 마호가니 패널로 꾸민 작은 침실, 화려한 타일을 붙인 화장실로 이루어져 있었다. 묵직한 나무와 쿠션으로 된 안락의자, 장부맞춤(한 부재에는 장부를 내고 다른 부재에는 장부 구멍을 파서 끼우는 목재의 맞춤법 - 옮긴이) 방식으로 나무못 장식이 된 가대식 탁자만 보더라도 이 숙소가 크래프츠맨 양식으로 꾸며졌음을 알 수 있었다.

스테인드글라스 램프들이 티파니 진품인지 확실히는 모르겠지만 진품일 가능성도 없지는 않았다. 어쩌면 티파니가 박물관에서나 볼 수 있는 엄청난 가치를 갖게 되기 전에 구입해서 이 벽지의 외딴 석탑 안에 아무렇지 않게 놓아둔 것일 수도 있으니까. 로즈랜드의 장점은 이처럼 보유한 재산에 대해 무심하다는 점이었다.

손님들이 쓰는 각 숙소에는 작은 주방이 하나씩 딸려 있고 주방 안의 식료품 저장실과 냉장고에는 꼭 필요한 식재료들이 갖춰져 있었다. 그 안에서 간단하게 끼니를 만들어 먹어도 되고 아니면 로즈랜드 저택의 주방장 쉴솜 씨에게 적당한 식사를 부탁해도 되었다. 그러면 잠시 후 저택에서 음식이 담긴 쟁반을 보내왔다.

동트기 한 시간도 더 전에 아침을 먹는 건 내 취향에 맞지 않았다. 독물 주사를 맞기 전 마지막으로 숨이 붙어 있는 동안 가급적 많이 먹어두려고 뱃속에 꾸역꾸역 음식을 우겨넣는 사형수가 된 기분이 들어서였다.

집주인은 땅거미가 질 때부터 동이 틀 때까지는 집 밖으로 나오지 말라고 내게 경고했다. 최근에 퓨마가 혹은 퓨마 무리가 이 지역의 다른 사유지들을 습격해 개 두 마리, 말 한 마리, 애완용 공작새 여러 마리를 죽인 적이 있어서라고 했다. 기회만 있으면 로즈랜드에서 돌아다니는 손님쯤은 잡아먹고도 남을 대담한 짐승이라고 했다.

나는 퓨마 무리가 사냥을 할 때 밤낮을 가리지 않는다는 것 정도는 알고 있었다. 그러니 노아 월플로의 경고는 내가 밤에 로즈랜드를 돌아다니며 소위 그 아비새라고 하는 것을 비롯한 괴이한 점들을 조사하지 못하게 하려는 수작일 공산이 높았다.

2월의 월요일, 새벽이 밝기 전 게스트하우스를 나온 등 뒤로 쇠를 씌운 현관문을 잠갔다.

월플로 씨는 안나마리아와 내게 열쇠를 하나씩 주면서 항상 게스트하우스 현관문을 잠그고 다니라고 엄격하게 지시했다. 현관문이 잠겨 있든 아니든 퓨마가 현관문 손잡이를 돌리고 문을 열 리는 없지 않느냐고 내가 말하자 월플로 씨는 우리가 사는 이 시대는 신 암흑시대이기 때문에 아무리 주변에 담장을 세우고 경비들을 세워 재산을 지키려 해도 안전하지가 않다고, "대담한 도둑들과 강간범들, 기자들, 사람도 죽일 혁명가들 그리고 그보다 더 지독한 존재들이 어디서든 나타날 수 있다"고 강조했다.

이렇게 경고를 하는 월플로 씨의 음침한 표정과 불길한 말투가 다분히 만화적으로 느껴졌지만, 그의 눈알이 풍차처럼 돌아가거나 귀에서 연기가 구불구불 피어오르지는 않았다. 처음엔 그가 농담을 하는 줄 알았는데, 한참 그와 눈을 마주보고 나니 그가 늑대 떼에 둘러싸인 다리 세 개뿐인 고양이처럼 몹시 두려워하고 있음을 알아챌 수 있었다.

그의 두려움이 그만한 이유가 있든 없든, 그를 공포에 사로잡히게 만든 것은 도둑, 강간범, 기자, 혁명가가 아니라 그가 두루뭉술하게 말한 '그보다 더 지독한 존재들'인 것 같았다.

게스트하우스를 나선 후 나는 향기로운 유칼립투스 숲 사이로 난 포석 오솔길을 따라 걸었다. 저택으로 이어지는 완만한 비탈을 앞에 두고서 걸음을 멈췄다. 내 앞에 펼쳐진 넓은 잔디밭은 손질이 잘되어 있었고 발에 밟히는 느낌이 카펫처럼 부드러웠다.

며칠 전 이 사유지 주변의 들판에 나가 산책을 했다. 눈 덮인 꿩의밥, 갈풀, 깃털갈대잔디가 장엄한 캘리포니아 리브참나무 사이에서 무성히 자라고 있었고, 이 참나무들은 의미를 알 수는 없지만 어떤 조화로운 문양을 그리게끔 심어져 있었다.

내가 가본 곳 중에 로즈랜드보다 더 아름다운 곳은 없었다. 그리고 더 사악하게 느껴지는 곳도 없었다.

어떤 이들은 장소는 장소일 뿐이지 선한 장소나 사악한 장소 따위는 없다고 말한다. 악을 현실에 작용하는 힘이라든지 실체로 보는 건 한심스럽기 그지없는 케케묵은 옛날 개념이라고, 인간 남녀의 사악한 행동의 원인은 이런저런 심리학 이론으로 충분히 설명할 수 있다고 말하는 이들도 있다.

나는 그런 이들의 말을 절대 귀담아듣지 않는다. 그들의 말을 따랐으면 내 목숨은 진즉에 끊어졌을 것이다.

평범한 하늘 아래서도, 로즈랜드를 비추는 태양은 나머지 세상을 비추는 태양과는 별개의 존재인 것 같았다. 여기서는 평범한 풍경도 어딘지 모르게 낯설었고, 가장 굳건하고 환한 빛을 받는 사물도 신기루처럼 느껴졌다.

어젯밤에도 그랬고 지금도 난 혼자가 아닌 것 같았다. 누군가에게 뒤를 밟히며 감시당하는 기분이었다.

바람 한 점 없이 잠잠한데 어디선가 바스락 소리가 들리고, 명확하지 않은 말 한두 마디가 귓가에 흘러들어오고, 잰 발걸음 소리가 신경을 곤두서게 했다. 내 스토커는 언제나 관목 숲 뒤라든지, 달빛이 드리운 그림자 속이라든지, 모퉁이 너머에서 나를 슬금슬금 감시했다.

말을 탄 여인을 본 후, 여기서 살인 사건이 일어났을지도 모른단 생각에 나는 밤이면 로즈랜드를 돌아다녔다. 누군가에게 죽임을 당한 그 여인은 자신과 자신의 아들을 해친 자에게 정의의 심판이 내려지길 바라며 로즈랜드에 출몰하고 있었다.

캘리포니아 주 산타바바라 지역 몬테시토 시 근방에 위치한 로즈랜드는 면적이 52에이커에 이르는 개인 사유지였다. 몬테시토도 초라함과는 거리가 먼 대단한 부촌이었다. 리츠 칼튼 호텔과 영화 〈사이코〉에 나오는 베이츠 모텔의 차이만큼이나, 몬테시토와 평범한 마을의 차이는 상당히 컸다.

로즈랜드에 제일 처음 들어선 저택과 건물들은 신문 재벌인 콘스탄틴 클로이스가 1922년과 1923년에 지어올렸다. 클로이스는 미국의 전설적인 영화사들 중 하나를 공동으로 창립한 사람이기도 했다. 그는 말리부에도 대저택을 소유하고 있었지만, 로즈랜드는 그가 조용히 은거하고 싶어 선택한 곳이었다. 클로이스에게 로즈랜드는 승마, 스키트 사격, 작은 동물 사냥, 밤샘 포커, 술 마시고 박치기하는 게임 등 남성적인 취미들을 실컷 즐길 수 있는 남자의 공간이었다.

클로이스는 유명한 영매이자 심령술사인 마담 헬레나 페트로브나 블라바츠키의 이론부터 세계적으로 유명한 물리학자이자 발명가인 니콜라 테슬라의 이론에 이르기까지, 특이하다 못해 기괴하기까지 한 현상에 열광했다.

그런 만큼 어떤 이들은 클로이스가 이곳 로즈랜드에서 살인 광선, 현대 연금술, 죽은 이들과 통화하는 전화기 등을 연구 개발하는 프로젝트에 비밀리에 자금을 댄 적이 있다고 믿기도 했다. 하긴 요즘도

사회보장연금의 지불 능력이 유지될 수 있다고 믿는 이들도 있으니 오죽할까.

유칼립투스 숲 가장자리에 서서 저택으로 이어지는 길고 완만한 비탈을 올려다보았다. 콘스탄틴 클로이스는 1948년, 일흔 살의 나이에 저 저택에서 잠을 자다 세상을 떠났다. 원통형 타일로 뒤덮인 지붕에 드문드문 낀 인광성 이끼가 달빛 아래 푸르게 빛나고 있었다.

1948년, 남미 광산 재벌 가문의 단독 상속자가 서른 살의 나이에 로즈랜드를 통째로 사들였다가 그 상태 그대로 사십 년 후 매물로 내놓았다. 그 남자는 세상을 버린 은둔자였기 때문에 그에 대해 자세히 아는 이는 없었다.

지금 내 눈앞에는 저택 이층의 창문 몇 개에만 따스한 조명이 켜져 있었다. 노아 월플로 씨가 쓰고 있는 침실이었다. 월플로는 헤지펀드의 설립자이자 경영자로서 어마어마한 재산을 모았다. 헤지펀드가 뭐 하는 것인지 나는 잘 모르겠다. 헤지라는 말에 울타리란 뜻이 있긴 하지만 헤지펀드는 회양나무 정원 울타리와는 무관하며, 월스트리트와 관련된 무언가일 것이라 짐작만 할 뿐이다.

쉰 살에 은퇴한 월플로 씨는 수면 중추가 손상되어 지난 구 년 간 눈 한 번 제대로 붙여보지 못했다고 주장했다.

이 극단적인 불면증이 사실인지, 망상장애 증상은 아닌지 나로선 알 수 없었다.

어쨌든 월플로 씨는 은둔하고 있던 광산 후계자에게서 이 저택 부지를 사들여 건물을 복구하고 확장했다. 대체로 건축가 매디슨 미즈너 풍으로 손을 봤는데 스페인, 무어, 고딕, 그리스, 로마, 르네상스 건축 양식을 적당히 절충한 것이었다. 석회암 소재로 된 넓은 테라스에는 난간이 설치되어 있고 계단을 통해 아래쪽 잔디밭과 정원으로 이어졌다.

새벽이 밝아오기 전 나는 잘 손질된 잔디밭을 가로질러 저택으로 향했다. 언덕바지의 코요테들은 산토끼를 배불리 먹고 보금자리로 기어들어가 잠을 자고 있는지 더는 울부짖지 않았다. 개구리들도 오랜 시간 노래를 하다 지쳐 입을 다물었고, 귀뚜라미들은 개구리들에게 다 잡아먹혀 사방이 고요했다. 일시적인 고요와 평화가 이 침울한 세상을 온통 뒤덮고 있었다.

저택 주방에 불이 켜지기 전까지 남쪽 테라스의 안락의자에 느긋하게 앉아 있을 작정이었다. 셜솜 주방장은 항상 동 트기 전에 근무를 시작했다.

지난 이틀 동안 나는 셜솜과 함께 아침을 맞이했다. 그가 끝내주게 맛있는 패스트리를 구워내기 때문이기도 했고, 옆에서 어슬렁거리다 보면 그가 로즈랜드의 숨겨진 비밀을 얼떨결에 흘리지 않을까 싶어서였다. 하지만 셜솜은 일단 주방에 들어오면 연구에 넋이 나간 교수처럼 오직 요리에만 정신을 쏟는 척을 해서 내 호기심이 덤벼들 틈을 주지 않았다. 하지만 항상 그런 가면을 쓰고 있을 수는 없으니 조만간 실수를 할 것이었다.

나는 이 집 손님이라 저택 일층은 어디든 마음대로 다닐 수가 있었다. 주방, 주간 휴게실, 서재, 당구실 등 어디든 편하게 출입했다. 월플로 씨와 입주 직원들은 아무것도 숨기지 않는 평범한 사람들처럼 보이려 했고, 로즈랜드에 대해서도 비밀 따윈 없는 매력적인 안식처로 보이려 애를 썼다.

그러나 내 특별한 재능과 직관, 성능 좋은 심력자석 덕분에 나는 이면의 무언가를 감지했다. 게다가 어제 황혼 무렵에 일어난 사건은 앞으로 내가 회오리 급행열차를 타고 신비의 나라 오즈 역을 백 개쯤 지나 훨씬 더 괴상한 역에 도착하게 되리라는 예감이 들게 했다.

내가 로즈랜드를 사악한 장소라고 말한다고 해서 여기 사는 사람들 전부 혹은 그중 일부가 사악하다는 뜻은 아니다. 이곳 사람들은 재미있을 정도로 괴짜인 사람들이긴 했지만 내가 알기로 괴짜라는 건 미덕과 거의 동일시되며, 어둡고 사악한 의도는 없는 경우가 대부분이었다.

큰 악마와 그 밑의 새끼 악마들은 진리를 거슬러 반란을 일으키는 데에만 골몰하는, 지루할 정도로 예측 가능한 존재들이다. 단순한 이성을 가진 이에게 범죄는 끝없이 매력적인 소재이겠지만, 복합적인 이성을 가진 이에게 범죄 그 자체는 하품이 나올 정도로 따분하고 오히려 범죄 해결 과정이 흥미를 유발하는 소재이다. 한니발 렉터에 관한 영화는 첫 편에서 대중의 관심을 사로잡았지만 속편은 권태를 유발할 수밖에 없었다. 시리즈물에서 영웅은 다양한 방법으로 사건을 해결하므로 계속해서 추앙을 받지만, 악당은 늘 관객을 놀라게 하겠다는 뻔한 목적으로 덤벼들기 때문에 쉽게 식상해지는 것이다. 미덕은 창의적이고 사악함은 지루한 반복이다.

이들은 로즈랜드에 비밀을 묻어두고 있었다. 비밀을 지키려는 이유야 여러 가지가 있겠지만, 그중 일부는 아마도 악의적인 의도일 것이다.

테라스의 안락의자에 앉아 쉴숌 주방장이 주방에 불을 켜고 들어오길 기다리고 있는데 밤의 어둠이 흥미롭게 전개되기 시작했다. 뜻밖의 전개라고는 말하지 않겠다. 늘 무슨 일이든 일어날 수 있다고 예상하고 있으니까.

이 테라스에서 남쪽 방향에 커다란 호를 그리는 계단이 있고, 그 계단을 오르면 원형 분수가 하나 있으며, 분수 옆에는 높이가 1.8미터에 이르는 이탈리아 르네상스 풍의 항아리들이 도열해 있었다. 그리고 분수를 지나면 또 다시 호를 그리는 계단이 있고 계단을 오르면 풀로 뒤덮인 비탈이 나왔다. 비탈의 한 옆에는 울타리가 쳐져 있는데 그 비탈을 따라 작고 야트막한 계단식 폭포가 흘러내렸다. 폭포 주변에는 키 큰 사이프러스 나무들이 자라고 있었다. 비탈을 90미터 가량 올라 언덕마루에 이르면 또 다른 테라스가 있고, 언덕마루에 세워진 석회암 구조물을 마주하게 되었다. 창문 하나 없는 이 화려한 구조물은 길이 12미터에 달하는 웅장한 묘였다.

이 묘의 역사는 나라 법이 개인 주거지에 묘지를 만드는 것을 금지하지 않았던 1922년으로 거슬러 올라갔다. 이 장엄한 묘의 벽감 안에는 썩어가는 시체가 아닌, 죽은 이의 재로 채워진 항아리들이 안치되어 있었다. 콘스탄틴 클로이스와 그의 아내 마드라, 그리고 어릴 때 죽은 외동아이의 재였다.

갑자기 묘가 빛을 내기 시작했다. 구조물 전체가 유리로 변하고, 그 안에 황금색 빛을 내는 거대한 석유램프가 켜진 듯했다. 묘 뒤에 선 왜성대추야자나무들이 그 빛을 받았다. 축 늘어진 잎사귀들이 마치 불꽃놀이의 불꽃 끄트머리처럼 반짝거렸다.

무엇에 놀랐는지 까마귀 떼가 비명 한 줄기 내뱉지 못하고 야자나무 사이에서 일제히 허공을 치며 날아올랐다. 까마귀 떼는 삽시간에 어두운 하늘로 파고들었다.

눈앞의 구조물이 불가해한 방식으로 빛을 내기 시작할 때면 으레 그렇듯 불안해진 나는 허리를 펴고 일어섰다.

나는 첫 번째 계단을 올라온 기억도, 분수대를 빙 돌아 두 번째 계단을 올라온 기억도 없었다. 잠시 정신을 놓았던 것처럼 나는 어느새 풀로 뒤덮인 비탈 중간쯤에 홀로 서서 묘를 올려다보고 있었다.

전에 찾아왔던 적이 있어서, 이 묘가 군수품 저장고처럼 튼튼하게 지어졌음을 잘 알고 있었다.

그런데 지금은 마치 유리를 불어 만든 새장 안에 반짝이는 요정들을 집어넣은 듯 반짝거리고 있었다.

이 괴상한 빛에 별다른 소음은 수반되지 않았지만 정체를 알 수 없는 압력파가 나에게 밀려오는 느낌이었다. 소리 없는 공감각적 파동의 공격을 받고 있는 것 같기도 했다.

나도 모르게 테라스의 안락의자에서 일어나 계단을 오르고 풀로 뒤덮인 비탈을 올라온 걸 보면, 이 파동이 내 넋을 빼놓은 원인임이 분명했다. 고동치는 소용돌이가 내 몸을 휘감아 무아지경으로 이끌어가고 있었다. 어느새 또 다시 언덕을 올라가고 있는 걸 자각한 나는 묘를 향해 다가가려는 충동을 의지로 억눌렀다. 나는 내 몸을 끌고 올라가려는 힘을 거부하며 비탈에 두 발을 딛고 서서 버텼다.

내 몸을 휩쓰는 압력의 파도에서 무어라 형언할 수 없는 갈망이 느껴졌다. 묘한 빛이 반투명한 벽 너머로 비추는 동안에 묘로 다가간다면 큰 상을 받을 것 같은 이상한 기분도 들었다. 하지만 내가 지지 않고 저항하자 그 힘은 점차 약해지고 묘의 빛도 차츰 사그라지기 시작했다.

내 등 바로 뒤에서 굵고 낮은 남자의 목소리가 들려왔다. 출신지를 가늠하기 힘든 억양이었다.

"자네가 아직 오지 않은 곳에서."

흠칫 놀라 뒤를 돌아보았지만 풀이 우거진 경사지에는 물이 졸졸 흐르는 분수대뿐이었다.

잠시 후 그 남자는 내 왼쪽 귀에 입을 바짝 가까이 대고 좀 더 부드러운 목소리로 말했다.

"자네를 본 적 있어."

또 다시 뒤를 돌아보았지만 여전히 나 혼자였다.

언덕마루의 묘는 점차 빛을 잃어가고 남자의 목소리는 속삭임으로 잦아들었다.

"자네를 믿네."

단어 하나하나가 점점 부드럽고 약하게 들려오고 있었다. 황금색 빛이 묘의 석회암 벽 안으로 완전히 사라지고 정적이 깔렸다.

자네가 아직 오지 않은 곳에서 자네를 본 적이 있어. 자네를 믿네.

이 말을 한 이가 누구인지는 몰라도 유령은 아니었다. 나는 이 세상에서 뭉그적대는 유령들을 숱하게 보아왔다. 이 남자는 모습을 드러내지 않고 말만 했다. 내가 알기로 죽은 자들은 말을 하지 않는다

가끔 죽은 자들이 고개를 끄덕이거나 몸짓으로 뜻을 전하려고 할 때가 있지만 그 무언극을 보고 있으면 속이 답답해진다. 정신적으로

35

건강한 시민이라면 누구나 그렇듯이, 무언극을 보고 있으면 속에서 천불이 끓어올라 배우의 목을 조르고 싶은 충동을 느끼게 된다. 하지만 이미 죽은 자에겐 목을 조르겠다는 위협도 먹히지 않는다.

제자리에서 한 바퀴 빙 돌았지만 주변에는 아무도 없었다.

"누구 있습니까?"

내 물음에 대답한 이는 포식자인 개구리에게서 도망친 귀뚜라미 한 마리뿐이었다.

저택 주방은 그 안에서 테니스를 쳐도 될 만큼 드넓진 않았지만, 탁구를 쳐도 될 만큼 큼직한 아일랜드 식탁 두 개가 놓일 정도는 되었다.

조리대 일부는 검은 화강암 소재였고 일부는 스테인리스강이었다. 캐비닛들은 마호가니재이고, 바닥에는 하얀 타일이 깔려 있었다. 주방 어느 한 구석에도 테디베어 모양의 쿠키 항아리나, 과일 모양으로 만든 도자기 장식 혹은 화사한 색깔의 행주 따윈 없었다.

주방 안은 아침 식사용 크루아상을 비롯한 일용할 양식의 향기가 따스하게 감돌고 있었다. 쉴숌 주방장의 얼굴과 옷매무새를 보면 그가 이 주방에 있는 목적은 오직 요리 때문임을 알 수 있었다. 깨끗한 흰 운동화를 신은 그의 발은 어울리지 않게 무척 작은 편이라, 스모 선수의 굵은 다리에 발레리나의 발을 접붙여놓은 것 같았다. 거대한 상체와 이중 턱을 지나 명랑한 얼굴로 이어지는 몸이었다. 그 얼굴에는 활 같은 입, 종 같은 코, 산타클로스처럼 파란 눈이 붙어 있었다.

내가 아일랜드 식탁 앞 스툴에 앉자마자 쉴숌은 얼른 주방문으로 가서 이중 걸쇠를 잠갔다. 낮 동안에는 문을 잠가놓지 않아도 되지만, 땅거미가 질 때부터 동이 틀 때까지는 꼭 문을 잠가야 했다. 월플로 씨는 입주 직원들에게 그리하도록 하고 있었고, 안나마리아와 내게 도 따라줄 것을 요구했다.

잠시 후 쉴솜은 자부심 가득한 표정으로, 오븐에서 막 꺼낸 통통한 크루아상이 담긴 작은 접시를 내 앞에 내려놓았다. 요리의 신에게 바쳐진 공물처럼, 버터향을 머금은 패스트리와 따뜻한 마지팬의 고소한 향기가 공기 중으로 피어올랐다.

향기를 음미하고 기다린 보람을 한껏 느끼며 내가 입을 열었다.

"저는 석쇠와 번철만 다뤄봐서 이런 요리를 보면 경외감이 들어요."

"자네가 만든 팬케이크와 감자튀김 먹어봤어. 튀김 못지않게 구이도 잘하던데 뭐."

"그렇지도 않아요. 튀김 주걱을 쓰지 않고 하는 요리는 제대로 해본 적도 없는걸요."

몸집에 어울리지 않게 쉴솜의 동작은 댄서처럼 우아했고, 두 손은 외과의사처럼 민첩했다. 그 점에서 내 친구이자 멘토인 추리소설 작가 오지 분을 떠올리게 하는 구석이 있었다. 여기서 수백 킬로미터 떨어진 내 고향 피코문도 마을에 살고 있는 오지는 체중이 180킬로그램이나 나갔다.

그 외엔 이 둥실둥실한 주방장과 오지는 공통점이 별로 없었다. 비범한 재능을 가진 오지는 말 많고, 거의 모든 주제에 정통하며, 모든 일에 관심을 가진 사람이었다. 소설을 쓸 때, 무언가를 먹을 때, 대화를 할 때 오지는 데이비드 베컴이 축구에 쏟는 것만큼이나 엄청난 에너지를 쏟았다. 베컴만큼 땀을 흘리지는 않았지만.

하지만 쉴숌은 오직 빵을 굽고 요리를 하는 데에만 열정을 쏟는 듯했다. 그야말로 작업에 완전히 집중을 하기 때문에 나와의 대화도 건성이어서, 내 말과 질문에 종종 엉뚱한 대답을 하곤 했다. 정말 그 정도로 집중을 하는지 그런 척을 하는 건지 알 수 없었다.

나는 그가 은연중에 로즈랜드의 진실에 대해 가치 있는 정보라든지 하다못해 단서라도 흘리지 않을까 싶어 주방으로 간 것이었다. 그의 단단한 껍데기를 열고 그 안을 들여다보려 한다는 인상을 주지 않고서 말이다.

우선 나는 맛있는 크루아상을 한 번에 다 먹지 않고 반만 먹었다. 이렇게 자제를 함으로써 주변의 압박과 혼란스러운 상황에도 불구하고 절제력을 발휘할 수 있는 사람임을 스스로에게 증명해 보이려는 것이었다. 잠시 후에 나는 나머지 반을 마저 먹었다.

쉴숌이 심히 날카로운 칼을 쥐고 말린 살구를 잘게 다지는 동안 나는 입술을 혀로 핥으며 그에게 말을 걸었다.

"이곳 저택은 게스트하우스랑 달리 창문에 쇠창살이 없네요."

"저택은 리모델링을 했어."

"예전에는 저택 창문에도 쇠창살이 있었나보죠?"

"아마도. 내가 여기 오기 전의 일이라."

"언제 리모델링을 했는데요?"

"오래전에."

"얼마나 오래전이요?"

"으으음."

"여기서 일한 지는 얼마나 되셨어요?"

"아, 꽤 오래."

"기억력 참 대단하십니다."

"으으음."

로즈랜드의 창문에 설치된 쇠창살의 역사에 대해 내가 알아낸 정보는 고작 이 정도였다. 쉴옴은 폭탄 해체라도 하는 것처럼 온 신경을 집중해 살구를 다지고 있었다.

"월플로 씨는 말을 키우진 않으시죠?"

살구에 집중한 채로 쉴옴이 대답했다.

"말을 키우진 않으시지."

"승마 코스랑 연습장에 잡초가 무성하던데요."

"잡초가 무성하긴 하지."

"그런데 마구간은 엄청 깨끗하데요."

"엄청 깨끗하지."

"수술실처럼 청결하더라고요."

"청결하지, 청결하고말고."

"그런데 마구간 청소는 누가 하죠?"

"누군가 하겠지."

"깨끗하게 페인트칠이 되어 있고 윤기가 나던데요."

"윤기가 나지."

"그런데 왜, 말은 한 마리도 없어요?"

"왜일까?"

"웜플로 씨가 앞으로 말을 몇 마리 사들일 작정이신가보네요."
"그럴지도."
"말을 들여놓으실 거래요?"
"으으음."
그는 잘게 다진 살구를 퍼서 믹싱볼에 담았다.
그리고 비닐에 담겨 있던 피칸 반쪽들을 도마에 쏟아놓았다.
"로즈랜드에 말이 있었던 게 얼마나 오래전이죠?"
"오래전. 아주 오래전에."
"여길 돌아다니는 말을 본 적이 있는데 이웃 사람의 말인가요."
"아마도."
그는 피칸 반쪽들을 또 반으로 자르기 시작했다.
"그 말을 본 적 있으세요?"
"오래전. 아주 오래전에."
"몸집이 큰 검은 종마이고 키는 163센티미터 정도 되더라고요."
"으으음."
"저택 서재에 말에 대한 책이 아주 많던데요."
"그래, 서재에 있지."
"이 말에 대해 찾아봤어요. 프리지아 품종인 것 같아요."
"그럴지도."
칼이 아주 예리해서 피칸은 칼날에 부스러지지 않고 깨끗이 반으로 잘렸다.
"조금 전에 바깥에서 이상한 빛이 나는 거 보셨어요?"
"봤냐고?"

"저 위에 묘에서요."

"으으음."

"황금색 빛이요."

"으으음."

"으으음?"

"으으음."

솔직히 내가 본 그 황금색 빛은 나처럼 특별한 육감을 가진 이의 눈에만 보일 것이다. 다만 나는 쉴솜이 거짓말을 하고 있는 것 같아서 한번 떠본 것이었다.

쉴솜은 허리를 구부정하게 굽히고 도마 위에 놓인 피칸에 시선을 바짝 집중한 채로 칼질을 하고 있었다. 알약병에 붙은 자잘한 글씨를 읽으려 병에 눈을 바짝 갖다 댄 지독한 근시이자 백만장자인 미스터 마구처럼 말이다.

나는 시험 삼아 물어보았다.

"냉장고 옆에 있는 저거 생쥐인가요?"

"그럴지도."

"아, 아니네요. 커다란 시궁쥐네요."

"으으음."

그가 정말로 피칸 썰기에 몰입한 게 아니라면 꽤 연기력이 좋은 편이었다.

나는 의자에서 일어섰다.

"흠, 이유는 모르겠지만 아무래도 제 머리에 불이나 지를까봐요."

"그럴 이유라도?"

나는 그에게 등을 돌린 채 테라스 쪽으로 난 주방문으로 걸음을 옮겼다.

"한 번씩 불에 태워주면 모발이 굵어질 수도 있잖아요."

"으으음."

정적 속에서 칼로 피칸을 쪼개는 소리가 경쾌하게 들려왔다.

주방문 위쪽 절반이 유리창 네 개로 되어 있는데 그중 한 유리창에 쉴쇰의 모습이 비쳤다. 그는 내 뒤통수를 노려보고 있었다. 달처럼 둥근 그의 얼굴이 몸에 걸친 흰 유니폼처럼 창백했다.

주방문을 열면서 말했다.

"아직 새벽이 밝지 않았네요. 퓨마 무리가 돌아다니면서 문을 열려고 할지도 모르겠어요."

"으으음."

그는 계속 내 쪽을 쳐다보면서도 피칸을 써는 데 여념이 없는 척을 하고 있었다.

밖으로 나와 등 뒤로 문을 당겨 닫았다. 테라스를 가로질러 걸어가 언덕마루 아래 첫 번째 아치형 계단 발치에 섰다. 그 자리에 서서 묘를 올려다보고 있는데, 뒤에서 주방문을 잠그는 소리가 들려왔다.

동쪽 산에서 여명이 밝아오기 몇 분 전이었다. 길게 뻗어나간 이 사유지의 끄트머리에서 아비새의 울음일 리 없는 괴이한 소리가 또다시, 마지막으로 들려왔다.

그 애절한 울음소리에 아우슈비츠 수용소 꿈의 이미지가 문득 떠올랐다. 바로 저 울음소리에 내가 간밤에 꾸다가 만 그 꿈 말이다.

꿈에서 난 굶주리고 있다. 기운이 없어 쓰러질 지경이지만 두 번 죽는 게 두려워 삽으로 땅을 파며 강제 노역을 하고 있다. 두 번 죽는다는 게 어떤 의미인지 모르겠지만. 내 느린 삽질이 마음에 들지 않았는지 간수가 내 손을 걷어차 삽을 날려버린다. 쇠를 댄 그의 군화 끄트머리에 내 오른손이 찢어지고 피가 흐른다. 아니, 무시무시하게도 그것은 피가 아니라 잉걸불 한 점 없는 회색 재다. 차갑게 식은 회색 재가 내 몸에서 끝없이 흘러내린다…….

나는 유칼립투스 숲으로 되돌아갔다. 동쪽 하늘에 떠 있는 별들이 희미하게 모습을 감추고 아침의 첫 햇살로 하늘이 불그레하게 물들었다.

종의 여인 안나마리아와 내가 로즈랜드에 손님으로 온 후 세 번의 밤과 두 번의 낮이 지났다. 우리가 여기 머물 수 있는 시간이 곧 끝날 듯했다. 어쩌면 우리가 여기 머무는 세 번째 낮에는 폭력 사태가 일어날 수도 있었다.

우리는 생명 탄생과 시신 매장 사이의 우스꽝스런 불가사의 속에서 살아간다.

만약 여러분이 삶을 불가사의하다고 생각하지 않거나 삶의 모든 것을 다 파악하고 있다고 믿는다면, 그건 삶을 주의 깊게 살펴보고 있지 않거나 술이나 마약, 위안을 주는 이데올로기에 취해 감각이 무뎌졌기 때문이다.

만약 여러분이 삶이 코미디라고 생각하지 않는다면, 흠, 그렇다면 서둘러 무덤에 들어가는 편이 낫다. 남은 우리에겐 함께 웃으며 살 수 있는 사람들이 필요하기 때문이다.

나는 새벽이 밝아올 무렵 게스트하우스로 돌아갔다. 나선식 돌계단을 밟고 안나마리아가 기다리고 있는 이층으로 올라갔다.

종의 여인 안나마리아는 천연덕스런 기지가 있는 편이지만 코미디보다는 불가사의에 가까운 존재다.

그녀의 방 앞에서 노크를 하자마자 문이 열렸다. 나무문을 가볍게 두드린 것만으로도 방 안의 걸쇠가 풀리고 경첩이 자동으로 움직인 것 같았다.

방 안에는 움푹 들어간 모양의 좁고 긴 창문 두 개가 나 있어, 금방이라도 라푼젤이 창문 너머로 긴 머리카락을 드리울 것 같은 중세 분위기가 물씬 풍겼다. 창문으로는 이른 아침의 햇살이 조금밖에 들어오지 않았다.

안나마리아는 여린 두 손으로 머그컵을 감싸쥐고 작은 식탁 앞에 앉아 있었다.

청동으로 된 전기스탠드의 조명이 그녀를 비추고 있었다. 스탠드의 스테인드글라스 갓에는 노란 장미 무늬가 복잡하게 새겨져 있었다.

김이 모락모락 피어오르는 또 다른 머그컵을 가리키며 그녀가 말했다.

"차를 따라놨어요, 오드."

즉흥적으로 이 방에 들른 것인데, 내가 언제 올 줄 이미 정확히 알고 있었던 모양이었다.

월플로 씨는 아홉 해 동안 잠을 못 잤다고 주장하지만 과장되게 꾸며낸 이야기일 가능성이 높았다. 그러나 안나마리아와 함께 지낸 나흘 동안, 할 얘기가 있어 들를 때마다 그녀는 항상 말짱하게 깨어 있었다.

소파 위에는 개 두 마리가 앉아 있었다. 그중 골든리트리버는 내가 라파엘이라 이름 붙인 녀석으로 매직비치에서부터 내게 따라붙었다. 그리고 독일 셰퍼드 잡종견으로 하얀 털을 가진 부는 유령 개인데, 내가 본 유일한 개 영혼이기도 했다. 나는 그 개를 세인트 바르톨로뮤 수도원에서 지내던 시절에 만났다. 나는 매직비치로 거처를 옮기기 전 그 수도원에서 한동안 손님으로 지낸 적이 있다.

나는 고향 피코문도 마을을 사랑하고, 단순함과 안정성과 전통에 높은 가치를 두며, 함께 자라난 친구들을 보물처럼 소중하게 여기는 남자다. 그런 내가 지금은 집시와 다름없는 유랑생활을 하고 있다.

내 선택이 아니라, 상황에 떠밀려 어쩔 수 없이 그리 된 것이다.

나는 내 삶을 이해하기 위해 길을 찾아가는 중이다. 누구와 동행이 되든지 간에, 가야만 하는 곳으로 발길을 옮기며 삶을 배울 수 있다.

적어도 그렇게 내 자신에게 말하고 있다. 그러나 내가 대학에 가지 않은 게 그 이유 때문만은 아니다.

이 불확실한 세상에서 내가 분명히 알고 있는 것은 얼마 되지 않는다. 다만 부가 계속 이 세상에 머무는 이유가 내세를 두려워하기 때문이 아님은 알고 있다. 인간 유령들 중 일부는 그런 이유로 이 세상을 배회하고 있긴 하지만. 이 여정의 어느 중대한 시점에 내가 부를 필요로 할 것이기 때문에 부는 여기 머물고 있는 것이다. 그렇다고 부를 내 수호자라든가 나를 지켜주는 천사쯤으로 얘기하고 싶진 않다. 그래도 부가 곁에 있어준 덕분에 위안을 받고 있기는 하다.

개 두 마리가 나를 보자마자 꼬리를 흔들어댔지만, 소파에 꼬리를 부딪치는 소리를 내는 건 라파엘뿐이었다.

예전에는 어디를 가든 부는 나를 졸졸 따라다녔다. 그런데 로즈랜드에 온 후로 부와 라파엘은 안나마리아의 안전을 염려하는 듯 그녀 곁에 찰싹 붙어 있었다

라파엘은 부의 존재를 인식하고 있다. 그리고 부는 가끔 내가 보지 못하는 것들을 보곤 했다. 개들은 순수한 영혼을 지니고 있고 그 덕

분에 우리 눈에 띠지 않는 존재의 실상을 볼 수 있는 게 아닐까 싶다.

안나마리아 맞은편에 가서 앉아 머그컵에 담긴 차 맛을 보았다. 복숭아 과즙이 들어 있어 달짝지근했다.

"쉴숌 주방장이 사기를 치던데요."

"그는 훌륭한 주방장이에요."

"대단한 주방장이긴 하죠. 하지만 겉보기만큼 순진하진 않더군요."

"그런 사람은 아무도 없어요."

그리고는 미소를 지었다. 그녀의 미소는 은근하고 미묘해서, 그 미소와 비교하면 모나리자의 미소는 깔깔거리는 큰 웃음으로 여겨졌다.

매직비치의 방파제에서 안나마리아를 처음 만난 순간부터 나는 그녀가 친구를 필요로 하며 다른 사람들과는 어딘지 모르게 다른 존재임을 느낄 수 있었다. 나처럼 예지몽을 꾸고 영혼을 보는 건 아니지만, 나름대로 독특한 면을 가진 여자였다.

나는 이 여자에 대해 아는 게 거의 없었다. 어디 출신이냐고 물어본 적 있지만 그녀는 그저 "멀리서 왔어요"라고 답할 뿐이었다. 그녀의 말투와 가만히 즐거워하는 표정으로 미뤄볼 때 멀리서 왔다는 그 말은 상당히 절제된 표현인 듯했다.

반면에 그녀는 나에 대해 많은 걸 알고 있었다. 내가 말해주기 전에 내 이름을 알고 있었고, 내가 이 세상을 배회하는 죽은 이들의 영혼을 본다는 것도 알고 있었다. 나한테 그런 재능이 있다는 건 제일 친한 친구들 몇 명만 알고 있는 사실인데 말이다.

안나마리아는 단순히 남들과 다른 정도가 아니었다. 그녀라는 수수께끼는 너무나 복잡해서 그녀가 스스로 자신에 대해 털어놓기 전에는 내가 그녀의 비밀을 알아낼 수는 없을 것이었다.

그녀는 열여덟 살이었고, 임신 칠 개월의 몸이었다. 나를 만나 힘을 합치기 전까지 그녀는 한동안 혼자였지만 그런 처지의 다른 소녀들이 으레 갖는 세상에 대한 불신이나 근심은 전혀 갖고 있지 않았다.

그녀는 가진 거라곤 없지만, 그렇다고 궁핍하지도 않았다. 그녀의 말에 따르면, 달라고 요구하지 않아도 사람들이 그녀가 필요로 하는 것은 무엇이든, 돈이든 숙소든 알아서 내준다고 했다. 그 말이 사실임을 나는 직접 목격하기도 했다.

우리는 로렌스 허치슨 씨가 빌려준 메르세데스 벤츠를 타고 매직비치에서 이곳으로 왔다. 허치슨 씨는 한때 유명한 배우였고 오십 년 전에 은퇴해 지금은 여든여덟의 나이에 동화작가로 활동 중이었다. 나는 매직비치에서 상황이 잔뜩 꼬이기 전까지 한동안 그의 개인 요리사로 일했고 그의 벗이 되었다. 허치슨 씨의 벤츠를 그의 조카의 아들이며 산타바바라 시에서 변호사로 일한다는 그로버 씨에게 맡기기로 했기 때문에 우리는 그로버 씨의 사무실을 찾아갔다.

그리고 그 사무실 앞 대기실에서 우리는 그로버 씨의 고객으로 사무실을 찾았다가 막 떠나려는 노아 월플로 씨를 만났다. 월플로 씨는 우릴 보자마자 안나마리아에게 시선을 빼앗겼고 그녀와 잠시 대화를 나눈 끝에 우리를 로즈랜드로 초대했다. 안나마리아와의 대화가 늘 그렇듯 그 대화 역시 내가 보기엔 알쏭달쏭하고 당혹스러웠다.

사람을 사로잡는 안나마리아의 강한 매력은 성적 매력이 아니었다. 그녀는 특별히 아름답거나 못생기지 않았고, 마냥 평범하지도 않았다. 체구가 자그마하긴 해도 연약하지 않고 창백한 피부는 잡티 하나 없이 깨끗했다. 그녀가 지닌 저항할 수 없는 압도적인 힘의 원인이 무엇인지 나는 아무리 생각해도 알아낼 수가 없었다.

나와 안나마리아 사이에 흐르는 감정이 무엇인지 정확히는 몰라도 로맨스는 전혀 아니었다. 그녀가 나를 비롯해 다른 이들에게 미치는 영향은 단순한 욕망보다 훨씬 심오하여, 누구든 그녀 앞에 서면 맥없이 기가 꺾이고 말았다.

백 년 전이면 이런 여인에게 '카리스마 있는'이란 수식어가 붙을 것이다. 하지만 얄팍하기 그지없는 영화배우들이나 텔레비전의 리얼리티 프로그램 출연자들에게 '카리스마 있는'이란 수식어가 남발되고 있는 요즘, 그 표현은 이미 가치를 잃었다.

안나마리아는 사교 집단 교주처럼 사람들로 하여금 자기를 따르게 만드는 게 아니라, 사람들로 하여금 그녀를 보호하고 싶은 마음이 들게 했다.

그녀는 이름은 있지만 성은 없다고 했다. 어떻게 성이 없을 수 있는지 알 수 없지만 그녀의 말에 의심은 들지 않았다. 그녀는 종종 정체를 알 수 없는 면이 있었다. 증거도 없이 어찌 그런 강한 믿음을 가질 수 있는지 몰라도 나는 안나마리아가 결코 거짓말을 하지 않는다고 믿었다.

내가 말했다.

"아무래도 당장 로즈랜드를 떠나야 될 것 같습니다."

"이 차는 마저 마실 수 있는 거죠? 아니면 당장 일어나서 정문으로 달려가야 하나요?"

"장난치는 거 아닙니다. 여기서 뭔가 잘못된 일이 일어나고 있어요."

"우리가 어딜 가든 잘못된 일은 다 있게 마련이에요."

"여기만큼 지독하진 않을 겁니다."

"어디로 가자는 건데요?"

"어디로든요."

안나마리아의 인내심 있고 애정 어린 지시를 받는 쪽은 대개가 내 쪽이었지만, 그녀의 부드러운 목소리는 결코 현학적이지 않았다.

"어디로든이라는 건 아무 데나라는 뜻일 테고, 어디로 가든 상관없다는 건 어디로도 갈 필요가 없다는 거죠."

그녀의 눈 색깔은 너무 짙어서 눈동자와 홍채가 구별되지 않았다.

그녀가 계속해서 말했다.

"당신은 한 번에 한 장소에만 있을 수 있어요, 별종. 그러니까 반드시 적합한 이유에 따라 적합한 장소에 가 있어야만 해요."

예전에는 오직 스토미 르웰린만이 나를 '별종'이라 불렀었다.

내가 말했다.

"당신은 항상 수수께끼로 말을 하는군요."

그녀의 짙은 눈동자는 한 치의 흔들림도 없었다.

"내 사명과 당신의 육감이 우릴 이리로 이끌었어요. 로즈랜드가 자석처럼 우릴 끌어당겼어요. 우린 있어야 할 곳에 와 있는 거예요."

"당신의 사명이라는 게 도대체 뭡니까?"

"시간이 지나면 알게 될 거예요."

"하루요? 일주일? 이십 년?"

"때가 되면 알 거예요."

나는 차에서 풍기는 복숭아 향기를 들이마셨다가 한숨과 함께 내뱉었다.

"우리가 매직비치에서 처음 만났던 날, 당신은 셀 수 없이 많은 사람들이 당신을 죽이려 한다고 말했습니다."

"셀 수는 있지만, 그 수가 너무 많아서 굳이 그 숫자가 중요하진 않다고 했죠. 머리를 빗기 위해 머리카락 숫자를 다 헤아릴 필요는 없는 것처럼요."

그녀는 운동화를 신고, 카키색 바지와 헐렁한 베이지색 스웨터를 입고 있었다. 스웨터 소매가 너무 길어서 위로 걷어올렸는데 그 부분이 잔뜩 불룩해져서 가느다란 손목이 도드라졌다.

안나마리아는 입고 있던 옷 외엔 아무것도 없이 매직비치를 떠나 로즈랜드에 도착했다. 안나마리아가 여분의 옷을 제공해달라고 요청하지도 않았는데, 바로 다음날 로즈랜드의 가사관리팀장 터미드 부인이 안나마리아를 위해 새 여행가방을 구입하고 그 안에 갈아입을 옷을 몇 벌 챙겨넣어 게스트하우스에 놓아두었다.

나 역시 몸에 걸친 것 외엔 여벌의 옷 없이 여기 왔으나 아무도 내게 양말 한 짝 사주지 않았다. 그래서 결국 두 시간 정도 로즈랜드를 떠나 마을로 가서 청바지와 스웨터, 속옷을 사와야 했었다.

"나흘 전에 당신은 내게 당신 목숨을 지켜줄 수 있냐고 물었습니다. 하지만 계속 이런 식이면 내가 그 일을 하기가 점점 어려워질 수밖에 없습니다."

"로즈랜드 사람 중에 날 죽이려는 자는 없어요."

"어떻게 확신합니까?"

"그늘은 내가 누구인지 모르니까요. 만약 내가 죽임을 당한다면 내 정체를 아는 이들의 손에 죽게 될 거예요."

"당신 정체가 뭔데요?"

"당신 심장은 이미 알고 있어요."

"그럼 내 뇌는 언제 알게 되는데요?"

"방파제에서 나를 처음 봤을 때부터 당신은 줄곧 알고 있었어요."

"당신이 생각하는 것만큼 내가 그리 똑똑하진 않은가보네요."

"똑똑한 것 이상이에요, 오드. 현명해요. 하지만 당신은 날 두려워하고 있어요."

나는 깜짝 놀랐다.

"내가 이것저것 두려워하는 게 많긴 하지만 당신을 두려워하진 않습니다."

그녀는 생색내는 투가 아닌 온화하고 상냥한 목소리로 말했다.

"시간이 지나면 두려움을 인정하게 될 거예요, 젊은이. 그땐 내가 누군지도 알게 될 테고요."

가끔 안나마리아는 날 '젊은이'라고 불렀다. 본인은 열여덟 살이고 난 스물두 살이나 됐는데 말이다. 하지만 그녀의 입에서 젊은이란 말이 나와도 전혀 이상하게 들리지는 않았다.

"지금 나는 로즈랜드에서 안전해요. 하지만 여기 있는 누군가가 큰 위험에 처해서 당신을 다급히 필요로 하고 있어요."

"그게 누굽니까?"

"재능이 이끄는 대로 답을 찾으세요."

"내가 얘기했던 그 말을 탄 여자 말입니다. 어제저녁에 만났던 으스스한 여자 유령이요. 그 여자가 자기 아들이 여기 있다는 뜻을 전했습니다. 나이는 아홉 살이나 열 살이라고 했고요. 무슨 위험인지, 어떻게 위험한지, 왜 위험한지는 모르겠지만 아무튼 위험에 처해 있는 것 같기는 했습니다. 내가 도와야 하는 게 그 여자의 아들인 겁니까?"

안나마리아는 어깨를 으쓱했다.

"나도 모든 걸 다 아는 건 아니에요."

나는 차를 마저 마셨다.

"당신이 거짓말을 한다고는 생각 안 합니다만, 한 번도 직접적인 대답을 해주지는 않는군요."

"태양을 너무 오래 정면으로 바라보면 눈이 멀게 되요."

"또 수수께끼네요."

"수수께끼가 아니라 비유예요. 난 간접적으로 당신한테 진실을 말하고 있어요. 직접적으로 말했다간 그 진실이 당신을 찌를 수도 있으니까요. 강렬한 태양을 고스란히 쳐다봤다간 망막이 탈 수도 있는 것처럼요."

나는 의자를 뒤로 밀면서 말했다.

"나중에 알고 보니 당신이 뉴에이지를 신봉하는 멍청이는 아니었길 바랄게요."

안나마리아가 웃었다. 잔잔한 웃음소리가 꼭 음악을 듣는 듯했다.

웃음소리가 워낙 아름다워서 방금 전 내가 한 말이 더욱 무례하게 느껴져 얼른 덧붙였다.

"기분 나빠하지는 말아요."

"전혀요. 당신은 늘 마음에서 우러난 말을 하잖아요. 잘못된 건 전혀 없어요."

내가 의자에서 일어나자 개들이 꼬리를 또 다시 세차게 흔들었지만 일어서서 나를 따라 나오려는 녀석은 없었다.

안나마리아가 말했다.

"그리고 두 번 죽을까봐 걱정할 필요도 없어요."

그녀가 내 아우슈비츠 악몽을 언급한 게 아니라면, 하필 지금 그런 애길 꺼낸 건 기막힌 우연이 아닐 수 없었다.

"내 꿈에 대해 어떻게 알았어요?"

"꿈속에서 두 번 죽을까봐 걱정하나봐요? 그런 거면 걱정할 필요 없어요."

그녀가 또 다시 즉답을 피하며 얼버무리자 내가 물었다.

"그런데 두 번 죽는다는 게 어떤 의미입니까?"

"때가 되면 알게 될 거예요. 로즈랜드, 이 도시, 이 주, 이 나라에 살고 있는 모든 사람들 중에, 두 번 죽을까봐 걱정할 필요가 제일 없는 사람들 중 하나가 바로 당신이에요. 당신은 딱 한 번 유일한 죽음을 맞이하게 될 거예요. 그리고 그리 중요하지 않은 죽음이에요."

"모든 죽음이 중요하죠."

"죽음은 살아 있는 사람들한테나 중요해요."

내가 왜 단순한 삶을 고수하려 안간힘을 쓰는지 이제 이해가 되지 않는가? 만약 내가 회계사라면 내 머릿속은 고객들의 금전 문제로 가득 차 있을 것이다. 그런데 이 세상을 배회하는 유령들이 내 눈앞에 왔다 갔다 하고, 안나마리아와의 대화의 의미까지 이해해야 한다면 내 머리는 터져버리고 말 것이다.

스탠드 갓의 노란 장미 무늬가 안나마리아의 얼굴에 꽃잎을 띄우고 있었다.

그녀가 한 번 더 되풀이해 말했다.

"살아 있는 사람들한테나요."

가끔 그녀와 눈을 마주치면 나는 두려움으로 심장이 빨라지면서 시선을 피하게 되었다. 그녀 자체를 두려워하는 것은 아니었다. 무어라 콕 짚어서 말할 수 없는…… 무언가에 대한 두려움이었다. 그녀와 시선이 맞닿으면 나는 속수무책으로 심장이 내려앉는 느낌을 받곤 했다.

내 시선이 안나마리아에게서 소파에 앉은 개들에게 옮겨갔다.

그녀가 말했다.

"지금 나는 안전하지만 당신은 아니에요. 자신이 정당한 이유에 따라 행동하고 있다는 걸 의심하게 되면 당신은 로즈랜드에서 죽고 말 거예요. 딱 한 번 맞게 되는 유일한 죽음이요."

나도 모르게 오른손을 들어 가슴께로 가져가, 스웨터 아래 볼록하게 튀어나온 종 모양의 펜던트 위에 얹었다.

매직비치의 방파제에서 처음 만났던 날, 안나마리아는 골무만 한 크기의 정교한 작은 은종이 달린 은 목걸이를 목에 걸고 있었다. 그 은종 펜던트는 구름이 잔뜩 끼어 흐렸던 그날 유일하게 반짝이던 물건이었다.

묘하게도 우리가 로즈랜드로 함께 오기 나흘 전, 그녀는 은종이 달린 그 목걸이를 벗어서 내게 건네며 이렇게 물었다. "날 위해 죽어줄 수 있나요?"

난 그녀를 잘 알지 못하면서도 그러겠다고 대답하며 그 목걸이를 받았다. 참으로 이상한 일이었다.

십팔 개월 전쯤, 피코문도에서 살고 있었던 그 시절, 스토미 르웰린을 구할 수만 있었으면 나는 기꺼이 내 목숨을 내놓았을 것이다. 아무런 망설임 없이 스토미를 대신해 총을 맞았을 것이다. 하지만 운명은 내게 스토미를 위해 희생할 기회를 허락하지 않았다.

그 후로 종종 그때 차라리 스토미와 함께 죽었으면 좋았을 거란 생각을 했다.

나는 삶을 사랑하고 이 세상의 아름다움을 사랑하지만, 그 사랑을 함께 나눌 스토미가 없으니 아무리 온갖 경이로움으로 가득한 세상이라 해도 내겐 온전하지 않았다.

그렇다고 자살을 하거나, 누군가에게 죽임을 당할 만한 자리에 때 맞춰 서 있을 생각은 없었다. 스스로를 파괴하는 행위는 내가 받은 삶이란 선물을 궁극적으로 거부하는 짓이며, 생명을 받아 이 세상에 태어난 일을 감사히 여기지 않는 용서받지 못할 짓이기 때문이었다.

스토미와 함께 지내온 세월이 너무나 즐거웠기에 나는 삶을 소중히 여겼다. 먼저 간 스토미를 기리며 남은 삶을 의미 있게 보내면, 언젠가는 그녀와 다시 만나게 될 거라는 게 내 굳건한 바람이었다.

누구인지도 모를 적들에게서 안나마리아를 보호해주겠다고 선뜻 약속한 것도 그래서인지 모른다. 스토미가 내게 소중한 사람이듯이, 내가 구해준 누군가는 다른 누군가에게 소중한 사람일 테니까.

개들이 서로에게 눈알을 굴리다가 나를 흘끗 쳐다보았다. 안나마리아의 시선을 견디지 못하는 내가 이해가 안 된다는 표정들이었다.

나는 용기를 내어 다시 한 번 그녀의 눈을 마주보았다. 그녀가 말했다.

"앞으로 닥쳐올 시간들이 당신의 의지를 시험하고 당신의 심장을 비탄에 잠기게 할 거예요."

이 여인은 나를 비롯한 여러 사람들에게 그녀를 보호해줘야 한다는 열망을 불러일으키지만, 가끔 나는 그녀가 오히려 상대를 보호해주는 게 아닌가 하는 생각이 들었다. 임신 후기의 배불뚝이에 자그마한 체구, 떠돌이 같은 모습으로 연약한 이미지를 만들어, 상대에게 동정심을 불러일으키고 가까이 오게 만든 후, 자신의 날갯죽지 아래 상대를 안전하게 보호해주는 것 같기도 했다.

"다가오는 게 느껴지나요, 젊은이? 파멸 말이에요. 로즈랜드의 파멸."

나는 가슴께의 은종을 손으로 꾹 누르며 대답했다.

"느껴집니다."

 안나마리아의 말대로 로즈랜드에서 누군가 큰 위험에 처해 다급히 나를 필요로 한다면, 아마 말에 타고 있던 오래전에 죽은 그 유령 여인의 아들일 것이다. 물론 그 아들이 아직까지 살아 있다면 여인이 생각하는 것만큼 어리지는 않겠지만. 만일 위험에 처한 이가 그 여인의 아들이 아니라고 해도, 그 여인과 관계된 사람일 가능성이 높았다. 여인의 죽음에 관한 비밀을 밝히면 그것이 뒤엉킨 실타래를 푸는 실마리가 되어 로즈랜드의 온갖 불가사의를 풀 수 있으리라는 예감이 들었다. 그 여인을 죽인 자가 아직까지 살아 있다면, 아마 나를 필요로 하는 이는 그 살인자의 다음 희생자일 것이다.
 로즈랜드의 두 마구간은 베르사유 궁전의 마구간처럼 광대하거나 화려하지 않았고, 열 받은 군중들이 '댄싱 위드 더 스타즈' 재방송을 보다 말고 로즈랜드 거주자들의 사지를 절단 내려 달려올 만큼 어마어마하게 호사스럽지도 않았다. 다만 전형적인 판자지붕 구조는 아니었다. 짙은 색 슬레이트 지붕을 얹은 담황색 벽돌 건물로, 유리창에는 납땜으로 장식을 하고 창문 가장자리의 석회암에는 조각을 해 넣

었다. 이 정도만 봐도 집주인이 꽤 괜찮은 수준의 말을 이 마구간에 두려고 했다는 것을 짐작할 수 있었다.

마구간의 각 칸들은 야외로 곧장 이어지는 구조가 아니었다. 마구간 북쪽과 남쪽에 대형 청동 문이 하나씩 있었는데, 위아래 레일을 따라 움직여 벽 안쪽으로 넣을 수 있게 한 미닫이문이었다. 문짝의 무게만 해도 2톤은 족히 되어 보였으나 워낙 전문적인 솜씨로 균형을 맞춘 데다 바퀴에 기름칠을 잘 해놓아서 큰 힘을 들이지 않고 여닫을 수 있게 되어 있었다.

문짝에는 아르데코 양식으로 표현된 말 세 마리가 돋을새김으로 들어가 있고, 왼쪽에서 오른쪽으로 전력 질주하는 이 말 세 마리의 발치에 '로즈랜드'라는 글자가 새겨져 있었다.

첫 번째 마구간으로 다가가고 있는데, 허리 높이까지 오던 잡초들의 키가 점점 줄어들더니 건물을 3미터 앞에 두고서는 완전히 시들어 바닥에 눌어붙었다.

건물 앞의 맨땅이 아닌 잡초 사이에 계속 서 있었으면 이 풍경의 잘못된 점을 알아채지 못했을지도 모른다. 그러나 맨땅에서 주변을 둘러본 덕분에 뭔가 어울리지 않는 점을 간파했고, 청동 문을 90미터쯤 앞에 두고 걸음을 멈췄다.

아비새의 소리일 리 없는 괴이한 울음소리가 로즈랜드에서 첫 번째 밤을 보내는 내 귓속을 파고들기 전에도, 유령 말과 유령 기수를 보기 전에도, 싯누런 하늘을 가로지르는 괴상한 생물들을 목격하기 전에도, 내 눈에 로즈랜드는 평범하면서도 결코 평범하지 않은 곳이었다. 웅장하지만 고결하지 않았고, 호화롭지만 편안하지 않았으며,

우아하지만 지나치게 고상을 떨어 순수함이 느껴지지 않는 곳이었다.

정면에서만 보면 아름다웠지만, 내 눈에는 썩고 무너진 부분들이 보였다. 풍경 자체도 그렇고 이곳 사람들은 로즈랜드를 평범하고 정상적인 곳으로 보이려 애를 썼으나, 모퉁이를 돌아설 때마다 이곳 사람들을 만날 때마다 나는 기만과 기형, 그리고 심히 괴상한 무언가가 도사리고 있음을 감지했다.

마구간 문 바로 앞이 풀 한 포기 자라지 않는 불모의 땅이라는 점도 로즈랜드가 심히 부자연스러운 곳임을 드러내는 증거였다. 태양이 동쪽 하늘에 떠오른 지 삼십 분쯤 지난 터라 나는 태양을 왼쪽에 끼고 있었고, 내 그림자는 오른쪽 즉 서쪽으로 가늘고 길게 뻗어 있었다. 그런데 마구간의 그림자는 두 개였다. 첫 번째 그림자는 서쪽으로 뻗어 있었지만 내 그림자처럼 검다기보다 회색에 가까웠다. 두 번째 그림자는 좀 더 짧고 내 그림자처럼 검었지만 동쪽을 향해 뻗어 있어서 마치 향점에서 몇 도 정도 더 나아간, 오후 한 시쯤의 태양이 드리운 그림자 같았다.

흙바닥에 놓인 돌멩이와 구겨진 코카콜라 캔의 그림자는 내 그림자와 마찬가지로 서쪽으로 하나씩만 뻗어 있었다.

두 마구간 사이에 위치한 폭 12미터 정도의 연습장에는 지난 가을 내내 갈색으로 변한 잡초와 야초가 무성하게 자라 있었다. 나는 두 번째 마구간으로 다가가 살펴보았다. 이 마구간도 그림자를 두 개 드리우고 있었다. 첫 번째 마구간처럼 길고 연한 그림자는 서쪽으로, 짧고 진한 그림자는 동쪽으로 뻗어 있었다.

한 건물이 이처럼 상반되는 방향으로, 짙은 정도가 다른 두 개의 그림자를 드리우는 이유는 하나밖에 없다. 태양 두 개가 떠 있되, 한 태양은 방금 전 동쪽에서 떠올라 약한 빛을 내뿜고 있고, 또 하나의 태양은 하늘을 종일 가로질러 서쪽으로 저무느라 더 강한 빛을 내뿜고 있어야 가능한 현상이었다.

그러나 내 머리 위에는 태양이 분명 하나뿐이었다.

연습장 중앙의 높이 18미터 정도의 웨이커스트 목련은 이맘때는 노상 그렇듯, 잎사귀 하나 없이 발가벗고 서 있었다. 목련 나뭇가지들도 이런 이른 아침이면 당연히 그렇듯, 첫 번째 마구간의 벽과 지붕을 가로질러 서쪽을 향해 잉크처럼 새까만 그림자 그물을 드리웠다.

오직 두 마구간만이 내 머리 위의 태양과 또 다른 허깨비 태양의 영향을 받아 그림자를 두 개씩 드리우고 있는 것이다.

전에 산책을 하다가 두 번 이곳까지 와본 적이 있었다. 그때도 만약 이런 현상이 발생했으면 내가 못 보고 지나쳤을 리 없었다. 이 괴상한 그림자들은 지금 이 순간에만 내 눈앞에 펼쳐진 것이다.

마구간 외부에서 이런 말도 안 되는 일이 벌어지고 있는데 내부에선 얼마나 더 놀라운 일이 일어나고 있는지 문득 궁금해졌다. 지금껏 내 별난 인생에서 일어났던 놀라운 일들을 되짚어 보면, 복권 당첨 같은 상황보다는 글자 그대로 혹은 비유적인 의미로 날카로운 이빨의 공격을 받는 경우가 대다수였다.

그래도 나는 마구간 문을 옆으로 약간 밀어 열었다. 그리고 태양이 내 등을 비추지 않도록 왼쪽으로 걸음을 옮긴 후 청동 문을 뒤로 하고 마구간 안으로 들어갔다.

동쪽 벽과 서쪽 벽을 따라 널찍한 칸이 다섯 개씩 배치되어 있고, 각 칸 앞에는 마호가니재 아니면 티크재인 듯한 칸막이 문이 붙어 있었다. 중앙 통로의 폭은 3.6미터 정도 되었는데, 각 칸의 바닥과 마찬가지로 통로 바닥에도 석판을 촘촘하게 짜 넣었다.

마구간 왼쪽 끝에 있는 마구실과 오른쪽 끝에 있는 건초저장소는 모두 길쭉한 형태였고 안에는 아무것도 없었다.

내가 지금까지 본 마구간들은 전부 흙바닥이었는데 이 마구간의 바닥은 특이하게도 납작한 석판이 깔려 있었다. 그러나 이 마구간의 특이한 점은 그게 전부가 아니었다.

각 칸 뒤쪽에 가로 90센티미터 세로 120센티미터 크기의 창문이 하나씩 달려 있었고, 각 유리창에는 길이 7.6센티미터의 작은 사각형 유리들이 중앙의 타원형 유리판을 둘러싸는 형태를 이루도록 납땜 장식이 되어 있었다. 그리고 타원형 유리판 안쪽에는 구리선을 꼬아 숫자 '8'을 만들어놓았다.

구리선 때문에 유리에 구리 색이 스며들어 마구간 안으로 흘러들어오는 햇빛처럼 불그스름했다. 어떤 이들은 이 빅토리아 풍 창문 덕분에 마구간 안이 빨갛게 타오르는 난롯가의 아늑한 분위기를 풍긴다고 할지 모르겠지만, 나는 피와 불의 바다를 누비는 네모 선장의 잠수함 노틸러스 호를 떠올렸다. 물론 그건 나만의 상상일 뿐이다.

곧장 마구간 안의 램프를 켜지는 않았다. 각 칸막이 문 양옆의 기둥에 청동 램프들이 달려 있었지만, 창문으로 들어오는 구리처럼 불그레한 빛과 쇠처럼 시커먼 그림자들 속에 가만히 서서 알 수 없는 무언가가 모습을 드러내고 소리를 내길 기다렸다.

그러다 잠시 후, 마구간 바깥에서는 그림자가 이중으로 뻗어 있지만 내부는 여느 마구간과 다를 바 없다는 결론을 내렸다. 마구실 문에 붙은 커다란 온도계를 보니 내부 온도는 섭씨 18.3도로 평범한 수준이었다. 눈보라가 방금 전에 지나간 듯 깨끗한 느낌이었고 아무 냄새도 나지 않았다. 다만 너무 조용해서 기괴할 지경이었다. 후다닥 뛰어가는 쥐 소리는 물론이고 자그마한 소음도 전혀 없었다. 마치 이 건물 벽 너머 바깥은 날씨의 변화가 전혀 없는 불모의 땅인 듯했다.

이 깨끗하고 고요한 마구간을 보고 있자니 이 안에서 한때 말을 길렀다는 사실이 실감나지 않았다. 하지만 로즈랜드 저택 통로에는 콘스탄틴 클로이스가 좋아했던 말들의 사진과 그림이 여전히 걸려 있었다. 월플로 씨는 그 사진과 그림을 로즈랜드 역사의 중요한 일부로 여겼다.

지금까지 내가 로즈랜드를 돌아다니며 관찰한 바로는 흰 잠옷을 입은 피투성이 여인의 사진이나 그림은 어디에도 걸려 있지 않았다. 그 여인은 말들 못지않게 로즈랜드 역사의 중요한 일부일 것 같은데, 이곳 사람들은 여기서 일어난 살인 사건을 나처럼 중요한 일로 여기지 않는 모양이었다.

어쩌면 조만간 로즈랜드의 어느 건물 복도에서, 온갖 종류의 드레스를 입은 젊은 여자들이 치명상을 입고 피를 줄줄 흘리고 있는 초상화들을 맞닥뜨리게 될 수도 있었다. 로즈랜드 어디에서도 장미 덤불을 전혀 보지 못했으니, 어쩌면 로즈랜드라는 이름은 이곳에서 토막 살해된 후 어딘가에 묻힌 장미 같은 여인들을 기리기 위해 붙인 이름일지도 몰랐다.

이런 생각을 하고 있으니 문득 뒷덜미의 털이 또다시 곤두서는 느낌이었다.

지난번에 여기 왔을 때는 바닥에 깔린 규암 석판들 사이에 꼼꼼히 박혀 있는 지름 3센티미터 가량의 구리 원반들을 눈여겨봤다. 이 반짝이는 원반들은 통로를 따라 물결 모양으로 길게 뻗어나갔는데, 보는 각도에 따라 평범한 8자로도 보이고, 각 창문에 새겨진 장식들처럼 느긋하게 모로 누운 8자로도 보였다.

이런 원반 장식들을 왜 해놓았는지 짐작조차 되지 않았다. 작고한 콘스탄틴 클로이스가 아무리 돈이 썩어나게 많은 신문 재벌이나 영화계 거물이라고 해도 단순히 장식용으로 마구간에 이런 원반들을 설치해놓지는 않았을 것이다.

"거기 누구냐?"

화들짝 놀라 뒤를 돌아본 나는 민머리의 거인을 보고 더 크게 놀랐다. 거인의 얼굴에는 오른쪽 귀에서 입가까지, 그리고 이마 위쪽에서 콧대까지 상처들이 길게 나 있었다. 누런 치아는 온통 비뚤비뚤해서, 주요 텔레비전 방송국에서 저녁 뉴스 진행자로 일했을 리는 결코 없어 보였다. 윗입술에는 발진까지 나 있었다. 양쪽 허리춤에 찬 권총집에는 리볼버와 권총이 한 자루씩 들어 있고, 양손에는 우지 기관단총으로 보이는 완전 장전된 자동 카빈총을 들었다.

키는 2미터, 체중은 110킬로그램 정도 되는 듯했고, 스테로이드를 다량 섭취해 근육을 잔뜩 늘린 남자들의 대변인이라고 하면 딱 좋을 만큼 근육이 어마어마했다. 검정 티셔츠에는 하얀 글씨로 '죽음으로 치유하리라'는 문구가 적혀 있었다. 거인의 이두박근과 팔뚝에는 울부짖는 하이에나 문신이 새겨져 있었고, 손목은 내 목 굵기만 했다.
 그는 지퍼 주머니들이 잔뜩 달린 카키색 바지 위로 장화를 신었는데, 붉은색과 검정색 가죽에 무늬를 새긴 카우보이용 장화였다. 경쾌한 차림이었지만 분위기는 경쾌함과는 거리가 멀었다. 경찰들이 차는 것 같은 권총 벨트를 허리에 둘렀고, 빵빵한 벨트 주머니에는 리볼버용 스피드로더와 권총용 여분 탄창이 잔뜩 들어 있었다. 지퍼 주머니 일부가 불룩한 걸 보면 그 안에 여분의 탄약을 더 집어넣었거나 전리품으로 획득한 사람 귀와 코라도 넣어둔 것 같았다.
 내가 말했다.
 "2월치고 날씨가 좋네요."
 셰익스피어는 『오셀로』에서 질투를 녹색 눈의 괴물로 묘사했다. 셰익스피어는 나보다 천 배는 더 똑똑했던 게 분명하다. 그의 비유적 표현이 더 없이 적절하게 적용되니 말이다. 그러나 지금 나를 노려보고 있는 녹색 눈의 괴물은 증오와 분노, 유혈에의 욕망에 사로잡혀, 질투나 친절 같은 하찮은 감정엔 신경도 쓰지 않을 듯했다. 이 거인은 『맥베스』에 출현시키기도 어려울 만큼 심히 무시무시한 몰골이었다.
 거인은 우지 기관단총을 내 쪽으로 겨누며 마구간으로 한 걸음 더 들어섰다.
 "2월치고 날씨가 좋다라. 그게 무슨 소리지?"
 대답할 시간도 주지 그는 계속해서 말했다.
 "그게 무슨 개×× 같은 소리냐고, 이 얼간아."
 "별다른 의미는 없습니다. 대화를 시작할 때 어색함을 누그러뜨리기 위한 말이었을 뿐입니다."

그는 인상을 잔뜩 구겼다. 어찌나 심하게 인상을 구기는지, 눈썹 사이의 미간이 확 좁혀져 없어지다시피 할 정도였다.

"너 뭐냐, 어디 모자란 놈이냐?"

궁지에 빠졌을 때 차라리 지적 능력이 떨어지는 척을 하는 편이 현명할 수도 있었다. 시간을 버는 유용한 기술이기도 하고, 바보 흉내는 그리 어렵지 않게 낼 수 있기 때문이기도 했다.

이 짐승 같은 자가 원하는 대로 멍청이 흉내를 낼 작정을 하고, 존 스타인벡의 소설 『생쥐와 인간』에 나오는 팔푼이 레니 흉내를 내려고 하는데 그가 구시렁거렸다.

"이 세상은 얼간이들이 너무 많아서 문제야. 니××. 얼간이들은 세상을 온통 엉망진창으로 만들어놓지. 멍청한 것들을 싹쓸이해야 세상이 그나마 좀 나아질 거다."

세상에서 제거해버리기엔 내가 꽤 똑똑한 인간임을 보여주기 위해 나는 얼른 말했다.

"셰익스피어의 『헨리 6세』 제2부에 나오는 반역자 딕이 이렇게 말을 하죠. '우리가 제일 먼저 할 일은 법률가 놈들을 몰살하는 것이다'라고요."

그는 눈썹을 더욱 심하게 찡그렸고, 초록색 눈은 메탄 불기둥처럼 활활 타올랐다.

"너 뭐냐, 어디서 똑똑한 척 건방을 떨어?"

어떻게 해도 이 남자의 비위를 맞출 수 없을 듯했다.

그는 바짝 가까이 다가와 우지 기관단총의 총구를 내 가슴에 대고 말했다.

"널 지금 당장 쏴버리면 안 될 이유를 하나라도 대봐, 이 건방진 무단 침입자 놈아."

어떤 남자가 총을 들고 있고 나한테는 총이 없는데, 그 남자가 나를 죽이지 말아야 할 이유를 하나라도 대보라고 한다면, 그건 그가 내 머리통을 날려버릴 작정을 하고 있는 건 아니라고 봐도 좋지 않을까. 나를 죽일 작정이었으면 애초에 이유를 대보란 말은 하지도 않았을 것이다. 그는 그대로 순순히 물러나도 좋을 이유를 원하고 있거나 아니면 상상력이 심히 부족해서 텔레비전이나 영화에서 본 장면을 한번 따라해본 것인지도 모른다.

초록색 눈을 가진 이 노땅은 여느 폭력배와는 좀 달라 보였다. 태도로 봐서는 누군가를 죽이기 위해 굳이 이유를 필요로 할 것 같지 않고 그저 살인에 대한 강렬한 욕구에 따라 행동할 것처럼 보였다. 게다가 무시무시한 외모로 봐선 이 상황을 유혈 낭자한 방식으로 끝내는 쪽으로 이미 생각해두었을 것 같았다.

나는 이 마구간이 사람이 거주하는 로즈랜드의 다른 건물들과 꽤 멀리 떨어진 곳에 있다는 것을 절실히 되새겼다.

더 이상 그를 자극하지 않기를 바라며 나는 조심스럽게 아홉 단어를 입 밖으로 내놓았다.

"저기, 그런데 말입니다. 저는 무단 침입자가 아니라 로즈랜드 손님입니다."

그러나 그는 납득하는 표정이 아니었다.

"여기 손님이라고? 대체 언제부터 그들이 계집애 같은 애송이 놈들을 로즈랜드 대문 안에 들였다는 거냐?"

나는 나에 대한 그의 불쾌한 묘사에 기분이 상할 새도 없이 얼른 대답했다.

"유칼립투스 숲에 있는 게스트하우스에서 지내고 있습니다. 여기서 세 번의 밤과 두 번의 낮을 보냈죠."

그는 총구를 내 가슴에 대고 꾹 눌렀다.

"사흘이 지나도록 아무도 나한테 얘기를 안 했다? 내가 토스트에 똥이나 발라 먹을 멍청이로 보이냐?"

"아뇨. 토스트에 그럴 분은 아닌 걸로 보입니다."

그가 콧구멍을 하도 크게 벌름거려서 어느 한쪽 콧구멍으로 뇌가 쏟아져 내리지 않을까 걱정스러웠다.

"무슨 뜻으로 한 말이냐, 애송이 놈아?"

"즉, 선생님께선 저보다 똑똑한 분이라는 거죠. 그렇지 않다면 제가 선생님을 총으로 겨누고 있겠죠. 어쨌든 제 말은 사실입니다. 여기 온 지 거의 사흘째예요. 물론 집주인이 저를 마음에 들어 해서 저희를 이곳에 초대한 건 아니고요. 저와 같이 다니는 소녀를 보고 초대하신 겁니다. 아무도 그 소녀의 말을 거절하지 못하거든요."

내가 소녀를 언급하자 그의 얼굴에서 문득 공감하는 표정이 스쳤다. 아마 내가 어린 소녀를 말하는 줄 아는 듯했다. 아무리 거칠고 난폭한 폭력배라도 어린아이들한테는 약한 면이 있으니까.

"이제 이해가 되는구만. 네놈이 끝내주게 섹시한 년을 데리고 들어왔는데 아무도 이 케니한테 그년에 대해 말을 안 해줬단 말이지."

케니의 동정심 분비선이 아니라 건드리지 말고 가만히 두어야 할 엉뚱한 분비선을 건드린 모양이었다.

"아뇨, 선생님. 그게 그렇지가 않습니다."

"뭐가 아니야?"

"상냥하고 영적으로 숭고한 소녀지 섹시한 소녀는 전혀 아닙니다. 어떻게 보면 좀 촌스럽고 임신 칠 개월이라 봐줄 만한 매력도 없죠. 하지만 다들 그녀를 좋아합니다. 빈털터리에 혼자이고 임신까지 했으니 참 안 됐잖습니까. 보는 이의 가슴이 다 아픈 거죠."

케니는 내가 외국어로 말하고 있기라도 한 것처럼 돌연 뜨악한 표정으로 나를 쳐다보았다. 그 외국어가 몹시 거슬려서 내 입을 다물게 하기 위해 당장이라도 총을 쏠 태세였다.

화제를 돌려야겠다 싶어서 나는 손가락을 내 윗입술에 갖다 댔다. 케니의 윗입술에 벌겋게 부푼 발진이 자리하고 있었다.

"그거 많이 아프겠는데요."

그가 여기서 더 사나워지진 않을 거라 생각했는데, 그의 얼굴은 분노가 한껏 차올라 곧 터질 것 같았다.

"내가 병에 걸렸다는 거냐?"

"아뇨. 그런 건 아니고요. 황소처럼 건강해보이기는 합니다. 어떤 황소라도 선생님만큼만 건강하면 더 바랄 게 없겠죠. 제 말은 윗입술에 난 그것 때문에 통증이 있겠단 뜻입니다."

그는 다소 화를 가라앉혔다.

"개 같이 아프기는 해."

"치료는 어떻게 하고 계신지?"

"이런 개같은 구내염에 무슨 치료를 해. 놔두면 저절로 낫는 거지."

"구내염이 아니라 발진입니다."

"다들 구내염이라던데."

"구내염은 입안에 생기는 겁니다. 발진하고는 달라요. 그렇게 된 지 얼마나 되셨죠?"

"엿새인가. 이 개같은 게 가끔 너무 아파서 비명이 절로 나와."

나는 공감하는 척을 하느라 얼굴을 살짝 찌푸렸다.

"발진이 생기기 전에 그 자리가 따끔거리지 않았습니까?"

그는 마치 내가 신통력이라도 부린다는 것마냥 눈을 휘둥그렇게 떴다.

"맞아. 따끔거렸어."

나는 가슴을 겨누고 있던 우지 기관단총의 총신을 손으로 슬쩍 밀어 치웠다.

"따끔거리는 증상이 나타나기 전 24시간 동안 뜨거운 햇살을 쏘이거나 찬바람을 맞으셨습니까?"

"찬바람을 맞았지. 지지난 주에 강추위가 왔어. 개같은 북서풍이 오라지게도 불더구만."

"그럼 찬바람 때문에 피부염이 생기신 거네요. 뜨거운 햇볕을 너무 오래 쏘이거나 찬바람을 많이 쐬면 그런 발진이 생기기도 합니다. 그 부위에 바셀린을 살살 발라주고 햇볕과 바람을 피하세요. 자극하고 건드리지만 않으면 금방 나을 겁니다."

케니는 혀끝으로 발진이 난 자리를 핥았다. 내가 그러지 말라는 눈빛을 보내자 그가 물었다.

"너 뭐냐, 의사냐?"

"아뇨. 잘 아는 의사가 두 분 계셔서 주워들은 거죠. 선생님은 이곳 경비팀 소속이신가봅니다."

"그럼 내가 오락부장처럼 보이나?"

이만하면 어느 정도 친해진 것 같아 나는 온화하게 웃으며 말했다.

"맥주 몇 잔 들어가면 재미난 분이실 것 같아요."

그는 발진이 난 입술을 쫙 찢어 삐뚤빼뚤하고 누리끼리한 이빨을 드러내고 웃었다. 그 입은 대형 트레일러트럭에 치여 죽은 주머니쥐처럼 흉측하기 이를 데 없었다.

"다들 케니는 맥주를 좀 마시고 나면 엄청 재미있는 사람이라고 말하기는 해. 열 잔이 넘어가면 그때부터 흥이 떨어지고 닥치는 대로 물건을 부수기 시작해서 탈이지."

나는 하루에 맥주를 두 잔 이상 마셔본 적 없지만 대충 맞장구를 쳤다.

"저도 그렇습니다. 그래도 그러고 나면 후회가 좀 되죠. 물론 선생님만큼 엄청나게 때려 부수지는 못하겠지만 말입니다."

나는 그의 자존심을 슬쩍 세워주었다.

"기억에 남을 만큼 크게 부순 적이 있기는 하지."

그의 얼굴에 난 상처들이 더 시뻘겋게 달아올랐다. 과거에 술 마시고 날뛰었던 시간을 되새겨보니 자부심이 드높아지는 모양이었다.

마구간 안으로 비춰드는 햇빛의 세기가 조금씩 달라지는 것을 느낀 나는 오른쪽으로 고개를 슬쩍 돌려 창문을 살펴보았다. 구리 장식 때문에 불그스름한 색을 띈 동쪽 창문들이 햇빛을 받아 환히 빛나고 있긴 했는데, 처음처럼 밝지가 않았다. 케니는 우지 기관단총으로 대충 바닥을 겨눴는데 어쩌면 내 발을 겨누고 있는지도 모를 일이었다.

"꼬마야, 네 이름이 뭐라고?"

나는 약간 긴장하면서 케니에게 시선을 돌렸다. 아직 그를 완전히 구워삶지 못했으니 방심하면 안 되었다.

"우선 선생님을 무시하거나 놀리는 게 아니라는 걸 알아주셨으면 합니다. 괴상하게 들리겠지만 이건 제 진짜 이름입니다. 오드. 오드 토머스요."

"토머스 부분은 멀쩡하구만 뭐."

"고맙습니다."

"부모들이 자식한테 얼마나 괴상한 이름을 지어 붙이는데 오드쯤은 심한 축에도 안 들어. 아주 자식의 삶을 이름으로 짓이겨놓기도 하거든. 내 부모는 그야말로 지독한 인간들이었어……."

케니는 점잖지 못한 단어들을 나열해가며 부모에 대한 얘기를 늘어놓았다. 그의 부모는 근친상간과 자위를 일삼았고, 변태적 욕망 충족을 위해 동물을 이용하지 못하게 하는 법을 크게 위반했으며, 주요 시리얼 회사의 제품에 성적으로 집착했고, 혀를 괴이하기 이를 데 없는 용도에 사용했다는 등의 얘기였다…….

다시 생각해보면, 아니, 됐다.

케니가 묘사한 그의 부모는 온갖 시궁창 같은 인간들이 죄다 모인 역사에서도 그 유례를 찾기 힘들 정도로 독보적으로 타락한 인간들이었다. 내가 아무리 여기에 그의 부모에 관한 얘기를 여러분에게 주워 옮긴다고 해도 그의 얘기를 직접 듣는 것만큼 사실에 근접할 수는 없을 것이다.

그가 계속해서 말했다.

"부모에게 물려받은 내 원래 성은 키이스터였어. 키이스터가 무슨 뜻인지 알지?"

우리가 우정을 쌓아가고 있는 것 같기는 해도 그 답을 말하는 순간 나는 그의 제거 목록 1호에 오를 듯했다. 키이스터라는 단어의 의미를 내 입으로 말했다간 그의 분노에 불을 지르고 말 테니까.

하지만 그가 물었으니 어찌됐든 대답을 해야 했다.

"흠, 속어죠. 어떤 사람들은 그 단어를 몸 아래쪽을 표현할 때 씁니다. 어디 앉을 때 바지와 함께 닿는 부분이라든지, 가끔은 궁둥이와 혼용되기도 하고요."

"엉덩이. 키이스터는 엉덩이라는 뜻이야."

그는 씩씩대고 으르렁대는 투로 이렇게 내뱉었다. 천둥처럼 울림이 퍼져나가 마구간 창문들이 덜걱거릴 정도였다.

나는 틈을 보아 왼쪽을 슬쩍 살펴보았다. 몇 분 전에 비해 서쪽 창문으로 들어오는 햇빛이 점점 더 붉어지고 있었다.

"내 부모가 붙여준 내 원래 이름은 뭔지 알아?"

이건 질문이 아닌 요구였다. 무조건 대답을 해야 했다.

고개를 돌려 그를 마주 보았는데 여전히 분노로 흔들리는 눈빛이었다.

"케니는 아니었겠군요."

그는 눈을 감고 깊게 숨을 들이쉬었다. 힘겹게 비밀을 폭로하려는 사람처럼 오만상을 찌푸렸다.

그 순간 나는 가까운 문으로 달려가 도망칠까 싶기도 했다. 하지만 그랬다간 그와 쌓아가는 이 우정이 가짜라는 게 들통 날 테고, 부모에게 버림받은 케니는 분노가 폭발해 결국 내 등에 총을 갈기고 말 것이다.

로즈랜드 사람들은 다들 약간은 괴상한 면이 있지만 정상적으로 살아가는 것처럼 보이려고 애를 쓰고 있었다. 그러나 이 화려한 차림의 거인은, 굵은 팔뚝에 이를 드러내고 으르렁대는 하이에나 문신을 새긴 이 걸어다니는 무기고는 전혀 그런 노력을 하지 않았다. 그는 내가 지금까지 만나본 이 사유지의 다른 경비팀원들과는 분위기가 완전히 달라서 아무리 봐도 한 팀으로 일하고 있을 것 같지가 않았다. 그가 로즈랜드의 경비원이 아닐 가능성이 높으므로 그를 한순간도 믿으면 안 된다는 게 내 생각이었다.

케니는 길게 숨을 들이쉬었다가 내뿜고 눈을 떴다.

"잭이었어. 내 부모는 내 이름을 잭 키스터로 지었단 말이다."

잭 키스터 다른 말로는 잭 애스, 그것은 속어로 '멍청이'라는 뜻이었다.

"그것 참 잔인하네요."

"개같은 인간들이지."

그나마 부모라서 욕을 이 정도로 약하게 하는 듯했다. 그가 계속해서 말했다.

"덕분에 난 유치원에 간 첫날부터 개새끼들한테 괴롭힘을 당했어. 그놈들은 내가 일학년이 될 때까지 기다려주지도 않더구만. 열여덟 살이 되자마자 법원에 가서 개명을 했지."

나는 '케니 키이스터로요?'라고 물을 뻔했지만 다행히 혀를 잘 제어했다.

그는 일류 연극배우처럼 권위 있게 혀를 굴려가며 개명한 이름을 말했다.

"케네스 랜돌프 피츠제럴드 마운트배튼."

"인상적이네요. 잘 어울리는 이름입니다."

기쁨으로 그의 얼굴이 살짝 달아올랐다.

"내가 좋아했던 이름들을 다 엮어 넣은 거야."

안타깝게도 그때부터 나는 더는 할 말이 없었다. 케네스 마운트배튼도 지금까지 들어본 바로는 재능 있는 이야기꾼이 아닌 듯하니, 우리의 대화는 이것으로 끝이 난 것이다.

그가 내 배에 총구멍을 내는 것으로 마지막 대사를 대신한다고 해도 별로 놀랍지 않을 상황이었다.

그런데 그가 갑자기 좌우를 힐끔거렸다. 창밖의 빛이 빠르게 변하고 있음을 그제야 알아챈 듯한 표정이었다. 극심한 상처가 난 피부, 무시무시한 이빨, 악어같이 살벌한 눈을 가진 그의 얼굴에 일순간 공포가 어렸다. 마치 괴롭힘 당하던 어린 소년 시절로 돌아간 듯한 표정이었다.

그는 겁에 질린 목소리로 중얼거렸다.

"내가 너무 늑장을 피웠네. 늦었어. 늦었어. 늦었어."

그러고는 뒤로 돌아 우리 둘이 들어온 그 문으로 달려갔다. 방금 전까지 터미네이터 같던 케니는 매드 해터와의 다과회 약속에 늦으면 어떤 벌을 받게 될지 몰라 두려워하는 흰 토끼 같은 모습으로, '늦었어'를 되풀이하며 마구간 밖으로 달아나버렸다.

동이 튼 지 얼마 안 됐고 하늘에 구름이 거의 없는데도 마구간 동쪽 창문들로 들어오는 햇빛이 상당히 많이 약해졌다. 반면에 서쪽 창문의 유리창들은 루비처럼 새빨갛게 타올랐다.

구름이 빠르게 몰려와 동쪽 창문으로 들어오는 빛이 약해졌다면 서쪽 창문도 마찬가지여야 하는데 서쪽 창문은 오히려 더 환하게 활활 타올랐다. 어쩌면 들불이 났는지도 모른다는 생각이 퍼뜩 들었다. 시커먼 연기가 동쪽을 뒤덮고 서쪽으로는 화염이 번져나가고 있는 게 아닐까. 하지만 타는 냄새는 나지 않았다. 방화범이 성냥을 켜 불을 질렀다고 해도 단 몇 분 만에 이 일대가 불지옥이 되는 건 불가능했다.

바로 케니 뒤를 따라 나가기가 꺼려져서 잠시 머뭇거렸다. 허둥지둥 달려나간 그가 나에 대해 깡그리 잊어버렸길 바랄 뿐이었다. 잠시 후 케니가 나간 문으로 다가갔다. 문은 90센티미터 정도 열려 있었다.

문지방에서 바깥으로 선뜻 나갈 수가 없었다. 바깥 풍경이 여기 들어오기 전과 달라졌기 때문이었다.

풀 한 포기 나지 않은 폭 3미터의 척박한 땅은 그대로였지만, 흙바닥에 놓여 있던 돌멩이와 구겨진 코카콜라 캔은 어디론가 사라졌다. 그 돌멩이와 코카콜라 캔은 나처럼 서쪽으로 그림자 하나만 드리우고 있던 것들이었다. 불모의 땅 너머에는 잡초들이 있었고, 그보다 더 먼 곳에는 검은 나뭇가지를 드리운 리브참나무들이 익숙하게 서 있었다.

이 모든 것을 뒤덮은 불길하기 그지없는 시뻘건 빛 속에서 독수리보다 몸집이 큰 섬뜩한 박쥐 떼가 날아왔다. 그리고 싯누렇게 변한 높은 하늘에 시커먼 재와 그을음이 강처럼 구불구불 서쪽으로 흘러갔다. 동쪽 하늘은 누리끼리한 색에서 거무스름하게 변해가고 있었다. 밤의 어둠이 산과 구릉에 그득하게 내려와 내 쪽으로 밀려왔다. 갑작스레 한밤중이 되어 세상을 뒤덮은 이 종말론적 어둠을 별빛도 뚫지 못하고 있었다.

방금 전까지만 해도 상쾌하게 아침이 밝아오고 있었는데, 어느새 해가 산 뒤로 넘어가고 머나먼 태평양에 밤이 내린 것이다. 마구간은 여전히 불가사의한 두 개의 그림자를 드리우고 있었지만, 나는 그 의미를 추론하고 앞으로 닥쳐올 상황을 예견할 만큼 뛰어난 탐정은 되지 못했다.

다만 갑작스레 황혼이 깔린 바깥으로 발을 내딛는 것은 자살 행위까지는 아니더라도 위험천만한 짓이라고, 직감이 내게 경고하고 있었다. 지금 내 눈앞에 보이는 풍경은 내가 아는 로즈랜드 풍경과는 사뭇 달랐다. 어째서 이렇게 달라졌는지는 모르겠지만, 이 로즈랜드에서 로즈, 그러니까 장미를 기대할 수 없는 것처럼 기분 좋은 이유를 기대할 수는 없을 듯했다.

청동 문을 닫고는 잠글 수 있는지 살펴보았으나 잠금 장치가 없었다. 화재가 날 경우 위험할 수도 있었고, 말들을 마구간 안에 넣어두고 문을 잠글 일도 없었기 때문인 것 같았다. 로즈랜드에 집을 짓던 1920년대에 캘리포니아 주에는 말을 훔쳐가는 도둑 떼가 없었으므로 자물쇠를 설치할 필요성을 느끼지 못했을 수도 있었다.

  석판에 구리 장식이 들어간 통로를 따라 마구간 중앙으로 물러서고 있는데, 각 칸 옆의 기둥에 붙은 램프 불빛이 희미해지다가 일시에 꺼졌다.

동쪽 창문으로 밤이 다가왔다. 납땜과 구리로 장식한 서쪽 창문들은 용광로 바로 앞에 있는 것처럼 시뻘겋게 빛났다. 기둥과 각 칸의 칸막이문에 서쪽 창문의 문양을 고스란히 비추며 주홍색으로 타오르는 괴이한 빛을 제외하고 마구간 내부는 어두웠다.

바닥이 워낙 어두워서 사물 하나 당 그림자는 하나뿐이라는 자연의 법칙이 이 마구간 안이나 바깥에 적용이 되고 있는지, 아니면 불가해한 그림자들이 사방으로 뻗어있는지 분간할 수 없었다.

이상할 리만큼 깨끗하고 아무 냄새도 나지 않던 마구간에 별안간 오존 냄새가 풍기기 시작했다.

번개가 치고 난 후 공기 중에서 풍기는 표백제 비슷한 냄새 같기도 했다. 가끔 그런 냄새는 번개에 잇따른 천둥이 물러가고 폭풍우가 쏟아진 후 몇 시간 동안 공기 중을 떠돌기도 한다. 하지만 이날 비는 한 방울도 내리지 않았고 비가 올 것 같은 기미조차 없었다.

내가 무엇을 기다리고 있는지 알 수는 없었지만 동네 상인들이 환영의 뜻으로 나눠주는 공짜 선물일 것 같지는 않았다. 돌이켜 생각하면 케니가 갑자기 마구간에서 뛰어나가며 "늦었어. 늦었어. 늦었어!"라고 외쳐댄 건, 약속에 늦었다는 의미가 아니라 어둠이 내린 후 이곳에 붙잡히게 될까봐 두려움에 내뱉은 말인 듯했다. 얼마나 겁이 나면 그 덩치 크고 거칠고 중무장을 한 남자가 꼬맹이처럼 질겁하고 도망을 쳤을까.

동이 트자마자 곧바로 찾아온 괴상한 황혼은 내게도 영향을 미쳐, 공포로 심장이 오그라들 지경이었다. 어둠 속을 배회하는 늑대의 번뜩이는 눈을 마주하고 졸아든 토끼처럼 내 심장이 마구 두근거렸다.

공포는 위스키보다 더 빠르게 사람을 취하게 할 수 있다. 나는 마치 더블샷으로 독한 술을 마신 것처럼 정신이 몽롱해졌다. 이럴 때일수록 정신을 바짝 차리고 침착하게 대처해야 했다.

동쪽 창문들은 유리창 중앙에 각각 박힌 숫자 8을 제외하고 완전히 밤의 지배하에 들어갔다. 구리선으로 만든 그 숫자들은 새까만 유리창 한가운데서 자체적으로 빛나고 있었다. 맞은편 서쪽 창문의 점점 음침하게 불그죽죽해지는 석양을 받아 빛나는 게 아니었다.

케니가 도망치듯 나간 후 마구간 안에는 정적이 깔렸다. 그러다 어느 순간부터 바깥에서 서쪽 벽을 조그맣게 톡톡 두드리는 소리가 들렸다. 한 곳이 아니라 여러 곳이었다. 건물 측면을 따라 여러 곳에서 톡톡톡 소리가 났다.

그리고 붉어진 서쪽 창문에 어떤 형체가 나타났다. 저무는 태양을 등에 지고 있어 명확한 모습은 보이지 않고 윤곽만 드러났다. 머리, 흔들어대는 팔, 무언가를 움켜잡는 손이 차츰 눈에 들어왔다.

처음엔 사람인 줄 알았다. 머리와 팔, 손의 모양이 정상이 아닌 듯했지만, 창문을 괴상한 각도로 비추는 햇빛과 두꺼운 유리의 굴절 때문에 형태가 일그러져 보일 수도 있다고 생각했다.

진홍색으로 물들었던 창문이 보랏빛으로 어두워지면서 다른 창문에도 그림자들이 어렴풋하게 나타났다. 마찬가지로 형체만 희미하게 보이고 기형적인 모습이었으며 대략 여섯 명 정도인 듯했다. 마구간 벽을 두드리고 긁어대는 자들이 인간이 아니라는 쪽으로 생각이 굳어갔다.

우선 그들은 자기네가 내는 소리에 무심한 것 같았고 목소리를 내지도 않았다. 인간이라면 아무리 조용히 움직이려 작정을 해도 무심결에 혼잣말이나 중얼대는 욕을 하게 마련이다. 우린 어쩔 수 없이 수다스런 종족이니까.

그들이 벽을 두드리는 것은 마구간 벽의 견고성을 알아본다거나 자기네가 왔다고 알리려는 의도가 아니었다. 문을 찾으려고 벽을 두드려가며 더듬거리고 있는 것이었다. 평범한 인간이라면 그런 식으로 문을 찾지는 않을 것이다. 아직 밤의 어둠이 완전히 내리지 않았기 때문에 밖에서는 눈앞을 충분히 분간할 수 있었다. 그런데 그들은 계속 멈칫거리며 벽을 두드려댔다. 만약 그들이 인간이라면 눈이 멀었거나 절름발이일 것이다. 아니면 둘 다이거나.

장애인 무리가 마구간을 탐색하려고 혹은 여기 움츠리고 있는 나를 만나려고 로즈랜드의 들판을 가로질러왔을 것 같지는 않았다. 그럼 대체 무슨 이유일까?

창문에 뒤틀린 그림자를 드리우고 벽을 두드려대는 저들이 누구인지 모르겠지만 만나지 않는 편이 좋을 것 같았다. 저들이 내게서 원하는 게 무엇이든 난 그걸 내줄 준비가 되어 있지 않았으니까.

제일 앞장서서 오던 자가 모퉁이를 돌아 드디어 북쪽 문을 발견했다. 케니가 열고 달아났던 바로 그 문이었다. 놈은 청동 문을 쾅쾅 두드렸다. 정중히 입장 허가를 구하는 노크가 아니라, 제 앞을 가로막은 장벽의 정체를 파악하기 위해 두드린 것이었다. 단순히 두드리는 데 그치지 않고 문손잡이 쪽을 만지작거리는 소리까지 들려왔다.

케니가 어쩌다 얼굴에 그런 흉한 상처를 입었는지 문득 궁금해지면서, 마구간 중앙에 서 있던 나는 서둘러 남쪽 문 가까이로 자리를 옮겼다.

이 괴상한 밤에 굳이 위험을 무릅쓰고 여길 나가서 유칼립투스 숲의 게스트하우스로 이동하는 건 좋은 생각 같지가 않았다. 그렇다고 정체 모를 방문객들이 찾아와 사교 파티를 벌이려는 이곳에 계속 남아 있고 싶지도 않았다.

남쪽 문으로 가고 있는데 밖에서 누군가가 그 문을 세차게 두드렸다. 즉석요리사이면서 유령을 보는 능력까지 갖춘 나이지만 순간이동 능력은 없으니 이제 여기서 빠져나갈 길은 없는 것이었다.

왼쪽에 보이는 마구실은 자물쇠가 걸려 있지 않았다. 전에는 어땠는지 모르지만 지금은 그 안에 가구 한 점 놓여 있지 않으니 마구실 문을 바리케이드로 삼기엔 부적합했다.

등 뒤로 나란히 위치한 열 칸의 공간은 텅 비어 있어 몸을 숨길 수가 없었다.

오른쪽 문 너머는 길이가 6미터 정도 되는 사료저장실이었다. 사료저장실에는 창문이 없어서 그 안으로 들어가자 지하 감옥처럼 암흑천지였다.

　전에 여기 왔을 때 사료저장실 안을 들여다본 적이 있어서 대략적인 구조는 이미 내 머릿속에 있었다. 오른쪽 벽을 따라 빈 선반들이 설치되어 있고 왼쪽 벽에는 가로 1.5미터, 세로 1.2미터 높이 1.4미터인 사료통 두 개가 놓여 있었다.

　문 가까이에 있는 사료통은 위에서 덮는 식으로 된 뚜껑이 세 개 달려 있고 경첩이 뒤쪽에 붙어 있는데, 내부도 세 칸으로 구획이 나뉘어 있었다. 내 몸을 삼등분해서 나눠 넣지 않는 이상 그 안에 몸을 다 집어넣는 건 불가능했다.

　두 번째 사료통은 뚜껑이 두 개이고 내부가 두 칸으로 되어 있지만 그중 한 칸이 꽤 컸다. 묵직한 나무를 잘 연결해서 만든 통으로, 안쪽 면에는 스테인리스강 판을 딱 맞게 짜 넣었다. 뚜껑을 위로 들어 올렸다가 내릴 때 아래쪽과 완전히 맞물리도록 되어 있어 고무 패킹이 따로 들어가 있지 않았다. 사료로 쓸 곡물을 쥐들이 파먹지 못하게 하기 위해 이렇게 만들어놓은 것이다.

　다른 선택지가 하나만 더 있었어도 나는 이 빈 사료통에 들어가지 않았을 것이다. 아무리 봐도 관처럼 보여서 마음이 편치 않아서였다. 하지만 고집 센 방문객들이 마구간 북쪽 문과 남쪽 문을 적대적으로 두들겨대고 있으니, 이 사료통에 안 들어간다면 마구실에서 죽거나, 마구간 통로에서 죽거나, 말들을 넣어두는 칸들 중 어느 한 칸에서 죽거나 한 것이었다. 그중 어떤 것을 고른다고 해도 합리적인 선택은 아닐 터였다.

　정체불명의 적들이 앞을 볼 수 있는 자들인지 아닌지 알 수는 없지만, 등 뒤로 사료저장실 문을 닫고 나니 완전히 캄캄해져서 아무것도 보이지 않았다. 문을 닫았지만 자물쇠가 없어 닫으나마나였다. 그래도 두 번째 사료통이 있는 자리로 더듬더듬 나아갔다. 뚜껑 하나를 들어 올려 뒤로 젖히자 그 안의 자동 경첩이 뚜껑을 직각으로 잡아주었다.

이 안에 들어와 집회를 하려는지 식사 모임을 가지려는지 모르겠지만 저들이 마치 종을 치듯 청동 문을 연신 두드리고 있었기에 나는 사료통으로 들어가면서 소리를 내지 않으려 조심할 필요는 없었다.

뚜껑 밑면을 만져보니 끄트머리에 길이 15센티미터 정도의 긴 손잡이가 달려 있었다. 사료통 위로 몸을 구부리고 경첩의 걸쇠를 푼 다음 통 안에 들어가 뚜껑을 당겨 닫으면 어느 정도 방어는 할 수 있을 듯했다.

북쪽 문의 바퀴가 레일 위에서 우르르 굴러가는 소리가 들려와 나는 서둘러 이 말도 안 되는 은신처로 기어들어가 뚜껑을 닫았다. 이 사료통 안에 숨어 있다가 저놈들의 사료 신세나 되지 않길 바랄 뿐이었다.

통 앞쪽으로 얼굴을 향한 채로 바닥에 주저앉아, 뚜껑 두 개에 각각 용접해 붙인 손잡이 두 개를 단단히 붙잡았다. 누가 이 사료저장실로 들어와 뚜껑을 열려고 하면, 나는 이 통 안에서 뚜껑을 잡아 당겨 열지 못하게 할 작정이었다. 그러면 이 통이 워낙 오래돼서 일부 부식되고 휘어진 바람에 뚜껑이 꽉 끼어 안 열리는 줄 알지 않을까.

남쪽 문도 열리는 소리가 났다. 문이 들어가는 포켓이 사료저장실 뒷벽 너머서라 그 소리가 북쪽 문이 열릴 때보다 훨씬 크게 들렸다.

문 두 개가 다 열린 후에는 온통 정적이 흘렀다. 그들은 열 개의 칸이 양옆으로 도열해 있는 중앙 통로로 들어와 그 자리에 가만히 서 있었다. 도대체 뭘 하고 있는 걸까?

어쩌면 그들은 내가 소리를 내길 기다리며 귀를 쫑긋 세우고 있을지도 몰랐다. 지금 내가 그러고 있는 것처럼 말이다. 하지만 나는 한 명이고 저들은 여럿이니 자신 있고 공격적으로 이 안을 수색할 게 분명했다.

그대로 일 분이 흘렀다. 그들이 문을 열고 마구간 안으로 들어왔는지 아니면 문지방에 계속 서 있는지 의문이었다.

사료통 안으로 숨어들어갈 땐 바깥 소리를 전혀 못 들을 줄 알았는데 막상 들어와서 보니 사료통 앞쪽에 구멍 다섯 개가 30센티미터 간격을 두고 두 줄로 뚫려 있었다. 지름 10센티미터 정도의 구멍들은 고운 철망으로 덮여 있었다. 낮 동안에 넣어둔 곡물에 곰팡이가 생기지 않도록 환기 구멍을 만들어놓은 것이었다. 덕분에 저들이 극도로 살금살금 움직일 때를 제외하고 모든 소리를 다 들을 수가 있었다.

염소 표백제 같은 오존 냄새가 꽤 심해져서 이러다 재채기가 나올까봐 걱정되었다.

주지사로 활동할 만큼 확고한 신념이 없는 경우, 인간의 머리는 대개 온갖 걱정을 사서 하고 부정적인 예측을 줄기차게 쏟아내는 발전기 역할을 하게 마련이다.

여러분의 인생은 여러분의 것이고 자유의지로 알아서 빚어가는 것이므로, 만약 온갖 일들에 대해 지나치게 걱정을 하고 신의 섭리를 전혀 믿지 않는다면, 여러분이 두려워하는 일들이 실제로 일어나게 될 가능성이 높아진다. 즉, 일이 잘못될 경우에 대해 지나치게 걱정을 하고 그 생각만 계속하다보면, 결국 사소한 문젯거리를 큰 재앙으로 키워내게 되는 것이다.

그래서 나는 재채기를 떠올리지 말자고, 모든 걸 신의 섭리에 맡기고 마음을 편하게 갖자고 스스로를 타일렀다. 시인 T. S. 엘리엇이 쓴 시처럼 '빨리 지금, 여기, 지금, 항상, 완전히 단순한 상태에서라면', 희망과 믿음은 사람을 계속 수면 위에 떠 있게 해줄 것이고 두려움은 사람을 맥없이 침몰하게 만들 테니까.

계속 정적이 흘렀다…… 방문객들이 돌아간 건가 하는 생각을 하고 있는데 사료저장실 문이 열렸다.

문을 연 자의 손에 손전등이 들려 있지는 않았다. 환기 구멍 밖을 살펴보았는데, 밤이 낮을 완전히 집어삼켰는지, 마구간 각 칸의 창문들로 들어오던 일몰의 희미한 빛마저 완전히 사라졌다.

한 마리가 문지방을 넘어오는 소리가 들렸다. 느릿한 움직임으로 미뤄볼 때 키는 별로 크지 않지만 몸집이 크고 육중할 듯했다.

사료저장실 문 가까이에 있는 첫 번째 사료통의 첫 번째 뚜껑을 살짝 들어 올리는 소리, 경첩이 희미하게 삐걱거리는 소리가 들리다가 쾅 닫히는 소리가 났다. 이어서 두 번째 뚜껑, 세 번째 뚜껑을 여닫는 소리가 들렸다.

빛 한 점 없는 방 안에서 놈은 사료통의 세 칸으로 나뉜 구획 안을 들여다보며 확실히 비어 있는지 확인하고 있었다. 최신식 최고급 야간투시경을 눈에 장착하고 있는 게 아니라면, 고양이처럼 어둠 속에서도 잘 보는 놈일 것이다.

놈이 뚜껑을 열어젖힐 때를 대비해 잔뜩 긴장한 채로 은신처의 뚜껑에 붙은 손잡이 두 개를 단단히 잡았다.

놈은 두 번째 사료통으로 느릿느릿 다가왔다. 하지만 곧장 뚜껑을 열지 않고 내 얼굴 바로 앞에 있는 환기 구멍 두 개의 철망을 손으로 툭 쳤다.

나와는 달리 칠흑 같은 어둠이 놈의 시야를 완전히 막지 않았다고 해도, 고운 철망이 있으니 내 모습을 명확하게는 보지 못할 것이다. 그래도 혹시 놈이 지금 나와 눈을 마주보고 있는 게 아닌가 싶어 신경이 곤두섰다.

집중이 흐트러지면 위험해지므로, 나는 뚜껑을 잡아당기는 데 온 힘을 다하기로 했다. 그래야 놈이 뚜껑을 열어젖히려고 할 때 뚜껑이 꼼짝을 안 할 것이고, 놈은 통의 부식으로 뚜껑과 홈이 완전히 붙어버린 모양이라고 생각할 것이다.

또다시 놈이 철망을 손으로 툭 쳤다. 내가 이 안에 있음을 알고 신경을 곤두세워 식은땀을 흘리게 하려는 수작인 것도 같았다. 그래야 나중에 나를 잡아먹을 때 간이 알맞게 돼서 맛이 좋을 테니 말이다.

그러다 놈은 킁킁대며 냄새를 맡기 시작했다. 블러드하운드 개처럼 환기 구멍에 코를 대고 킁킁거렸다.

공기 중에 오존 냄새가 진동하고 있어 냄새 맡기가 쉽지 않을 테니 다행이었다.

킁킁대는 소리가 점점 더 커져 콧구멍 사이가 파르르 떨리는 소음이 날 정도였다. 인간이나 개가 아닌, 맹수가 먹이의 냄새를 맡는 그런 소리였다.

오존 냄새가 내 부비강을 자극해 콧속이 간질거렸다. 나는 신의 섭리에 의지해 재채기를 물리치고, 아예 재채기 생각을 안 하기로, 일이 잘못될 가능성은 염두에도 두지 않기로 마음먹었다. 그렇게 재채기를 막고, 막고, 또 막았다. 하지만 결국 재채기가 터져 나오고 말았다.

 안쪽이 스테인리스강으로 된 빈 사료통 속에서 운 나쁘게 재채기가 요란하게 터져나온 지금, 사회적 수용을 신경 쓸 상황이었으면 그저 좀 창피한 정도로 그쳤을 것이다. 그러나 지금은 생존이 제일 큰 문제였다. 순식간에 공포가 엄습해와 당황할 겨를도 없었다.
 자기애가 넘쳐나는 이 시대에는 사방에 나르시스트들이 널려 있다. 살다보면 창피할 때가 부지기수인데 어쩌면 그리 자기애가 충만할 수 있는지, 경이로울 따름이다. 누구나 바보짓을 할 가능성이 있으므로, 누구나 남이 한 바보짓의 결과를 감내해야 한다. 자연은 우리의 어리석음을 깨닫게 하기 위해, 우리의 착각과는 달리 우리가 우주의 주인이 아님을 일깨워주기 위해, 자주 일을 벌인다.
 무례한 재채기 소리로 내 존재를 알리기 전에도—공식적으로 말하건대 재채기 소리만 났을 뿐 건더기는 튀어나오지 않았다—나는 내가 우주의 주인이 아님을 잘 알고 있었다. 다만 사료통의 주인이고는 싶었다. 그것도 아무도 모르는 비밀스런 주인.
 어둠 속에서 나타난 괴생물체가 사료통 뚜껑을 손톱을 긁어가며 이쪽 뚜껑과 저쪽 뚜껑을 번갈아가며 혹은 두 뚜껑을 한꺼번에 열어 젖히려고 발광을 할 때, 나의 이 소박한 포부는 여지없이 깨지고 말았다.

나는 뚜껑의 손잡이를 필사적으로 붙들고 잡아내렸다. 그래도 바깥에서 뚜껑 가장자리를 잡고 위로 끌어올리는 것보다는 안에서 손잡이를 잡고 아래로 당기는 편이 수월했다.

놈은 뚜껑을 어떻게든 잡아보려고 난리를 치면서 쿵쿵, 으르렁, 크어어억, 크르르 소리를 냈고 심지어 꽤애애액거리기까지 했다. 하지만 '이런 개같은' 따위의 욕을 지껄이지 않는 걸로 봐서 놈은 인간이 아닌 게 분명해 보였다.

놈의 동료들이 어두운 사료저장실 안으로 꾸역꾸역 들어왔다. 놈들의 포악한 괴성은 원숭이들이 내는 소리와는 사뭇 달랐지만, 그 거슬리는 불협화음만은 번개를 동반한 폭풍이 치는 날 원숭이 우리 안에서 들려오는 소리와 비슷했다.

제일 먼저 들어온 놈이 여전히 뚜껑을 잡아올리려 열을 내는 동안 나머지 놈들은 뚜껑을 비롯해 통 측면을 마구 두드리기 시작했다. 그들은 내 은신처를 앞뒤로 잡아 흔들었다. 통 자체의 무게가 상당한데다 사료저장실이 워낙 좁아서 놈들은 통을 옆으로 넘어뜨리진 못했다.

깡통 속에 갇혀 잔인한 꼬마 녀석들의 장난감이 된 생쥐의 기분이 이럴까.

평생 누군가와 싸우거나 쫓고 쫓기며 살아왔고, 자동차보다는 도보로 주로 다녔으며, 손님들에게 만들어준 것보다 훨씬 적은 양의 튀김 음식을 먹었기 때문에 나는 몸 상태가 꽤 좋은 편이었다. 하지만 뚜껑을 계속 잡아당기고 있으려니 양팔이 저리고 아프기 시작했다.

긍정적인 마음가짐을 유지하는 것도 시간이 갈수록 어려워지고 있었다.

이들이 이토록 광폭하게 구는 이유가 나를 저녁거리로 먹기 위해서인지 아니면 그보다 더 끔찍한 짓을 하기 위해서인지는 모르겠지만, 이 굶주린 떼거지 중 일부가 환기 구멍을 막은 철망을 거칠게 긁고 후비기 시작했다. 얇은 철망은 이내 이빨이 작고 촘촘한 플랩 지퍼처럼 좌악 소리를 내며 길게 찢어졌다. 놈들이 칼을 가지고 있든지 아니면 손톱이 극도로 날카롭든지 둘 중 하나였다.

환기 구멍의 크기가 10센티미터 정도이므로 놈들은 그 구멍을 통해 나를 잡아 끌어낼 수는 없겠지만 언제든 칼날이나 막대기를 쑤셔 넣을 수는 있을 듯했다. 게다가 어둠 속에서도 앞을 볼 수 있는 놈들인 것 같으니 철망이 찢어진 지금, 구멍을 통해 어디를 찌르면 내게 효과적으로 상처를 입힐 수 있는지 정확히 알 것이었다.

어둠 속에서 놈들이 짐승처럼 눈을 번뜩이리라 생각되어 구멍 너머를 살펴보았지만 그런 것은 전혀 없었다. 놈들이 분노와 굶주림으로 발광을 하고 있지 않았다면 나는 그들을 암살자 로봇으로 생각했을 것이다. 살아 있는 생물의 눈이 아니라, 빛의 전체 스펙트럼을 빨아들일 뿐 반사시키지는 않는 카메라 렌즈처럼 시선이 시커멓게 죽어 있기 때문이었다.

손이 땀에 젖어 미끈거리다보니 손잡이 하나를 실수로 놓치고 말았다. 제일 처음 나와 대적한 놈이 그 틈을 놓치지 않고 달려들어 뚜껑을 거세게 붙잡았다.

내 심장이 어찌나 세게 뛰는지 쿵쿵 소리가 들릴 정도였고, 놈과 싸우며 뚜껑을 사수하기 위해 안간힘을 쓰는 동안 거칠어진 내 숨소리가 귓가에 울려 퍼졌다.

스토미를 잃고 난 후로 나는 삶에 이렇다 할 미련이 없다. 신이 자비를 베풀어준 덕에 갑작스레 차 사고를 당한다든지 뇌색전증을 앓아 젊은 나이에 죽는다고 해도 상관없다. 하지만 텔레비전 채널을 대충 돌리다가 〈텍사스 전기톱 살인사건〉 리메이크 영화를 얼핏 보게 된 사람들처럼, 아니면 스티그 라르손의 소설을 읽다가 잔인하기 이를데없는 부분을 읽게 된 사람들처럼, 나 역시 고문을 당하거나 산 채로 잡아먹히는 식으로 오랜 시간 고통을 받다가 숨이 끊어지는 죽음은 겁이 난다.

재채기 때문에 위치가 발각될까봐 걱정하지 않아도 되는 상황이 되자 떫은 오존 냄새는 옅어지고, 좀비인지 미친 흑곰인지 모를 떼거지의 체취가 갑자기 강렬하게 내 콧속으로 밀려들었다. 장미의 싱그러운 향기와는 거리가 먼, 썩어가는 양배추에서 풍기는 악취와 비슷한 냄새였다.

속이 메스꺼웠다. 악취가 너무 강해서 입속에 그 맛이 느껴질 정도였다. 이대로 구역질을 한다면 힘이 빠져서 지금처럼 세게 뚜껑을 잡아당기지 못할 것이다. 구역질을 생각만 해도 속이 뒤집어졌다. 쓰고 시큼한 덩어리가 목구멍에서 치밀어 올라 억지로 다시 밀어 넣기는 했지만 도저히 삼킬 엄두는 나지 않았다.

그런데 갑자기 사료저장실에 정적이 돌고 놈들이 공격을 중단했다. 그들의 악취가 썰물처럼 빠져나가 완전히 사라져버렸다. 오존 냄새도 마찬가지였다.

찢어진 철망 너머로 마구간 램프의 불빛이 보였다. 햇빛만큼 밝지는 않지만 어슴푸레한 램프 불이 사료저장실의 열린 문틈으로 들어오자 약간이나마 어둠이 걷혔다. 마치 인광을 내는 차가운 숨결 같은 그 불빛은 합판으로 된 거친 벽에 창백하고 얼룩덜룩한 회색 물방울로 응결되었다.

나는 폭력의 대상이 되는 데 익숙한 편이다. 그러나 한창 공격이 무르익어 승리를 코앞에 두고 있는 시점에 갑자기 온순해져서 명상을 하러 떠나버리는 악당들을 만나본 건 처음이었다.

그들의 정체가 무엇인지 몰라도, 나를 버려두고 물러간 이유가 갑자기 양심에 찔려서 내게 자비를 베풀고 싶어서일 것 같지는 않았다.

어떤 사람들은 악에 대해 잘못 알고 있어서 악을 수그러지게 할 수 있다고 믿기도 한다. 그러나 그런 잘못된 바람은 어두운 심장을 가진 이들로 하여금 더 어두운 악몽을 꾸게 하는 원천이며, 결국 세상의 온갖 전쟁을 잉태하는 근원이다. 악은 알아서 수그러지지 않는다. 악은 싸워서 물리쳐야 하는 대상인 것이다. 아무리 악과 싸우고 뿌리를 뽑고 불로 정화해도, 악은 씨앗을 남기기 때문에 언젠가는 그 씨앗에서 싹이 트고 꽃이 피어나 또 다시 사람들에게 그릇된 소망을 품게 하고 만다.

나는 저 사악한 자들을 물리치지 않았다. 나는 저들이 다시 돌아오지 않으리라 믿을 만큼 어리석지 않다. 문제는 그들이 언제 다시 돌아오느냐다.

뚜껑 아래에 붙은 손잡이를 단단히 붙잡은 채로 나는 귀를 쫑긋 세웠다. 다소 차분해진 내 숨소리와 통 내부의 스테인리스강 판이 내 무게로 인해 우그러졌다가 펴지는 소리 외에 아무런 소리도 들리지 않았다.

일 분쯤 지났을까. 창백한 빛이 흘러들고, 오존 냄새가 사라진 데다, 바깥은 조용했다. 괴생물체들이 자발적으로 여길 떠난 게 아니라, 지나치게 빨리 다가온 밤이 마법처럼 금방 끝나고 다시 아침이 되면서 어쩔 수 없이 떠밀려 나갔음을 짐작할 수 있었다.

어떻게 동이 트자마자 금방 밤이 될 수 있는지, 어떻게 또 그렇게 빨리 밤이 끝나버릴 수 있는지 알 수가 없었다. 여기서 시간은 정해진 코스를 따라 흐르는 강물이 아니라, 수시로 방향이 바뀌어 갑자기 불어왔다가 갑자기 사라져버리는 세찬 바람 같았다.

내 기묘한 삶에는 온갖 초자연적인 일들이 잔뜩 들어차 있지만 이런 일은 처음이었다.

어쩌면 내가 보고 경험하는 수없이 많은 괴이한 현상들은 태양과 달처럼 자연스러운 일인데, 다른 인간들의 오감이 세상의 진실을 완전히 받아들일 만큼 적응이 되어 있지 않아 그런 현상을 보지 못하는 게 아닐까.

이 이론대로라면 나는 특별한 육감을 가졌으니 남들보다 뛰어난 인간이라고 할지도 모르겠다. 그러나 실은 그렇지가 않다. 남들에겐 없는 재능을 가졌지만 영혼의 구원을 갈구하는 측면에서는 전혀 나을 게 없다. 뛰어난 음악가라고 해서 음악적 재능이 없는 이들에 비해 더 나은 인간이 아니듯이 나 역시 마찬가지다. 어떤 면에서 나는 남들보다 뒤처져 있기도 하다.

　온몸이 갈기갈기 찢기거나 잡아먹히지는 않을 것 같다는 생각이 머릿속에서 굳어지자 나는 손잡이를 놓고 뚜껑을 위로 밀어올린 후 사료통 밖으로 기어나갔다.

　배고픈 손님들이 자리에 앉아 요리가 나오길 기다리면서 포크로 잔을 톡톡 두드리며 바다가재 크기가 어떠니 육즙이 어떠니 한마디씩 할 때, 레스토랑 지배인 옆자리에 놓인 수조 속 바다가재의 심정이 어떨지 비로소 알 것 같았다.

　사료저장실을 나가서 보니 남쪽 문은 닫혀 있고 북쪽 문은 내가 처음 마구간에 들어올 때 열어놓은 딱 그만큼 열려 있었다. 조금 전 일제히 꺼졌던 기둥의 램프들은 어느새 다시 빛을 발하고 있었다. 창문을 통해 들어오는 아침 햇살은 지극히 정상적이었다. 많은 빛이 쏟아져 들어오고 있었고 서쪽보다 동쪽이 훨씬 밝았다.

　조심스럽게 마구간 통로를 가로질러 열려 있는 북쪽 문으로 걸음을 옮겼다. 특별한 위험은 느껴지지 않았다.

　마구간 램프 스위치를 끄고 바깥으로 나갔다. 맑고 온화하고 멀쩡한 아침이었다. 하늘에는 태양이 하나만 떠 있고 그 태양은 아직 반쯤 어둠에 싸인 먼 바다를 제외하고 나무와 풀, 비탈을 황금빛으로 칠해놓았다. 태양이 점점 떠오르면서 회색 점판암 같은 바다 위로 진흙처럼 부드러운 색깔들이 조금씩 퍼져나갔다. 마구간은 나와 마찬가지로 서쪽을 향해 검은 그림자 하나만 드리우고 있었고, 사라졌던 돌멩이와 구겨진 코카콜라 캔도 다시 돌아와 있었다. 내 주변 사물들의 그림자는 전부 평범한 햇살 아래 서쪽으로 뻗어 있었다.

어떤 알 수 없는 힘이 대혼란을 불러일으켰다가 잠시 물러간 듯했다. 여기는 육신을 가진 남자와 여자가 사는 세상이다. 사람들은 혼란으로 야기된 자유를 만끽하며 질서에 저항할 때가 종종 있기는 하다. 그러나 우리 생각과는 달리, 혼란의 속성상 반쯤 진행되다 그치지는 않는다. 온통 혼란스럽거나 아니거나 둘 중 하나다. 따라서 지금은 혼란이 잠시 유예된 것이다.

로즈랜드에 무슨 일이 일어나고 있는지 모르지만, 권력을 쫓는 인간들은 이 현상을 제대로 이해할 수 없을 것이다. 권력을 향한 욕망은 인간의 욕구를 뿌리째 흔들어 판단력을 흐리게 하기 때문이다.

로즈랜드 땅이 동쪽에서 서쪽으로 비탈져 있는 것처럼, 높은 벽으로 둘러싸인 이 로즈랜드의 현실이 정상에서 비정상으로 기울어져 있고 그 기울어진 각도가 점점 심해져가고 있음을 느낄 수 있었다. 이대로라면 로즈랜드는 어느 날 문득 멸망의 길로 치닫고, 이성은 광기로 미끄러질 것이며, 로즈랜드에 거주하는 모든 사람들은 죽음의 나락으로 떨어지게 될 것이다.

해가 떠오른 지 얼마 안 된 것 같은데 시간이 이미 꽤 많이 흘러 있었다.

새벽이 밝자마자 밤이 시작되었다가 급작스럽게 다시 날이 밝아온 현상을 로즈랜드에 사는 누군가가 보았다면 아무런 동요가 없을 리 만무했다. 사유지를 가로질러가면서, 나는 적어도 두어 명은 테라스나 잔디밭으로 나와 공포까지는 아니더라도 의아한 눈으로 하늘을 올려다보고 있으리라 생각했다. 그런데 아무도 나와 있지 않았다. 충격적인 우주론적 사건이 어떻게 마구간에 한정되어 일어날 수 있는지 이해가 되지 않았지만 그 사건을 경험한 이는 아무래도 나뿐인 듯했다.

나는 이승에서 배회하는 유령을 보는 능력을 갖고 있지만 환각 증상은 없다. 그렇다고 쉴숌이 내가 먹은 아몬드 크루아상에 페요테 선인장에서 채취한 마약을 섞었을 것 같지도 않았다. 지금 내가 다가가고 있는 정문 쪽 경비원이 방금 전 일식 현상이 일어난 것 같다는 말을 하지 않는다면, 낮에서 밤으로 다시 낮으로 빠르게 바뀐 괴이한 현상은 마구간에서만 일어났다고 봐야할 것이다.

6만 3천 평에 달하는 로즈랜드를 에워싼 담장은 높이 2.7미터 두께 1미터 정도로 주재료는 콘크리트이며, 이곳에서 채취한 돌멩이로 측면을 장식해놓았다. 담장의 유일한 틈새는 진입로와 이어지는 위풍당당한 대문이었다. 말뚝과 가로장으로 만들어져 지나가던 호기심 많은 이가 안을 들여다볼 수 있게 한 문이 아니라, 마구간 바닥처럼 구리 원반을 박아 장식한 두꺼운 청동 문이었다.

경비실도 같은 돌로 지어져 있었다. 유칼립투스 숲 안의 게스트하우스처럼 경비실 창문도 좁고 쇠창살이 설치되어 있었으며 참나무에 쇠를 씌운 현관문이 붙어 있어 사나운 야만인들도 멋대로 쳐들어오긴 어려워 보였다.

길이 4미터 정도 되는 이 건물은 경비실치고는 꽤 큰 편이어서 그 안에 사무실과 작은 주방, 화장실까지 갖춰져 있었다. 여기 온 지 두 번째 되는 날 열린 문틈으로 내부를 얼핏 본 적이 있는데 맞은편 벽의 선반 위에 놓여 있는 총기들이 눈에 띄었다. 산탄총 두 자루와 돌격용 자동소총 두 자루. 그중 산탄총 한 자루에는 권총 손잡이가 붙어 있었다.

방문판매를 하러 온 외판원들이 그 총을 보았으면 물건을 사지 않겠다는 이쪽의 뜻을 확실하게 알아들었을 것이다.

진입로와 바로 붙어 있는 경비실 북쪽에는 넓은 물매 지붕 아래 기둥 네 개가 설치되어 있어서, 날씨가 궂은 날에는 경비원이 그 아래서 비나 눈을 맞지 않고 찾아오는 손님들과 얘기를 나눌 수가 있었다. 지금 그 자리, 문 오른쪽 그늘에 헨리 러럼이 패드가 들어간 팔걸이의자에 앉아 있었다.

그는 서른 살쯤 되었고 잘생긴 편이었다. 상당한 동안이라 처음 만났을 땐 풋내기 청년인 줄 알았다. 얼굴엔 주름 한 줄 없고, 입술은 욕설 한 마디 내뱉어본 적 없는 순결한 어린아이의 입술 같았으며, 두 뺨은 때때로 복숭아 빛으로 상기되곤 했다. 그래서인지 험한 일은 한 번도 겪어보지 못한 사람처럼, 따스하고 보드라운 산들 바람에 흩날리는 민들레 홀씨처럼 세상을 떠돌아다니는 사람처럼 보였다.

소년 같은 얼굴에 어울리지 않는 초록색 눈동자에는 상실감과 고뇌, 가끔은 당혹감이 가득했다.

그를 만나러 여기 두 번 왔었는데 그때마다 그는 시집을 읽고 있었다. 의자 옆 작은 탁자 위에는 에머슨, 휘트먼, 월러스 스티븐스 같은 시인들의 시집들을 되는 대로 쌓아놓았다. 머릿속에 함부로 넣기엔 위험한 시를 쓴 시인들이었다.

할리우드 영화에서 툭하면 '청원경찰 주제에'라고 불리곤 하는 경비원이 시에 심취해 있다고 하면, 어떤 사람들은 그럴 리 없다며 믿지 않으려 한다. 집단 정체감에 사로잡힌 우리 시대의 문화는 개개인이 독특한 개성을 지니고 있음을 받아들이려 하지 않는다. 그러나 헨리는 자신만의 고유한 색깔을 가진 인물이었고, 시를 집중해서 읽는 모습을 보니 시 속에서 심오한 무언가를 추구하는 것도 같았다.

그가 마지막 연을 골똘히 읽는 동안 나는 기둥에 기대어 서서 기다렸다. 그는 무례하게 나를 무시하는 게 아니라 시에 정신이 팔려 내가 온 줄도 모르고 있었다.

나는 케네스 랜돌프 피츠제럴드 마운트배튼에 대해 물어보려고 여기 왔다. 케니는 자기가 로즈랜드의 경비원이라고 했지만, 다른 경비원들처럼 회색 바지, 흰 셔츠, 파란 블레이저로 구성된 제복을 입고 있지 않았고 여러 가지 면에서 훨씬 화려하게 치장한 모습이었다.

기다리는 동안 하늘을 날아다니는 새를 바라보았다. 기다란 날개, 뒷날개의 고유한 무늬로 판단컨대 송골매 같았다. 송골매를 비롯한 매 종류는 설치류가 아니라 자기보다 작은 새들을 사냥해서 먹는다. 하늘을 날다가 급강하해 공중에서 먹이를 잡아채는 것이다.

마침내 헨리는 시집을 덮고 고개를 들었다. 눈빛은 여전히 생각에 잠겨 있었다. 내가 옆에 와 있는 것도 자기가 지금 어디 있는지도 알지 못하는 눈빛이었다.

"방해해서 미안합니다."

내가 말을 걸자 그의 눈에서 혼란스런 기운이 사라지고 매끈한 얼굴에 미소가 떠올랐다. 그는 노먼 록웰의 그림 속 소년 같은 모습이었다. 초록색 눈동자에 담긴 보다 깊은 감정을 굳이 읽어내지 않는다면 말이다.

"아니, 괜찮아. 자네랑 얘기하면 참 재미가 있어. 앉아 여기."

내가 이리로 다시 찾아오리라 여겼는지 그는 경비실 문 왼쪽에 두 번째 의자를 이미 갖다 놓았다. 나는 그 의자에 가서 앉았다. 일식에 대해 굳이 물어볼 필요는 없을 듯했다.

"요즘 유에프오 역사에 대해 다시 공부를 하고 있는 중이야."

헨리는 외계인의 인간 납치, 달 뒷면에 있다는 외계인 기지 등에 관한 보고서에 강한 흥미를 갖고 있었다. 어쩐지 그가 시 속에서 추구하는 바를 유에프오 설화에서도 추구하고 있을 것 같다는 생각이 들었다.

허구한 날 영혼을 보면서 외계 방문자들의 존재는 부정한다는 게 역설적이긴 하지만 그래도 나는 솔직하게 의견을 말했다.

"미안하지만 나는 비행접시니 뭐니 하는 얘긴 안 믿어요."

"외계인에 납치됐던 사람들 중 일부는 거짓말탐지기 테스트도 통과했어. 관련 자료도 엄청 많아."

"은하계를 가로질러올 정도로 대단한 초지성을 가진 외계인이 여기까지 와서 한다는 짓이 겨우 사람들을 납치해서 직장에 탐침이나 꽂아대는 거라니 말도 안 되잖아요."

"검사하면서 탐침만 꽂는 건 아니야."

"그게 외계인이 제일 처음 중요하게 생각해서 하는 일인 것 같던데요."

"가끔은 외계인에게 결장경 검사를 받는 게 바람직하다는 생각은 안 드나?"

"의사한테 받으면 되죠."

"외계인이 해주는 것만큼 검사가 철저하게 되지는 않을 텐데."

"내가 대장암이 걸렸는지 아닌지에 왜 외계인이 관심을 갖는데요?"

"걱정이 돼서 그렇겠지."

논의하고 싶은 주제는 따로 있었지만, 외계에서 온 항문과 의사들을 좋아하는 그의 특이한 취향에 맞춰주다가 자연스럽게 그 주제가 나오게끔 하는 게 좋을 것 같았다. 그렇다고 그와 똑같이 외계인에 미쳐 나뒹굴 필요는 없기에 나는 회의적인 입장을 고수했다.

"외계인들은 우리를 보살펴주고 있어."

"결장경 검사를 해주려고 50광년이나 날아오다니 너무 고마워서

103

소름이 돋네요."

"아니, 오드. 그들에게 50광년은 우리로 치면 50킬로미터 정도 거리일 거야."

"50광년이든 50킬로미터든 내 허락도 없이 똥구멍에 탐침을 찔러 넣는 건 변태나 할 짓이죠."

외계인을 소재로 대화를 나누면서 헨리의 얼굴이 확연히 밝아졌다. 게다가 똥구멍 같은 은밀한 부분에 대한 얘기를 볼썽사납지 않게 할 수 있게 되자 개구쟁이처럼 즐거워하는 모습이었다.

"유전자 샘플도 채취해가겠지."

나는 어깨를 으쓱했다.

"똥구멍을 찔리느니 차라리 머리카락을 한 줌 뽑아주겠네요."

그는 꿈꾸듯 아련한 미소를 지으며 흥분을 감추지 못하고 시집을 손가락으로 계속 훌훌 넘겼다.

"어떤 유에프오 전문가는 죽음을 이미 정복한 외계인들이 우리에게도 불멸의 삶을 주고 싶어 한다고 믿고 있어."

"우릴 전부 불멸로 만들어주겠다고요?"

"외계인들은 우리를 측은하게 여기니까."

"레이디 가가가 들으면 좋아 죽겠네요. 하지만 앞으로 천 년 후에 레이디 가가의 칠백 번째 앨범을 듣고 싶진 않아요."

"그렇게 지긋지긋하지는 않을 거야. 불멸이 되면 여러 가지 직업으로 바꿔가면서 살아볼 수가 있잖아. 자네가 레이디 가가처럼 가수로 활동을 하고 레이디 가가가 자네처럼 즉석요리사가 되는 거야."

나는 얼굴을 찌푸렸다.

"난 노래 잘 못 해요. 그리고 레이디 가가도 요리를 잘할 것같이 생기질 않았고요."

그는 시집을 들여다보지도 않으면서 손가락으로만 계속 책장을 바스락거리며 넘겼다. 카드놀이 판에서 카드 여러 장을 계속 섞고 있는 것 같은 소리였다.

"외계의 기술을 전수받으면 우리 인간들은 모든 걸 완벽하게 할 수 있게 되겠지."

"그럼 아무것도 할 필요가 없게 되지 않을까요?"

"무슨 뜻이야?"

"모든 기술을 전수받아서 다 알게 되면 아무것도 새로 배울 필요가 없게 되잖아요. 삶에 도전이라는 게 없게 되는 거죠. 노력이라는 것도 할 필요가 없을 거고요. 우리한테 좋을 게 없지 않나요?"

계속 책장을 넘기던 그의 손이 잠시 멈추고 입가에서도 미소가 사라졌다.

대답을 기다렸지만 그는 줄곧 말이 없었고 한참 후에야 다시 입을 열었다.

"원래 나는 지금 휴가를 가 있어야 돼. 팔 주 동안 하와이에 가 있을 생각이었어."

월플로 씨가 직원들에게 산타클로스처럼 후하게 굴 사람 같지는 않았다. 그렇지만 나는 두 달이나 되는 후한 휴가에 대해 굳이 걸고넘어지지 않았다

헨리는 하늘에서 느긋하게 선회하며 참을성 있게 먹이를 찾는 송골매를 올려다보았다. 미묘하지만 확실했다. 소년 같은 그의 얼굴에

외롭고 쓸쓸한 표정은 정말 어울리지 않았다. 정신적인 고통을 받고 있는 것 같으니, 가만히 입을 다물고 있으면 그가 알아서 유용한 정보를 흘릴 수도 있었다.

"하와이에서 이 주를 보낸 적이 있는데 더는 있으래도 못 있겠더라고. 그래서 샌프란시스코로 날아가 일주일을 있었는데 기분은 별로 나아지지 않았어."

송골매가 소리 없이 활공했다. 나도 송골매처럼 헨리의 마음 위에서 선회하면서, 먹이가 될 만한 얘기가 나오길 끈기 있게 기다렸다.

"장소가 중요한 게 아니었던 거야. 요즘은 어딜 가도 뭔가 잘못되어 있다는 생각만 들어. 이유는 모르겠지만 그냥 그래."

내 의견을 말해주길 바라는 것 같지는 않았다. 그저 머릿속을 떠도는 생각을 소리 내서 말하고 있는 듯했다.

"사람들이 예전하고는 많이 달라졌어. 어찌나 빠르게 변하는지. 앞으로 또 어떻게 달라질지는 아무도 모르지."

헨리가 안나마리아처럼 아리송한 말만 늘어놓을까봐 나는 대화의 방향을 명확하게 끌어가기 위해 물었다.

"인터넷과 기술 발전 같은 걸 말하는 겁니까?"

"기술은 아무것도 변화시키지 못해. 증기기관이 발명되기 전과 후, 비행기가 만들어지기 전과 후를 비교해보면 사람들은 변한 게 없어. 하지만 지금은…… 전혀 달라. 벽이 있으니까. 그게 중요한 거야. 문제는 바로 벽이라고."

기다렸지만 그는 더 이상 자세히 설명해주지 않았다. 결국 잘 참지 못하는 성격인 내가 또 나서서 한마디했다.

"벽이라. 그래요. 물론 그렇죠. 우린 누구나 벽을 필요로 하는 거죠? 아닌가? 일단 벽을 세우고 나면 지붕을 얹어야 하고 그럼 바닥도 깔아야 하고 현관문도 달아야 하죠. 끝도 없어요. 그럴 바엔 차라리 텐트를 치고 사는 게 답일지도 몰라요."

내 말을 제대로 들었으면 빈정대는 투인 걸 알아챘을 텐데 그는 눈치채지 못한 듯했다.

"이제 휴가가 오 주 남았는데 여기서 나가는 걸 견딜 수가 없어. 로즈랜드를 둘러싼 벽이 몹시 싫지만, 그래도 이 문은 어디로도 열려 있지 않은 문이야."

한참이 지나도록 그가 또 침묵을 지켜서 나는 다시 그를 쿡 찔렀다.

"글쎄요, 내가 보기엔 어디로든 갈 수 있는 문 같은데요. 온 세상이 저 문 너머에 있잖습니까."

나는 그가 내 현명한 말을 곱씹어 생각할 줄 알았는데 그게 아니었다. 그는 이미 또 다른 생각의 줄기로 옮겨갔다.

"모든 것이 무너진다. 중심은 버티지 못한다."

아는 구절인 것 같았는데 어떤 시에서 인용한 구절인지는 바로 떠오르지 않았다.

제목이 뭐냐고 물으려는 찰나 헨리는 매와 매 부리는 사람을 주제로 한 그 유명한 시를 암송하기 시작했다. 매와 매 부리는 사람은 인간과 신의 비유였다. 신에게서 멀리 날아가고자 하는 인간, 문명의 전통에서 벗어난 인간의 마음속에 자리한 이교도적 잔인함을 노래하는 시였다.

"예이츠의 시군요."

시인의 이름을 말하고 나니, 헨리가 하고 있는 얘기를 어느 정도는 이해한 것 같아 뿌듯하기도 했다.

"난 장미라곤 한 송이도 없는 이 로즈랜드가 싫지만, 그래도 여긴 담장이 둘러져 있으니까. 담장이 있으면 중심은 버틸 수가 있어."

헨리는 히스테리를 부리는 게 아니라 수수께끼 같은 말을 할 뿐이었다. 어찌나 답답한지 헨리가 말 되는 소리를 할 때까지 뺨을 후려치고 싶었다. 영화에서 보면 주인공이 헛소리를 지껄이는 히스테리 환자의 뺨을 가끔 후려치듯이 말이다. 하지만 아무리 속이 답답하다고 해도 블레이저 속 어깨 권총집에 권총을 넣어 가지고 있는 사람의 뺨을 칠 만큼은 아니었다. 게다가 그 블레이저는 신속하게 총을 꺼낼 수 있게끔 특별히 재단되어 있었다.

헨리는 송골매에게서 내게로 시선을 돌렸다. 얼굴은 허클베리 핀처럼 풋풋한데 눈빛은 햄릿처럼 암울했다.

그는 지금 한껏 취약해진 상태였다. 내게 곁을 준 그의 모습에서 나는 친구 한 명 없이 여기서 살면서 누군가와 우정을 쌓고 싶어 하는 마음을 쉽게 읽을 수 있었다. 그와 어느 정도 관계를 구축하면 내게 도움이 될 만한 로즈랜드의 비밀을 캐낼 수 있을 듯했다. 그러면 내가 여기 왜 왔으며 무슨 일을 해야 하는지 알 수 있을 것이다.

하지만 진정한 우정은 정식 서약을 하지 않더라도 신성한 관계다. 내가 피코문도 마을에서 사귄 친구들, 그리고 고향을 떠나온 후 이곳저곳에서 만나게 된 친구들은 나를 절망에서 구해주고 희망을 불어넣어주었다. 그런데 비밀을 캐내기 위해 헨리와 관계를 구축한다는 건 결국 그를 교묘하게 조종하겠다는 뜻이 된다. 진실을 추구하느라

악한 자들을 조종하는 것은 잘못이 아니지만, 헨리 러럼은 악인도 아니고 조종당하며 무시받아도 좋을 만한 사람도 아니었다. 여기서 가짜로 우정을 쌓는 것은 내 평생 쌓아온 진실한 우정의 가치를 떨어뜨리는 일이 될 것이다.

머뭇거리는 동안 그의 취약해진 틈을 파고들 기회는 지나갔다.

"로즈랜드에 식객이 든 건 오랜만이야."

"나랑 같이 다니는 아가씨가⋯⋯ 월플로 씨의 관심을 끈 모양이에요."

"그 여자는 그 사람 스타일이 아니야. 저속하거나 요란하게 치장하지 않았고 싸구려도 아니잖아."

고용주를 모욕하는 말을 아무렇지 않게 내뱉는 헨리를 보며, 굳이 가짜로 우정을 쌓지 않아도 어쩌면 그가 내게 속내를 털어놓을지도 모른다는 기대감이 생겼다.

이럴 땐 듣기만 하는 게 상책이다 싶어 가만히 있었더니 잠시 후 헨리가 다시 입을 열었다.

"자네는 그 여자 애인이 아니군."

"아닙니다."

"그럼 뭐지?"

"친구죠. 그 여자는 혼자예요. 보호받아야 할 상태고요."

헨리는 다음 말의 의미를 내가 깊게 새겨듣길 바라는지 내 눈을 강렬하게 바라보며 말했다.

"그가 원하는 건 그 여자가 아니라, 그 여자 배 속에 든 아기일 거야."

"월플로 씨가요? 아기를 왜 원하는데요?"

그는 화두만 툭 던져놓고 자세한 설명은 해주지 않았다.

"누가 알겠어? 어쩌면…… 뭔가 새로운 걸 필요로 해서인지도 모르지."

아기를 돌보는 건 새로운 경험이라든가, 아기는 신기한 존재라든가 하는 순진한 의미로 한 말은 아님을 알 수 있었다.

"새로운 거요? 그게 뭔데요?"

"새로운 느낌. 전율."

그리고 그는 높고 푸른 하늘을 활공하는 사냥꾼 쪽으로 시선을 돌렸다.

이 두 단어만으로도 온갖 끔찍한 상황들이 줄줄이 상상이 되어 더 자세한 내용을 들어야만 했다.

그러나 그는 손을 들어 내 말을 가로막았다.

"이미 너무 많은 말을 했어. 충분치는 않지만. 그 여자를 보호하고 싶으면 당장 여길 떠나. 여긴…… 해로운 곳이야."

나는 우리의 발길을 이리로 이끈 내 초자연적인 능력과 안나마리아의 사명에 대해―그 사명이 무엇인지는 나도 모르지만― 헨리에게 털어놓을 수 없었다. 오래 사귄 친구가 아닌 이에게 내 남다른 육감에 대해 밝혔다간 골치 아픈 일이 생길 것 같아서였다.

안나마리아는 로즈랜드에 있는 누군가가 대단히 위험한 상황에 처해 있다고 했다. 어쩌면 그 누군가는 금발의 유령 여인이 걱정하고 있는 소년일 수도 있었다. 위험에 처한 이가 헨리일 것 같지는 않으니, 나는 내 도움을 필요로 하는 이를 어서 찾아야만 했다.

"오늘은 못 떠나요. 하지만 곧 떠나게 되겠죠."

"돈 때문이라면 내가 좀 줄 수도 있어."

"말씀은 고맙지만 돈 때문은 아니에요."

"여기가 해로운 곳이라고 말했는데 자네는 놀라질 않더군."

"조금 놀라긴 했어요."

"아니, 전혀 안 놀랐어. 도대체 자넨 정체가 뭐지?"

"튀김 전문 요리사죠."

"여기 요리사로 일하러 온 것도 아니잖아."

나는 어깨를 으쓱했다.

"요즘 경기가 많이 안 좋잖아요."

그는 내게서 시선을 떼고 고개를 절레절레 저었다.

급작스럽게 추락하다가 지상에 충돌하기 직전에 등에 날개가 있음을 기억해낸 천사처럼, 송골매는 빠르게 날아 내려오다가 무시무시한 발톱으로 작은 새를 움켜잡은 후 다시 날아올랐다. 그리고 깃털로 뒤덮인 채 두려움에 떠는 먹이를 본격적으로 먹기 위해, 깃털로 뒤덮인 아름다운 송골매는 나무에 홰를 타고 앉았다.

로즈랜드에서 더 뭉그적거리고 있다간 너도 저런 운명에 처하고 말 거라는 의미심장한 눈빛으로 헨리가 나를 쳐다보았다.

"자넨 어리석은 것 같지는 않아, 오드 토머스. 그런데 왜 그렇게 멍청하게 굴지?"

"어떤 분들보다는 덜 멍청할 수도 있고, 더 심하게 멍청할 수도 있고 그렇습니다."

"죽음을 두려워하기는 하겠지."

"꼭 그렇지도 않아요. 죽음 자체는 두렵지 않습니다만 어떤 식으로 죽느냐가 문제겠죠. 굶주린 악어와 함께 차고에 갇혀 산 채로 잡아먹힌다든가. 시체와 함께 사슬에 묶인 채 호수에 던져져 익사한다든가. 누군가 내 머리뼈에 구멍을 뚫고 그 구멍에 불개미를 집어넣어 뇌를 파먹게 한다든가. 이런 죽음은 피하고 싶죠."

헨리가 대화 중간 중간에 입을 다물고 침묵을 하는 것이 의미를 강조하기 위해서인지 아니면 나 때문에 그런 반응을 보이는 것인지 분간할 수가 없었다.

그는 의자에 앉은 채로 안절부절못하다가 하늘을 올려다보았다. 나로 하여금 로즈랜드를 떠나고 싶게 만들 또 다른 징조는 없는지 찾아보는 듯했다.

마침내 나는 본론으로 들어갔다.

"혹시 경비팀에 케니라는 이름을 가진 분이 있습니까?"

"그런 사람은 없어."

"키 크고 근육질에 얼굴엔 심한 상처가 있어요. '죽음으로 치유하리라'는 구절이 적힌 티셔츠를 입었고요."

그는 천천히 고개를 돌려 나를 한참 동안 쳐다보다가 "땅거미가 질 때부터 동이 틀 때까지는 현관문에 자물쇠를 잠그고 건물 안에 있으라는 경고를 받았을 텐데"라고 말했다. 이렇게 말하는 걸 보니 그는 케니라는 이름을 들어보았을 뿐 아니라 케니가 누구인지도 아는 눈치였다.

"경고는 받았지만, 퓨마가 돌아다니기 때문이라고 들었거든요. 어쨌든 케니를 한밤중에 만난 건 아닙니다. 오늘 아침에 만났어요."

"해뜨기 전이었나보군."

"아뇨. 해가 뜨고 삼십 분 쯤 후였어요. 마구간에서 만났죠. 그 사람 경비원이 아니면 도대체 뭐하는 사람입니까?"

헨리는 의자에서 일어나 경비실 문을 열고 나를 흘끗 돌아보았다.

"여자를 데리고 당장 여길 떠나. 자넨 여기가 어떤 곳인지 모르고 있어."

나도 의자에서 일어섰다.

"설명을 해주세요."

그는 경비실 안으로 들어가 문을 닫았다.

창문 너머로 그가 수화기를 드는 모습이 보였다.

나 혼자 로즈랜드에 온 거였으면 헨리의 충고대로 곧장 여길 떠났을 것이다. 하지만 비밀스러운 사명을 안고 이곳에 온 안나마리아가 지금 바로 여길 떠나려 할 리 없었다. 그렇다고 정체 모를 무언가에게 험한 꼴을 당할 수도 있는데…… 그녀를 여기 두고 나 혼자 떠날 수도 없지 않은가?

윙윙 날아다니는 호박벌들, 휙휙 날아다니며 또르랑또르랑 높고 복잡한 노래를 부르는 굴뚝새들, 계절에 맞지 않게 풀밭 위를 날아다니는 화려한 나비들, 그리고 잠깐 내 곁에 다가왔다가 후다닥 뛰어간 다람쥐 두 마리 덕분에 나는 디즈니 영화의 등장인물이 된 듯한 기분이었다. 그래서인지 경비실에서부터 남쪽으로 로즈랜드 경계선을 따라 걸어가면서, 어쩌면 그 다람쥐들이 말을 할지도 모른다는 생각도 들었다.

하지만 그런 생각은 별로 위로가 안 되었다. 월트 디즈니 영화 중 일부에서는 착한 동물들도 나쁜 일을 당한다. 밤비의 엄마와 올드 옐러를 생각해보라. 밤비의 엄마는 자식이 보는 앞에서 총에 맞아 죽었고, 올드 옐러는 광견병에 걸려 입에 거품을 물고 날뛰다가 그를 사랑해주던 소년에게 죽임을 당했다. 사람이라고 그들보다 신세가 나으란 법은 없다. 착하디착한 공주들도 마녀의 독에 해를 입고 쓰러졌다. 디즈니 영화에서 쿠엔틴 타란티노의 향기가 느껴지는 것도 그래서다.

헨리 러럼은 로즈랜드를 증오하지만 여길 둘러싼 담장 때문에 되돌아올 수밖에 없다고 말했다. 나는 예이츠의 '모든 것이 무너진다. 중심은 버티지 못한다'라는 시구의 의미는 알지만, 헨리의 '담장이 있으면 중심은 버틸 수가 있어'라는 말은 도통 그 의미를 파악할 수가 없었다.

로즈랜드의 높고 두꺼운 담장은 요새를 둘러싼 성벽을 떠올리게 했지만 그렇다고 만리장성처럼 몽골 족 같은 외부의 적을 막아낼 만큼 어마어마한 성벽은 또 아니었다. 누구든 마음만 먹으면 쉽게 담장을 넘어 들어올 수도, 넘어 나갈 수도 있었다.

1920년대 초에 이 정도로 큰 규모의 건설 프로젝트를 진행하려면 비용이 꽤 많이 들었을 것이다. 당시만 해도 소득세라는 개념이 생소했고, 그마저 저렴한 편이었다. 콘스탄틴 클로이스는 어마어마한 부자였다. 6만 3천 평에 달하는 사유지의 경계선을 표시하는 게 주된 목적이었으면 담장 높이는 지금의 삼 분의 이 정도, 두께는 절반만 해도 충분했을 것이다. 비용도 훨씬 절감되었을 테고.

지금까지는 이 담장에 별로 신경을 쓰지 않았는데 헨리와 얘기를 나누고 나니 부쩍 호기심이 동했다.

그러나 경계선을 따라 걸어가면서 특별히 담장에 관심이 있는 티는 내지 않았다. 로즈랜드에서는 늘 누군가에게 감시당하고 있는 느낌이었는데 지금은 평소보다 더했기 때문이었다. 일단은 경비실에서 헨리가 나를 주시하고 있을 것이다. 그는 내게 줄곧 호의적이었고 지금도 속내는 그럴지 모르지만, 내가 얼굴에 상처가 있는 거인을 언급한 후로 태도가 바뀌었다.

90미터쯤 걸어가니 잘 손질된 잔디밭과 꽃밭이 야초 지대로 바뀌었고, 거기서 180미터쯤 더 가자 야트막한 비탈이 나왔다. 비탈을 올라가, 키가 20미터에서 30미터에 이르는 캘리포니아 리브참나무 숲을 지나갔다. 시커먼 나무가 장엄하게 드리운 나뭇가지에 홰를 타고 앉아 호르륵호르륵 우는 동고비들을 제외하고 야생동물들은 기척도 하지 않았다.

경비실과 저택은 숲에 가려 보이지 않았다. 나는 담장으로 다가갔다. 돌벽이라 발 디딜 곳과 손으로 잡을 곳이 많아 민첩하게 3미터짜리 벽을 오를 수 있었다.

담장 위에 엎드려 살펴보니 무의식적으로 예상했던 대로임을 확인할 수 있었다. 검은 돌 사이에 그어진 회반죽 선 속에 밝은 색 구리 원반들이 구불구불하게 박혀 있었다. 그리고 각 원반에는 마구간과 묘에서 본 것과 똑같이 길게 늘인 숫자 '8'이 새겨져 있었다.

햇빛과 참나무 나뭇가지의 그림자가 얼룩덜룩하게 뒤섞인 담장 윗부분은 측면과 같은 재료였고, 가지런하지는 않지만 무늬를 맞춰 돌들을 박아 넣었다. 차가운 돌에 두 손바닥을 대보니 마치 이 거대한 성벽 안에 기계장치라도 넣어둔 것처럼 미세한 진동이 느껴졌다.

엎드려서 왼쪽 귀를 돌에 대보았는데 벽 안에서 소음이 흘러나오지는 않았다.

작은 호를 그리며 퍼져 나오는 이 빠른 진동이 소리를 낸다고 하면 쿵쿵, 통통 하는 낮은 소리가 아니라 쌔애-끼이이- 하는 높은 소리일 것이다.

한참 들어보니 일에 쓰이는 기계가 아니라 전자 장비에서 나오는 진동 같다는 생각이 들었다.

　무릎을 대고 허리를 편 후 청바지 주머니에서 주머니칼을 꺼냈다. 옷을 사러 마을에 갔을 때 구입해둔 것이었다. 담장 위 회반죽 사이에 박혀 있는 구리 원반을 하나 뜯어내볼 작정이었다. 마구간이나 묘에도 바닥에 구리 원반들이 붙어 있지만 그걸 떼어냈다간 내가 단박에 의심을 받을 것 같아 시도조차 할 수 없었다.

　어쩌면 이곳 사람들은 내가 그걸 괜히 뜯은 게 아니라 로즈랜드를 조사하느라 뜯었음을 알아챌 수도 있었다. 로즈랜드에 놀러 온 평범한 식객이 아니라는 의심을 사게 되면 나는 이곳의 비밀을 갑작스럽고 폭력적인 방식으로 알게 될 수도 있었다.

　하지만 3미터 높이의 담장 위에 박힌 구리 원반은 하나쯤 떼어내도 쉽사리 눈에 띄지 않을 것이다. 나는 주머니칼로 회반죽을 파내기 시작했다. 하지만 얼마 안 가서 쉽게 떼어낼 수 있는 게 아님을 알게 되었다. 3센티미터쯤 팠을 때 주머니칼의 칼날이 부러졌는데, 자세히 보니 구리 원반은 동전처럼 얇고 납작하게 박혀 있는 게 아니라 지름 3센티미터의 구리 막대기 윗부분이었던 것이다. 이 구리 막대는 벽 전체를 관통해 콘크리트 기반까지 깊게 박혀 있는 듯했다.

　구리는 너무 무른 금속이고 가격도 비싸서 건축 보강재로는 적합하지 않았다. 보강재로 쓸 목적이었으면 구리 막대가 아닌 철근을 썼어야 옳았다. 구리는 아마 다른 용도로 박아놓았을 것이다. 어마어마하게 긴 돌벽 안에 박혀 있는 수많은 구리 막대들은 벽이 힘을 받게 하기 위해서가 아니라, 구조적 일체성을 유지하기 위한 수단일 가능성이 높았다.

부러진 칼날을 담장 너머 길게 자란 풀숲에 던진 후, 엎드린 채로 기어가 낮게 드리워진 참나무 가지 밑을 지나갔다. 그리고 일어서서 폭이 90센티미터인 담장 위를 걸어가고 있자니 모험을 좋아하던 소년 시절로 돌아간 기분이었다.

중간에 구릉이 있어 저 멀리 저택을 비롯한 다른 건물들이 보이지 않으니, 그쪽에서도 나를 보지 못할 것이다.

15미터쯤 걸어갔는데 담장 위 가운데에 엎어져 있는 지름 30센티미터 정도의 검은 사발이 보였다. 무릎을 꿇고 들여다보니 길이 10센티미터쯤 되는 철제 핀 4개가 이 얕은 사발을 떠받치고 있고, 그 아래엔 넓이가 15제곱센티미터인 환기구 그릴이 설치되어 있었다. 이 사발은 빗물이 들어가지 않게 막아주는 방우판이었다.

방우판 아래로 손을 집어 넣어보았다. 잔잔하고 따뜻한 바람이 손가락을 스치며 올라오고 있었다. 고개를 숙여 방우판 아래서 올라오는 냄새를 맡아보았다. 냄새 자체는 풀 냄새, 산딸기 냄새가 아니었지만 어쩐지 봄철에 새로 돋아나는 풀, 한여름의 잘 익은 풀, 산딸기가 떠오르는 독특한 냄새였다. 그러다 갑자기 바람이 차갑게 바뀌었고 올라오는 냄새도 달라졌다. 어디서도 맡아본 적 없는 특이한 냄새였는데, 그리 불쾌하지 않은 곰팡이 향이 축축하게 섞인 시든 낙엽 냄새, 그리고 한겨울의 얼음이 갈라질 때 풍기는 희미하지만 마음을 뒤흔드는 냄새였다.

이십 초마다 찬바람이 따뜻한 바람으로, 다시 찬바람으로 바뀌었다. 무슨 이유로, 무슨 목적에서 바람의 성질이 이토록 자주 바뀌는지 짐작조차 할 수 없었다. 담장에 왜 환기가 필요한지, 공기의 흐름과 냄새가 왜 이리 자주 바뀌는지도 전혀 알 수가 없었다.

일어서서 120미터쯤 걸어가니 또 다른 방우판과 그 아래 환기구 그릴이 보였다. 여기도 바람의 성질이 수시로 바뀌고 있었다.

바로 앞에 참나무 가지들이 또 담장 위로 드리웠다. 그중 일부는 담장에 바짝 가까이 있어서 담장 아래로 훌쩍 뛰어내릴까도 싶었지만 바닥에 길게 자란 풀 사이에 구멍이나 큰 돌멩이가 있으면 발목이 부러질 수도 있었다. 결국 나는 두 손으로 담장 위를 짚고 먼저 다리를 밑으로 내린 후 지상에서 90센티미터쯤 되는 높이에서 아래로 뛰었다.

담장에서 뒤로 물러나 환기구 그릴을 덮은 방우판 쪽을 보았는데 내 머리 위로 한참 높은 곳에 있어서 끄트머리만 약간 보였다. 방우판이 광택이 전혀 없는 검정색이라 그나마도 보기가 쉽지 않았다. 뒷걸음질로 한참 더 물러섰지만 방우판이 담장 위로 확연히 튀어 올라와 있거나 관심이 갈만한 모양새가 아니라 눈에 잘 띄지 않았다.

뜻밖의 발견에 의아해하며 옆으로 돌아서는데 권총 총구가 내 왼쪽 눈을 겨냥했다.

권총을 쥔 손가락은 길고 그 끝이 무디었다. 손가락 관절 사이에는 짧고 뻣뻣하고 시커먼 털이 돋아 있었다. 그 손의 주인은 주먹과 어울리는 얼굴을 갖고 있었는데, 거칠고 단단한 얼굴에 나 있는 거뭇거뭇한 턱수염은 나무 자르는 기계로도 말끔히 깎아내지는 못할 것 같았다.

로즈랜드 경비팀장인 폴리 셈피테르노였다. 깔끔하게 다림질한 회색 바지를 입고 흰 폴로셔츠에 멋진 파란색 블레이저를 걸쳤지만, 뒷골목에서 야구방망이로 사람들의 무릎을 박살내고 쇠사슬로 얼굴을 후려치는 폭력배처럼 보이는 외모였다.

"난 네가 싫어, 꽃미남."

그의 등 뒤에서 지저귀던 동고비들마저 그 거친 목소리에 겁을 먹고 숨을 죽였다.

내가 그를 만난 건 딱 한 번이고 그를 화나게 한 적도 없지만, 나를 싫어한다는 그의 말은 진심인 것 같았다. 그때도 그는 내게 말 한마디 안 했는데, 보랏빛이 도는 두툼한 입술을 한 옆으로 비딱하게 올리고 이빨을 드러낸 모양새가 한눈에 봐도 나를 경멸하고 있음을 느낄 수 있었다. 그 이빨은 돼지 갈비를 뼈째로 씹어 먹을 수 있을 만큼 강력해보였다. 지금도 내 얼굴에 총을 겨누고 있으니 나를 싫어한다는 건 두말하면 잔소리였다.

"월플로가 지독한 멍청이긴 해. 늘 바보 같긴 했지만 이 정도까지인 줄은 몰랐네. 집에 식객을 들이다니! 하룻밤만 재워주는 것도 아니고 주구장창. 도대체 무슨 생각이래? 아주 더하지? 너랑 애 밴 그 예쁜이랑 결혼식도 올려주지? 근친교배로 태어난 천치 친척들을 백 명쯤 초대하고, 관현악단도 부르고, 주지사한테 말해서 뇌물 그만 받아 처먹고 새크라멘토 시에서 이리로 냉큼 달려와 주례도 서라고 하면 되겠네."

다부진 체격에 떡 벌어진 가슴, 굵은 목, 비사교적인 성격의 폴리는 겉모습만 보면 힘세고 말수 적은 상남자의 전형 같지만 잠시라도 입을 가만히 다물고 있지 않는 수다쟁이였다. 그리고 그 점을 내가 잘 알기를 바랐다. 그는 나를 덜떨어진 놈으로 취급하면서 자기가 천 마디는 말을 해야 내가 겨우 그의 입지를 이해하리라 여겼다.

"넌 단순한 식객도 아니야, 꽃미남. 여기저기 기웃거리고, 돌아다니면서 염탐하고, 마구간에 기어들어가고, 쉴숌한테 여긴 있지도 않은 말 얘기를 하지 않나. 여긴 오랫동안 말 같은 건 없었는데 말이지. 게다가 이젠 담장 위에 올라가 걸어다니기까지 하니. 도대체 누가 3미터나 되는 담장 위에 올라가서 걸어다녀? 너 말곤 없어. 담장엔 뭐 하러 올라갔지?"

그가 한참을 혼자서 떠들다가 숨 한 번 쉬려고 말을 멈추자 드디어 내가 대답할 틈이 생겼다.

"글쎄요. 여기서 보면 경치가 꽤 멋집니다. 멀리까지 내다보이기도 하고요."

혹시라도 잊었을까봐 그러는지 그는 내 왼쪽 눈에 총구를 더 가까이 들이댔다.

"이 경치는 어때? 마음에 드나? 그랜드 캐니언보다 더 짜릿할 거다. 네가 뭘 하고 다니는지는 모르겠지만 무슨 짓을 꾸미고 있는 것만은 분명해. 몰래 뒤에서 일을 꾸미는 것들은 질색이야. 그런 자들에게 내가 참을성을 얼마나 발휘할 것 같나?"

"전혀요?"

내가 옳게 대답했음을 확신할 수 있었다. 물론 상품은 없겠지만.

"그래, 전혀 없지. 넌 무슨 짓을 꾸미고 있는 거냐?"

"그런 거 없습니다. 솔직히 말하겠는데 나는 월폴로 씨 덕분에 여기서 공짜로 얻어먹고 놀고 있을 뿐입니다. 나랑 같이 다니는 여자를 그분이 마음에 들어 하셔서 나까지 같이 여기 오게 된 거예요. 그 총 좀 치워주시겠어요? 나 그렇게 나쁜 놈 아닙니다. 정말이에요."

어쩌나 매섭게 노려보는지 그 이글거리는 눈빛에 북극곰의 불알마저 녹을 지경이었다.

그의 윗입술에도 발진이 돋았으면 지금쯤 우린 친구가 되었을지도 모르는데 안타까운 일이었다.

"너 때문에 아주 골치가 아플 것 같다. 네놈 면상에 총알을 박아야 속 시원하겠어."

"아, 예. 그러시겠죠. 그 심정 잘 압니다. 하지만 굳이 제 면상에 총알을 박을 이유는 없잖습니까."

"내가 널 싫어하니 그것만으로도 이유는 충분하지."

"그런데 말이죠. 그쪽이 날 죽이면 저랑 같이 다니는 여자가 속이 상할 테고, 그럼 월플로 씨도 같이 속이 상하실 겁니다. 그럼 그쪽은 일자리를 잃겠죠. 그뿐 아니라 감옥에 가고 동료들에게 윤간을 당하고 소중한 투표권도 잃게 되겠죠."

투표권을 잃게 될 거라고 했는데도 그는 동요하지 않았다.

"그 여잔 월플로가 좋아하는 타입이 아니야. 누가 좋아하겠어. 그런 소름끼치는 년을."

"아, 저기요. 좀 너무하시네요. 빅토리아 시크릿 모델처럼 쭉쭉빵빵하진 않지만 그래도 나름 예쁜 구석이 있다고요."

"외모를 말하는 게 아니야. 내가 이 얼굴로 남의 외모를 평가하게 생겼어?"

"그건 그러네요."

마침내 그는 총구를 내렸다.

"처음 봤을 때 나를 쳐다보는 눈빛이 소름끼치더란 말이야. 무슨 고속 판독기처럼 그간의 내 인생을 단숨에 읽어낸 눈빛이었어. 시리얼 상자의 재료 목록 훑듯이."

나는 고개를 끄덕였다.

"마음속을 훤히 들여다보는 것 같기는 하죠."

"무슨 로맨스 소설처럼 서로 불꽃이 튀기는 그런 게 아니었어. 공항 검색대를 통과할 때처럼, 십 초 만에 샅샅이 관찰당하고 이리저리 찔리고 발가벗겨진 그런 느낌이었어."

상대를 열린 마음으로 대하다 보면 이런 극한의 상황에서도 미소를 지을 수가 있다.

나는 싱긋 웃으며 말했다.

"말씀 참 재미나게 하시네요."

그는 또 북극곰의 불알을 녹여버릴 듯 이글이글 타오르는 눈빛으로 나를 쏘아보았다.

"그건 또 무슨 수작이냐?"

"수작은 아니고요. 그냥 말솜씨가 좋으시다는 겁니다."

"난 해야 할 말을 할 뿐이야. 네놈이 뭐라 생각하든 상관없어."

그는 권총을 권총집에 집어넣고 말을 이었다.

"노아 월플로 그 멍청이가 널 여기 두겠다는데 내가 널 내쫓을 수는 없지. 하지만 똑똑히 알아둬, 꽃미남. 월플로는 그 여자는 물론이고 너도 좋아하지 않아. 그는 자기밖에 몰라. 그가 너희 둘한테서 뭘 바라는지 몰라도 그걸 얻어낸 후엔 상황이 지금 같지 않을 거다. 너희는 진즉에 내 말을 듣고 여길 떴어야 하는데 싶을 거다."

그리고 뒤돌아서는 그에게 내가 말했다.

"내일 아침에 여길 떠나도록 하죠."

그는 두 걸음 가다 말고 멈춰 서서 다시 나를 돌아보았다.

"오늘 떠나. 밤까지 여기 있지 말고. 당장 떠나라고."

"점심이나 먹고요."

그는 나를 자연발화하게 만들 작정인지 무섭도록 매서운 눈으로 쏘아보았다. 그는 한참을 말이 없다가 내뱉었다.

"월플로가 왜 너희를 여기 데려왔는지 알 것 같군."

"왜죠?"

그는 대답 대신 알 수 없는 말을 했다.

"네가 로즈랜드에서 찾는 게 뭔지 모르겠지만 그 반대를 찾도록 해. 살고 싶으면 죽음을 찾으란 말이다."

그리고 그는 돌아서서 참나무들이 모여선 곳으로 성큼성큼 걸어갔다. 나뭇가지 사이에서 지저귀던 동고비들이 그가 가까이 다가가자 또 다시 울음을 그쳤다. 그가 참나무 그림자로 발을 들여놓자 동고비 떼는 날개를 퍼덕이며 타원형 잎사귀 사이로 날아올라, 매에게 붙잡힐 위험을 무릅쓰고 하늘로 솟구쳐 올랐다.

나무 사이에 미니트럭 한 대가 세워져 있었다. 정원사들이 흔히 쓰는 배터리 작동식 트럭인데 골프 카트보다 좀 길고 픽업트럭보다는 좀 작았다. 지붕은 없고 좌석은 두 개, 개방형 짐칸이 뒤에 달려 있었다. 타이어를 두꺼운 것으로 바꾸는 식으로 개조를 해서인지 마치 사륜오토바이처럼 보였다.

폴리 셈피테르노는 미니트럭 운전석에 올라앉아 시동을 걸었다. 부드럽게 털털거리며 나무 사이로 둥둥 떠가듯 멀어져간 미니트럭은 황금빛 초원을 가로질러 저택이 위치한 언덕으로 향했다.

그가 무시하듯 꽃미남이라고 불렀지만 난 별로 기분이 상하지 않았다. 오히려 애잔했다. 왜냐하면 나는 톰 크루즈의 친구 역할을 맡은 어느 배우처럼 평범하기 그지없는 외모이기 때문이다. 너무나 평범하게 생겨서 영화에서 스타의 외모를 실제보다 더 돋보이게 하는 역할을 주로 하는 그런 배우 말이다.

그가 날더러 꽃미남이라고 한 건 조롱이 아니었다. 상대를 조롱하려면 콩알만큼이라도 진실에 기반을 두어야 한다. 그렇다고 개를 개라고 부르면서 조롱을 할 수는 없다. 조롱을 하려면 조롱을 하고자 하는 부분에 있어서 내가 상대보다 우위에 있어야 한다. 그가 나를 꽃미남이라고 부른 것은 순전히 자신의 외모와 비교해서 그렇다는 것이었다. 그가 평소에 자신의 외모를 얼마나 가혹하게 평가해왔는지를 알 수 있는 대목이었다. 그래서인지 내 마음이 아팠다.

'꽃미남'이라는 표현은 또 다른 의미를 내재하고 있을지도 몰랐다. 사람들은 가끔 자기도 모르게 암호로 말을 한다. 남들에겐 물론이고 자신에게도 의미가 아리송한 말을 할 때가 있다. 내 외모가 평범 그 자체라는 점을 감안할 때, 폴리는 자신에겐 없는 어떤 점을 내가 갖고 있어서 나를 부러워한 것일 수도 있었다. 그 점이 무엇인지 알아낸다면 로즈랜드의 진실에 한 발 가까이 갈 수 있을 터였다.

그가 목초지를 가로질러 저만치 멀어지는 동안, 나는 경계선을 계속해서 따라가보기로 결정했다. 아울러 내가 가진 또 하나의 초감각적 인식 능력에 몸을 맡기기로 했다.

가끔 예지몽을 꾸고 이승에서 뭉그적거리는 유령들을 보는 것 외에 나는 스토미 르웰린이 심령자석이라고 부르던 능력도 갖고 있다. 현 위치를 파악할 수 없는 누군가를 찾아야 할 때, 그의 이름이나 얼굴에 정신을 집중하고 마음이 이끄는 대로 충동과 직감에 몸을 맡기면—도보로 이동하든 스케이트보드를 타든 자동차를 타든 상관없이—결국 그를 찾게 되는 능력이다. 대개 나는 삼십 분 내에 찾아야 할 대상이 있는 곳에 당도하곤 한다.

그런 식의 수색은 보통 성공을 하긴 하는데 늘 성공하는 것은 아니다. 대상과의 만남이 언제 어디서 이루어질지도 내 능력으로 제어하거나 예견하지 못한다. 내 초자연적 능력이 어느 가게에서 구입한 거라면 그 가게는 티파니 같은 명품 매장이 아니라 싸구려 달러마트일 것이다.

심령자석을 발동시키기 위해 정신을 집중하려면 대상의 이름이나 얼굴을 알아야 하는데 지금은 그것도 알지 못했다. 안나마리아가 했던 말—여기 있는 누군가가 큰 위험에 처해서 당신을 다급히 필요로 하고 있어요—을 기억의 고리 속에서 계속 되풀이하면서 내 몸이 그 대상에게 이끌려가기를 바라는 수밖에 없었다.

모두가 내게 여길 떠나라고 경고하고, '살고 싶으면 죽음을 찾으라'는 괴상한 충고를 하고 있는 지금, 위험에 처한 이름 모를 그 대상을 구할 시간은 마치 깨진 모래시계 모래가 빠져나오듯 점점 줄어들고 있었다. 과거에 나는 내 목숨보다 더 사랑했던 여인을 비롯해 몇몇 사람들을 끝내 구하지 못했다. 그렇게 실패할 때마다 내 심장은 점점 공허해졌고, 그 후로 아무리 성공을 해도 텅 빈 심장은 채워지지 않았다. 이러다간 악당 손에 죽기 전에, 심장을 에워싼 벽이 공허감 속으로 무너져 내려 죽고 말 것이었다. 또 실패했다간 견디지 못할 게 분명했다. 시간이 점점 줄어들고 있으니 그만큼 더 서둘러야 했다.

...... 여기 있는 누군가가 큰 위험에 처해서 당신을 다급히 필요로 하고 있어요......

나는 다시 경계선 쪽으로 걸어가 참나무들이 돌벽에 가지를 낮게 드리운 곳으로 향했다.

그런데 나무 그림자에서 갑자기 거대한 검은 종마가 달려 나와 앞발을 들어 올리고 허공에 발굽을 휘저었다.

말 등에 탄 맨발의 금발 여인은 전날 밤 그랬듯이 손으로 나를 가리켰다. 그런데 지금 그녀의 얼굴은 비통함이 아니라 공포로 일그러져 있었다.

유령인 그녀가 다른 세상으로 넘어가는 것을 두려워할 수는 있지만 이 세상에는 특별히 겁낼 것이 없었다. 그러니 그녀의 두려움은 내가 처하게 될 위험에 관한 것일 가능성이 높았다. 즉, 헨리 러럼과 폴리 셈피테르노가 말한 막연한 위험이 아니라, 곧 내게 닥쳐올 급박한 위협에 대해 경고해주러 온 것이었다.

칠흑처럼 새까만 종마가 네 발로 땅을 딛고 긴 꼬리를 소리 없이 좌우로 휘젓는 동안, 여인의 시선은 내게서 내 뒤의 무언가로 옮겨갔다. 그녀는 두려움보다는 혐오감으로 표정이 일그러졌고, 곧 소리 없이 공포의 비명을 내질렀다.

나는 뒤를 돌아보았지만 무릎 높이의 마른 야초들 말고는 아무것도 보이지 않았다. 아침 햇살을 한껏 받은 야초들은 유령 여인의 머리카락처럼 황금색으로 물들었다. 구릉은 북쪽을 향해 내리막을 그리고 있었고, 내가 조금 전 담장을 올라갈 때 보았던 참나무들이 여전히 그 자리에 서 있었다.

문득 섬뜩한 느낌이 들었다. 국세청에서 온 편지를 발견했을 때의 오싹함과 비슷한 느낌이었다. 만약 내가 여기서 특정한 각도로 고개를 기울이거나 딱 맞게 도수를 낸 안경을 낀다면, 그래서 이 아침 햇살 사이로 이미 수 시간 전에 물러간 황혼을 언뜻 볼 수 있다면, 나도 유령 여인이 보고 있는 것을 볼 수 있을 것 같았다.

다시 고개를 돌렸을 때 종마와 여인은 그 자리에 있지 않고 숲 가장자리 쪽으로 6미터쯤 물러나 있었다. 여인은 나를 쳐다 보면서 오른손으로 다급하게 손짓해 자기 쪽으로 오라는 뜻을 전했다.

현실은 평범한 사람들이 다섯 가지 감각으로 인식하는 것보다 훨씬 복잡하다는 사실을 나보다 잘 아는 이는 없다. 온갖 불가사의로 가득한 우리 세상은 우리 눈에 보이지 않고 훨씬 규모가 큰 또 다른 불가사의한 세상의 달에 해당한다. 우리 세상이 그쪽 세상 가까이에서 궤도를 돌다보니 가끔은 서로 궤도의 곡선이 겹쳐지는데, 위험할 것까진 없지만 덕분에 괴상한 결과가 빚어지는 것이다.

나는 또 다시 뒤를 돌아볼 엄두가 나지 않아 말과 여인이 있는 곳으로 서둘러 달려갔다.

아치형으로 천장을 이룬 참나무 가지들을 보니 성당 창문이 떠올랐다. 하늘을 가린 이 나뭇가지들의 모양은 스테인드글라스보다는 납땜 장식에 더 가깝고, 빛보다는 어둠에 가까웠지만. 황금빛 태양 아래 푸른 나뭇잎 무늬가 펼쳐져 있어 에덴동산을 추상화로 표현하면 이런 모습일 듯했다.

거대한 참나무 사이로 걸어가는 검은 말은 보슬비가 흩뿌려진 듯 반짝이는 털의 광택만 언뜻언뜻 보일 뿐 전체적인 모습은 거의 보이지 않았다. 반면에 여인의 모습은 쉽게 알아볼 수 있었다. 햇빛을 받은 하얀 비단 잠옷이 환하게 빛나고 어두운 곳을 지날 때도 그 부드러운 빛이 사라지지 않았으니까.

그림자와 빛이 어째서 살아 있는 사람들과 세상 만물에 작용하는 것과 똑같은 방식으로 유령들에게도 똑같이 작용하는지 그 이유를 알 수가 없다. 유령은 이 세상의 물질로 되어 있지 않으니 빛을 반사할 수 없고, 표면이랄 것도 없으니 그림자를 드리울 수도 없는데 말이다.

유령의 이런 면에 대해 얘기하면 정신과 의사는 내가 보고 있는 것이 진짜 유령이 아니기 때문이라고 말할 것이다. 정신병적 망상에 불과하다고. 유령이라는 게 진짜 존재한다면 빛과 그림자의 영향을 받지 않을 텐데, 다만 내가 센스가 부족해서 유령이 빛과 그림자의 영향을 받지 않는 존재임을 생각지 못한 것뿐이라고.

인간의 정신에 관해 이런저런 이론을 제시하는 이들이 눈으로 볼 수도 측정할 수도 없는 것들의 존재는 잘만 믿으면서 이드(인간의 원시적·본능적 요소가 존재하는 무의식 부분 – 옮긴이), 에고, 무의식의 나 같은 개념도 실재하는 것으로 믿으면서, 몸에 영혼이 깃든다고 믿는 이들을 어째서 미신 신봉자로 간단히 치부해버리는지 이해할 수가 없다.

유령 여인은 나무 옆에 말을 세웠다. 거기로 다가가는 나에게 여인은 높이 솟은 참나무 위쪽에 얼기설기 얽힌 나뭇가지를 가리켰다. 나더러 그 나뭇가지들을 사다리처럼 타고 나무 위로 올라가라는 뜻인 듯했다.

여인의 얼굴에 나타난 두려움은, 물론 나의 안전을 염려하는 것이겠지만, 햇빛과 그림자로 얼룩덜룩한 곳에서도 확연히 보였다.

그동안 나는 고약한 유령들을 여럿 만나봤다. 그중에는 가구부터 냉동 칠면조까지 온갖 물건들을 나한테 던지며 폴터가이스트 짓을 하는 유령들도 있었다.

하지만 내 기억에 나를 속이려 드는 유령은 없었다. 사기는 육신이 있는 자들만 치는 것일까.

유령 여인이 내게 닥쳐올 무서운 일에 대해 알고 경고를 해주는 것 같아 나는 재빨리 나무를 향해 달려가 기어오르기 시작했다. 몸통을 타고 올라가 굵은 가지로, 그 옆 가지로 옮겨갔다. 거친 나무껍질을 손으로 짚으며 올라간 나는 지상에서 4미터쯤 위에 위치한 아귀에 걸터앉았다.

시야를 가리는 나뭇가지들 사이로 내려다보니 말과 여인이 서 있던 자리가 약간 보였는데 그들은 이미 그곳에 없었다.

물론 그들은 유령이니 내 눈에 보이느냐 안 보이느냐는 알아서 결정할 문제다. 종마도 그렇고 금발 여인도 말을 할 수 없으므로, 사느냐 죽느냐를 고민하던 햄릿처럼 독백을 할 필요도 없다.

나무를 오르다 제일 먼저 만난 아귀에 걸터앉아 있는데, 문득 바보가 된 기분이 들었다. 인류라는 품종에 정식으로 가입된 회원으로서, 내 안에는 어리석음으로 가득한 끝없는 우물이 자리하고 있었고, 어리석음을 향한 괴팍한 갈망도 늘 품고 살았다. 사기를 칠 줄 아는 유령을 못 만났다고 해서 유령이 전부 사기를 치지 않는다고 볼 수는 없다. 애초에 잘못 판단을 한 것일 수도 있으니까.

이 세상을 배회하는 죽은 이의 유령은 대개 우울해한다. 본인이 죽은 장소에 묶여 지내다보니 그렇다. 그들은 차를 타고 복합상영관에 가서 버르장머리 없는 것들이 잔뜩 나오는 최신 할리우드 코미디 영화를 볼 수도 없고, 자유재배한 옥수수를 정부에서 인증 받은 어유로 튀긴 30달러짜리 팝콘도 먹을 수가 없다. 저세상에서 무엇이 자신을 기다리고 있을지 걱정하며 수년을 보내고, 자신을 죽인 살인자가 정의로운 심판을 받기를 바라며 오랜 세월 이 세상에 집착했으니 웃을 일이 정말 필요하기는 할 것이다.

여인과 종마가 로즈랜드를 달려가며 신나게 물론 소리는 내지 않겠지만 웃는 모습이 머릿속에 그려졌다. 아둔한 오드 토머스를 속여 넘기기가 참 쉽더라고, 그놈은 있지도 않은 부기맨을 겁내면서 미친 듯이 나무로 기어올라가 나뭇가지 사이에 숨어 부들부들 떨고 있다고, 사실 더 높은 나뭇가지에 앉은 새가 싸재낄 새똥을 뒤집어쓰는 게 더 겁낼 일인데, 하고 말이다.

그런데 부기맨이 정말 나타났다.

그것도 여러 명.

유령이 날 속여 넘긴 게 아님을 확실하게 알게 된 건 나뭇잎 사이로 스멀스멀 올라오는 희미한 표백제 냄새 덕분이었다. 참나무 껍질과 초록 잎사귀, 살짝 벌어진 채 망가진 장신구처럼 나무에 달랑달랑 붙어 있는 도토리의 부드러운 향기에 코를 찌르는 표백제 냄새가 섞여들었다.

마구간 안에서보다는 덜 독했지만 숲에 어울리지는 않는 냄새였다. 열린 공간이다보니 닫힌 공간에서처럼 냄새가 강해지지는 않는 듯했다. 그래도 이 냄새는 유령보다 더 기묘하고 더 위험한 존재들의 등장을 알리는 전조였다.

하늘의 빛이 빠르게 바뀌자, 야간 시력 좋고 몸에서 악취를 풍기는 괴생물체들과 다시 만나겠구나 싶었다. 잎사귀 사이로 반짝이던 황금빛 아침 햇살이 주황색으로 변하고 해가 지상을 비추는 방향도 동쪽에서 서쪽으로 바뀌었다.

내가 만나는 사람 중에 절반 정도가 괴상하고 묘한 얘기를 들려주는데, 나는 그런 얘기를 완전히 다 이해하지는 못한다. 다만 언제쯤 아수라장이 될지는 거의 정확하게 예견한다. 초능력자들을 모아놓고 누가 제일 머릿속이 혼란스럽고 편집증적 성향이 강하냐를 주제로 대회를 연다면 나는 대상을 타고도 남을 것이다.

리브참나무에서 떨어진 타원형의 작은 낙엽이 바닥에 잔뜩 깔려 있어서 살아 있는 생물이라면 이 숲을 소리 없이 지날 수는 없었다. 나를 사료통 밖으로 끄집어내리던 괴생물체들은 굳이 발소리를 안 내려는 시도도 하지 않았다. 그들은 낙엽을 부산하게 밟으며 더듬더듬 숲으로 들어왔다. 와스락 바스락대는 발소리가 어찌나 시끄러운지 그들이 입으로 내는 으르렁, 쿵쿵 소리마저 덮어버릴 정도였다.

나는 눈을 가늘게 뜨고, 층층이 시야를 가린 나뭇잎 사이로 내려다보았지만 시야가 제한되어 있어 아래쪽을 제대로 살펴볼 수가 없었다. 참나무 주변은 더욱 어두워졌고, 상쾌하게 빛나던 아침 햇살과는 달리 호박등처럼 어둑한 주황색 석양은 지상을 잠깐씩 비출 뿐이었다. 피부로 느껴지지 않는 바람이 눈에 보이지 않는 불길을 몰고 와, 나뭇잎에 반사된 불빛이 슬쩍슬쩍 숲 사이를 비추는 듯했다.

놈들의 모습도 그림자 덩어리로만 보일 뿐이었다. 그중 일부는 움직임이 똑발랐고 일부는 휘청댔는데, 다들 무언가를 찾고 있는지 초조하고 다급해 보이기는 했다. 결혼을 하고 아이들을 낳아 난롯가에서 긴긴 저녁을 함께 보내면서 가족 음악회를 열어 함께 플루트를 불고 바이올린을 켜기 위해 평판 좋은 아가씨를 찾아 헤매는 것 같아 보이지는 않았다.

유연하게 움직이는 놈들도, 뻣뻣하고 어색하게 움직이는 놈들도 참나무 숲 사이에서 똑같이 불규칙한 길을 따라 움직이고 있었다. 동쪽으로, 북쪽으로, 남쪽으로 비틀대며 나아갔다. 모습은 잘 보이지 않았지만, 바닥에 잔뜩 깔린 참나무 낙엽 덕분에 놈들의 정신 나간 움직임을 어느 정도는 파악할 수 있었다.

그들이 내가 숨어 있는 나무 가까이로 올 때마다, 내가 마구간에서 들은 것과 똑같은 크르릉 으르릉 소리가 들려왔다. 이번에는 높은 곳에 홰를 타고 있어서 그런지, 놈들이 내는 소리가 사료통의 환기 구멍을 통해 들었던 것과는 약간 다르게 들렸다.

짐승이나 낼 법한 소리를 내고 있긴 마찬가지였지만 잘 들어보니 완전히 짐승의 소리만은 아니었다. 인간의 감정이 약간은 섞여 있는 것 같았다. 형언할 수 없는 절박한 감정의 소리, 내가 큰 스트레스를 받고 위험한 지경에 처했을 때 내는 애처롭게 끙끙대는 소리, 단순히 동물의 포효가 아닌 지능이 있는 존재만이 낼 수 있는 씁쓸함과 음울함과 억울함이 담긴 극심한 분노의 소리.

공기가 차지는 않았다. 내가 입고 있는 얇은 스웨터와 청바지는 요즘 낮에 입기에는 알맞은 옷이었다. 그러나 피부를 타고 한기가 올라왔다.

저들은 짐승 떼가 아닌 인간 무리에 가까웠다. 짐승 떼는 개별 짐승들이 모인 것이긴 하지만 모두가 품종의 성격을 공유하며, 품종이 지닌 본능과 습관에 따라 행동한다.

하지만 인간 무리는 무질서하고 집단의 규율을 무시한다. 짐승들이 사냥을 중시하는 반면 인간들은 들뜬 분위기를 중시하고, 종족의 생명 유지보다는 거짓이든 참이든 상관없이 제일 목소리 큰 견해에 휘둘린다. 그런 견해는 거의 거짓에 바탕을 두고 있다. 거짓은 사악한 견해일 때가 대부분인데, 그런 견해에 휩쓸린 자들은 지구상에 살았던 어떤 짐승보다 훨씬 더 위험하다. 거짓에 선동된 군중은 몹시 야만적이고, 사자도 두려움에 도망칠 만큼 악어도 안전한 습지로 달아날 만큼 심히 폭력적이다.

발소리를 들어보니 놈들의 머릿수는 스물에서 마흔 정도로, 마구간에서보다 더 많은 듯했다.

게다가 그들은 굉장히 다급하게 움직이고 있었다. 거의 미친 듯이 주변을 헤매고 돌아다니고 있는 걸 보면, 시뻘건 피를 그것도 다량 뿌려야만 그들을 달랠 수 있을 터였다.

그들은 내가 숨어 있는 나무 밑을 세 번 지나갔다. 후각 외에 또 어떤 감각을 갖고 있는지 모르겠지만, 그들의 후각은 아직까지 내 체취를 포착해내지 못한 모양이었다. 그들은 네 번째로 내 발밑을 지나가면서 나를 찾으려고 혈안이 된 나머지 서로를 거칠게 떠밀었는데, 그 모습이 자세히 보이지는 않았지만 몸뚱이가 환상적으로 기형이라는 것만큼은 대충 봐도 알 수 있었다.

주황색으로 숲을 비추던 햇빛이 더욱 진한 주홍으로 변해갔다. 놈들이 수색 방향을 수평에서 수직으로 바꿔, 참나무 보루에 올라앉은 나와 얼굴을 마주하기 전까지는 놈들의 모습을 자세히 볼 수 있을 것 같지는 않았다.

그런데 우리가 어떤 상황을 몹시 두려워하면 그 상황이 종종 우리에게 닥쳐오곤 한다.

놈들은 참나무 숲 북쪽까지 이동해갔다가 갑자기 내가 있는 나무 밑으로 되돌아왔다. 사악하게 생긴 이 그림자들은 앞바다의 바위 주변을 쏠고 지나가는 해류처럼 나무 주변을 맴돌았다.

그러다 모두 걸음을 멈췄는지 낙엽 밟는 바스락 소리가 뚝 그쳤다. 연신 괴상한 소리를 내던 입도 꾹 다물었다. 침대 밑에 숨어 침묵을 지키며 완벽한 정적으로 아이를 꾀는 괴물처럼. 결국 방심한 아이는 이불 밖으로 고개를 빼꼼 내밀고 이불을 살짝 걷은 후 침대 밑을 보게 되는 것이다.

나는 그 정도로 방심하지도 않았건만 그들에게 발각되고 말았다.

나무 위에 있으니 사료통 속에 갇혀 있을 때보다는 덜 절망적이었다. 사료통 속에서도 위기를 넘겼으니 참나무 위에서도 살아남을 수 있으리라 생각했다.

피코문도 마을을 떠난 후로 거의 백수로 살았고 최근에는 정처 없이 떠돌았기 때문에 나는 건강보험에도 들어 있지 않았다. 그러니 여기서 살아남는 것도 중요하지만 몸이 심하게 다치지 않도록 해야만 했다. 주 정부의 재정이 파탄 지경이라 내 치료비를 감당해주지도 못할 텐데, 심하게 다쳤다가는 오페라 극장 지하실에서나 일하는 신세가 되고 말 것이다. 나는 오페라가 별로지만 재즈 클럽에는 지하실이 없다.

야외라 그런지 참나무를 둘러싼 무리의 고약한 체취는 마구간에서처럼 곧장 내 콧속으로 밀려들어와 구역질을 유발할 정도는 아니었다. 그래도 나는 코를 쥐고 입으로만 숨을 쉬었다. 퀴퀴한 땀 냄새와 썩은 입 냄새만큼이나 사랑스럽지 않은 냄새이니 어쩔 수 없었다. 저들도 스컹크처럼 몸에 냄새샘을 갖고 있는 것 같았는데, 스컹크는 필요할 때만 악취를 뿜는 반면, 이놈들은 시도 때도 없이 모든 땀구멍에서 계속 악취를 뿜어냈다.

눈을 찡그려가며 아래를 내려다보았지만 참나무 둥치에 모인 놈들의 형체나 얼굴이 제대로 보이지 않았다. 놈들은 아마도 나를 올려다보고 있을 것이었다. 정오까지 아직 한참 남은 시각인데, 이번에도 땅거미가 몹시도 빨리 깔렸다. 그나마 남아 있던 햇빛이 점점 줄어들어 하늘은 확연히 붉은색을 띠었다. 햇빛이 반짝이는 먼지처럼 놈들의 몸을 뒤덮었지만, 내 눈은 마치 배터리가 거의 다 된 적외선 고글을 끼고 있는 것처럼 그들을 명확하게 볼 수가 없었다.

어둠이 점점 깊어지면서 놈들의 눈이 광채를 내기 시작했다. 처음에는 작은 요정들의 몸에서 나오는 빛처럼 예쁜 분홍색이었는데, 곧 벌겋게 변했다. 한밤중에 보이는 늑대들의 눈이 아마도 그런 색일 듯했다. 이놈들은 늑대만큼 사랑스러운 동물은 절대 아니지만 말이다.

나는 그동안 살인자, 연쇄살인범, 마약상, 비리 경찰관, 그릇된 신념에 사로잡힌 억만장자 출신 수도사, 유괴범, 테러리스트 그 밖에도 인생의 어느 시점에서 어쩌다 우연히, 혹은 상황에 떠밀려 어쩔 수 없이, 혹은 본인의 의지로 신나게 악에 몸을 담근 자들을 숱하게 상대해왔다. 뱀파이어나 늑대인간과는 싸워보질 않았는데, 그건 그들이 세상에 존재하지 않기 때문이었다.

그런데 나뭇가지 사이로 붉은 눈의 무리를 내려다보고 있는 지금, 영어덜트 소설에서 막 튀어나온 존재들을 상상하게 되었다. 피를 갈망하고 새 여자 친구를 사귀고 싶어 하는 뱀파이어들 말이다. 다만 저들은 외모가 심히 딸려서 졸업무도회에 같이 갈 데이트 상대를 구하기 어려울 듯했다.

다행히 저놈들은 나무를 잘 타지는 못하는 것 같았다. 퓨마는 나무를 타지만 코요테는 타지 못한다. 곰은 나무를 타지만 늑대는 못 탄다. 다람쥐는 나무타기의 명수지만 토끼는 할 엄두도 내지 않는다. 어쩌면 지난번처럼 괴상한 황혼이 물러갈 때까지 잘만 버티면 무사할지도 모른다는 생각이 들었다.

그런데 놈들 중 하나가 나무를 타기 시작했다.

첫 번째 아귀에 앉아 있던 나는 원숭이 흉내를 내는 어린 소년처럼 재빨리 더 높은 곳으로 올라갔다.

올라가면서 내려다보니 시커먼 그림자로만 보이는 추적자가 나무를 타고 오르는데 어려움을 겪고 있는 것 같아 다소 안심이 되었다. 놈의 손발이 나무를 타기에 적절하지 않은 모양새일 수도 있었다. 놈은 크르르, 꽤애액 소리를 내고 나뭇잎을 마구 치면서 분풀이를 했다. 나무가 제 앞길을 가로막는 적인 줄 아는지 놈은 나뭇가지를 마구 꺾고 초록색 잎사귀들을 우수수 떨어뜨리며 앙갚음을 해댔다.

높은 곳으로 올라갈수록 나와 하늘 사이에 가로놓인 나뭇잎이 줄어들고 있으니 햇빛이 더 잘 들어야 정상일 것이다. 하지만 태양은 선체 여러 곳에 대포를 맞아 침몰하는 불타는 범선처럼 바다를 향해 빠르게 추락하고 있었다.

이 분 만에 사방이 어둑해졌다. 앞이 잘 보이지도 않는 상태로 더듬더듬 더 높은 가지를 찾아 올라가고 있으니 이러다간 이래저래 죽고 말 듯했다.

황혼이 다 지기 전에 나무 끄트머리에 다다를 것 같았다. 높은 곳에 있는 가지일수록 아래보다 무른 편이라 단단히 잡히질 않고 축축 늘어졌다. 발이 자주 미끄러졌고 나뭇가지를 계속 손으로 꽉 잡고 있으려니 손도 아팠다.

잠시 이동을 멈추고 아래보다 지름이 훨씬 줄어든 나무줄기에 등을 기대고 앉았다. 다리를 벌리고 걸터앉았는데 엉덩이를 붙이고 앉은 곳이 좁아서 자칫 잘못 움직였다간 소년합창단원처럼 새된 비명을 내지를 것 같았다.

약이 바짝 오른 괴생물체가 아래서 올라오며 참나무 가지를 마구 쳐내는 소리가 내 거친 숨소리보다 더 크게 들렸다. 놈의 아이큐가 선거직 후보로 나설 만큼은 되겠지만 나에 비하면 형편없는 수준인 것 같아 그나마 마음이 놓였다.

오존 냄새는 전보다 옅었지만 꾸준히 내 곁을 맴돌았다. 내가 올라앉은 가지의 높이가 18미터쯤 되어서 나무 둥치에 모여선 무리의 고약한 악취는 맡지 않아도 되었다.

그런데 일이 분쯤 지나자 악취가 다시 스멀스멀 올라왔다. 악착같이 나무를 잡고 기어오르던 놈이 그래도 꽤 많이 올라온 모양이었다.

어둠이 하늘을 완전히 집어 삼켰다. 앞이 보이지 않으니 새까만 나뭇가지를 더듬고 그 위치를 머릿속에 그릴 수밖에 없었다.

하늘에 빛이 완전히 사라진 후에도 저 아래 짐승은 나무타기를 그만두지 않았다. 놈은 뜻대로 되지 않는 나무에 대고 씩씩대며 신경질을 부렸다. 놈이 화풀이 삼아 잔가지들을 마구 꺾는 바람에 마치 돌풍이 불 때처럼 나뭇잎이 우수수 떨어지는 소리가 연달아 들려왔다. 놈은 편하게 밟을 수 있는 곳을 발견했을 때는 만족스럽게 툴툴거렸고, 올라오다가 잘 되지 않을 땐 좌절해서 으르렁 꽤애액 소리를 질렀다.

기분 나쁘게 축축한 웃음소리를 내면서 한참을 깔깔대는 소리가 두 번 들려왔다. 놈이 내 얼굴을 잡아 찢어 대형 롤빵에 얹고 겨자 소스를 쳐서 먹을 생각을 하며 한껏 들뜬 모양이었다.

놈의 악취가 점점 강하게 올라왔다. 나는『레 미제라블』의 장 발장이 된 기분이었다. 집념의 자베르 경감이 아닌 붉은 눈의 악마 돌연변이에게 쫓기고 있기는 하지만.

누르스름한 달이 뜨면서 완벽한 어둠에 흐릿한 빛을 뿌렸다. 아직은 침침해서 꿈에서 본 나무보다 더 알아보기 힘들기는 했지만 그래도 주변의 나뭇가지가 다시 조금씩 시야에 들어오기 시작했다. 아래서 올라오는 집념의 등반가는 여전히 보이지 않았다.

갑자기 닥쳐온 이 밤이 마구간에서처럼 저 불가사의한 생물들을 데리고 다시 물러갈 때까지 마냥 기다릴 여유는 없었다. 이미 지난번보다 어둠이 더 오래 지속되고 있었으므로, 지금 이 괴이한 상황에서 벗어나 따스하고 상냥한 로즈랜드의 햇빛 속으로 되돌아가지 못할지도 몰랐다.

악취가 점점 심해지고 있어 나는 나무줄기에 등을 댄 채로 조심스럽게 일어나 머리 위로 뻗은 나뭇가지를 붙잡았다. 처음엔 한 손으로 잡다가 나중엔 두 손으로 잡았다. 그리고 고개를 돌려 사분원 모양의 틈새로 아래를 내려다보니 놈이 아득바득 올라오는 모습이 보였다.

자칫 잘못 움직였다간 발을 헛디뎌 손으로 붙잡은 나뭇가지를 놓치고 볼썽사나운 비명을 내지르며 굵은 가지, 잔가지 사이로 처참하게 떨어질 수도 있었다. 그 비명은 타잔이 밀림을 정복하고 내지르는 고함과는 사뭇 다를 것이다. 일단은 저 짐승이 어느 정도 올라올 때까지 기다리기로 했다. 놈이 내 발밑까지 바짝 기어오르면 얼굴을 수차례 발로 차서 바닥으로 떨어뜨릴 작정이었다. 물론 실패하면 놈에게 발을 물어뜯길 것이다.

가끔 총을 갖고 다닐걸 하는 생각이 든다.

지금까지 살면서 총에 의지해야 할 때도 간혹 있었지만 늘 마지못해 총을 쥐었다. 내가 어렸을 때, 정신 장애가 있는 어머니가 권총을 가지고 끔찍한 게임을 하는 걸 즐겼기 때문에 나는 자연히 총이라면 질색하고 좀 더 단순한 무기를 선호하게 되었다. 지금은 바로 내 발이었다. 이렇게 총을 싫어하니 조만간 내 목숨은 끝장나지 않을까.

놈의 악취가 진해지면서 눈에 눈물이 고였다. 올라오는 소리가 한층 커진 것으로 봐서는 꽤 가까이까지 온 것 같은데 놈의 모습은 아직 보이지 않고 있었다.

그런데 나무 반대편에서 내가 서 있는 나뭇가지 쪽으로 무언가가 빠르게 이동해와 등 뒤에서 내 왼쪽으로 방향을 틀었다. 그제야 나는 내가 주시하고 있던 놈 외에 한 명이 더 올라왔음을 알아챘다. 그놈이 거친 손으로 내 오른쪽 어깨를 움켜잡았다. 이대로라면 놈은 나를 물어뜯고 손톱으로 길게 내 몸을 할퀼 것이다.

놈의 손톱이나 이빨에 잡아 뜯기기 전에 나는 서둘러 몸을 뒤로 젖히면서 허공에 발을 굴렸다. 발판을 놓치고 두 팔로 나뭇가지에 매달려 있게 되었지만 덕분에 놈도 휘청하면서 미끄러졌다. 놈은 내 어깨를 붙잡고 늘어졌지만 무게가 상당해서 이대로라면 내 어깨뼈에서 근육이 분리되어버릴 것만 같았다. 팔 전체가 찢어질 듯 아프고 오른손까지 통증이 전해지면서 나는 결국 오른손으로 잡고 있던 나뭇가지를 놓치고 말았다.

왼손으로만 나뭇가지를 잡고 버티고 있는데, 내 몸이 휘청하면서 내 어깨를 잡고 있던 놈도 덩달아 몸이 흔들렸고, 어설픈 관절로 대충 연결된 듯한 놈의 손이 내 어깨를 놓쳤다. 놈은 울부짖으며 지상으로 떨어졌고, 단단하고 굵은 가지에 세게 부딪치면서 울부짖음은 돌연 잦아들었다. 모습은 보이지 않았지만 놈이 나무 둥치에 있던 동료를 깔아뭉갠 모양인지, 저 아래서 고통과 분노에 찬 비명이 터져 나왔다.

비명 소리가 가라앉을 때쯤, 수천 개의 긴 날개가 퍼덕이는 소리가 어두컴컴한 숲에 울려 퍼졌다.

전날 저녁 북서쪽에서 날아 내려왔던 바로 그 박쥐 떼가 이번에는 참나무 사이로 몰려 내려가 냄새 나는 짐승들을 공격하기 시작했고 짐승들은 공포에 찬 비명을 꽤애애액 내질렀다.

나는 다시 머리 위의 나뭇가지를 양손으로 잡고 발로 디딜 곳을 찾아 몸을 앞뒤로 흔들었다. 저 거대한 박쥐들 중 한 마리가 나뭇가지 사이로 솟구쳐 올라와 내 얼굴을 잡아 뜯을지도 모른다는 생각이 자꾸 들었지만 그럴 리 없다고 애써 마음을 달랬다. 하지만 일단 내 고기 맛을 보고 나면 그 박쥐는 동료들을 죄다 불러 모아 회식을 할 게 분명했다.

다행히 발 디딜 곳을 찾았지만 이런 자세로 오래 버틸 수 있을 것 같지는 않았다. 지상에서 들려오는 소동과 비명 소리에 나도 모르게 몸이 부르르 떨렸다. 박쥐들이 지상에서 저 짐승들로 실컷 배를 불려 이 숲에서 더는 다른 먹이를 취하지 않기를 바랄 뿐이었다.

텔레비전 다큐멘터리에서 박쥐 변종에 관한 내용을 본 기억이 났다. 어떤 변종은 면도칼처럼 날카롭고 구부러진 앞니를 갖고 있었고, 예리한 발톱을 가진 또 다른 변종은 물 위를 날아가며 물고기를 정확하게 건져 올려 들고 날아갔다. 유혈이 낭자한 괴물 영화만큼이나 자연 다큐멘터리도 시청자로 하여금 수많은 악몽을 꾸게 한다.

돌연 하늘을 뒤덮었던 어둠이 썰물처럼 쓸려 나가고 아침 햇살이 다시 한 번 내 몸과 나뭇가지를 지나 지상으로 쏟아져 내렸다. 부자연스러운 밤이 몰고 온 괴생물체들은 햇빛을 피해 달아나 흔적조차 보이지 않았다. 카펫처럼 깔린 낙엽 위엔 죽은 놈도 산 놈도 없었다.

가뜩이나 몸집이 큰 사람이 온통 하얗게 차려 입으니 주돛과 중간 돛대의 돛, 긴 삼각돛을 팽팽하게 드리운 거대한 선박처럼 금방이라도 바람이 이끄는 대로 항해를 떠날 듯했다. 하지만 주방엔 당연히 바람 한 점 없었고 쉴슘 주방장은 싱크대 옆 도마에 감자 싹을 도려내 놓느라 여념이 없었다. 그는 감자 여러 무더기를 쌓아놓고 껍질을 벗기기 전에 눈알을 후벼 파듯 싹을 제거하고 있는 중이었다.

나는 아침에 아몬드 크루아상밖에 못 먹은 채로 기력을 잔뜩 소진했으니 연료 탱크를 채워줘야 했다.

"주방장님, 귀찮게 해드릴 생각은 없습니다만 오늘 제가 로즈랜드에서 힘을 좀 뺐습니다. 단백질을 보충해야겠어요."

"으으음."

그는 식힘망 위에 얹어놓은 따뜻한 키시 파이와 레몬 글레이즈를 막 입힌 신선한 치즈케이크를 손으로 가리켰다.

로즈랜드에 머무는 손님의 특권으로 나는 주방을 편하게 사용할 수 있기에 알아서 햄 샌드위치를 만들어 먹거나 아니면 남은 닭가슴살을 찾아서 먹어도 되었다. 하지만 지금은 쉴숌이 내주는 키시 파이와 치즈케이크를 한 조각씩 잘라 접시에 담고 우유도 잔에 따랐다.

콜레스테롤 걱정은 하지 않는다. 타고난 재능 덕분에 수명이 그리 길지 않을 듯해서다. 매 끼니때마다 아이스크림만 퍼먹어도 죽을 때 내 동맥은 갓 태어난 아기의 동맥만큼이나 깨끗할 것이다.

나는 쉴숌이 서 있는 곳 바로 옆 아일랜드 식탁의 스툴에 걸터앉았다. 그는 보는 이의 신경을 곤두세울 만큼 굉장한 집중력을 발휘해가며, 감자에서 싹이 트거나 상한 부분을 도려내고 있었다. 이 사이로 혀끝을 살짝 빼물었고 토실토실한 두 뺨은 평소보다 더 상기되어 있었으며 가늘게 뜬 눈에는 경멸이 담겨 있었다. 이마에 땀까지 송골송골 맺힌 걸 보니, 그는 감자가 아니라 칼끝에 즉각적인 반응을 보이는 다른 무언가의 눈알을 파내는 상상이라도 하고 있는 듯했다.

로즈랜드에 온 후로 나는 쉴숌 주방장한테서 정보를 얻어내기 위해 비교적 완곡한 표현을 써가며 미묘하게 접근을 해왔다. 하지만 그런 전략으로는 별로 성과를 얻지 못해서 오늘 아침에는 크루아상을 먹으며 좀 더 대담하게 밀어 붙였던 것이다. 하지만 그리 세게 밀어 붙인 건 아니라서 그는 끝내 비밀을 털어놓지 않았고 속에 감추고 있던 나에 대한 적대감을 무심코 드러내는 데 그쳤다. 그나마도 등 뒤에서 나를 노려보는 모습이 주방 창문에 비치는 바람에 속내를 들킨 것이지만.

키시를 반쯤 먹은 후 나는 다시 입을 열었다

"제가 가끔 여기서 보는 말에 대해 물어봤던 거 기억하시죠?"

"으으음."

"검은 종마요. 프리지아 품종."

"그런가."

"월플로 씨가 여기서 말을 안 기른다고 하셔서 이웃에 사는 분의 말일 거라고 생각했는데, 주방장님도 아마 그럴 거라고 하셨죠."

"그랬던가."

"그런데 그 말이 어떻게 경비원이 지키고 있는 정문을 통과할 수 있었을까요?"

"글쎄."

"담장을 뛰어 넘어서 들어온 걸까 싶기도 합니다만."

터무니없는 말로 놀리자 쉴솜은 감자 싹 제거에 집중하는 척을 하기가 더는 어려웠는지 나를 흘끗 쳐다보았다. 하지만 나와 마주 보고 얘기를 하느니 지금 눈알을 파내고 있는 감자에게 말을 하는 게 낫다는 듯 감자를 쳐다보며 중얼거렸다.

"여기서 말을 안 기른 지는 꽤 오래 됐어."

"그럼 제가 본 건 뭐죠?"

"나도 모르지."

나는 키시를 마저 먹어치웠다.

"조금 전에 일식 현상이 나타났던 거 보셨습니까?"

그는 이제 감자 껍질을 벗기기 시작했다.

"일식?"

"낮인데 갑자기 밤처럼 어두워지는 현상 말입니다. 수천 년 전 사람들은 신이 인간들을 벌하기 위해 태양의 빛을 끈 것이라고 생각했죠. 그래서 두려움에 미쳐 날뛰며 머리카락을 잡아 뽑고 아기들을 제물로 바치고 검은딸기나무 덤불로 자해를 하면서 다시는 간통하지 않겠다고 맹세를 했어요. 자연 현상일 뿐이라는 걸 몰랐기 때문이죠. 요즘처럼 히스토리 채널이나 내셔널지오그래픽 채널도 없고, 그들 중 누군가가 구글 검색창에 '태양이 없어진 현상'이라고 쳐 넣어볼 수도 없는 시대였으니 어쩔 수 없었겠지만요."

쉴쇰은 단호하게 감자를 붙잡고 껍질을 벗기며 대꾸했다.

"자네 얘긴 이해가 안 돼, 토머스 군."

"그런 얘긴 자주 듣습니다."

나는 치즈케이크를 잘라 입에 넣었다. 맛이 좋았다.

"주방장님, 불가사의한 말 얘기는 잠시 치우고 다른 얘길 하죠. 이 근방에 몸집이 사람만 하거나 좀 더 크고 밤에 진홍색으로 빛나는 눈을 갖고 있고 끔찍한 악취를 풍기는 동물이 있다는 거 아십니까?"

끈을 수집해 거대한 공 모양으로 만드는 사람들처럼 끈을 계속 감아서 자동차만한 크기로 키우는 이들도 있다고 한다 감자 껍질을 수집이라도 하려는 건지, 쉴쇰은 감자 껍질을 끊지 않고 기다란 리본처럼 길게 깎고 있었다. 하지만 중간에 내 질문을 듣고 손이 흔들리면서 껍질이 중간쯤에서 잘려 싱크대로 떨어지고 말았다.

셜록 홈즈가 내 증조부는 아니지만, 나는 감자 껍질을 도중에 잘라 먹은 이 사고가 쉴쇰이 그 악취를 풍기는 동물에 대해 알고 있다는 증거라고 추리했다. 그는 깜짝 놀란 기색이었지만 애써 속내를 감추려하고 있었다.

쉴쇰은 곧장 다시 감자 껍질을 벗겼지만 근심 어린 속마음을 들킨 것 때문에 한참 갈등하는 얼굴이었다.

"악취를 풍겼다고?"

"굉장히 역겨운 냄새였어요."

"사람만큼 크고?"

"예. 어쩌면 더 클지도 모릅니다."

"생김새는 어땠어?"

"어두운 곳에서 만나서요."

"그래도 일부라도 봤을 거 아냐?"

"아뇨. 너무 어두워서 잘 못 봤습니다."

그는 약간 긴장을 푸는 모습이었다.

"이 근방에 그렇게 큰 동물은 없어."

"곰이 아니었을까요?"

"글쎄."

"캘리포니아 흑곰?"

"으으음."

"어쩌면 곰들이 담장을 넘어와 퓨마들을 모조리 잡아먹었을 수도 있겠네요."

감자가 그의 손에서 쏙 빠져나와 스테인리스강 싱크대로 툭 떨어졌다.

나는 같은 살인 무기라도 그 악취를 풍기는 짐승들이 곰처럼 사랑스러울 리는 없다고 생각했지만 그래도 꿋꿋하게 밀어붙여보았다.

"곰일까요?"

쉴숌은 떨어뜨렸던 감자를 집어 들고 다시 껍질을 벗기기 시작했다. 하지만 이미 마음의 평정을 잃은 상태라 최고급 아이다호 감자의 껍질을 아무렇게나 대충 벗겨냈다. 나는 괜히 겸연쩍었다.

"밤에는 건물 안에 머물도록 해, 토머스 군."

쉴쇰은 상당히 볼품없는 모양새로 껍질을 마저 다 벗긴 후 물이 반쯤 차 있는 큰 냄비에 그 감자를 집어넣었다.

"처음 그것들을 만난 건 오늘 아침 마구간에서였습니다. 동이 트고 삼십 분쯤 지난 시각이었어요."

그는 감자를 하나 더 집어 들고 껍질을 까기 시작했다. 마치 아이다호의 모든 것을 경멸하지만 그중에서도 특히 감자에 분개하는 표정이었다.

"두 번째로 만난 건 이십 분쯤 전 저 뒤 참나무 숲에서였습니다. 하늘이 갑자기 캄캄해져서 일식 현상이 나타난 줄 알았죠."

"이해가 안 되는데."

"저도 이해가 안 됩니다."

"일식은 없었어."

"그렇죠. 그런 것 같았습니다. 하지만 뭔가 일어나긴 했어요."

나는 그를 쳐다보며 치즈케이크를 마저 먹었다.

그는 두 번째 감자를 냄비에 넣고 감자칼을 내려놓더니 말했다.

"아차, 약."

"예?"

"약 먹어야 하는데 깜박했어."

그러고는 복도 쪽으로 난 문을 열고 주방을 나갔다.

나는 주방 뒤쪽 싱크대로 가서 파이와 케이크를 담았던 접시와 포크, 잔을 헹군 뒤 식기세척기에 집어넣었다.

뱃속이 더부룩했다. 마치 죽기 전 마지막 식사를 한 기분이었다.

…… 여기 있는 누군가가 큰 위험에 처해서 당신을 다급히 필요로 하고 있어요……

검은 말을 탄 무언의 유령 여인에게 경고를 받고 나무 위로 올라가기 전, 나는 심령자석으로 대상을 찾던 중이었다. 나는 다시 안나마리아가 했던 이 말을 되풀이하며 심령자석을 발동시켰다. 주방을 가로질러 식기실로 쓰이는 곳을 지나 두 짝으로 된 스윙 도어 중 하나를 열었다.

격식을 차리고 식사를 할 때 쓰이는 식당을 지나 작은 응접실로 들어갔다. 이 응접실은 주 응접실에 비하면 협소하지만 아늑하고 편안한 분위기였다. 나무판으로 벽면을 장식한 복도를 따라 걸어가는 동안, 닫힌 문들은 굳이 열고 싶은 마음이 나지 않아 그대로 지나쳤다.

지난 이틀 동안 나는 저택의 내부 구조 때문에 혼란을 겪었다. 규모 때문만은 아니었다. 이 건물을 설계한 건축가가 기존에 알려지지 않은 새로운 차원을 도입했는지, 내부 구조를 기억하기가 쉽지 않았다. 돌아다니다 보면 방들이 전혀 뜻밖의 방식으로 서로 연결되어 있었다.

발길이 이끄는 대로 어떤 통로를 지나자 서재가 나왔는데 문득 두 가지가 이상하게 신경을 긁었다. 이 큰 건물에 깔린 깊은 정적, 그리고 직원들의 부재였다. 멀리서 진공청소기 돌리는 소리라도 들릴 법한데 조용했다. 말소리도 들리지 않았다. 석회암 바닥이나 윤기 나는 마호가니 나무 바닥을 대걸레로 미는 소리도, 가구의 먼지를 터는 소리도 없었다.

어제 나는 처음으로 저택 일층을 내 집처럼 편안하게 돌아다니다가, 카드놀이 방과 운동기구가 전부 갖춰진 체육실로 들어가 얼마간 시간을 보냈다. 그곳에서 가사관리팀장인 터미드 부인과 가사도우미인 빅토리아 모르스를 만났다.

집 안이 어떻게 이렇게 고요할 수 있는지 의아해하며 서재 문지방에 서 있는 지금, 문득 어제 만났을 때 가사관리팀장도 가사도우미도 청소를 하고 있지 않았음을 깨달았다. 어제 그들은 카드놀이 방에 서서 한창 얘기를 나누고 있었다. 일하시는데 방해해서 죄송하다고 사과하며 나가려는데 그들은 이 방 청소는 다 끝났다며 다른 방에 가서 청소를 할 거라고 했다. 그리고 그들은 곧바로 카드놀이 방을 나갔다. 그런데 지금 생각해보니 그들은 청소 도구를 들고 있지 않았고 하다못해 먼지 닦는 걸레도 손에 쥐고 있지 않았다.

이렇게 큰 집을 청결하게 유지하려면 터미드 부인과 가사도우미 여섯 명이 아침부터 밤까지 청소에 바짝 매달려야 할 것이다. 곳곳에 화려한 몰딩과 조각이 새겨진 대리석 벽난로, 그밖에도 건축학적인 미를 위해 만든 풍성한 장식들이 가득하고, 방마다 고풍스런 가구들이 들어찬 집인 것을 감안하면 더욱 그랬다. 이 집은 먼지 하나 없이 깨끗한데 내가 본 가사도우미라곤 그 둘뿐이고, 둘 다 청소하는 모습을 본 적이 없었다.

문지방을 넘어 서재로 들어가서 보니 아무도 없었다. 직사각형의 넓은 방에는 두꺼운 양단 커튼이 드리워진 창문들을 제외하고 벽마다 책장들이 세워져 있고 책장에는 책이 잔뜩 꽂혀 있었다. 나는 수천 권에 달하는 책들의 제목을 읽어보지도, 안락의자에 앉지도 않고 심령자석이 이끄는 대로 곧장 서재 중앙의 개방형 계단으로 향했다.

바닥에서 6미터쯤 되는 높이의 마호가니 천장에는 격자 문양이 깊게 파여 있었다. 바닥에서 3.7미터쯤 되는 곳에는 폭 1.5미터의 중이층이 방 전체를 둘러싸는 구조로 설치되어 있었다.

청동으로 된 나선형 계단에는 아름다운 난간이 세워져 있었는데, 금박을 입힌 잎사귀들과 멋스럽게 세공한 덩굴들이 난간동자를 칭칭 감고 있는 걸 보니, 지식의 나무를 표현하려는 의도인 듯했다.

계단 꼭대기에는 중이층의 제일 긴 두 면을 잇는 다리가 있었다. 나는 주저 없이 왼쪽으로 방향을 돌려 다리를 건넜고 다리 끝에 다다라서는 오른쪽으로 돌아섰다.

중이층 남서쪽 모서리의 책장 사이에 비스듬한 각도로 묵직한 나무문이 하나 서 있었다. 문 위에는 'ㅅ' 자 모양으로 널빤지가 붙어 있고 그 위에 청동으로 만든 횃불 장식이 설치되어 있었다. 횃불의 불꽃에는 금박을 입혀 화려함을 더했다. 그 문 너머는 여러 갈래로 갈라지는 이층 복도의 연결점이었다.

저택 어디든 편하게 돌아다녀도 좋다는 허락은 일층에만 국한되어 있었다. 이층에 발을 들여놓는다면 손님으로서 허락받은 특권을 남용하게 되는 것이다. 하지만 망설이지 않았다. 나는 지독하게 나쁜 놈은 아니지만 무례한 놈인 것은 맞으니까.

폴리 셈피테르노 경비팀장이 내 면상에 총알을 박고 싶다는 진심 어린 욕망을 표현한 지 얼마 안 돼서 내가 이렇게 월플로 씨의 사생활을 침해하고 있으니, 만약 발각되면 예의범절에 관한 엄격한 잔소리를 듣는 것으로 그치지 않을 것이다. 따라서 조심 또 조심해야 했다.

폴리에 대한 생각을 한 것만으로도 그를 가까이 불러낸 것마냥, 지금 내가 서 있는 곳 오른쪽에 위치한 서관의 닫힌 문들 중 한 곳 너머에서 폴리의 거친 목소리가 들렸다.

좀 더 근심이 가득하고 분노는 덜한 목소리는 쉴솜 주방장의 것이었다. 쉴솜은 하인용 부속 건물 일층의 자그마한 자기 방에 약을 가지러 간 게 아니었던 모양이었다.

그리고 두 목소리보다 나지막한 세 번째 목소리는 노아 월플로 씨의 것이었다. 내가 알기로 월플로 씨의 스위트룸은 서관에 있었다.

그들이 크게 말하는 단어 몇 개밖에 들리지 않았지만, 간혹 목청이 높아지는 것으로 보아 언쟁을 하고 있는 듯했다. 폴리는 나를 톱밥제조기에 넣고 갈아버리려 하고, 쉴솜은 양파, 당근과 함께 내 몸을 불에 구워서 로즈랜드를 돌아다니는 붉은 눈의 짐승들에게 화해의 선물로 건네려 하는데, 명확히 설명할 수 없는 이유로 안나마리아에게 매혹된 월플로는 그 두 방법에 다 찬성할 수 없다고 말하고 있는 게 아닐까.

문에 귀를 대고 제대로 들어보고 싶었지만, 신중을 기해야 하는 상황인데다가 심령자석이 내 발길을 다른 곳으로 이끌었다. 나는 남쪽으로 뻗은 복도를 따라 걸어갔다. 앞쪽의 문 절반 정도가 오른쪽으로 나 있었다. 통로용 카펫을 밟으며 소리 없이 걷다보니 문득 내 발길을 이끄는 이 힘이 나더러 여기서 덩실덩실 춤을 추게 하지 않아 다행이란 생각이 들었다.

남관이 동관 남쪽 끄트머리와 만나는 지점에 이르자 내 몸이 오른쪽에 있는 어느 문으로 이끌렸다. 문손잡이에 손을 댄 채 가만히 소리를 들어보았지만 안쪽은 쥐죽은 듯 고요했다.
 문을 열었다. 어느 스위트룸의 일부로 보이는 거실이었다. 윙백 의자에는 백내장이 심하게 끼어 앞이 안 보이는 것 같은 한 소년이 흰자뿐인 커다란 눈을 뜨고 앉아 있었다.

소년은 내게 반응을 보이지 않았다. 나는 등 뒤로 조용히 문을 닫고 방 안으로 들어갔다.

소년은 손바닥을 위로 향한 채 두 손을 무릎에 얹은 자세였다. 입술은 약간 벌어져 있었다. 꼼짝도 않고 소리도 내지 않는 소년은 죽었거나 아니면 혼수상태인 듯했다.

거실, 그리고 열린 문 너머로 들여다보이는 침실의 가구며 장식은 아홉 살 밖에 안 되어 보이는 이 어린 소년이 쓰기엔 나이대가 맞지 않았다.

천장에는 뾰족한 화살 뭉치를 표현한 메달 모양의 석고 장식들이 붙어 있고, 벽에는 가운데 사슴 사냥 그림을 중심으로 가장자리에 복잡한 무늬가 들어간 벽걸이 융단이 걸려 있었다. 만들어진 시대를 명확히 알 수 없는 영국식 가구, 테이블과 콘솔 위에 놓인 사냥개 모양의 수많은 청동 장식물, 금색, 빨간색, 갈색 등 풍부한 색감을 자랑하는 페르시아 카펫 들은 수십 년간 운동 삼아 사냥을 즐겨온 성인 남성에게 어울리지 이 어린 소년에게는 맞지 않았다.

창문에 커튼이 드리워져 햇빛이 들어오지 않았기에 방 안에 빛이라곤 소파 옆의 테이블 램프와 안락의자 옆의 키 큰 스탠드에서 흘러나오는 불빛이 전부였다. 거실 구석에 그림자가 져 있었지만 방 안에는 이 소년 외에는 아무도 없었다.

나는 반응을 보이지 않는 소년에게 다가가 그의 상태를 궁금해하며 가만히 내려다보았다.

백내장이 어찌나 지독한지 눈알이 완전히 흰색이라 그 밑의 홍채와 동공은 전혀 보이지 않았다. 이 상태라면 완전히 눈이 멀었을 것이다.

숨을 들이쉬거나 내쉬는 소리는 들리지 않았지만 소년의 가슴은 조금씩 달싹이고 있었다. 호흡은 느리고 얕았다.

기괴한 눈동자를 제외하면 피부가 잡티 하나 없이 희고 외모가 준수한 편이었다. 어린데도 세련된 분위기라서 자라면 꽤 잘생긴 청년이 될 것이었다. 갈색 머리카락은 숱도 많았다. 나이에 비해 체구는 작았는데 커다란 안락의자에 앉아 있으니 난장이처럼 보였고 발끝은 바닥에 닿지도 않았다.

소년의 외모에서 말을 탄 유령 여인의 모습이 언뜻 보이는 듯도 했지만 확신할 수는 없었다.

…… 여기 있는 누군가가 큰 위험에 처해서 당신을 다급히 필요로 하고 있어요……

안나마리아가 말한 사람, 유령 여인의 아들을 드디어 찾은 것 같았다. 이 소년이 어떤 위험에 처해 있는지, 내가 이 아이를 위해 무슨 일을 해줄 수 있을지는 아직 알 수 없었다.

의사가 무조건반사를 테스트하기 위해 망치로 슬개골이라도 톡 친 것처럼, 소년은 손바닥을 위로 향한 왼손을 움찔거리면서 왼발에 신은 구두 뒤꿈치를 안락의자 앞다리에 두 번 찧었다.

내가 물었다.

"내 목소리 들리니?"

소년은 대답하지 않았다. 나는 그의 앞에 놓인 등받이 없는 오토만 의자에 걸터앉았다. 한동안 소년을 쳐다보다가 손을 내밀어 그의 오른 손목을 잡고 맥박을 재보았다.

가만히 앉아 있고 호흡도 느렸지만 맥박은 분당 110회나 되었다. 하지만 리듬이 불규칙적이지는 않았고 심하게 고통스러워하는 모습도 아니었다.

피부가 너무 차가워서 체온을 올려주려고 두 손으로 소년의 오른손을 잡았다.

처음에 소년은 반응을 보이지 않다가 갑자기 손가락으로 내 손을 꼭 잡았다. 그리고 조그맣게 헉 하고 숨을 내쉬더니 몸을 부르르 떨었다.

소년은 백내장이 아니었다. 눈알을 거의 불가능한 수준까지 뒤로 넘겨서 흰자가 드러났던 것이었다. 홍채가 아래로 내려왔다. 눈동자는 갈색이었고 맑았다.

눈이 정상으로 돌아와서도 소년은 나를 보는 게 아니라 이 방 너머 다른 무언가를 보고 있는 듯했다. 그러다 점차 초점을 맞추고 나를 보았다. 하지만 익히 아는 사람을 보듯 전혀 놀라지 않았다. 어리고 미숙한 나이인데도 세상에는 그리 놀라운 일도 당황스러운 일도 없다는 듯한 표정이었다.

소년이 손가락에 힘을 풀고 내게서 손을 빼냈다. 서리처럼 창백하던 피부에 마치 난로의 불빛이 반사된 듯 발그레하게 혈색이 돌기 시작했다. 하지만 거실의 벽난로는 시커멓게 꺼져 있고 차가웠다.

"괜찮니?"

소년은 눈을 몇 번 깜박이며 방 안을 둘러보았다. 자신이 지금 어디에 있는지 기억을 더듬는 것 같기도 했다.

"나는 오드 토머스라고 해. 게스트하우스에서 지내고 있어."

소년의 시선이 내게 향했다. 어린애치고는 기가 질릴 정도로 나를 똑바로 쳐다보았다.

"알아요."

"네 이름은 뭐니?"

소년은 대답 대신 다른 말을 했다.

"당신이 로즈랜드에 있는 동안에는 내 방에서 나오지 말라고 그들이 말했어요."

"그게 누군데?"

"전부 다요."

"왜?"

소년이 안락의자에서 일어나기에 나도 오토만 의자에서 일어섰다. 소년은 난로 앞으로 다가가 서서 철망 너머 놋쇠로 된 장작받침대 위에 쌓여 있는 장작들을 바라보았다.

묻지 않으면 더 이상 아무 말도 안 할 것 같아 나는 재차 물었다.

"이름이 뭐야?"

"그들의 얼굴이 해골에서 녹아내린다. 공기가 닿자 해골마저 검게 변하고 온몸의 뼈가 검어진다. 그리고 그을음처럼 검은 재가 바람에 날리고 그들은 사라진다."

소년다운 높고 가느다란 목소리였지만 나는 어린애가 그토록 근엄하게 말하는 건 좀처럼 들어보지 못했다. 근엄함 외에도 소년의 목소리에는 섬뜩한 구석이 있었다. 허탈감, 더는 희망을 가질 수 없다는 무력감, 아직 완전한 절망은 아니지만 절망을 바로 코앞에 두고 있는 비통함이 뒤섞인 슬픈 감정이 그 목소리에 스며들어 있었던 것이다.

"교복을 입고 니삭스를 신은 여학생 스무 명이 학교에 간다. 잠시 후 그들의 옷과 머리카락에 불이 붙고, 비명을 지르는 그들의 입에서 불이 뿜어져 나온다."

나는 소년에게 한 발 다가가 여린 어깨에 손을 얹으며 물었다.

"악몽을 꿨니?"

차가운 난로 앞에 선 소년의 눈은 장작이나 장작받침대가 아니라 불에 타고 있는 여학생들을 보고 있는 것 같았다. 소년은 고개를 저었다.

"아뇨."

"그럼 영화나 책에서 그런 걸 봤나 보구나."

나는 어떻게든 소년의 말을 이해해보려고 했다.

소년이 고개를 들어 나를 쳐다보았다. 로즈랜드가 유령 여인과 그 여인의 말에 사로잡혀 있듯이, 소년의 반들반들한 갈색 눈도 무언가에 홀려 있었다.

"숨어요."

"뭐라고?"

"아홉시가 거의 다 됐잖아요. 아홉시에는 그 여자가 돌아와요."

"누구?"

"터미드 부인이요. 오전 아홉시면 내 아침상을 내가러 내 방에 와요."

방문 쪽을 흘끗 쳐다보았다. 복도에서 발소리가 들려왔다.

"어서 숨어요. 당신이 날 봤다는 걸 알면 그들이 당신을 죽일 거예요."

폴리 셈피테르노는 내가 마음에 안 든다며 내 면상에 총알을 박고 싶다고 했다. 거울을 좀 더 들여다보며 연구하면 폴리가 그런 짓을 하고 싶어 하는 동기를 알 수 있을지도 모른다. 하지만 이층에서 소년을 만났다고 해서 왜 죽임을 당해야 하는지 이해가 되지 않았다. 이상한 소년이긴 하지만 일단 그의 무서운 경고를 믿어보기로 했다.

거실과 연결된 침실로 서둘러 들어갔다. 침대가 정돈되어 있으니 터미드 부인이 굳이 이 안쪽까지 들어올 이유는 없을 것 같았다. 하지만 침실의 작은 테이블 위에 소년의 아침상이 놓여 있고 그 옆에는 책도 몇 권 쌓여 있었다.

또 다른 출입구 너머로 욕실이 보였다. 욕실 창문은 무척 작아 차라리 배수로 구멍으로 도망치는 게 낫지 탈출로로 쓸 수는 없을 듯했다.

큰 벽장 안을 들여다보았지만 침실보다 더 안전한 곳 같지는 않았다. 거실에서 터미드 부인이 소년에게 아침 다 먹었느냐고 묻는 소리가 들려왔다. 나는 하는 수 없이 벽장으로 들어갔다. 벽장문은 마저 닫지 못하고 2, 3센티미터 정도 열린 채로 두었다.

『레베카』를 보면, 소설에서도 그렇고 영화에서도 하녀장 댄버스 부인은 검은색 롱드레스 차림에 언제든 손도끼를 휘두를 수 있는 음산하기 짝이 없는 인물로 나온다. 댄버스 부인이 처음 등장하는 순간부터 우리는 그 여자가 누군가를 토막 내 죽이거나 집에 불을 지를 인물임을 직감한다.

터미드 부인은 댄버스 부인처럼 뚱하고 비밀스런 고용인을 배출하는 학교를 졸업하지는 않았다. 그녀는 180센티미터의 키, 금발, 단단한 체격, 곡물과 맥주를 먹인 고베 소를 마사지하기에 부족함이 없는 힘센 손을 가졌고, 너그러운 미소를 지녔으며, 스칸디나비아인 특유의 솔직하고 속임수는 못 쓸 것 같은 얼굴을 하고 있었다. 이쯤 되면 끔찍한 비밀을 간직한 여자 같지는 않다고 생각될지 모르지만, 나처럼 속을 들여다본다면 여러분도 그 여자가 단검과 날이 넓은 칼만 손에 쥐면 상대의 목숨을 가볍게 빼앗을 수 있는 아마존 여전사 같은 면이 있음을 알 수 있을 것이다.

터미드 부인은 소년의 침실로 거침없이 성큼성큼 걸어 들어와 테이블 위에 놓인 아침 식사 쟁반을 집어 들었다. 이 일상적이고 따분한 일이 대단히 중요한 업무라도 되는 것처럼 어깨에 힘을 주고 고개를 빳빳이 세운 자세였다.

터미드 부인의 뒤를 따라온 소년이 문간에 서서 말했다.

"부가적인 특권에 대해 그와 얘기를 하고 싶어요."

"그분은 너랑 얘기할 마음이 없으셔."

서늘한 목소리였다. 묵살하는 투는 아니었지만, 확고하면서도 소년을 전혀 존중하지 않는 말투였다. 마치 로즈랜드 안에서 소년이 사회적 구조상 자신보다 훨씬 아래에 있다는 태도였다.

소년은 성가대원처럼 고운 목소리로 나이에 어울리지 않는 어른스러운 말을 했다.

"그는 의무와 책임이 있어요. 자신은 규칙에 구애를 받지 않는 줄 아는 모양인데 그렇게 멋대로 굴면 안 되죠."

터미드 부인은 쟁반을 든 채로 받아쳤다.

"네가 지금 하는 말을 잘 들어봐. 그럼 왜 그분이 너랑 얘기하고 싶어 하지 않는지 알게 될 테니까."

"그가 날 여기로 데리고 왔잖아요. 나랑 더 이상 얘기하고 싶지 않으면 날 도로 데려다 놓든가요."

"도로 데려다 놓는다는 게 어떤 의미인지 모르고 하는 말은 아니겠지. 너도 그건 원치는 않을 텐데."

"원할지도 모르죠. 왜 안 원하겠어요?"

"그분이랑 얘기를 하고 싶으면 다른 방법을 써 봐. 네가 아무리 원래 있던 곳으로 가고 싶다고 말해도 그분은 그 말을 믿지 않으실 테니까."

터미드 부인이 한 발 앞으로 다가가자 소년은 뒤로 주춤 물러섰다. 그렇게 두 사람은 거실로 물러갔고 내가 있는 벽장에서는 그들이 더 이상 보이지 않았다.

그래도 벽장문이 열려 있어서 터미드 부인이 소년에게 하는 말은 똑똑히 들을 수 있었다.

"명심해. 커튼 열지 말고 창문에서 멀리 떨어져 있어."

"손님이 날 보는 게 뭐 중요한 일이라고 그래요?"

"중요하지 않을지도 모르지. 하지만 우린 모험을 할 생각 없어. 조금 전에 너도 책임 얘기를 했잖아. 너 때문에 우리가 남자 손님이랑 여자 손님을 죽여야 한다면, 너도 그들 죽음에 책임이 있는 거야."

"내가 그런 걸 왜 신경 써야 하죠?"

소년은 심통 사납게 말했다. 조금 전보다 훨씬 애다운 말투였다.

"신경 안 써도 돼. 넌 우리처럼 그들 같은 부류에게 마음 쓸 필요 없어. 하지만 아닐 수도 있지. 넌 결국…… 다르니까."

"손님들을 여기 두는 게 그렇게 위험한 일이면 애초에 왜 그는 그들을 여기로 초대한 거죠?"

소년이 말하는 '그'는 노아 월플로를 의미하는 듯했다.

"내가 어떻게 알아. 우리 중 아무도 이해 못 하고 있어. 그분은 여자 손님이 호기심을 불러일으킨다고 말씀하셨어."

"그 여자한테 뭘 바란대요?"

소년은 마치 그쪽 방면으로 잘 안다는 듯 음탕한 말투로 물었다.

"뭘 어쩌려는 건지는 나도 몰라. 어쨌든 그년한테 하고 싶은 대로 하시겠지. 나도 그렇고 우리 모두 다 마찬가지지만. 네 일 아니니까 신경 꺼, 꼬마야."

"당신은 원래 그렇게 뱀 같았어요? 아니면 나이를 먹으면서 그렇게 된 거예요?"

"이 쥐똥만 한 놈이. 말조심해. 그렇게 멋대로 지껄이면 밤에 널 들판에 내던져버리는 수가 있어. 그럼 괴물들이 널 갖고 하고 싶은 대로 할 거다."

이 위협이 먹혔는지 소년은 입을 다물었다. 괴물이라 함은 가는 곳마다 마법처럼 어둠을 몰고 다니는 그 괴상한 생물들을 의미하는 게 분명했다.

뱀이라 불려서 약이 올랐는지 터미드 부인은 방을 나가기 전에 더 독한 말을 내뱉었다.

"괴물들은 네 뒷구멍을 몇 번 쑤시고 나서 얼굴을 이빨로 물어뜯어 버릴 거다."

만약 터미드 부인에게 남편이 있고 그 남편도 아내와 비슷한 과라면, 그 둘은 침대에서 투견장의 개들처럼 격하고 독한 사랑을 나눌 것이다.

터미드 부인은 마지막으로 수수께끼 같은 말을 내뱉고 나갔다.

"넌 죽었어. 우리와 같은 무리가 아니야. 절대 우리 같아질 수 없어, 죽은 꼬맹아."

거실과 복도 사이의 문이 확실하게 닫힌 소리를 들었지만 나는 곧장 벽장을 나서지 않았다. 소년이 와서 터미드 부인이 갔다고 말해줄 때까지 기다릴 작정이었다.

하지만 이 분이 지나도록 소년은 오지 않았고 나는 조심스럽게 거실로 돌아갔다.

소년은 터미드 부인의 명령을 거역하고 창문의 커튼 한쪽을 열어젖혀놓았다. 그리고 남쪽 풍경을 바라보며 서 있었다. 창밖으로 정원, 그리고 언덕마루의 묘까지 이어지는 계단식 폭포가 내다보였다. 소년은 내가 곁으로 다가갔지만 별다른 반응을 보이지 않았다. 발그레했던 뺨이, 눈을 까뒤집고 가사 상태로 앉아 있었을 때처럼 다시 창백하게 변해 있었다.

"터미드 부인이 한 말 무슨 뜻이야? 죽은 꼬맹이라니?"

그는 대답하지 않았다.

"그거 위협이니? 널 죽이겠다는 뜻이야?"

"아뇨. 그냥 말이 그렇다는 거예요. 아무 의미도 없어요."

"의미가 있는 것 같던데. 너도 그 의미를 아는 것 같고. 난 널 도와주러 왔어. 이름이 뭐야?"

그는 고개를 가로저었다.

"도와줄게."

"아무도 못 도와줘요."

"여기서 나가고 싶잖아."

그는 멀찌감치 서 있는 묘만 응시할 뿐이었다.

"로즈랜드 밖으로 데리고 나가서 정부 담당자한테 데려다 줄게."

"불가능해요."

"담장을 넘자. 별로 안 어려워."

그는 고개를 돌려 나를 바라보았다. 소년의 우울한 눈에는 슬픔이 차 있는 정도가 아니라 흘러넘치고 있었다. 그 눈을 마주보고 있으니 내 마음이 한층 더 무거워졌다.

"그들은 내 위치를 늘 파악하고 있어요."

그러고는 스웨터 왼쪽 소매를 걷어 손목에 찬 장치를 보여주었다. 손목시계라기보다는 수갑에 더 가까웠다.

가까이 가서 자세히 살펴보았다. 소년의 손목에 채워진 그 장치는 마치 수갑처럼 열쇠 구멍이 나 있었다. 크기도 손목시계로 보기엔 너무 컸다. 여린 손목에 채워진 스테인리스강 수갑이 살갗을 벗겨내진 않았지만 잔인해보이기는 했다.
"GPS(위치파악시스템) 감시 장치예요. 내가 이 스위트룸을 벗어나면 집 전체에 신호음이 울려서 그들이 즉각 알게 돼요. 정문의 경비실에도 전달이 되죠. 경비원들이 갖고 다니는 무전기로 신호가 가거든요. 이층을 벗어나면 다른 신호음이 울리고, 이 집을 벗어나면 또 다른 신호음이 울려요."
"그들이 왜 널 여기 가둬두고 있는 거지?"
그는 대답 대신 하던 얘기를 계속했다.
"그들이 갖고 다니는 휴대폰에 이 집과 토지가 표시된 지도가 들어 있고 그 지도에 내 위치가 나타나니까 언제든 내 위치를 파악할 수 있어요. 내가 이층을 벗어나면 누군가 내 옆에 곧장 따라붙어요."
나는 그 장치를 좀 더 자세히 살펴본 후 말했다.
"수갑형 자물쇠랑 비슷해 보이네. 그런 장치라면 내가 좀 알아. 클립으로 열 수 있어."
"그랬다간 내가 이 스위트룸에서 나갈 때랑 똑같은 신호음이 울리게 돼요."
나는 소년의 눈을 바라보았다. 그의 눈에 눈물이 그렁그렁했다.
"널 실망시키지 않을 거야."
나는 이렇게 말했지만 그 약속은 마치 운명에 도전하겠다는 말처럼 오만하게 들렸다. 소년을 자유로이 풀어주기보다는 실망시키게 되리란 생각이 들었다.

소년이 감시자들의 명령을 어긴 게 발각되면 그를 구출하기가 더 어려워질 것 같아 나는 창문에 도로 커튼을 쳤다.

"굳이 널 로즈랜드 밖으로 데리고 나갈 필요 없어. 경찰을 불러들이면 돼. 이곳 경찰들은 날 이상한 놈이라고 생각하겠지만, 내가 경찰 쪽에 잘 아는 친구가 있거든. 피코문도 마을의 경찰서장이야. 그분은 나를 믿으니까 정부 당국이 이곳에 주의를 기울이게끔 할 수가 있어."

"아뇨, 경찰은 안 돼요. 그랬다간…… 모든 게 끝장나요. 당신은 내가 누군지 전혀 모르잖아요."

"그러니까 설명을 해봐."

그는 고개를 가로저었다.

"그걸 알게 되면 여기 사람들이…… 당신을 정말 죽이고 말 거예요."

"나 보기보다 강해."

속으론 내 면전에 대고 웃음을 터뜨리고 싶었겠지만 소년은 내가 처음 거실에 들어왔을 때 보았던 것처럼 안락의자로 돌아가 앉았다.

나도 다시 오토만 의자에 걸터앉으며 말했다.

"아까 그가 널 여기로 데려왔다고, 그러니 너를 원래 있던 곳으로 돌려보내줘야 한다고 터미드 부인한테 말했잖아. 그가 누구야?"

"그요. 달리 누구겠어요? 이 모든 게 다 그 사람 때문인데."

"노아 월플로?"

"월플로."

이 이름을 말하는 소년의 목소리에 경멸이 담겨 있었다. 그리고 어린 나이에 어울리지 않는, 평생토록 곱씹어온 비통함이 느껴졌다.

"널 여기로 데려왔단 말이지. 혹시 유괴니?"

"유괴보다 더 지독한 짓이에요."

이 소년은 안나마리아에게 알듯 모를듯하게 말하는 어법을 배우기라도 한 걸까.

인간이 어디까지 사악해질 수 있는지를 너무나 잘 알고 있기에 나는 각오를 단단히 하고 물었다.

"월플로가 왜 널 여기 두려는 건데? 너한테…… 바라는 게 있다니?"

"난 그의 장난감이에요. 모두가 그에겐 장난감이에요."

소년의 목소리가 파르르 떨렸다. 경멸 외에도 또 다른 감정이 담겨 있는 목소리였다. 목소리는 분노보다는 슬픔에 가깝고, 비극적인 상실이 담겨 있었다.

헨리 러럼이 경비실에서 했던 말이 기억났다. 그는 노아 월플로가 안나마리아의 아기를 원하는 건 '새로운 느낌'…… '전율'을 위해서라고 했었다.

171

가슴이 조여들고 목구멍이 가래로 꽉 막히는 기분이었다. 하지만 내 숨통을 조이는 건 가래가 아니라 치밀어오르는 욕지기였다. 이 소년이 자신에게 가해진 끔찍한 짓을 직접 말할 것을 생각하니 월플로에 대한 구역질과 혐오감이 치솟았다.

"난 지옥이 어떤 곳인지 알아요. 지옥은 바로 로즈랜드예요."

이 말을 하면서 소년은 안락의자 깊숙이 몸을 파묻고 움츠러드는 듯했다.

나는 잠시 망설이다가 물었다.

"그가…… 너에게 손을 대니?"

"아뇨. 그가 나한테서 원하는 건 그런 게 아니에요."

한편으로는 안심이 되었지만, 월플로가 이 소년에게 얼마나 더 무서운 짓을 하고 있다는 건지 생각을 안 해볼 수 없었다.

"그가 잠시 회한에 잠기는 바람에 난 여기 있게 됐어요."

회한은 어린아이가 쓸 만한 단어가 아니었고 다른 표현들과 마찬가지로 수수께끼처럼 느껴졌다.

지금까지 대화를 나눠보니 아무리 쥐어짜도 정확한 설명을 들을 수 있을 것 같지가 않았다.

그래도 한 번 더 시도를 해보려는데 소년이 말했다.

"자기가 할 수 있는 일에 한계가 없다는 걸 확인하고 안심하고 싶어서 날 여기 두는 거예요."

소년이 왼 손목에 GPS 장치를 차고 있는데다가 속 시원히 사실을 털어놓지도 않아서 나는 좌절감을 느꼈다.

"난 너를 돕고 싶어."

"그럴 수 있으면 얼마나 좋을까요."

"그럼 내가 도울 수 있게 해줘. 그는 널 어디서 데려왔니? 얼마나 오래 데리고 있었어? 네 이름은 뭐야? 부모님에 대해, 부모님 이름이 뭐고, 너희 집 주소가 어떻게 되는지는 기억해?"

그 순간, 소년의 진저브라운 색 눈동자가 놀라울 정도로 깊어졌다. 조금 전 무언가에 사로잡혀 있을 때와는 확연히 달랐다. 끝 간 데 없는 외로움이 그토록 깊게 새겨진 눈은 처음 보았다. 지독한 절망이 담긴 그 눈을 보고 있으니 마치 고르곤(고대 그리스 신화에 나오는 괴물. 머리카락이 뱀으로 되어 있는 세 자매로, 이 괴물을 보는 사람은 누구나 돌로 변했다 함 - 옮긴이)의 얼굴을 보는 것처럼 내 몸이 곧 돌로 변할 것 같은 위기감마저 느꼈다.

"넌 머리카락이 갈색이구나. 네 어머니는 금발이던데."

소년은 나를 쳐다볼 뿐 아무 말도 하지 않았다.

"어머니는 생전에 아끼던 멋진 검은 프리지아 종마를 타고 계셨어. 잘 타시더라."

"당신이 누군지 모르지만 너무 많은 걸 알고 있는 것 같네요."

소년은 유령 여인이 내게 전한 바를 확인시켜주듯 차분히 말을 이었다.

"그녀에 대한 얘길 아무한테도 하지 말아요. 그리고 그가 내버려둘 때 여길 떠나요. 남은 시간이 얼마 없어요. 본인한테 별로 위험하지 않을 것 같으면…… 묘로 올라가세요. 모자이크 속 수호천사가 높게 쳐든 방패 그림을 누르세요."

그리고 소년은 눈을 위로 올려 완전히 뒤집었다. 조각상의 눈처럼 흰자위만 남은 소년의 눈은 아무것도 바라보고 있지 않았다. 팔걸이에서 스르르 미끄러져 내려온 두 손이 손바닥을 위로 하고 무릎에 가지런히 놓였다.

자신의 의지로 다시 가수 상태로 돌아간 것인지, 아니면 제때 약을 먹지 않은 간질 환자가 발작을 일으키듯 이런 증상이 나타난 것인지 알 수 없었다. 하지만 분위기로 봐서는 스스로 내면으로의 여정을 선택하고 정신이 그리로 간 것이 맞다면 날더러 여기서 그만 나가라는 뜻인 것 같았다.

나는 잠시 소년을 지켜보았다. 곧장 의식을 되돌릴 것 같지는 않았다. 가수 상태에 빠져든 소년을 잡아 흔들어 억지로 협조를 구하는 것도 무의미한 짓일 것이다.

나를 다급히 필요로 하는 이를 찾았는데 그가 내 도움을 거부하리라곤 생각해보지 않았다.

스위트룸을 떠나기 전 나는 터미드 부인을 피해 재빨리 숨어들었던 침실을 좀 더 철저히 살펴보기로 했다. 거실과 마찬가지로 침실의 가구와 장식도 성인 남자의 취향으로, 주제는 사냥과 사냥개였다. 장난감도, 만화책도, 영화 포스터도, 비디오게임기도, 텔레비전도 없었다.

하드커버 책들은 터미드 부인이 쟁반을 치워간 아침 식사용 식탁뿐만 아니라 침실용 탁자, 서랍장 위에도 여러 권 쌓여 있었다. 포크너, 발자크, 디킨스, 헤밍웨이, 그레이엄 그린, 서머셋 모음 등 아홉 살 정도 되는 소년이 관심을 갖고 몰두할 만한 작가들은 아니었다.

아이가 혼자 쓰는 방이 아니라 다른 누군가와 함께 사는 방 같다는 의심이 들었다. 하지만 벽장과 서랍장에는 어린 소년의 옷만 들어 있었다. 욕실에도 칫솔은 하나뿐이었고 전기면도기를 비롯해 성인들이 쓰는 몸단장 도구는 없었다.

나는 다시 거실로 나와 소년을 내려다보았다. 걱정도 되고 당혹스럽기도 했다. 이 연약해 보이는 소년을 도와야겠는데, 이 소년은 로즈랜드의 다른 이들과 마찬가지로 좀처럼 비밀을 털어놓으려 하지 않았다.

내게 안나마리아와 한시라도 빨리 여기를 떠나라고 하면서 소년은 묘로 가보라는 단서를 주었다.

문득 폴리 셈피테르노가 내 면상을 총으로 쏘지 않기로 결정한 후 했던 말이 떠올랐다. 네가 로즈랜드에서 찾는 게 뭔지 모르겠지만 그 반대를 찾도록 해. 살고 싶으면 죽음을 찾으란 말이다, 라고 그는 말했었다.

즉시 묘로 가보기로 결심했다. 거기는 죽은 이들이 재가 되어 깔끔하게 항아리에 담겨 있는 곳, 이라고 생각하면서.

조심스럽게 집 안 곳곳을 지나 주방으로 되돌아왔다. 하지만 아무하고도 마주치지 않았으니 춤추고 노래하며 내려와도 괜찮을 뻔했다. 쉴쏨이 감자 더미 앞으로 아직 돌아오지 않은 걸 보면 노아 월플로의 방에서 회의가 계속되고 있는 모양이었다.

저택 밖으로 나와서 분수대로 이어지는 계단을 향해 남쪽 테라스를 가로질렀다. 비탈 위쪽 계단식 폭포 사이의 잔디밭에 서 있는 정원관리인 잼 디우 씨가 보였다. 부처처럼 매끈하고 상냥한 얼굴을 한 다부진 체격의 남자로, 베트남 사람인 것 같기는 한데 딱 한 번 잠깐 얘기를 나눠봤을 뿐이라서 정확히는 알지 못했다. 그때 나는 로즈랜드의 경관이 잘 관리되어 있다며 감탄했고 그는 자신이 해놓은 완벽한 조경을 알아보는 안목을 가졌다며 나를 칭찬했었다.

디우는 로즈랜드 사람들 중에 유일하게 유머 감각을 가진 사람이어서, 나는 일이 잘 안 풀리는 날이면—대개가 그랬지만—한두 번이라도 웃으려고 그를 찾아가곤 했다.

지금 그는 손수레도 원예용구도 없이, 카펫처럼 매끈한 잔디밭을 내려다보고 있었다. 잔디 사이에 섞인 바랭이라도 솎아내려는 걸까.

전에도 그랬듯이 나는 자유롭게 묘를 찾아갈 수 있었지만, 괜히 얘기를 나눴다가 디우가 묘까지 따라붙을까봐 조심하기로 했다. 그를 데리고 묘에 갔다간, 소년이 알려준 대로 유리 타일 벽화 속 천사의 방패를 편하게 누르지 못할 지도 몰랐다.

테라스에서 발을 뗀 후 처음에는 동쪽으로 걸어가다가, 디우와 저택이 보이지 않는 지점부터는 방향을 바꾸었다. 남쪽에서 묘로 접근할 생각이었다.

디우와 저택이 시야에서 사라지자마자 문득 깨달았다. 지난 이틀간, 그리고 지금 이 순간도 잼 디우가 조경을 정비하는 일을 하는 모습을 본 적이 없었다. 이 정도 규모의 사유지를 관리하려면 상근 직원 예닐곱 명은 밑에 두고 일을 해야 할 것 같은데 여태껏 디우 외에는 한 명도 보지 못했다.

잔디 깎는 기계 돌아가는 소리도, 나뭇잎 치워주는 기계 작동하는 소리도 듣지 못했다.

티 하나 없이 깔끔했던 저택 내부가 떠올랐다. 저택의 가사일을 맡은 직원이라고는 터미드 부인과 빅토리아 모르스뿐인데 나는 그 둘이 청소하는 모습도 한 번도 못 봤다.

이 사실들은 분명 연관이 되어 있었다. 어떤 의미가 있을 것이다. 하지만 지금으로선 점자로 적힌 서류를 보는 것보다도 그 의미를 알 수가 없었다

삼면이 캘리포니아 리브참나무로 둘러싸인 기다란 잔디밭이 저 앞에 펼쳐져 있었다. 잔디밭 한가운데에는 그리스 신화에 나오는 타이

탄 족 엔셀라두스(그리스 신화에서 신들과 싸우다가 아테네가 던진 큰 돌에 맞아 죽은 거인-옮긴이)를 형상화한 커다란 조각상이 서 있었다. 그 조각상은 하늘을 올려다보며 도전적으로 한쪽 주먹을 부르쥔 모습이었다.

타이탄 족은 신들과 전쟁을 했고, 하늘까지 닿기 위해 높이 쌓아올린 돌 더미에 깔려 으스러졌다.

야망과 어리석음은 위험한 조합이다.

그런데 이 조각상이 뭔가 이상하다는 느낌이 들었다. 가까이 가서 보니 엔셀라두스의 그림자가 두 개였고 서로 반대 방향으로 뻗어 있었다. 그림자 하나가 다른 하나보다 색이 더 진하고 짧았다.

좋지 않은 징조였다. 마구간에서 이런 불가해한 현상이 일어났을 때도 갑자기 하늘이 캄캄해지고 터미드 부인이 '괴물들'이라고 불렀던 괴생물체들이 떼를 지어 몰려왔었다.

갤리온 범선 같은 검은 구름들이 북쪽에서 다가오고 있었지만 하늘은 대부분 맑았다. 태양이 정오의 정점에 이르기까지는 아직 시간이 많이 남아 있었다.

혹시나 환상적인 외모에 적대적인 태도를 가진 괴물이 도사리고 있지는 않을까 싶어, 한 손을 눈썹에 대고 주변 나무들 사이의 그림자를 살펴보았다. 늘 그렇듯 누군가가 나를 지켜보고 있는 느낌이 들었다. 누구인지 모를 관찰자는 그러나 꽁꽁 숨어 머리카락 한 올 내비치지 않았다.

주변을 둘러보고 있는데 동쪽으로 뻗어 있던 엔셀라두스의 그림자가 빠르게 오그라들고 좀 더 색이 진하고 짧은 그림자 하나만 남았다. 또다시 무질서로 미끄러지는가 싶던 자연이 금세 제자리를 찾은 것이다.

화장실까지 찾아와 사람을 민망하게만 만들지 않는다면 나는 유령과도 더불어 잘 살 수가 있다. 오히려 내가 늘 경험하고 사는 게 아닌 이런 초자연적인 현상이 가끔 눈앞에서 펼쳐지면 더 당혹스럽다. 이러다 내 삶에 초자연적 현상이 계속 일어나게 될까봐 걱정이 돼서다. 일출과 일몰이 정해진 시간에 이루어진다는 믿음이 깨지게 되면, 만물이 내 눈앞에서 늘 그림자 두 개를 서로 반대 방향으로 드리우게 된다면, 급기야 새가 멍멍 짖어대고 개가 하늘을 날게 될 것이다. 그리고 일주일 후 나는 완전히 맛 간 튀김 요리사가 되어 번철에 올려놓은 팬케이크에게 말을 걸고 대답을 기대하고 있을 것이다.

하늘로 오르려다 자동차에 치여 죽은 동물처럼 짓뭉개진 타이탄 족 엔셀라두스를 뒤로 하고 나는 잔디밭 끄트머리까지 계속 걸어갔다.

숲으로 진입하기 전에 주변을 다시 한 번 둘러보았다. 말을 탄 유령 여인이 나타나서 그 길로 가면 안전하다고 알려주거나 아니만 가지 말라고 경고해주길 바라는 마음이었다. 하지만 유령 여인은 인디언 톤토처럼 믿음직한 안내자는 아니었다. 나 역시 론 레인저처럼 매력적인 옷을 입고 있지도, 섹시한 가면을 쓰고 있지도 않았지만.

빽빽하게 늘어선 참나무 사이로 걸어갔다. 나무 그림자가 너무 짙어서 숲 바닥에는 덤불이나 풀이 자랄 수가 없었다. 자잘한 햇빛이 금화처럼 흩뿌려진 어두운 숲 바닥에는 돌맹이 하나 없어서, 발끝으로 살금살금 걷는 도둑처럼 나는 거의 발소리를 내지 않았다.

이 고요함이 신경 쓰여 걸음을 멈췄다. 맨땅인 것이 아무래도 이상

했다. 금화처럼 흩뿌려진 햇빛을 보며 문득 사방에 잔뜩 깔려 있어야 마땅할 낙엽이 전혀 없다는 사실을 깨달은 것이다.

괴물 패거리가 이쪽으로 지나갈 때 그리고 또 다른 참나무 숲을 달려갈 때 바스락바스락 낙엽 밟는 소리가 분명히 났었다.

리브참나무들은 늘 푸르지만 일 년 내내 타원형의 작은 잎사귀를 떨어뜨린다. 그것도 잔뜩. 디우와 그가 거느린 근면한 요정들이 아무리 아침에 낙엽들을 갈퀴로 긁어모으고 자루에 담아 치웠다고 해도 방금 전 떨어진 낙엽 몇십 장 정도는 바닥에 보여야 정상이었다. 하지만 단 한 장도 없었다. 주변에 낙엽을 쓸어 담을 요정도 없는데 말이다. 게다가 나는 지금껏 소위 정원관리인이라는 잼 디우가 땀 흘려 정원을 손질하는 모습을 한 번도 못 보았다.

이 참나무 숲은 로즈랜드의 공식적인 조경을 대표하는 곳이었다. 총 6만 3천 평 중에 2만 4천 평이 이런 식으로 깨끗이 관리되고, 나머지는 야생 상태로 방치되어 있었다. 하지만 어째서 이곳만 이렇게까지 낙엽 하나 없이 깨끗한지 그 차이를 알 수가 없었다. 하지만 지금 제일 중요한 문제는 정원관리인이 어떻게 이렇게 숲을 깨끗이 유지하는지, 굳이 그럴 필요가 있는지가 아니었다. 저택 이층에 감금되어 있는 소년에게 신경을 집중해야 했다.

참나무 숲을 통과해, 군데군데 허리 높이까지 야초가 자라 있는 비탈진 초원을 걸어 올라갔다. 야초들은 마치 표백이라도 한 것처럼 백금색으로 빛나고 있었다. 지난여름의 뜨거운 햇살에 하얗게 타버린 걸까. 그 후로 우기에 비가 전혀 오지 않고 폭풍우도 치지 않았는지 하얗게 마른 풀잎은 꼿꼿했고, 신선하고 푸르른 새싹은 돋아 있지 않았다.

 언덕마루에 선 나는 남서부 방향으로 고개를 돌려 몇백 미터 떨어진 곳에 서 있는 묘를 바라보았다. 시야 가장자리에서 움직임이 포착되지 않았다면 나는 그 자리에서 잠시 쉬다가 묘를 향해 걸어갔을 것이다.

 일반적인 경우에 언덕마루에 서서 내려다보면 그 아래 땅은 쭉 비탈져 내려가게 마련이다. 그런데 이곳은 마치 연달아 치는 파도처럼 땅이 푹 꺼졌다가 솟구치고 또 푹 꺼지는 식이었다. 폭풍우가 몰아쳐 최악의 거친 파도가 치는 순간 그대로 얼어붙은 황금빛 바다처럼, 마루는 어마어마하게 높고 그 사이의 골은 몹시 깊었다.

 허리 높이까지 자란 풀에 반쯤 가려진 데다 내 쪽에서 바라보는 각도상 잘 보이지 않았고, 무엇보다 백금색 초원의 눈부신 빛에 감춰져 있던 놈들의 흔적이 드러났다. 놈들이 저 아래 두 언덕 너머에서 굽이굽이 이동하고 있었다. 무리의 숫자는 스무 명은 넘었고 서른 명은 안 되었다. 그들은 신속하면서도 어기적거리는 듯 보이는 특유의 걸음걸이로 걷고 있었다.

 그들 중 일부는 곱사등이었고 기형인 머리통을 앞으로 쑥 내밀고 있었다. 거리가 멀어서 두개골이 정말 저렇게 비대칭을 이루는지 아니면 빛과 그림자로 인한 착시인지 판단이 안 되었다. 그들은 관절의 연결 상태가 부실해 보이는 두 팔을 발작적으로 흔들어 흥분한 오랑우탄처럼 주변의 키 큰 풀을 탁탁 치면서 걷고 있었다.

 대부분은 똑바로 서서 걷고 있었다. 어깨 사이에 혹도 없고 고개를 똑바로 든 자세였으며 두개골도 나머지 기형인 놈들에 비해 날렵한

편이었다. 걸음걸이도 조금은 더 품위가 있었고 그들 사이에 드문드문 섞여 있는 기형인 동료들만 없으면 좀 더 빠르게 이동할 수 있을 것처럼 보였다.

키는 대개 180센티미터 정도. 일부는 좀 더 크고 일부는 좀 더 작았다. 멀리서 보니 온몸이 근육질이고 야수 같은 인상이 강했다. 싸움이 붙을 경우 치명적인 적일 것이다.

지금 저들은 황혼을 몰고 다니지 않았다. 칠흑 같은 어둠 속에서와 마찬가지로 햇빛 아래서도 앞을 잘 보는 것 같았다. 사료통에 숨어 있던 나를 끌어내리던 그 괴생물체들이 틀림없었다. 거리가 멀어서 소리가 들리지는 않았지만 움직임을 보니 연신 그르렁 끄으윽 꽤 애액 소리를 내고 있는 듯했다.

그들은 언덕마루에서 풀이 무성한 습지로 내려가면서 모습을 감췄다. 나는 그제야 안도의 숨을 내쉬었다. 저들이 내가 여기 있는 걸 알아차리지 못해 다행이었다. 지금이라도 이 언덕마루에서 내려가야 마땅했지만, 나는 그 자리에 얼어붙은 채 그들이 다시 모습을 드러내길 기다렸다.

척추를 타고 공포가 스멀스멀 흘러내렸다. 방금 전 본 광경에 기겁해서 이성이 마비돼버렸다. 얼른 정신을 차릴 수도, 괴이한 패거리에 대한 기억을 떨칠 수도 없었다.

잠시 후 그들은 또 다른 언덕 위로 모습을 드러내고 꾸준히 꼭대기로 올라갔다. 거리가 더 멀어지자 그들의 모습이 마치 신기루처럼 보였다. 어느새 보이지 않게 된 그들이 어쩌면 서서히 조그맣게 멀어진 게 아니라 키 큰 풀 숲 사이로 돌연 사라진 게 아닐까, 하는 생각도 들었다.

　가까이에서 보지는 못했지만 그들의 외모에는 내가 어둠 속에서 어렴풋이 파악했던 특징적인 면들이 나타나 있었다. 길고 납작한 머리통과 뭉툭하고 통통한 주둥이. 손이 잘 안 보이도록 팔을 흔드는 모습. 그들은 직립보행을 하고 있었다. 거의 뛰다시피 걷고 있었는데, 원래 네 발로 걷는 짐승이 두 발로 걷는 어색한 모습은 아니었다. 저렇게 직립보행을 할 수 있는 건 영장류뿐이다. 인간, 유인원, 긴팔원숭이, 그냥 원숭이…… 이 괴생물체들은 이 중 어떤 품종에도 속해 있지 않았다. 허연 얼굴에 시커멓고 짧으며 뾰족한 엄니가 나 있는 것도 같았다. 먹이를 붙잡아 찢어 내장을 빼낼 수 있을 정도로 날카로운 그 엄니를 보니 멧돼지가 떠올랐다. 야생돼지든 거세한 수퇘지든 어쨌든 돼지 말이다. 그들은 영장류의 몸을 기본 틀로 해서 재구성한 몸뚱이에, 심한 고문과 폭력으로 뒤틀린 얼굴을 갖고 있었다. 기형인 놈들과 곱사등인 놈들이 저들 무리에 아무렇지 않게 속해 있을 수 있는 건, 저들이 대체로 어느 정도 혐오스런 외양을 하고 있기 때문일 것이다.

　그들은 또 다른 언덕 위로 다시 모습을 드러내지 않았다. 마치 유령들이 종종 그렇듯 공기 중에서 사라진 것처럼 느껴졌다. 하지만 그들은 유령도 아니고 내 상상력의 산물도 아니었다. 로즈랜드 토종 생물인지 아니면 이곳과 미지의 또 다른 장소 사이에 가로놓인 베일을 통해 여기로 들어왔다가 떠나곤 하는 방문자들인지 모르겠지만, 맞닥뜨리지 않게 주의해야 하는 것들임에는 틀림없었다. 그들은 마치 상어처럼 끝없이 먹이를 찾아 먹으며 이동하는 족속 같았다. 어쩌면 먹이의 혈관 속에서 안전하게 순환하고 있는 피 냄새마저 늘 생생하게 맡을 수 있는지도 모른다.

묘 방문은 잠시 연기하기로 하고 비탈진 초원을 도로 내려왔다. 낙엽 하나 떨어져 있지 않은 참나무 숲을 통과해, 긴 잔디밭을 가로질러, 아직 으스러지지 않은 엔셀라두스 조각상을 지나갔다.

만약 오늘 여기서 죽게 된다면, 아무래도 그럴 가능성이 있을 것 같기는 한데, 죽을 때 꼭 가져가야 할 물건이 게스트하우스 내 방에 있었다.

유칼립투스 숲으로 들어서서 판석이 깔린 길을 밟고 서둘러 걸음을 옮겨 게스트하우스 앞에 도착했는데 마침 노아 월플로가 문밖으로 나오고 있었다. 우리 둘 중 누가 더 놀랐는지는 확실히 알 수 없지만, 우리 둘 중 산탄총을 가진 쪽은 바로 그였다.

평범한 시기 같으면, 로즈랜드에 그런 시기가 과연 있는지 모르겠지만, 월플로는 휴식기의 베수비우스 화산 같은 사람이었다. 단단한 체격에 차분한 태도 때문에 화강암 봉우리에 구름을 얹고 우뚝 솟은 베수비우스 화산처럼 인내심이 강해 보였다. 하지만 폭발적인 힘이, 그를 대단한 성공으로 이끌어 부를 쌓게 한 에너지를 늘 내면에 보유하고 있음을 느낄 수 있었다.

그는 키가 크고 통뼈에, 갑옷제작자가 손수 만들어 붙인 듯 단단한 몸이었다. 총신이 짧고 권총 손잡이가 달린 12구경 산탄총을 안 들고 있었어도 충분히 인상적인 외모였다. 얼굴 또한 대담한 기하학적 구조를 자랑했는데, 완벽하게 타원형을 이루는 눈구멍에 깊이 박힌 회색 눈, 쐐기 모양으로 이등변 삼각형을 정확히 재현한 코, 지지대처럼 굳건히 솟은 턱뼈가 바로 그랬다. 갈기처럼 드리운 숱 많은 갈색 머리카락은 종마나 사자도 부러워할 정도였다. 다만 입술이 도톰한 데다 작아서 이 강한 남자의 내면에 여린 구석이 있을 것 같다는 상상을 하게끔 했다.

"토머스!"

그는 나를 보더니 외쳤다.

그가 이름 대신 내 성을 부르면서 '군'이나 '씨'를 뒤에 붙이지 않는 건 굳이 고압적인 자세로 나를 대하려는 의도는 아니었다. 그는 오드라는 내 이름을 너무 이상하다고 여겨서 나를 오드로 부르는 걸 불편해했다. 우리가 처음 만난 날 그는 이름 대신 성으로 나를 부르겠다고 말했다. "오드라고 부르면 꼭 내가 자네한테 침을 뱉는 기분이라 그래"라면서. 내 이름 때문에 불편해할 만큼 섬세한 감수성의 소유자 같지도 않았지만, 그는 안나마리아 앞에서 평소답지 않게 예의 바르고 정중한 사람으로 보이고 싶어 하는 듯했다. 누구든 안나마리아를 만나면 그녀에게 매혹당하고 마니까 나는 그러려니 했다.

나는 월플로의 산탄총을 보고 조금 전 영장류 돼지들을 보았을 때만큼이나 놀랐다. 혹시나 했지만 월플로는 그 산탄총으로 나를 위협하지는 않았다.

대신 그는 이렇게 말했다.

"그 여자가 하는 일은 어찌 되어가고 있나? 그나저나 그 여자가 하는 일이라는 게 도대체 뭐지? 나는 늘 명확한 의도를 갖고 그 여자와 대화를 하거든. 그 여자는 아주 품위 있게 대답을 하지. 그런데 결국 나는 어리벙벙해져서 원래 내 의도가 뭐였는지 까먹거나 아니면 의도고 뭐고 다 집어치우게 돼."

그 여자라 함은 물론 안나마리아를 지칭하는 것이었다.

"예, 선생님. 이해합니다. 하지만 저는 그녀가 하는 모든 말에 진실이 담겨 있고, 때가 되면 알 수 있으리라고 생각을 합니다. 내일도, 내달도, 내년도 아닐 수 있지만 언젠가는 결국 알게 될 거라는 거죠."

"그 여자는 그레이스 켈리가 그랬던 것처럼 여왕 같은 품위를 갖고 있어. 물론 그레이스 켈리는 외모가 정말 끝내줬지만. 자네는 너무 어려서 그레이스 켈리가 누군지도 모르겠지."

"영화배우였잖습니까. 〈다이얼 M을 돌려라〉 〈이창〉 〈나는 결백하다〉에 출현했고 모나코의 왕자와 결혼했죠."

"겉보기랑은 다르게 그리 멍청한 놈은 아닌 것 같군."

그는 안나마리아가 없는 곳에서는 나를 비롯해 모든 이들에게 이런 식으로 말을 했다.

"감사합니다."

그는 나와 얘기를 하면서 주변의 유칼립투스 숲을 경계하며 계속 살폈다. 그림자와 햇빛이 마치 위장막처럼 가늘고 길게 쭉쭉 펼쳐져 있어, 무언가 그 속에 숨어 있다고 해도 분간하기가 어렵기는 했다.

"자네랑 여길 떠나라는 말을 그 여자한테 하려고 왔어. 오늘 한 시간 내로. 당장. 그런데 그 여자가 나한테 뭐랬는지 알아?"

"인상적인 말을 했겠죠."

그의 회색 눈이 뼈를 바르는 스테인리스강 칼날처럼 예리하게 번뜩였다.

"지금 자네들을 여기서 내보내면 내가 일어나길 바라는 일이 안 일어나게 될 거라는 거야. 그러니 빨라도 내일 아침에나 떠나겠다고. 그때는 내가 자네들을 여기로 데려온 목적이 완수되어 있을 거라나."

"예, 그녀다운 말이네요."

"여길 떠나라고 할 때 거절한 손님은 여태껏 없었어."

분노가 치밀어 오르는지 그의 돌출된 이마에 주름이 잡혔다. 그가 내 쪽으로 다가섰을 때 유칼립투스 나무 사이로 햇빛 한 줄기가 파고들면서 그의 강철 같은 시선이 한층 더 날카롭게 느껴졌다. 그는 다분히 위협적인 어조로, 망설임 없이 내뱉었다.

"집주인한테 섣불리 언제 떠나겠다고 말을 했다간 결국 아예 못 떠나는 수가 있어."

우리가 여기 평생 죽치고 살까봐 겁난다는 뜻은 아니었다. 너희를 저 묘의 벽감 항아리 속에 넣어버릴 수도 있다는 의미였다.

이는 그의 내면에 흥미로운 변화가 일어나고 있음을 나타내는 표시이기도 했다. 베수비우스 화산에 압력이 차오르고 있는 것이다.

"그 여자는 자기가 뭐라고 생각하는 거지?"

"물어보셨습니까?"

안나마리아가 어떻게 대답했을지 나도 궁금했다.

그의 눈에서 강철 같은 날카로움이 잦아들고 목소리에서도 위협의 기미가 걷혔다. 그는 향기로운 숲을 다시 한 번 두리번거렸다. 돌연변이 돼지 떼가 가까이 다가오기라도 할까봐 걱정돼서가 아니라, 자기가 어쩌다 여기까지 오게 됐는지 잘 모르겠다는 표정이었다.

"아니. 그 여자가 라스베이거스의 마술사가 공연하듯 꽃으로 마술을 부렸어."

그는 안나마리아의 마술을 떠올리며 동요하는 모습이었다.

"자네도 그 여자가 꽃으로 하는 마술을 본 적 있나?"

내 대답을 듣지도 않고 그는 계속 지껄였다.

"잠시 후 정신을 차려보니까 나도 모르게 그 여자한테 이렇게 말하고 있었어. 자네랑 같이 필요한 만큼 여기 머물라고, 원한다면 그렇게 하라고. 그냥 퓨마가 이 부근에 돌아다니고 하니까 잘 지내고 있는지 염려가 돼서 와본 거라고. 그리고 배려를 제대로 못 했다며 사과를 했어. 그 여자의 손등에 입까지 맞췄어. 내 평생 여자 손에 입을 맞춘 적이 없었어. 그런데 왜 그 여자 손에 입을 맞춘 걸까?"

그는 숨을 깊게 들이마셨다가 좌절의 한숨을 길게 토해냈다. 그리고 자신의 행동에 충격을 받았다는 듯 고개를 절레절레 흔들었다.

"내가 일어나기를 바라는 일이 일어나고 자네들을 여기로 데려온 내 목적이 완수되면, 자네랑 같이 여길 떠나겠다는 건데, 도대체 그 빌어먹을 목적이 뭐라는 건데?"

"선생님의 목적이겠죠."

"우쭐대지 마, 토머스."

"그런 거 아닙니다, 선생님."

"왜 그 여잘 여기 데려왔는지 모르겠어. 미친 짓이었어. 무모한 짓이기도 했고. 난 그 여자를 원하지 않아. 어쩌면 그 여자를 원해서 데려온 건지도 모른다고 폴리한테 말을 했었지. 그게 아니면 내 행동을 달리 설명할 길이 없었거든. 그런데 폴리는 그 여자가 내 타입이 아니라는 걸 잘 알더라고."

"셈피테르노 씨가 꽤 통찰력 있는 분이기는 하죠."

"입 닥쳐."

"예, 선생님. 저희는 내일 떠나겠습니다."

그는 혼잣말하듯 중얼거렸다.

"난 그 여자를 원하지 않아. 역겹고 혐오스러운 데다 애까지 배서 배는 소처럼 부풀었잖아. 남자를 꼴리게 할 만한 요소가 전혀 없어. 그 여자랑 아무것도 하기 싫어. 절대로."

"저희는 내일 떠나겠습니다."

그의 시선이 다시 내게로 향했다. 마치 내가 그의 신발 밑창에 낀 더러운 무언가라도 되는 것처럼, 그는 조그만 입술을 오므리며 불쾌한 속내를 드러냈다.

"자네가 헨리 러럼한테 케니라는 사람을 만났다고 얘기 했다며. 수년째 케니를 본 사람은 없었어. 게다가 쉘솝 주방장한테는 붉은 눈을 가진 곰을 봤다 했다고."

"곰은 아니었던 것 같습니다, 선생님. 다른 무언가였어요."

그는 주변 숲을 빠르게 훑었다. 냉정하지만 잘생긴 얼굴에 매서운 눈빛은 여전했지만, 입가가 떨리고 있어서인지 전처럼 강해 보이지는 않았다.

"백주 대낮에도 그들을 봤나?"

"아뇨."

나는 거짓말을 했다.

"밤하고 낮하고는 완전히 다른 게임이야."

그는 나를 쏘아보며 말을 이었다.

"자네는 계속 사람들을 이리저리 쑤시고 다니더군, 토머스. 정보를 캐내려고 이리 쑤시고 저리 쑤시고 말이야."

"그냥 호기심이 많아서요. 원래 그렇습니다."

"입 닥치라고."

"예, 선생님."

"여기 일엔 상관 마. 내 말 알아들어, 토머스?"

"예, 선생님. 죄송합니다. 친절하게 대해주셨는데 제 행동이 지나쳤습니다."

그의 찌푸린 얼굴이 날카로운 눈빛보다 더 인상적이었다.

"지금 사람을 웃겨보겠다는 건가?"

"아뇨, 선생님. 제가 정말 누굴 웃기려고 작정하고 말을 하면 상대방은 웃지 않고는 못 배깁니다."

"입 닥치라고 했잖아. 닥쳐. 닥치라고."

"예, 선생님."

"내일 떠나기 전까지 게스트하우스에서 나오지 마."

산탄총을 가진 이가 하는 말이라 나는 얼른 고개를 끄덕였다.

"게스트하우스 안에서 문을 잠그고 창문도 잠그고 커튼도 치고 아침까지 기다려."

나는 또 고개를 끄덕였다.

산탄총에 꽂힌 내 시선을 보고 그는 그제야 그 총에 대해 설명을 했다.

"스키트 사격이나 해볼까 하고 가지고 나온 거야."

그는 내 옆을 지나 판석 깔린 길로 올라섰다. 내가 게스트하우스 쪽으로 걸어가는데 그가 다시 말했다.

"한 가지 더."

그를 다시 돌아보았을 때, 그가 총구를 바닥으로 향한 채로 산탄총을 팔 안쪽에 끼우고 있어서 나는 다소 마음이 놓였다.

"자네들 방에는 전화가 설치 안 되어 있어. 자네들이 휴대폰을 갖고 있을지 모르니까 하는 말인데, 이곳엔 경찰이 관심을 가질 만한 게 아무것도 없어. 알겠나?"

나는 고개를 끄덕였다. 비디오 게임을 하거나 인터넷 검색을 하거나 국회의원과 누드 사진을 교환할 일도 없어서 나는 휴대폰을 안 갖고 있었다.

"내가 이 지역 경찰하고 잘 알아. 자네가 아는 인맥보다 더 긴밀한 관계라고. 그들 중에 두 명이 여기서 경비원으로 일을 했었거든. 내가 그들을 위해 많은 일을 해줬어. 자네가 추측하는 것보다 훨씬 더 대단한 일을 해줬다 이 말이야. 그러니 자네 같은 하찮은 떠돌이가 나에 대해 뭐라고 중상모략을 해도 그들은 들은 척도 안 해. 알아들어?"

나는 고개를 끄덕였다.

"왜 갑자기 벙어리 흉내야?"

"알아들었습니다, 선생님. 경찰에 대한 말씀 잘 알아들었고요. 게스트하우스 안에 머물면서 문을 잠그고 창문도 잠그고 커튼도 치겠습니다. 이곳에 불이 나도 경찰에 신고를 하거나 소방서에 연락하지 않고 아침이 될 때까지 기다리겠습니다. 그리고 해가 뜨면 곧장 정문을 나서겠습니다."

그는 나를 노려보면서, 경멸의 뜻으로 여자처럼 조그마한 입술을 잔뜩 오므렸다. 이러다가는 나를 토머스가 아니라 오드라고 편하게 부를 것도 같았다. 왜냐하면 그가 나를 이렇게 불렀기 때문이다.

"이 빌어먹을 새끼가."

"예, 선생님. 그렇게 말씀하셨다고 안나마리아에게 전하겠습니다.

우리는 서로를 마주보았다. 그의 눈에는 반감이, 내 눈에는 호기심이 담겨 있었다. 마침내 그가 말했다.

"그건…… 전하지 않는 게 좋겠어."

"뭘요?"

"방금 내가 한 말 전하지 말라고. 내가 왜 이러는지 모르겠네. 정신이 나간 건가. 그 여자가 나한테 최면을 건 건 아니겠지? 내가 자네를 빌어먹을 새끼라고 부른 걸 자네가 그 여자한테 고해바치든 말든 왜 내가 신경을 써야 되냐고?"

"그렇게 전해드리겠습니다."

"전하지 마. 그 여자가 나를 어떻게 생각하든 상관없어. 그 여자는 나한테 중요한 존재도 아니야. 슈거파우더도 뿌리지 않은 도넛이나 마찬가지야. 난 그런 여자랑은 아무것도 하고 싶지 않아. 그렇지만 내가 욱해서 한 말을 그 여자한테 전하지는 않았으면 좋겠어."

"그녀가 사람들에게 영향을 미치는 방식이 묘하기는 하죠."

"아주 묘해."

"전하지 않겠습니다."

"고마워."

"무슨 그런 말씀을요."

나는 그가 유칼립투스 숲을 지나 햇빛이 환하게 쏟아지는 너른 잔디밭으로 올라가는 모습을 지켜보았다. 그는 저택 쪽으로 가고 있었다. 탁 트인 잔디밭이라 누가 몰래 급습할 수도 없을 텐데 월플로는 초조하게 좌우를 살피고 연신 뒤를 흘끔거렸다. 어쩌면 그는 퓨마가 나타날까봐 아비새의 울음소리에 귀를 곤두세우고, 『이상한 나라의 앨리스』에 나오는 불처럼 시뻘건 눈을 가진 재버워크와 사납게 씨근거리는 밴더스내치 같은 괴물을 맞닥뜨리게 될까봐 조심하는 것일지도 몰랐다.

스토미 르웰린과 내가 열여섯 살이던 어느 날 저녁, 우리는 축제 구경을 갔다. 어느 천막에 들어가니 공중전화박스만 한 예언 기계가 있었다. 높이가 2미터쯤 되는 기계였는데 아래쪽 90센티미터는 막혀 있고 위쪽은 유리장으로 되어 있었다. 기계 하단에 '예언으로 유명세를 떨쳤던 난쟁이 집시 여인의 미라'라는 명판이 붙어 있었다.

말라비틀어지고 으스스하게 생긴 그 미라는—방부처리한 시체가 아니라 석고반죽과 종이, 밀랍, 라텍스로 만들어졌을 인형—기계로 작동되는 식이었다. 25센트 동전을 넣고 질문을 하면 미라 여인은 예언이 인쇄된 조그만 카드를 내놓았다. 인생을 바꿀 수도 있는 예언을 얻는데 25센트면 그리 비싸지 않았다. 죽은 자는 음식을 살 일도 케이블 텔레비전을 신청할 일도 없으니 이렇듯 싼값에 일을 하는 것이다.

우리보다 앞서 이 기계를 찾아온 젊은 커플은 그들이 결혼해서 오래오래 행복하게 살 수 있을지 물었다. 그들은 25센트 동전을 여덟 개나 넣었지만 만족할만한 대답을 얻어내지 못한 것 같았다. 예비 신랑 조니는 예비 신부에게 예언 카드의 내용을 전부 읽어주었는데, 애

매모호한 단어들을 썼지만 우리에겐 그 의미가 명확하게 와 닿았다. 그중 하나는 이런 내용이었다. '말라붙은 과수원에서 유독 한 과실만을 거둘지니.' 나머지도 그다지 희망차지는 않은 예언들이었다.

조니와 예비 신부가 기분이 상해서 천막을 나간 후 우리는 집시 미라에게 조금 전 그 커플과 똑같은 질문을 했다. 청동 쟁반에 담겨 나온 카드에는 '두 사람은 영원히 함께할 운명이나니'라고 적혀 있었다.

스토미는 그 카드를 유리 액자에 넣고 침대 위쪽 벽에 걸어놓았다. 그 후 수년 간 그 카드는 그 자리에 있었다. 지금은 좀 더 작은 액자에 담겨, 로즈랜드 게스트하우스의 내 방 침실용 탁자 위에 놓여 있다.

스토미를 죽음으로 떠나보낸 후에도 나는 분풀이로 그 카드를 찢어버릴 생각은 전혀 하지 않았다. 나는 분노를 품지 않는다. 이미 일어난 일에 대해 사람에게든 신에게든 화를 낸 적이 없다. 끔찍한 날을 겪은 내게 남겨진 유산이며 내 끝없는 미흡함을 겸허하게 인지하게 해주는 장치인 슬픔을 간직할 뿐이다.

슬픔이 나를 집어삼키지 않도록 나는 이 세상의 아름다움에 늘 관심을 기울인다. 작은 들꽃과 그 들꽃의 꿀을 빠는 무지갯빛 깃털의 벌새에서부터 불타는 별들이 다이아몬드처럼 박힌 밤하늘에 이르기까지 세상은 아름다움으로 넘쳐난다.

그리고 이 세상에 남아 있는 죽은 자들을 보기 때문에 이 시간이 끝나도 영원히 끝은 아님을 안다. 죽은 이들이 속해 있는 곳, 그리고 언젠가 내가 죽어갈 그곳이 있음을 안다. 그러니 집시 미라의 예언은 아직 틀렸다고 할 수는 없다. 그 예언은 장차 이루어질 것이므로 나는 운명의 완성을 기대하며 슬픔을 꾹 누르고 사는 것이다.

피코문도 마을을 떠난 후 나는 직감이 이끄는 대로 이동하면서 늘 그 예언 카드를 가지고 다녔다. 하지만 다급하게 움직이다가 잃어버릴까봐 매일 몸에 소지하고 다니지는 않았다.

최근 여러 가지 일로 나는 로즈랜드의 악이 전례 없는 종류라는 추측을 했다. 안나마리아는 내게 도움은 되겠지만 방패는 되어주지 않을 것이다. 내일 아침까지 내가 살아남을 확률은 그리 높지 않을 수도 있었다. 그렇다고 집시 미라의 예언 카드를 몸에 지니고 다니면 불사신처럼 죽지 않으리라는 어리석은 생각은 하지 않는다. 바보 같을지 몰라도, 내가 죽어 이 세상에서 벗어나더라도 나와 스토미가 영원히 함께 할 운명이라고 적혀 있는 이 증표를 갖고 있으면 저세상의 힘 있는 분들이 나를 스토미에게 곧장 보내주리라는 기대는 하고 있다.

멍청하다고 해도 상관없다. 난 여느 사람들처럼 멍청하고, 어떤 이들보다는 더 많이 멍청할 수도 있지만, 그 사실을 늘 유념하고 있으므로 자만에 빠지지 않는다. 자만은 나를 죽음으로 이끌 뿐이다.

액자 뒷면의 고정 장치를 풀고 직사각형 합판을 떼어낸 후 예언 카드를 꺼내서, 지갑 속 비닐 칸 안쪽에 집어넣었다.

그때까지 지갑의 비닐 칸은 전부 비어 있었다. 나는 스토미의 사진을 가지고 다니지 않는다. 가지고 다닐 필요를 못 느껴서다. 스토미의 얼굴, 미소, 자태, 우아한 손의 아름다움, 목소리까지 내 머릿속에 생생하게 저장되어 있으며 결코 지워지지 않을 것이다. 내 기억 속에서 그녀는 살아 있고 움직이고 웃는다. 하지만 사진은 그저 인생의 한 순간을 보여줄 뿐이다.

필요한 물건을 사러 마을에 갔을 때 장만해온 스포츠 재킷을 스웨터 위에 입었다. 몸치장을 하려고 사온 게 아니라 스포츠 재킷에 주머니가 있으니 뭐든 숨기기 좋을 것 같아서였다.

노아 월플로의 지시대로 나는 쇠창살이 박힌 좁은 창문들을 전부 걸고 커튼을 쳤다. 그리고 방 안의 램프를 전부 켰는데, 날이 어두워진 후 커튼 가장자리로 불빛이 새어나가야 내가 방 안에 있는 것처럼 보일 것이기 때문이었다.

내가 쓰는 일층 스위트룸의 각 방을 전부 잠근 다음, 현관 앞의 나선형 돌계단을 밟고 이층으로 올라갔다. 오른손 관절이 문을 스치자마자 노크도 하기 전에 방문이 열렸다.

우리가 매직비치에서 구해준 골든리트리버 라파엘이 바닥에 엎드려 닐라본 개껌을 두 앞발로 잡고 열심히 씹고 있었다. 나를 보고 반갑다고 꼬리를 흔들었지만, 지금 라파엘에게 더 중요한 건 내가 제 가슴을 긁어주거나 배를 문질러주는 게 아니라 개껌이었다.

부는 이 스위트룸의 다른 곳에 가 있든지 아니면 로즈랜드를 탐색하러 나간 듯했다. 부는 유령이라 벽을 통과할 수도 있고 그 밖에도 다른 유령들이 할 수 있는 건 뭐든 다 할 수 있었다. 그러나 전에도 지켜봤지만, 살아 있는 개처럼 새로운 장소에 대한 호기심이 왕성해서 주변 탐색을 즐겼다.

지난번에 들어왔을 때처럼 창문마다 커튼이 쳐져 있어서, 스테인드글라스 스탠드 두 개에서 흘러나오는 조명이 방 안을 밝히고 있었다. 안나마리아는 그때처럼 작은 식탁 앞에 앉아 있었다. 다만 지난번에 왔을 땐 김을 모락모락 풍기는 뜨거운 차가 담긴 머그 두 잔이 식탁 위에 놓여 있었는데 이번에는 그녀를 위한 머그도 나를 위한 머그도 없었다.

대신 식탁 위에는 깊이가 얕고 지름이 45센티미터쯤 되는 파란색 그릇 하나가 놓여 있었다. 물이 채워진 그릇에는 커다란 흰 꽃 세 송이가 둥둥 떠 있었다. 모양새는 목련 같지만 크기가 칸탈루프 메론만큼이나 크고, 더 싱싱하며, 꽃잎이 두꺼워서 밀랍으로 만든 조화처럼 보이는 꽃이었다.

전에도 이 꽃들을 본 적이 있었다. 안나마리아가 매직비치에서 살 때 머물렀던 집 바깥의 큰 나무에 피어 있던 꽃들이었다. 그 집에서 우리는 식탁에 앉아 식사를 했고, 식탁 위에는 이처럼 크고 얕은 그릇에 흰 꽃 세 송이가 띄워져 있었다.

사물의 이름을 아는 것은 세상의 아름다움에 경의를 표하는 방식이다. 세상의 아름다움은 나를 지탱해주며 내가 슬픔에 빠지지 않고 버틸 수 있게 해준다. 나는 수많은 나무들의 이름을 알지만, 이 꽃이 피는 나무의 이름만은 알지 못했다.

식탁으로 다가가며 물었다.

"이 꽃들은 어디서 났습니까?"

스탠드 불빛이 꽃에 드리우고 밀랍 같은 꽃잎이 그 빛을 부드럽게 반사해 안나마리아의 얼굴에 비추었다. 이 간접 조명은 마술 같은 효과를 발휘해 마치 그녀의 내면에서 나온 빛으로 얼굴이 환하게 밝아진 듯 느껴지게 했다.

안나마리아가 미소를 지으며 대답했다

"나무에서 따왔어요."

"그 나무는 매직비치에 있잖습니까."

"그 나무는 여기에도 있어요, 오드."

이런 꽃이 핀 나무는 하나밖에 못 봤다. 매직비치에 있는 그 이름 모를 나무는 길게 뻗은 검은 나뭇가지에 여덟 갈래 진 나뭇잎이 달려 있었다.

"여기 로즈랜드에요? 내가 이 안을 다 돌아다녔는데 이런 꽃을 피우는 나무는 없던데요."

"글쎄요. 그 나무는 당신처럼 여기 확실하게 있어요."

안나마리아가 이 흰 꽃 하나로 마술을 부린 지 일주일도 채 되지 않았다. 당시 내 친구이기도 한 블로썸이라는 여인이 그 마술의 유일한 청중이었는데, 나중에 보니 블로썸은 무척 놀란 기색이었다. 그리고 지금 안나마리아는 블로썸에게 그랬듯이 노아 월플로에게 마술을 보여주어 깊은 인상을 준 듯했다. 그 환상은 블로썸과는 다른 방식으로 월플로의 마음을 어지럽힌 것 같았다.

내가 말했다.

"매직비치에서 당신은 이렇게 꽃으로 내게 뭔가를 보여주겠다고 약속했어요."

"보여줄게요. 그리고 당신은 그걸 늘 기억하게 될 거예요."

나는 전에 앉았던 의자를 당겨 뺐다. 그리고 그 의자에 앉으려는데 안나마리아가 손을 들어 막았다.

"지금은 아니고요."

"그럼 언제?"

"모든 건 때가 있어요, 별종."

"전에도 그렇게 말했어요."

"그래도 다시 한 번 그렇게 말할 수밖에 없어요. 지금은 당신이 챙겨야 될 더 급한 문제가 있잖아요."

"그래요. 나를 필요로 하는 사람을 찾았습니다. 그런데 그 소년이 자기 이름을 말 안 하더군요. 이게 말이 되는 소린지 모르겠지만…… 그 소년이 유령 여인의 아들이 맞는 것 같습니다."

꽃에서 반사된 빛이 안나마리아의 커다란 검은 눈동자 속에서 환하게 피어났다.

"시간 없으니까 설명할 거 없어요. 난 설명이 필요하지도 않아요. 해야 할 일을 하세요."

그때 무언가 내 손에 코를 비볐다. 아래를 내려다보니 어느새 부가 나타나 있었다. 부 역시 다른 유령들과 마찬가지로 내게는 진짜 개처럼 단단한 질감이 느껴졌다. 내 손가락을 핥는 부의 혀는 따뜻했지만 내 손을 적시지는 못했다.

안나마리아가 말했다.

"전에 내가 했던 말 명심해요. 자신이 정당한 이유에 따라 행동하고 있다는 걸 의심하게 되면 당신은 로즈랜드에서 죽고 말아요. 당신 마음의 아름다움을 의심하지 말아요."

그녀가 왜 이런 말로 내게 조언을 하는지 나는 알고 있었다. 불과 며칠 전 매직비치에서 나는 일련의 사건에 휘말렸고, 테러 계획을 꾸민 다섯 명을 죽이지 않으면 안 되었다. 그중 한 명은 크고 맑은 파란 눈을 가진 사랑스러운 젊은 여인이었다. 그러나 내가 그들을 죽이지 않으면 그들은 수십, 수백만 명을 살상할 것이고, 나 역시 그들의 손에 죽고 말았을 것이었다. 아무리 정당방위라고 해도 사람들을 죽인 후, 특히 그 여자를 죽인 후 내 속에는 어두운 상흔이 남았고 스스로에게 염증을 느꼈다.

이 글의 시작 부분에서 최근에 내 기분이 무척 가라앉아 있는 상태라고, 쾌활하지도 않고 전처럼 재빨리 유머 감각을 발휘하지 못한다고 말한 것도 그런 이유에서였다. 내가 아우슈비츠 꿈을 꾸고 두 번 죽을까봐 걱정하는 것도 그래서일 것이다.

안나마리아가 말했다.

"그 소년은 당신을 필요로 해요."

나는 그릇에 담긴 꽃을 마지막으로 바라보곤 문 쪽으로 걸어갔다.

"이봐요, 젊은이."

그녀의 부름에 나는 그녀를 흘끗 쳐다보았다.

"자신이 정당한 이유에 따라 행동하고 있음을 믿어야 해요. 그리고 내게 돌아와요. 당신은 내 보호자예요."

골든리트리버와 하얀 셰퍼드가 나를 빤히 쳐다보았다. 꼬리도 흔들지 않았다. 헨리 워드 비처 목사는 개에 대해 이렇게 말했다. "개는 특별히 어린이들을 위해 창조되었다. 개는 장난의 신이다." 나는 그 감상에 동의한다. 하지만 개는 때때로 인간이나 동물의 얼굴이 지을 수 있는 가장 근엄한 표정을 짓기도 한다. 그럴 때면 마치 예언을 할 줄 아는 것처럼, 여러분의 미래에서 무언가를 보고 여러분을 대신해 두려워하는 것처럼 보이기도 한다.

나는 안나마리아의 스위트룸을 나가서 문을 당겨 닫았다. 그녀가 방 안에 안전하게 머물 수 있도록 주머니에서 열쇠를 꺼내 바깥에서 문을 잠갔다.

게스트하우스를 나와서 보니, 엔셀라두스 조각상이 있는 잔디밭 근처 참나무 숲과 마찬가지로 주변의 유칼립투스 숲에도 맨땅이든, 드문드문 풀이 자라 있는 곳이든, 판석이 깔린 길이든, 낙엽 한 장 떨어져 있지 않았다.

그 문제를 비롯해 여러 가지 문제를 곱씹으며 나는 저택에서 창문 너머로 내 모습을 보지 못하게 빙 돌아서 정원관리실로 향했다. 잔디밭과 들판을 지나 숲 뒤로, 북쪽 끄트머리로 에둘러서 나아가며, 말과 기수뿐만 아니라 불가사의한 돼지 떼들이 나타나지 않을까 신경을 곤두세웠다.

돼지 떼들이 나를 불안하게 하기는 했지만 로즈랜드에 있는 유일한 말은 유령이니 그나마 안심이었다. 말들은 아름답고 고상하고 매력적이지만…… 수년 전 어느 날 밤에 일어난 일을 생각하면 내게는 꼭 그렇지만도 않다. 그날 밤 피코문도 마을 주변의 사막에서 나는 말을 탄 세 여자에게 쫓겼다. 그들은 내 머리통을 쪼개고 뇌를 꺼내려 했다. 그들이 탄 말 역시 그 여자들만큼이나 무시무시했다.

내가 그 여자들을 만난 건 순전히 우연이었다. 그녀들은 아무도 보아서는 안 될 의식을 치르고 있던 중이었다. 처음에 나는 그들이 마법사인 줄 알았는데, 그들은 마법사를 이성(理性)만큼이나 경멸했고, 마녀를 나약한 종자라고 했다.

그들의 의식은 대부분 몹시 지루해서 돈 내고 표를 사서 볼 정도는 아니었다. 하물며 내 목숨을 걸고 볼 만한 내용은 결코 아니었다. 그저 회의록을 읽고 회계담당자의 보고를 듣고 하는 여대생들의 사교 모임 정도였다. 다만 그 의식을 알몸으로 치른다는 것, 마법버섯으로 차를 달인다는 것, 그리고 포동포동한 비둘기 세 마리를 제물로 바쳐 놓고 모임을 갖는다는 것이 다른 점이었다. 불쌍한 비둘기들은 아무에게 아무 짓도 안 했건만 재수 없게 평화의 상징이 된 덕분에, 평화라는 개념만큼이나 평화의 상징을 싫어하는 그 여자들의 분노를 산 것이었다.

그 못돼먹은 삼인조가 탄 말들은 애팔루사 품종의 말과 블러드하운드 개의 잡종인지 냄새로 나를 추적했다. 놈들의 벌름거리는 콧구멍, 시커먼 입술을 까뒤집고 내놓은 사각형의 커다란 이빨, 번득이는 눈…… 그 일로 인해 나는 〈씨비스킷〉과 〈블랙뷰티〉처럼 말이 나오는 영화를 보면 〈양들의 침묵〉을 보는 것만큼이나 초조해진다.

정원관리실은 꽤 큰 규모의 이층짜리 석조 건물로 그림처럼 아름답고 깊이가 얕은, 두 언덕 사이의 골에 자리하고 있었다. 골 중앙에는 햇빛이 잘 들고 주변에는 레이스처럼 잎사귀가 곱게 늘어진 캘리포니아 후추나무들이 우거져 있었다. 자그마한 후추 잎들이 갓난아기의 숨결만큼이나 잔잔한 바람에 흔들리며 어른어른 빛났다.

게스트하우스의 창문보다 큰 일층 창문에는 쇠창살이 설치되어 있었고, 어른들이 드나들 만한 크기의 현관문은 잠겨 있었다. 차고 문이 세 개가 있어 그 뒤로 가보니 정원사들이 타고 다님직한 트럭들이 주차되어 있었다. 정원사들은 어디 있는지 알 수 없었다. 전에 경비실에 찾아갔을 때 헨리 러럼에게 들은 바로는, 잼 디우가 이 건물 이층 방에서 살고 있으며 이층의 다른 방들은 로즈랜드에 입주해서 일하는 정원관리팀 직원들에게 배정되어 있다고 했다. 헨리는 그 직원들이 정말 존재하는지에 대해서는 확인해주지 않았다.

잼 디우가 로즈랜드의 완벽한 경관을 망쳐놓는 지긋지긋한 민들레를 잡아 뽑으려고 이 건물 근처를 돌아다니고 있다는 추측을 했다간 그 추측이 사실로 이루어질 수 있어 위험하지만, 나는 이미 그 추측을 하고 말았다. 대담하게 현관문을 잡아당겨보았지만 역시 잠겨 있었다. 차고 문들은 전동 셔터로 작동하는 식이고 바깥에 손잡이가 없어서 수동으로 열 수가 없었다.

건물 뒤로 돌아가 보니 문 두 개, 쇠창살이 쳐진 창문 몇 개가 있었다. 데드볼트 자물쇠가 걸려 있으니 문을 발로 차서 열기는 쉽지 않을 터였다.

게다가 나는 밑창이 고무로 된 락포트 신발을 신고 있었다. 여러분도 만약 문을 걷어차서 열 일이 있으면 필히 목이 긴 군화 정도는 신어줘야 발꿈치 뼈 골절로 땅바닥에 나뒹굴며 아기처럼 엉엉 우는 일을 피할 수가 있다.

맷 데이먼과 톰 크루즈, 리암 니슨, 브루스 윌리스 같은 배우들은 영화에서 수없이 많은 문을 걷어차 부쉈지만 종골 즉 발꿈치 뼈에 전혀 손상을 입지 않았다. 가끔 그들은 맨발로 문을 부수기도 한다. 하지만 나는 그 신사들처럼 터프가이도 아니고, 영화배우조합의 최고급 보건의료계획에도 가입되어 있지 않다.

로즈랜드를 쭉 가로질러 여기까지 오는 동안 나는 월플로가 안나마리아를 손님으로 초대해놓고 그 이유를 본인도 몰라 어리둥절해하던 일, 그리고 헨리 러럼과 폴리 셈피테르노 역시 그 이유를 몰라 의아해하던 일을 돌이켜 생각해보았다. 그 사람들이 자칫 잘못하면 파멸에 이를지도 모를 비밀을 간직하고 있다면, 로즈랜드에 손님을 들여 며칠씩 묵게 하는 것은 그야말로 자멸행위일 것이다.

안나마리아가 카리스마를 갖고 있기는 했다. 카리스마라는 단어의 가장 진실한 의미가 그대로 적용되는 여자였다. 그래서 그녀는 사람들로 하여금 자기를 돕게 만들 수는 있지만 그렇다고 해서 부두교 무당처럼 주술을 써서 남의 집에 언제든 편하게 들어갈 수 있는 것은 아니었다. 그녀는 월플로에게 그가 나름의 목적이 있어서 자신과 나를 로즈랜드로 불러들인 것이라 말했다. 그리고 그 목적이 무엇인지 대충은 아는 듯했다. 하지만 나뿐만 아니라 모든 이들에게 그렇듯 늘 수수께끼 같은 사람이라 통찰력으로 꿰뚫어본 바를 속 시원히 털어놓지 않았다.

내게 아버지 같은 분인 와이어트 포터 서장님과 피코문도에서 살인 사건들을 조용히 수사할 적에, 나는 특히 변태적 성향의 폭력적인 범죄를 상습적으로 저지르는 범인들은 자기도 모르게 경찰에 잡히고 싶어 한다는 것을 알게 되었다. 물론 다 그렇지는 않고 대부분 그런 것도 아닐 것이다. 일부가 그렇다는 말이다. 속으로 잡히고 싶어 하는 마음이 있는지는 본인도 알지 못하지만, 무의식적으로 자신이 저지른 범죄들을 하나로 연결 짓는 특징적인 행동들을 한다. 그리고 경찰들을 비웃고 점점 위험에 자신을 노출시킴으로써 조만간 붙잡힐 수밖에 없는 상황을 만들고 마는 것이다.

월플로가 어떤 기괴한 짓을 벌이고 있든지 간에, 그 역시 마음속 깊은 곳에서 그런 짓을 계속 저지르는 자신에게 지쳐가고 있을지도 모른다. 숨이 막혀서 그만 끝을 내고 싶을지도 모른다. 하지만 지독한 상습범이라면 누구나 그렇듯 광기를 스스로 멈추는 건 어려운 일이다.

뒷문을 부수고 일층으로 들어갈지 말지 고민하고 있는데, 문득 월플로가 죄를 노출시켜 저지당하고 싶은 무의식적인 욕구를 갖고 있다면 그 일을 할 수 있게끔 내게 열쇠를 주었을 것이란 생각이 들었다. 문자 그대로 열쇠 말이다.

나는 게스트하우스 현관문 열쇠를 꺼내 데드볼트 자물쇠 구멍에 넣고 돌렸다. 두 건물의 자물쇠는 같은 열쇠를 쓰고 있었다.

일층은 바깥에서 봤던 것처럼 차고였다. 세 칸으로 나뉘어 있고 그중 두 칸에 각각 차량이 주차되어 있었다. 정원사들이 주로 쓰는 자그마한 개방형 짐칸 트럭이었다. 그런데 윤기 나는 청동 부품과 통방울 눈 모양의 헤드라이트, 와이어휠이 장착된 무척 오래된 모델로, 요즘 자동차 회사에서는 소형 트럭에 그런 부품을 달지 않았다. 상태는 무척 좋아서 새 차나 다름없었다.

공구실이 차고와 연결되어 있어 그곳으로 들어갔다. 삽, 갈퀴, 곡괭이, 낫 등이 공구실 벽에 걸려 있었다. 수술도구처럼 깔끔했다.

중앙에 세워진 개방형 선반들을 빙 돌아 걸어갔다. 선반 위엔 아무것도 없고 먼지 하나 없이 깔끔했다.

콘크리트 바닥에는 끄트머리에 길게 늘인 숫자 '8'이 새겨진 구리 막대들이 잔뜩 박혀 있었다.

비료 자루나 살충제 캔, 살균제 병, 그밖에 원예용구들은 전혀 찾아볼 수 없었다.

파일 캐비닛 서랍을 열고 살펴보니 대부분 수공구들이 보관되어 있었다. 그중에 쇠톱을 찾아 꺼냈고 여분의 칼날 한 묶음도 집어서 재킷 안쪽 주머니에 집어넣었다.

스크루드라이버도 챙겼다. 칼만큼은 아니지만 적에게 어느 정도 상처는 입힐 수 있는 무기였다. 스크루드라이버 손잡이는 플라스틱이 아닌 나무로 되어 있었다.

내 안의 좀 더 선한 오드 토머스는 스크루드라이버든 아니면 다른 무기로든 타인의 몸을 찌른다는 것에 거부감을 갖고 있었지만, 지금껏 온갖 험한 경험을 해온 덕분에, 막상 진퇴양난에 몰리고 절박해지면 나 역시 악한이 내게 가할 수 있는 것만큼 상대에게 상처를 입힐 줄 안다는 것을 잘 알고 있었다. 남자에게든 여자에게든 마찬가지였다. 내 안에 도사린 어둠은 외부의 어둠과 맞서야 할 상황이 닥쳐오면 자리에서 일어나 제 몫을 해냈다. 그동안 나는 무고하고 순수한 이들을 지키기 위해 싸움을 했지만, 가끔은 내 마음이 여전히 순수한지, 내 이상한 인생이 끝나는 날 속죄할 수 있을지 궁금해지곤 한다.

일층에는 잼 디우의 사무실이 있었다. 책상 서랍도 파일 캐비닛처럼 텅 비어 있었고, 사무실 콘크리트 바닥에는 다른 곳보다 더 많은 구리 막대가 박혀 있었다.

내부 계단이 없어서 건물 동쪽 끝에 있는 외부 계단을 통해 이층으로 올라갔다. 복도를 따라 건물의 삼 분의 이 정도가 보이는 구조였는데 방 다섯 개와 화장실 하나가 보였다. 예전에는 입주 정원사들을 위한 숙소로 쓰였을 그 방들이 가구 하나 없이 비어 있었다.

복도 끝에 이르자 열린 문 너머로 잼 디우가 쓰는 원룸형 숙소가 들여다보였다. 이 깔끔한 숙소 역시 가구와 장식이 거의 없어서 선승의 독방을 연상케 했다.

텔레비전은 없지만 음악 재생 장치만큼은 일류급으로 갖춰져 있었다. 요즘은 다들 인터넷을 통해 음악을 듣는 쪽을 선호하지만 잼 디우는 여전히 시디 음악을 고집했다. 시디들을 쭉 둘러보니 피아노곡과 관현악곡 같은 클래식이 전부였는데, 그의 취향을 잘 모르고 누가 선물한 것인지 가수 슬림 휘트먼의 앨범이 생뚱맞게 꽂혀 있었다.

침실 벽에는 진정한 음악 애호가답게 베레타 산탄총과 돌격용 자동소총이 신속 분리용 스프링 클립에 걸려 있었다. 전부 장전이 되어 있는 상태였다. 선반 위에는 그 총 두 자루를 비롯해 권총에 쓸 탄약통 백여 개가 놓여 있었다.

잼 디우는 진딧물과 나무좀보다 훨씬 공격적인 놈들의 침입을 걱정하고 있는 듯했다.

다리가 높은 서랍장의 맨 아래 칸과 그 위 칸에 권총과 리볼버 여러 자루가 들어 있었다. 이 정도면 스크루드라이버 따위로 상대할 수 있는 수준이 아니었다. 나는 서랍장 맨 아래 칸에 스크루드라이버를 집어넣고, 가지런히 놓인 권총 여섯 자루 중에서 베레타 피엑스포 스톰 권총을 골라잡았다. 더블액션 방식의 9밀리 구경, 총신 길이 10센티미터, 17연발 탄창을 쓰는 권총이었다.

잼 다우가 여분의 탄창도 같이 넣어두어서 나는 그것도 꺼내어 두 탄창에 구리 외피로 된 저반동 탄환을 채워 넣었다. 긴 풀밭을 지나가는 영장류 돼지들을 떠올리며, 탄환 20발이 들어 있는 탄약통 하나를 스포츠 재킷 주머니에 집어넣었다.

서랍 안에는 꽤 쓸 만한 권총집들이 들어 있었다. 디자인은 단순했고, 이중으로 된 고급 가죽 소재라 두툼했으며, 착용했을 때 겉으로 노출이 안 되게 되어 있고, 각 권총에 맞춤으로 제작된 슬라이더 식 권총집들이었다. 게다가 여분의 탄창을 넣을 수 있는 파우치도 부착되어 있었다. 구멍 사이사이에 실밥이 튀어나온 허름한 허리띠를 차고 이 방에 들어왔는데 이 분 만에 장전된 9밀리 권총을 재킷 안쪽 허리춤에 차게 되었다.

곧 일이 터질 것 같았다. 돼지가 아닌 사람을 쏘는 일이 없기를, 그리고 그 괴물들이 생물학적으로 따져볼 때 정말 돼지이길 바랐다.

침실 벽장 안에 여분의 리넨들이 쌓여 있어서 나는 목욕수건 한 장과 베갯잇 한 장을 집어 들었다. 쇠톱을 수건으로 감싼 후 베갯잇에 집어넣으니 평범한 자루처럼 보였다.

여기서 일을 마칠 때까지 눈에 띄지 않도록 최선을 다할 생각이지만 만에 하나 누군가와 마주친다면 이 자루로 평계를 댈 작정이었다. 점심 도시락을 싸서 초원에 소풍을 가려던 참이라고. 자루 안에 쇠톱이 들어 있는 이유를 설명하는 것보다는 쉬울 테니까.

운이 좋았는지 아무도 마주치지 않았고 멍청한 소풍 얘기보다 더 나은 평계거리를 생각해낼 필요도 없게 되었다.

숙소를 나서기 전에 거실을 대충 둘러보았다. 책장에 오십여 권의 책들이 꽂혀 있었는데 대부분 육중한 철학서였고, 두꺼운 사진서적 네 권은 높이가 맞지 않아 옆으로 눕혀져 있었다.

사진서적들은 전부 홍콩에 관한 것이었다. 19세기 말부터 시작해 오늘날에 이르기까지 십 년 단위로 홍콩을 촬영한 사진들이었다.

나는 잼 디우가 베트남 사람인 줄 알았다. 하지만 잼 디우가 분자생물학에 대해 전혀 모르듯이, 나는 아시아 문화에 대해서는 아무것도 모르는 초능력자이자 튀김 전문 요리사일 뿐이다.

홍콩은 한때 영국 식민지였고 지금은 중국의 한 지방으로 복속됐다. 하지만 잼 디우의 영어에는 아시아나 영국 억양이 없었다.

어쩌면 잼 디우는 그의 진짜 이름이 아닐 수도 있었다. 로즈랜드가 온갖 기만과 음모가 얽히고설킨 곳이니 그의 이름도 잼 디우가 아니라 미키 마우스쯤 돼야 어울릴 것이다. 진짜 이름이 뭐든 간에 그는 가끔 고향인 홍콩을 그리워하는 모양이었다.

문을 꼼꼼히 잠그고 건물을 나선 후 숲을 지나 들판으로 나갔다.

무장을 잘해서 그런지 이만하면 안심해도 되겠지 싶기도 했지만 유혹에 넘어가지 않도록 마음을 다잡았다. 그간의 경험으로 미뤄볼 때 자신감이 지나치면 운명은 포크파이 중절모를 쓴 근육맨 두세 명을 내 삶의 무대에 올리곤 했다. 그 근육맨들은 나를 대형 냉장고 안에 가둬놓고 꽁꽁 얼리거나, 콘크리트 믹서 트럭의 빙글빙글 돌아가는 거대한 드럼 속으로 던져 넣어 콘크리트와 더불어 하수처리 공장의 토대를 이루도록 하는 게 소원인 자들이었다.

내 경험상 포크파이 중절모를 쓴 남자들은 늘 악행을 일삼았고 악행을 저지르며 기뻐했다. 그런 스타일의 모자가 원래 유순하던 사람들을 소시오패스로 변하게 만드는 것인지, 아니면 원래 소시오패스인 자들이 그런 모자에 끌리는 것인지는 아직까지 풀리지 않는 불가사의 중 하나다. 어쩌면 사법부가 그 문제를 풀기 위해 연구 프로젝트를 가동시키고 자금을 대고 있는지도 모르겠다.

동남동 방향으로 걸어가고 있는데 등 뒤 북쪽 방향에서 구름이 몰려왔다. 하지만 하늘은 여전히 푸르렀고 땅은 햇빛을 듬뿍 받고 있었다. 다른 때 같으면 나는 〈사운드 오브 뮤직〉의 노래를 부르며 기분 좋게 초원을 돌아다닐 것이다.

그러나 〈사운드 오브 뮤직〉이 지금까지 만들어진 뮤지컬 영화 중 제일 기분 좋은 내용이긴 하지만 나치들이 잔뜩 나온다는 점을 우리는 늘 명심해야 한다.

쇠톱을 베갯잇에 담아 점심 도시락처럼 손에 들고, 남쪽 방향에서 묘를 향해 걸어갔다. 잡초가 우거진 들판을 지나, 12미터에서 15미터 정도 뻗어있는 잔디밭을 가로질렀다. 골프 코스를 배경으로한 에로틱한 꿈속에서 봄직한 티 하나 없이 푸르른 잔디밭이었다.

3.7제곱미터 규모의 창문 하나 없는 석회암 묘는 정교한 천장돌림띠로 장식이 되어 있었고, 패널에는 양식화된 일출 그림, 에덴동산 풍경이 조각되어 있었다. 거대한 기둥을 양옆에 끼고 있는 청동 문에는 요철 무늬가 들어가 있었는데, 묘의 입구인 이 청동 문은 저택이 있는 북쪽이 아니라 남쪽으로 나 있었다.

터미드 부인의 말에 따르면 묘의 입구 방향을 그렇게 잡은 것은 미신 때문이라고 했다. 로즈랜드를 최초로 소유했던 이는 저택에서 창문을 열면 이 죽은 자의 집 입구를 마주보게 되는 게 불길하다고 여겼던 것이다.

볼베어링 경첩이 붙은 청동 문짝이 소리 없이 부드럽게 열렸다. 등 뒤로 문을 닫고 스위치를 켰다. 황금 잎사귀로 장식된 샹들리에 세 개와 줄지어 벽에 붙은 벽등에 불이 들어왔다.

이 거대하고 텅 비다시피 한 방에서 할로윈 파티를 열면 제격이겠다는 생각이 들었다. 그러자 할로윈 가면을 쓴 사람들이 붉은 눈의 영장류 돼지들과 왈츠를 추는 모습이 머릿속에 그려졌다. 휴일 저녁을 그렇게 보내느니 차라리 집에 처박혀 방문을 다 걸어 잠그고 커튼을 치고 손톱을 바싹 물어뜯으며 보내는 편이 나을 것이다.

벽에는 영적인 주제의 명화들을 재현한 유리 타일 벽화가 붙어 있었다. 벽화 사이에는, 언제든 재 항아리를 받아들일 준비가 되어 있는 벽감이 설치되어 있었다.

여러 벽감 중에 세 개만 임자가 있었다. 로즈랜드의 설립자인 콘스탄틴 클로이스와 그의 가족이 세상을 떠난 후, 로즈랜드를 사들인 사람들은 죽은 후에도 영원토록 이곳에 매여 있는 것을 원치 않아 자신들의 유해를 다른 곳에 매장하도록 했다.

이름 모를 소년이 나더러 이 묘에 들어가라고 했다. 저택으로 돌아가 그 소년을 자유의 몸으로 만들어주기 전에 일단은 그의 충고에 따르는 게 현명할 듯했다.

소년은 '모자이크 속 수호천사가 높게 쳐든 방패 그림을 누르세요'라고 했다. 전에도 여기 들어와보긴 했지만 열네 점의 명화 복제품들 중에 수호천사 그림이 있었는지는 미처 몰랐다.

벽화에는 제목이 붙어 있지 않았지만 하단에 예술가의 성이 표기되어 있었다. 도메니키노, 프란키, 보노미, 베레티니, 주치……

다행히 벽화 속 모든 천사들이 방패를 들고 있지는 않았다. 단 한 점, 프란키의 그림 속에서 천사가 악마의 해악이 아닌 신의 비난으로

부터 어린아이를 보호하기 위해 방패를 높이 쳐들고 있었다.

자잘한 색유리들로 이루어진 불그스름한 갈색 방패였다. 나는 떨리는 손으로 방패 전체를 앞뒤로 문질렀다. 아무 일도 일어나지 않았다.

손가락 관절로 방패 여기저기를 톡톡 두드리며 뒤에 빈 곳이 있는지 소리를 들어보았다. 뒤쪽이 빈 것 같은 소리는 들리지 않았다.

그림을 잘못 선택했나 보다 싶었는데 방패를 이루는 다소 큰 유리 타일 하나가 눈에 띄었다. 2.5제곱센티미터 크기의 그 타일 주변에는 회반죽이 발라져 있지 않았다. 그 타일을 눌러보았다. 살짝 들어가는 느낌이라 좀 더 힘을 주어 꾹 눌렀다. 딸깍 소리와 함께 타일이 벽 속으로 2.5센티미터 정도 쑥 들어갔다.

쉬이익 소리가 들리고 이어서 낮게 우르르 울리는 소리가 나더니, 이 벽화가 붙어 있는 높이 2미터 폭 1.2미터의 석회암 벽 전체가 뒤로 물러나기 시작했다. 벽은 1미터쯤 뒤로 물러난 후 움직임을 멈췄다.

이 벽과 연결되어 있던 양옆의 벽 두께가 40센티미터여서 양옆이 60센티미터 정도 벌어져 틈이 생겼다. 그 틈새 너머로 조명이 자동으로 켜지자, 왼쪽과 오른쪽에 각각 지하로 내려가는 좁은 계단이 나타났다.

지금까지 온갖 위험한 상황을 겪으면서도 목숨을 부지해왔으니 언젠가는 이렇게 인디아나 존스처럼 모험을 하는 날도 오리라는 걸 진즉에 알았어야 했다.

오른쪽 계단이나 왼쪽 계단이나 같은 곳으로 내려가는 것 같아서 나는 오른쪽 계단을 택하기로 했다. 경사가 가파라 난간을 잡고 내려갔다. 수많은 소시오패스 살인자들의 끝없는 공격에도 살아남은 내

215

가 이 계단에서 발을 헛디뎌 목이 부러져 죽는다면 그런 역설이 또 없을 테니까.

역시 두 계단은 2.7미터 높이의 지하 묘지로 이어지고 있었다. 이 지하 묘지의 크기는 위층의 지상 묘지와 거의 비슷했고, 굉장히 놀라운 기계 장치가 놓여 있었다.

방 중앙을 따라 구체 여섯 개가 놓여 있었는데, 지름이 1.8미터 정도 되는 각 구체는 지름 8센티의 길쭉한 막대인지 파이프인지에 붙어서 바닥과 천장을 오가고 있었다. 파이프는 단단히 고정되어 있는 데 비해 거대한 구체들은 몹시 빠르게 회전하고 있어서 표면이 금색으로 흐릿하게 보였다. 구체들은 속이 빈 단단한 고체일 테지만 빠른 회전 때문에 마치 반짝이는 거품처럼 금방이라도 둥실 떠올라 날아갈 듯했다.

계단이 끝나는 곳을 제외한 북쪽 벽을 따라서, 그리고 남쪽 벽 전체에 걸쳐서 환하게 빛나는 플라이휠들이 수십 수백 개씩 놓여 있었다. 작은 것은 시디만 하고 큰 것은 쓰레기통 뚜껑만 한 플라이휠들은 종 모양의 기계 하우징 위에 도열해 있었고, 플라이휠과 기계 하우징 사이에는 빛나는 연결봉, 슬라이더 블록, 피스톤 막대가 설치되어 있었다. 윤기 나는 연접봉 끄트머리에는 있는 반짝이는 크랭크 리스트가 샤프트의 크랭크를 돌려주고, 그에 따라 플라이휠들이 빙글빙글 돌아가고 있었다. 회전 속도도 조금씩 다르고, 회전 방향도 제각각이라 복잡한 인상을 주지만 완벽하게 맞물려 돌아가고 있었다.

간혹 몇몇 플라이휠의 테두리에서 금색 불꽃이 연달아 천장으로 치솟기도 했다. 진짜 불꽃은 아니고 무어라 지칭할 수 없는 것이었는데, 빗방울 모양의 황금빛 파동에 가까웠다. 이 파동은 불꽃처럼 고속으로 치솟는 게 아니라 미끄러지듯 서서히 천장으로 올라가, 페르시아 카펫만큼이나 복잡하고 추상적인 무늬의 구리망 속으로 흡수되고 있었다.

구리 천장과 콘크리트 벽을 제외하고 이 지하 묘지의 모든 것, 이 괴상한 기계의 겉으로 보이는 모든 부품은 귀금속으로 도금되어 있었다. 어떤 것은 금으로, 어떤 것은 은으로. 그렇다보니 지하 묘지가 아니라 반짝반짝 번들번들 아른아른 빛나는 보석 상자를 보는 듯했다.

기계의 용도가 무엇인지는 짐작조차 할 수 없었다. 가장 놀라운 점은 움직이는 부품들이 전부 아무 소리도 내지 않는다는 점이었다. 웅웅, 윙윙, 똑딱, 삐걱 소리 한 번 내지 않았다. 바삐 돌아가는 부속들 사이에서 유일하게 들려오는 소음은 플라이휠이 공기를 퍼 올리는 쉬익 소리, 대형 구체들이 공기를 빨아들이면서 회전하면서 상승할 때 나는 쉭쉭 소리뿐이었다.

마찰이 이처럼 완벽하게 제거된 부품을 설계, 제작하는 것은 불가능하다. 이 기계에는 윤활유조차 칠해져 있지 않았다. 그리스 얼룩이나 오일 떨어진 자국도 전혀 보이지 않았고 냄새도 나지 않았다. 윤활유가 필요하지 않다는 것은 이 기계 장치에서 마찰열이 발생하지 않는다는 뜻이었다.

극도로 고요한 지하 묘지에서 빠르게 작동하는 기계라니 이보다 더 괴상한 광경은 또 없을 것이다. 우리가 살고 있는 차원과 또 다른 차원 사이에 놓인 우주 기계의 영역 속으로 들어온 건 아닌가, 하는 생각이 들었다. 우주의 질서를 유지하는 엔진이 정교하게 균형을 맞추며 영원히 작동하는 곳 말이다.

그렇다고 지하 묘지가 초현대적인 분위기를 풍기고 있지는 않았다. 어떤 부분은 빅토리아 시대 풍이고, 어떤 부분은 아르데코 양식이었다. 미래적이라기보다는 고풍스러운 곳이었다. 그렇다고 태초부터 존재해온 것처럼 무한히 오래된 곳 같다는 의미는 아니다.

로즈랜드에 들어온 후로 줄곧 누군가 나를 지켜보고 있는 것 같다는 느낌을 떨칠 수가 없었는데 지금 그 느낌이 전보다 강해졌다.

플라이휠의 빛나는 테두리에서 흘러나온 벌꿀색 빛 방울들이 자그마한 헬륨 풍선처럼 구리망 태피스트리를 향해 둥둥 떠올랐다. 이 상승 운동은 주변의 회전 운동과 대조를 이루었다. 나는 갑자기 붕 뜨는 기분에 사로잡혔다. 긍정적인 기분이 아니라 이대로 둥실 떠올라…… 어딘가로 가버릴 것 같은 메스껍고 초조한 기분이었다.

외국인 억양이 섞인, 깊이가 있으면서도 육신이 없는 남자의 목소리가 뒤에서 들려왔다. 오늘 새벽이 밝기 전 이 묘를 찾아왔을 때 들었던 목소리였다.

"자네가 아직 오지 않은 곳에서—"

뒤를 돌아보았지만 아무도 없었다. 그가 다시 속삭였다.

"—자네를 본 적 있어."

다시 뒤를 돌아보자 이번에는 그 남자가 보였다. 콧수염을 기른 그 남자는 구체들과 플라이휠들 사이로 뻗어 있는 통로 끄트머리에 서 있었다. 키가 크고 수척한 편이었는데 앙상한 몸뚱이에 진한 색깔의 정장을 헐렁하게 걸치고 있었다. 외모와 엄숙한 태도로 봐서는 장의사 같았다.

이번에는 조금 더 큰 목소리로 그가 말했다.

"자네를 믿네."

그러고는 방 끄트머리를 가로질러 이쪽 통로에서 다음 통로로 건너간 후 구체들 뒤로 사라졌다.

나는 서둘러 그를 쫓아가 오른쪽 모퉁이를 돌아서 다음 통로를 살펴보았지만 그는 흔적조차 없었다. 지하 묘지를 한 바퀴 쭉 둘러보았는데 그는 마치 벽을 통과해 사라진 것 같았다.

유령들은 말을 하지 않는다. 하지만 살아 있는 사람은 이렇게 유령처럼 홀연히 사라지지 않는다.

유령 얘기가 나와서 말인데, 그 자리에서 뒤로 돌았을 때 내 눈앞에는 흰 잠옷을 입은 유령 여인이 서 있었다. 긴 금발에는 시뻘건 피가 묻어 있었고, 살아생전 마지막으로 말을 탔던 그날 밤 바람이 몹시 불었는지 머리카락이 잔뜩 헝클어져 있었다.

잠옷에도 길게 핏자국이 나 있었다. 그녀는 처음으로 내게 가슴에 난 총상들을 뚜렷하게 보여주었다. 한 발은 심장 바로 위, 한 발은 심장 바로 밑이었고, 총상 주변의 잠옷 천이 까맣게 그슬린 것으로 보아 가까이에서 발사한 것이었다. 흉골을 박살낸 나머지 한 발은 다른 두 발보다 약간 떨어진 곳에서 발사한 듯 보였고, 제일 처음 쏜 것이었다. 그녀는 제일 처음 맞은 탄환으로 즉사했을 가능성이 높았다. 그런데 그녀를 죽인 자는 그녀의 시신에 대고 더 가까이에서 두 발을 더 쏜 것이다. 지독한 분노의 표현이었다.

무기는 강력한 힘을 지닌 라이플총이 분명했다. 대구경의 고속 탄약으로 그녀의 가슴에 단박에 구멍을 냈을 것이다.

그 끔찍한 폭력의 상흔에 내가 힘들어하는 모습을 보이자 그녀의 몸에서 상처와 핏자국이 희미해지고, 그녀는 살인자가 방아쇠를 당기기 전 멀쩡하고 사랑스럽던 모습으로 되돌아왔다. 그녀의 태도와 표정에는 강한 의지가 담겨 있었다. 흔들림 없는 그녀의 시선에는 거짓이라곤 없었다.

그 자리에서 돌아선 그녀는 세 발자국을 걸어가다가 멈춰 서서 뒤를 돌아보았다.

그녀가 나를 무언가로 이끌려 한다는 걸 깨닫고 나는 아름다운 그녀를 따라 지하 묘지 끄트머리로 걸어갔다. 한쪽 모퉁이에 여기서 한 층 더 낮은 곳으로 이어지는 좁은 나선형 계단이 보였다.

그녀는 날더러 더 깊은 곳으로 따라오라고 하고 있었다.

　나선형 철계단은 어둠 속 깊은 곳으로 파고 내려갔다. 구체와 플라이휠이 계속해서 움직이는 위층과 마찬가지로 여기도 황금색 조명이 켜져 있었으므로, 빛이 없어서가 아니라 희망이 없어서 어두운 곳이었다.
　나는 아우슈비츠 꿈을 꾸고 그 꿈속에서 두 번 죽을까봐 두려워한다. 그런 내게 안나마리아는 당신은 딱 한 번 유일한 죽음을 맞이하게 될 것이며 그리 중요하지 않은 죽음이라고 말해주었다.
　그러나 우리는 살면서 죽은 것과 다름없는 기분을 느낄 때가 많다. 바로 깊은 상실감이나 실패로 인한 좌절감, 두려움을 느낄 때 혹은 고통을 겪는 타인을 보며 자비의 손길을 뻗을 수도 없고 도울 수도 없으며 동정 밖에는 아무것도 할 수 없을 때다.
　철계단은 로즈랜드를 층층이 꿰뚫으며 깊숙하고 예리하게 파고든 나사송곳의 뾰족한 끄트머리 같았다. 지하수 굴착 기술자는 물을 찾아 땅과 바위를 파 내려가면서 간혹 화석을 맞닥뜨리기도 한다. 화석을 통째로 볼 때도 있고 일부만 남아 있는 화석을 볼 때도 있다. 어떤 화석은 눈이 더듬이 끝에 붙어 있거나 채찍 모양의 꼬리를 가졌거나 다리가 아주 많은 괴상한 생물체의 모습을 하고 있다. 오래전 고대 바다의 해저를 기어 다니던 생물이었을지도 모른다. 바위 속에 새겨진 그런 화석을 보고 있노라면 지구가 미지의 행성보다도 더 생경하게 느껴질 것이다. 불현듯 낯선 땅에 와 있는 이방인이 된 것 같아, 혈관을 타고 소름이 끼치기도 할 것이다. 이 묘의 지하 이층에서 들리는 소리는 철계단을 밟고 내려가는 내 발소리뿐이었다. 계단 끝에 다다른 나는 정적 속에서 너무나도 기괴하고 암울한 광경과 마주쳤다. 어느 머나먼 별의 궤도를 공전하는 외계 행성에서도 이보다 더 끔찍한 광경은 볼 수 없을 것이다.

지하 이층은 지하 일층보다 천장이 높았다. 3, 4미터쯤 되는 듯했다. 잠시 후 천장에서 90센티미터쯤 아래에 나란히 배열되어 있는 금도금한 톱니들이 시야에 들어왔다. 위아래 은도금 된 얇은 선로들이 깔려 있고 톱니들은 그 사이에 들어가 있었다. 톱니들은 선로에 고정된 게 아니라 힘과 동작을 주고받았고, 벽의 어느 한 구멍에서 빠져나와 맞은편 벽의 구멍으로 들어가는 등 온 방안을 가로지르며 움직이고 있었다. 1, 3, 5열의 톱니들은 동쪽에서 서쪽으로 거세게 이동했고 2, 4, 6열의 톱니들은 서쪽에서 동쪽으로 이동했다. 번쩍이는 톱니바퀴들은 서로 맞물리면서 위층의 플라이휠처럼 무자비한 속도로 소리 없이 회전하기도 했다. 이 장치의 용도가 무엇인지, 자체적으로 운동하는 데 그치지 않고 무언가에 동력을 공급하는 장치인지 전혀 짐작할 수가 없었다.

그러나 톱니의 불가사의 따위는 벽에 등을 기댄 채 바닥에 앉아 있는 여인들의 시신에 비하면 전혀 중요하지 않았다.

이 회고록의 다른 권에서 언급한 바 있지만, 나는 내가 목격한 것을 전부 다 털어놓지는 않을 것이다. 지하 이층의 이 괴이한 광경은 끔찍하면서 동시에 지독하게 천박했다. 죄 없는 시신은 존엄하게 다뤄져야 마땅한 것이다.

이 얼마나 극악무도한 짓거리인가를 설명하기 위해 굳이 시신들의 수를 들먹일 필요는 없다. 이 여인들은 세상에 태어났을 때부터 한 명 한 명 특별한 존재들이었을 테니. 그녀들에게 가해진 짓이 너무나 끔찍하고 부당하며 기괴망측해서 그 사악함에 거부감이 밀려들고 심장이 덜컥 내려앉았다. 희생자가 한 명뿐이었어도 이런 짓을 한 자는 인간으로서의 권리를 극도로 침해하는 방식으로 처형시켜도 시원치 않을 것이다. 나중에 정신을 차리고 세어보니 시신은 서른네 구였다.

고요한 방 안에서는 아무 냄새도 나지 않았는데…… 가장 의아한 점은 따로 있었다.

콘크리트 벽에 등을 기댄 자세로 바닥에 나란히 앉혀진 이 시신들이 모두 발가벗겨져 있었던 것이다. 각기 고유한 영혼을 지닌 존재였을 이 여인들은 외모만 보면 상당히 비슷한 편이었다. 색감은 조금씩 다르지만 전부 금발이었고, 몇 명은 머리카락 길이가 좀 짧기는 했지만 대부분은 어깨까지 오는 길이이거나 그보다 더 길었다. 일부는 열여섯 살밖에 안 된 것 같았고, 이십 대 후반을 넘어 보이는 시신은 없었다. 한때 사랑스럽고 세련된 미모를 가진 여인들이었을 것이다. 눈동자는 파란색이나 청회색, 청록색 등이었고 전부 눈을 크게 뜨고 앉아 있었다. 죽을 당시 그렇게 눈을 뜨고 죽은 이들도 있고, 일부는 눈꺼풀이 내려오지 않도록 핀으로 고정시켜 놓은 모습이었다.

 잠옷 차림의 말없는 유령이 나를 지하 이층으로 이끄는 동안, 머리에서 60센티미터쯤 위에서 황금 톱니들이 빠르게 돌아가면서도 서로 정확하게 소리 없이 맞물렸다. 유령 여인과 죽은 여인들을 한곳에 놓고 보니 그들이 무척이나 닮아 있다는 사실이 더 확연히 와 닿았다.

 유령 여인이 첫 번째 희생자일 듯했고, 살인범은 그녀를 한 번 죽인 것으로 만족하지 못해 그녀를 닮은 여자들을 찾아내어 계속해서 죽였을 것이다. 그녀를 죽이는 감정을 되풀이해 느끼면서.

 이 죽은 여인들의 영혼은 고집스럽게 이 세상에 눌러붙지는 않았는지 로즈랜드 어디에서도 나는 이들의 영혼을 보지 못했다. 내가 본 영혼이라곤 이 유령 여인과 그녀의 충직한 말뿐이었다. 그녀들이 뭉그적대지 않고 저세상으로 건너가주어 고마웠다. 안 그랬으면 지하 이층이 고통으로 몸부림치며 애원하는 유령들로 가득 찼을 것이고 나는 도저히 감당하지 못했을 것이다.

 시신에는 대부분 다양한 방식으로 고문당한 흔적이 남아 있었다. 어떤 기술과 기구를 썼는지까지 여기서 언급하고 싶지는 않다. 일부는 손에, 일부는 발에, 일부는 가슴에 야수 같은 살인자에게 고문당한 자국이 선연했다. 그러나 눈꺼풀을 잡아올려 꽂아놓은 핀을 제외하면 얼굴은 깨끗했다. 그 핀 주변에 피가 흘러나온 자국이 없는 것으로 봐서 사후에 그리 꽂아놓은 것 같았다.

 살인자는 그녀들의 얼굴에서 말을 탄 이 유령 여인의 얼굴을 보고 싶어 했던 것 같았다. 어쩌면 그는 이 수집품들을 되새기려고, 이 여인들의 시선이 자신에게 꽂히는 것을 느끼려고, 그녀들 위에 군림하면서 악행에도 불구하고 자신은 잘 먹고 잘 살고 있음을 과시하려고 이곳을 찾았을 수도 있었다.

시체로 가득한 지하 이층에서 썩은 내가 전혀 나지 않는 것도 의아했지만 더 믿기지 않는 것은 이 서른네 구의 상태였다. 모두가 오늘 아침에 죽임을 당한 듯 보였던 것이다.

시신을 이렇게 완벽한 상태로 보존하는 것은 불가능하다. 방부처리를 하지도 않았고 미라 상태로 만들어놓은 것도 아니었다. 게다가 이렇게 고운 피부와 비단 같은 머릿결, 맑은 눈동자를 가진 미라는 만들 수가 없다. 아무리 방부처리를 한다고 해도 시신의 상태는 시간이 흐르면서 나빠지게 마련이다.

이 여인들을 살해한 자는 노아 월플로일 것이다. 월플로는 남미 광산 재벌의 상속자이며 은둔자였던 두 번째 소유자에게서 이십사 년 전인 1988년도에 로즈랜드를 사들였다. 이 소름끼치는 수집품이 전 주인으로부터 함께 딸려 왔다면 월플로는 경찰에 신고를 하고 시신들을 여기서 내보냈을 것이다.

이곳 승마 코스와 연습장이 수년에 걸쳐 잡초가 잔뜩 자라 있는 상태임을 감안할 때, 수십 년간 동물을 전혀 들이지 않았던 것처럼 이상할 정도로 깨끗한 마구간 상태를 돌아볼 때, 유령 여인과 말은 월플로가 이곳을 구입하기 훨씬 전에 죽임을 당했어야 앞뒤가 맞았다. 쉴롬 주방장도 로즈랜드에 오랫동안 말이 들어온 적이 없음을 확실히 아는 표정이었다.

 이윽고 유령 여인이 서른네 구의 시신 중 마지막 시신에게로 나를 이끌었다. 아마도 제일 먼저 살해당했을 그 시신은, 바로 그녀 자신이었다. 시신의 상태가 아주 깨끗해서 영혼이 몸에서 빠져 나온 지 한 시간도 채 되지 않는 듯 보였다. 이게 월플로의 짓이라면 그가 로즈랜드를 구입한 후에 적어도 종마 한 마리는 마구간에 두었다는 얘기가 된다.

 그녀의 시신은 유일하게 옷을 입고 있었다. 유령이 된 후의 모습과 똑같이, 시신은 레이스로 장식된 길고 흰 비단 잠옷 차림이었다. 서른네 구 중에서 유일하게 고문당한 흔적이 없는 시신이기도 했다. 살인자는 제일 먼저 그녀를 살해했고 분노에 사로잡혀 단 일격에 목숨을 빼앗았다. 그 후로 끈기 있게 면밀히 계산을 해가며 희생자들을 골라, 의식을 치르듯 성적, 육체적 고문을 가하고 마지막에 가서야 숨통을 끊었다.

 충격이 서서히 가라앉자 공포가 조금씩 밀려왔다. 젊은 나이지만 나는 온갖 혐오스런 광경들을 잔뜩 목격했고, 내면을 붕괴시킬 정도로 끔찍한 일들을 어쩔 수 없이 할 때도 있었다. 그러나 이 지하 이층에 펼쳐진 비통한 광경만큼 내 심장을 무겁게 짓누른 광경은 일찍이 없었다.

 눈앞에 펼쳐진 어마어마한 악의 증거를 감당할 수 없어 나는 잠시 눈을 감았다. 더 보고 있다가는 악에 감염이라도 될까 두려웠다.

 다리가 후들거렸다. 내 안으로 파고 들어온 어둠 속에서 휘청거렸다. 간신히 무릎에 힘을 주고 몸을 가누었다.

나를 위로하려 내 어깨에 가만히 올려놓은 손은 유령 여인의 손일 것이다. 모든 유령들이 나를 위로해주려고 이렇듯 애를 쓰진 않지만, 나는 배회하는 유령들의 감촉을 느낄 수가 있다.

원래 상상력이 발달한 데다 초자연적인 존재들과 늘 마주하는 삶을 살기 때문에, 상상력이 몹시 예민하게 작동하는 편이다. 유령 여인이 내 어깨에 손을 얹은 것은 불과 몇 초뿐이었지만, 나를 만진 이가 그 여인이 아니라 다른 누군가, 나와 뜻이 맞지 않는 다른 무언가라는 상상을 했다.

눈을 뜨고 보니 그 손은 역시 그 유령 여인의 것이었다. 나는 그녀와 잠시 마주 보았고 이어서 벽에 기대어 앉아 있는 그녀의 시신을 바라보았다.

나는 이런 일들을 숱하게 겪으면서도 여전히 밤에 잠을 잘 자고 있으니 한편으로는 놀랍기도 하다.

시신의 가슴에 난 총상들은 너무나 끔찍해서 그 상처를 들여다보며 곱씹고 싶지가 않았다.

하지만 잠시 망설이다가 어쩔 수 없이 그녀의 시신 옆에 무릎을 꿇고 앉아 피로 얼룩진 잠옷을 만져보았다. 예상대로였다. 그랬다. 잠옷을 적신 피는 여전히 끈적거렸다. 한눈에 봐도 상처 주변이 피로 축축하게 젖어 있는 상태였다. 말도 안 되는 일이었다.

살인자는 희생자들을 소름끼치게 수집품처럼 쭉 늘어놓았다. 그녀들은 살인자가 가지고 놀다가 싫증 나서 버린 인형 같기도 했다. 그녀들은 두 다리를 벌린 채 여린 팔을 양옆으로 축 늘어뜨리고 애원하듯 두 손바닥을 위로 한 자세였다.

잠옷을 입은 시신을 제외하고 —그 잠옷도 무릎까지 걷어올린 상태였지만— 살인자의 다른 인형들은 모두 알몸인 채로 살인 도구를 장식처럼 몸에 걸쳤다. 넥타이로 목이 졸려 죽은 여인들은 목살이 깊게 패여 들어가도록 넥타이로 목이 단단히 묶여 있었는데, 살인자가 그녀들을 고문할 당시 단순히 격분 상태였던 게 아니라 뒤틀리고 곪아터진 원한, 집념 깊은 증오에 맹렬하게 사로잡혀 있다는 걸 짐작할 수 있었다. 칼로 두세 군데 찔린 시신도 있고 그보다 더 여러 곳을 찔린 시신도 있었다. 하나같이 마지막으로 찔린 자리에 칼이 그대로 꽂혀 있는 모습이었다.

알몸으로 앉아 있는 서른세 구의 시신들의 경우, 벌린 다리 사이에 손으로 쓴 색인 카드가 각각 놓여 있었다. 살인자가 그녀들에 대해 잘 기억할 수 있도록 돕기 위한 것 같았다. 어린 소녀가 인형에 이름을 붙이듯 이 구역질나는 살인자의 수집품이 된 희생자들은 이름이 적힌 카드를 앞에 두고 있었다. 아마 그녀들이 생전에 갖고 있던 이름들일 것이다.

나는 두 번째 시신 앞에서 한쪽 무릎을 바닥에 대고, 시신을 최대한 쳐다보지 않으려 애를 쓰면서 색인 카드를 읽어보았다. 살인자는 색인 카드에 '태미 배널레티'라는 이름을 적고 그 옆에 작은 별 네 개를 깔끔하게 그려놓았다. 그 별들은 이 여인과 함께 했던 시간이 얼마나 즐거웠는지를 표시하는 것 같았다.

내 안의 슬픔과 혐오감이 좀처럼 누그러지지 않았다. 좀처럼 내 마음에 피어나지 않는 분노의 검은 안개가 골수에서 우러나와 내 속에 퍼져나가는 느낌이었다.

이 여인들은 누군가의 딸이고, 누군가의 여동생이며, 누군가의 친구이고, 누군가의 어머니일 것이다. 그들은 장난감이 아니었다. 살인자는 그녀들에게 별 몇 개로 점수를 매겨가며 스포츠를 즐기듯 했지만 그가 한 짓은 스포츠가 아니었다. 그녀들은 자체로도 귀한 사람들이지만, 그녀들과 관계를 맺고 있는 이들에게도 소중한 존재였다. 스토미가 내게 소중한 존재이듯이.

분노는 강한 복수심을 동반하는 격한 감정이라서, 분노에 휘둘리는 자와 그 분노의 대상이 된 자 모두에게 위험을 초래한다. 분노는 대개 개인적이며 이기적인 감정이기 때문에 분노에 휩싸인 자는 판단력이 흐려져 위험에 처할 가능성이 높아진다. 앞으로 닥쳐올 일에 대비하려면 머리를 맑게 유지해야 했다. 일단은 스토미 르웰린 생각을 머리에서 떨치고, 이 잔악한 사건에 개인적인 감정이 최대한 덜 개입되도록 해야 했다. 분노 대신 의분을 품어야 했다. 의분은 악을 오직 악이라는 이유로 경멸한다. 분노가 눈앞을 가리는 붉은 안개라면 의분은 앞을 깨끗하게 볼 수 있게 해준다. 분노에 찬 사람은 허리춤에서 총을 꺼내 여러 발을 쏴대지만 목표물을 놓치거나 엉뚱한 이를 맞추곤 한다. 반면에 의분에 찬 사람은 적의에 불타지 않으며 오직 정의를 위해서 분발한다.

태미 배널레티의 이름 아래 날짜가 적혀 있었다. 팔 년 전의 날짜이므로 태미의 생일일 리는 없었다. 게다가 태미는 한눈에 봐도 이십대 초반으로 보였다. 살인자가 태미를 이 날짜에 죽였다는 추론이 제일 논리적일 것이다.

태미는 칼에 찔렸다. 상처 자리에 묻은 피는 갓 흘러나온 것처럼 보였다.
 팔 년 전에 죽임을 당한 시신인데 어떻게 이럴 수가 있는지 이해가 되지 않았다. 하지만 잠을 자지도 휴식을 취하지도 않는 내 머리의 일부는 마치 베틀처럼 로즈랜드에 관한 단서들을 쭉쭉 당겨 모아 천으로 짜기 시작했다.
 나는 시신들을 차례로 돌아보며 앞에 놓인 카드를 읽었다. 하지만 그 카드에 손을 대지는 않았다. 죽임을 당한 날짜가 점점 현재와 가까워졌다. 제일 최근에 희생된 여인은 '진저 하킨'으로, 지금으로부터 한 달도 되지 않은 날짜에 죽임을 당했다.
 날짜를 쭉 살펴보니 서른세 구의 시신들은 모두 팔 년 전부터 시작해 한 달 전까지 차례로 살해당한 것이었다. 범인의 살인 주기는 삼 개월 미만이었다. 일 년에 네 명씩, 매년 꾸준했고 간혹 추가로 살인할 때도 있었다.
 이 정도면 살인 충동이나 정신병적 강박이라고는 볼 수 없었다. 이것은 일종의 꾸준한 작업이며 직업이고 소명이었다.
 이름 없는 유령 여인을 돌아보며 물었다.
 "당신을 죽인 자가 노아 월플로 맞습니까?"
 망설이던 그녀가 고개를 끄덕였다.
 그래요.
 "당신은 그의 연인이었나요?"
 그래요.
 내가 세 번째 질문을 하기 전에 그녀가 한 손을 들어 약혼반지와 결혼반지를 보여주었다. 진짜 반지는 아니고 그녀가 살아생전에 끼고 있던 결혼 예물을 형상화한 것이었다.

"아내였어요?"

그래요.

"당신은 그가 처벌을 받기를 바라는군요."

그녀는 세차게 고개를 끄덕이면서 두 손을 가슴에 모았다. 그가 응분의 처벌을 받는 것이야말로 가장 원하는 바라는 뜻인 듯했다.

"그를 무너뜨릴 겁니다. 감옥에 보낼 거예요."

그녀는 고개를 저으며 검지로 자신의 목을 긋는 시늉을 했다. 그것은 그를 '죽이라'는 만국 공통의 표현이었다.

"어쩌면 그래야 할지도 모릅니다. 그가 쉽게 당하지는 않겠지만요."

이 세상을 배회하는 유령이라고 해서 늘 유용한 정보를 제공해주지는 않는다. 나를 도우려는 생각이 있는 유령도 살았을 때와 마찬가지로 죽어서도 복잡한 심리 상태 때문에 뜻대로 나를 돕지 못하기도 한다. 유령들은 이 세상과 저세상 사이에서 길 잃은 자들이라, 그들의 이성은 두려움과 혼란, 그리고 내가 상상조차 할 수 없는 다른 복잡한 감정으로 인해 왜곡되기도 한다. 그로 인해 그들은 도우려는 속내와는 달리 오히려 나를 방해하고, 내게 다가와야 할 때 멀어지는 등 가끔 비이성적으로 행동하기도 한다.

살해당한 월플로의 아내에게서 최대한 정보를 얻어내고자 그녀가 비협조적으로 나오기 전에 얼른 말했다.

"저택에 소년이 있습니다. 당신이 알려준 대로였어요."

그녀는 세차게 고개를 끄덕였다. 그녀의 눈가에 눈물이 차올랐다. 유령도 울 수는 있지만 그들의 눈물은 이 세상의 그 무엇도 적시지 못한다.

소년이 다른 곳에 있다가 이리로 오게 되었으며 원래 있던 곳으로 돌아가고 싶다는 말을 했기 때문에 나는 그 소년이 노아 월플로와 혈연관계는 아닐 거라고, 로즈랜드에 원래 살던 아이는 아닐 거라고 추측을 했었다. 하지만 유령 여인의 눈물을 보니 고쳐 생각해야 될 것 같았다.

"당신 아들이군요."

그래요.

"아이 아버지는 노아 월플로인가요?"

그녀는 또 잠시 망설이다가 좌절한 표정으로 고개를 끄덕였다.

그래요.

"내가 다음 세상으로 넘어가지 못하고 있는 당신 같은 존재들을 볼 수 있다는 것 말고는, 당신은 아마 나에 대해 별로 아는 게 없을 겁니다. 하지만 내가 여기로 온 건 당신 아들 때문이라는 걸 알아줬으면 합니다. 난 그 아이를 돕고 싶어요. 그러기 위해 최선을 다할 생각입니다."

여인은 희망을 갖는 듯하면서 한편으로는 불안해하는 표정이기도 했다. 죽어서도 자식을 걱정하는 어머니구나 싶어 나는 그녀가 안쓰러웠다.

"소년은 원래 있던 곳으로 돌아가고 싶다고 했습니다. 거기가 어딘지는 말을 안 해서 모르겠고요. 혹시 그 소년이 잠깐 다른 데서 살았었습니까? 조부모님 집에 있었다든가?"

아니오.

"이모나 삼촌은?"

아니오.

"어쨌든 아이를 꼭 원래 있던 곳으로 돌려보내드리겠습니다."

그녀가 경악하며 단호하게 고개를 저어서 나는 깜짝 놀랐다.

안 돼요. 안 돼요. 안 돼요.

"아이가 돌아가고 싶어 했습니다. 다른 무엇보다 간절히 바라더라고요. 어차피 이곳 사태가 정리되면 어디로든 떠나야 할 겁니다."

고 월플로 부인은 괴로워하면서 두 손으로 머리를 감싸 쥐었다. 소년을 다른 곳으로 보내는 생각만 해도 몹시 고통스러운 모양이었다.

"로즈랜드의 문제는 연쇄 살인이 다가 아닙니다. 뭔가 아주 괴상한 일이 일어나고 있고, 그 끝이 별로 좋지 않을 겁니다. 로즈랜드는 더이상 유지되지 못할 테고, 철거를 안 하고 이대로 둔다고 해도 악명 높은 곳으로 불리게 될 겁니다. 도덕관념이 희박한 자들, 정신이상자들, 사이비 광신도들, 온갖 종류의 괴물들을 불러 모으는 자석 구실을 하게 되겠죠. 그러니 소년이 가고 싶어 하는 곳으로 돌아가게 해줘야 한다는 게 제 생각입니다."

유령 여인의 사랑스러운 얼굴이 두려움으로 일그러졌다. 분노한 그녀는 내게 주먹을 휘둘렀다.

유령들은 나를 만질 수 있고, 내 손길을 느낄 수도 있다. 단, 선량한 의도일 때만 가능하다. 만약 해를 끼치려 들었다간 그들의 주먹은 내 몸을 통과해버리고 만다. 그런 식으로 그들이 비물질적인 존재임을 확인시켜주는 것이다.

어째서 그런지는 나도 모른다. 그런 규칙을 만든 건 내가 아니니까. 만약 내가 규칙을 새로 쓸 수 있다면 여러 군데 고치고 싶기는 하다.

하지만 왜 내게 규칙을 고칠 수 있도록 허락하겠는가. 나는 그저 일개 인간일 뿐이다.

월플로 부인이 다시, 또 다시 내게 주먹을 휘둘렀다. 주먹이 내게 닿지 않자 그녀는 실망했고 자포자기하며 인상을 찌푸렸다. 그리고 구슬픈 얼굴로 울부짖었다. 하지만 나는 물론 이 세상은 그 소리를 들을 수 없었다.

그녀는 화가 났다기보다는 두려움과 좌절감에 휩싸인 것 같았다. 그녀는 악의 없는 유령이기에 아무리 하얗게 타오르며 분노하더라도 위험한 폴터가이스트가 되어 가구를 마구 던질 일은 없을 것이다.

예상대로 그녀는 돌아서서 시체들 사이를 지나갔다. 그리고 총에 맞아 죽은 자신의 시체에 손을 대자마자 내 앞에서 사라졌다.

내 삶이 꿈나라만큼이나 비현실적이라 그런지, 가끔 나는 깨어 있을 때도 꿈을 꾸고 있는 것 같다.

시체들을 제외하고 이곳에는 나 혼자뿐이었다. 고개를 들어 6열로 오가는 황금 톱니바퀴들을 올려다보았다. 톱니들은 서로 정확하게 맞물려, 부딪치지 않고 마찰도 일으키지 않고 소리도 내지 않고 회전하면서 이 벽에서 저 벽으로 온 방 안을 돌아다녔다. 그 모습은 마치 악마가 영겁의 시간을 측정하는 지옥의 시계 장치 같았다.

26

시계 장치가 쉬지 않고 돌아가는 지하 묘지에서 시간이 흘러도 변치 않는 모습으로 앉아있는 시신들은 인간이 어디까지 사악해질 수 있는지를 보여주는 무언의 증거였다. 앞을 보지 못하는 그들의 눈을 마주본다면 누구나 눈물을 흘리지 않을 수 없을 것이다. 그러나 지금은 눈물을 흘릴 때도 아니고 웃을 때도 아니었다. 나는 개인적인 분노가 아닌 의분으로 끓어오르며 나선형 철계단으로 돌아갔다.

피코문도에 살고 있는 잘나가는 추리소설가 오지 분은 체중이 180킬로그램에 육박하는 내 멘토이자 친구이며 아버지 같은 존재다. 그는 이 회고록의 다른 권에서 등장한 바 있고 글쓰기에 대한 그의 조언은 내 글을 다듬는 데 지대한 영향을 미쳤다.

그는 내가 다루는 재료가 때로는 지나치게 암울한 만큼 어조를 가볍게 유지하라고 충고해주었다. 간혹 유머를 섞어주지 않으면 비탄에 빠진 허무주의자들과 우울증 환자들만 내 글을 읽을 것이며, 내 이야기의 심장부에 자리한 희망을 발견하고 힘을 얻을지도 모를 일반 독자들과는 단절되고 말 것이라는 게 그 이유였다.

내 글은 내가 살아 있는 동안에는 출판되지 않을 것이다. 안 그러면 내가 내 육감을 제어할 수 있다고 오해한 사람들이 잔뜩 몰려들어, 저세상으로 건너간 사랑하는 이들과 자신들 사이에서 영매 역할을 해주길 기대할 테니까. 혹은 내 재능을 완전히 오해하고 암에서부터 무지외반증에 이르기까지 온갖 질병을 치료해달라고 달려들지도 모를 일이다.

피코문도 마을을 나와서 이곳에 와 있는 지금 나는 경찰과 법률가들을 고려하지 않을 수 없다. 그들은 저세상에 관한 이야기라든가, 우리가 아는 물질적 현실 속에 더 복잡한 진실이 내재되어 있다는 이야기를 믿고 들어줄 만한 사람들이 아니다. 결국 유죄 판결을 받는 쪽은 나일 것이고, 내가 무고한 이들을 돕기 위해 의분을 품고 달려들었던 범죄자들은 무고한 피해자로 둔갑해 아무런 처벌도 받지 않을 것이다. 나는 잘 풀려봤자 감옥행이고 결국 정신병원에 수감될 가능성이 높다. 어느 쪽으로든 결정이 날 때까지 수년 동안 갇혀 살아야 될 것이고, 그동안 법률가들의 거미줄에 걸려 옴짝달싹 못 할 테니 도움이 필요한 사람들을 위해 내 재능을 쓰지도 못할 것이다.

계단 앞에 서 있는데 무언가가 눈에 띄었다. 여기로 내려올 때 얼핏 보기는 했지만 신경 써서 들여다보지는 않았던 문 하나가 벽 끝에 세워져 있었다. 지금 여기서 나선형 철계단을 오르면 조금 전에 방문했던 지하 일층과 지상의 방들이 나올 테지만, 벽 끝의 저 문을 열면 새로운 곳을 보게 될 터였다.

새로움이 늘 더 나은 결과를 가져오지는 않는다. 물론 아이폰은 다이얼식 전화기보다 낫다. 하지만 몇 해 전에 어떤 미치광이 집단은 고층 건물에 여객기를 충돌시키는 새로운 방법으로 자신들의 불만을 표시한 바 있다.
　그래도 한번 가보자 싶어서 나는 쇠톱이 들어 있는 자루를 들고 그 문으로 다가갔다. 잠시 망설이다가 문을 열었다. 폭 1.8미터 높이 2미터 정도 되는 터널이 아래로 경사진 채 쭉 뻗어 있었다.
　내가 지금 있는 곳이 묘의 북쪽이고, 묘를 기준으로 저택이 북쪽에 서 있으니, 이 터널을 따라가면 계단식 폭포와 잔디밭, 테라스를 지나 저택 지하실이 나올 것이었다.
　게스트하우스를 나올 때 내 목적은 눈에 띄지 않고 저택으로 숨어들어가, 로즈랜드의 불가사의를 풀고 소년을 자유로이 풀어주기 위해 해야 할 일을 하는 것이었다. 이 터널은 저택으로 몰래 들어가기에 더 없이 좋은 수단이었다. 터널 안에서 월플로나 셈피테르노, 인간처럼 직립보행을 하는 돼지를 만나지 않는다는 가정 하에서 말이다.
　이 터널은 단순한 통로가 아니라 다른 목적을 위해 만들어진 듯했다. 묘의 지하 일층과 지하 이층에서 본 바로크식 기계의 일부가 아닐까 하는 생각도 들었다.
　터널의 바닥과 벽, 천장은 구리판으로 덮여 있고, 천장에 설치된 직사각형의 램프들이 긴 터널에 빛과 그림자로 줄무늬를 그렸다. 벽에는 맑은 유리 소재로 된 튜브 하나가 길게 설치되어 있었는데, 플라이휠에서 튀어나오던 빗방울 모양의 야광 불빛을 연상시키는 황금색 불꽃이 그 튜브 안에서 느릿하게 고동치며 흘러갔다.
　황금색 불꽃의 파동은 어느 순간 저택 쪽으로 흘러가는 듯 보이다가, 다음 순간 묘지 쪽으로 흘러가는 듯 보이기도 했다. 겨우 몇 초 튜브를 바라보고 있었을 뿐인데 속이 울렁거렸다. 내가 여기 있으면서도 여기 있지 않은 듯하고, 현실이지만 현실이 아닌 듯하고, 저택 쪽으로 가고 있는 것 같으면서도 어쩐지 저택에서 멀어지고 있는 것 같은 기묘한 느낌이 들었다.

튜브를 똑바로 쳐다보지 않도록 주의하면서 전방에 시선을 고정하고 수십 미터를 걸어갔다.

통로 끝에 구리를 입힌 문이 있어 밀어 열고 전등 스위치를 찾아 벽을 손으로 더듬었다. 문 너머는 돌벽으로 둘러싸인 와인저장실이었다. 콘크리트 바닥에는 구리 막대들이 잔뜩 박혀 있고 막대 끄트머리만 원반 모양으로 노출되어 있었다. 붉은 삼목 선반에는 이천여 개의 와인 병들이 가지런히 놓여 있었다.

와인저장실처럼 일상적인 공간조차 이곳에서는 비정상적인 공간으로 느껴졌다. 여자들을 고문 살해하고, 아들을 감금하고, 본인은 물론 직원들까지 지구 종말의 대전쟁에 대비하듯 잔뜩 무장을 하고, 불가사의한 기계 장치로 이루어진 집에서 사는 남자. 어쩌면 사유지 전체에 기계 장치를 설치해놓았는지도 모른다. 담장 안에 괴이한 돼지떼들이 몰려다니는데 이 남자는 품질 좋은 까베르네 소비뇽 와인과 맛좋은 치즈 조각을 앞에 두고 앉아 저녁 시간을 보내며 음악을, 아마도 브로드웨이 뮤지컬 노래를 감상한다?

로즈랜드는 뮤지컬 노래나 치즈, 와인처럼 정상적인 곳이 아니었다. 한때는 평범한 변태적 취미를 가진 억만장자 소유의 집이었을 수도 있지만 지금은 아니었다.

당장 와인 병 하나를 개봉해 그 안에 든 내용물이 내퍼 시에서 생산되는 최고급 와인이 아니라 피가 아닐지 확인해보고 싶었다.

와인저장실에는 낡은 참나무 문 두 개가 있었다. 그중 하나를 열어보니 좁은 계단이 놓여 있었다. 그 계단을 밟고 올라가면 주방으로 갈 수 있을 것이다.

나는 쉴숌 주방장한테서 얻어낼 수 있는 정보는 다 얻어냈다. 그의 은밀한 곳에 전선을 꽂고 전기 고문을 가해 정보를 쥐어짜낸 것은 아니지만. 고문은 내 스타일이 아니었다. 게다가 쉴숌의 은밀한 부위를 생각하니 어깨에 타란툴라 독거미가 내려앉은 어린 소녀처럼 비명을 지르고 싶어졌다.

할 일은 많은데 시간은 턱없이 부족했다. 나는 두 번째 참나무 문을 조심스럽게 열었다. 길게 뻗은 지하실 복도가 나왔다. 복도 좌우에 닫힌 문들이 여러 개 있고 끄트머리에 문 하나가 있었다.

왼쪽 첫 번째 문에 귀를 대고 소리를 들어본 후 열어보았다. 1920년대식 대용량 쇠화덕과 거대한 보일러들이 있었다. 상태로 봐선 방금 공장에서 만들어져 나온 것처럼 깨끗했다. 아무 소리도 나지 않아서 가동되고 있는지 여부는 알 수 없었다.

이번에는 오른쪽 첫 번째 문을 열어보았다. 그 문 너머는 텅 빈 창고였다. 이어서 왼쪽 두 번째 문을 열었는데 터미드 부인 밑에서 일하는 가사도우미 빅토리아 모르스가 세탁기를 돌릴 준비를 하고 있었다.

세탁기와 건조기는 쇠화덕과 보일러보다는 더 최근의 것이었지만, 와인저장실과 마찬가지로 이 일상적인 기계들은 로즈랜드 담장 안의 괴상망측하고 엽기적인 세상과는 전혀 어울리지가 않았다.

빅토리아 모르스는 빨랫감과 침구를 분류해 세탁물 운반 수레에서 세탁기로 옮기고 있는 중이었다. 세탁기는 아직 작동을 하지 않고 있었다. 내가 문 밖에서 모터나 펌프 작동하는 소리를 듣지 못한 것도 그래서였다. 아무 소리가 나지 않아서 나는 문 안쪽에 아무도 없는 줄 알았다.

나는 당황한 얼굴로 그녀를 쳐다보았고 빅토리아도 무척 놀란 눈치였다. 우리는 꼼짝 않고 서서 입을 벌린 채 서로를 바라보았다. 정각이 되면 스위스 시계의 문 밖으로 튀어나와 가만히 서 있는 두 인형처럼.

헨리와 폴리처럼 빅토리아도 노아 월플로가 나와 안나마리아를 집으로 초대한 일을 무모하고 이해할 수 없는 일이라 여겼다. 저택 일층만 자유로이 다닐 수 있도록 허락받은 손님으로서, 내가 변명거리를 찾고 있는데 빅토리아는 당장 소리를 지를지 말지 망설이는 표정이었다.

빅토리아가 악을 쓰기 전에 나는 세탁실 안으로 발을 들여놓고 멍청한 튀김 요리사다운 미소를 지으며, 손에 든 베갯잇 자루를 들어 보였다. 쇠톱을 수건에 둘둘 말아 집어넣은 자루였다.

"신경 써서 세탁할 게 있어서요. 물어보니까 이리로 가져가라고 하더군요."

157센티미터의 키에 날씬한 편인 빅토리아 모르스는 검은 바지, 소박한 흰 블라우스 차림이었다. 터미드 부인과 마찬가지로 그런 옷차림을 제복 대신 입고 있었다. 나이가 이십 대 후반 정도였지만 여인이라기보다는 소녀처럼 보였다. 색 바랜 청바지처럼 옅은 푸른색을 띤 커다란 눈도 그렇고 전체적으로 엘프 요정처럼 앙증맞게 귀여운 외모였다. 살짝 붉은 기가 도는 금발을 뒤로 올려 머리핀으로 고정시켰는데, 매번 볼 때마다 그랬지만 머리카락 두 가닥이 머리핀에서 빠져나와 귓가에 곱슬곱슬하게 내려와 있었다. 장미처럼 발그레한 두 뺨은 지금 막 줄넘기나 돌차기 놀이를 끝내고 온 어린아이를 연상시켰다. 발레리나를 연상케 하는 몸매였지만 가끔 보면 귀여운 망아지처럼 어색한 걸음으로 걷곤 했다. 나를 쳐다볼 땐 주로 곁눈질을 하거나 고개를 숙인 채 속눈썹 사이로 살짝 올려다보곤 했는데, 얼핏 보면 소녀처럼 수줍어하는 것 같지만 실은 내게 뚱하고 의심스러운 시선을 보내는 것이었다.

지금 세탁실에서 빅토리아는 커다란 담청색 눈을 휘둥그렇게 뜨고 걱정스런 표정으로 나를 똑바로 쳐다보았다. 마치 내 머리 위에 뱀과 이어 박쥐가 날고 있는데 나만 모른다는 표정이었다.

"어머, 빨랫감을 직접 가지고 오실 필요 없어요, 오드 씨. 게스트하우스에 두시면 제가 가지러 가거든요."

"그래요, 압니다. 하지만 수고를 덜어주고 싶어서요. 터미드 부인이랑 둘이서 이 큰 집을 청소하려면 안 그래도 힘들 것 같아서요. 먼지 털고 쓸고 닦고 끝없이 자잘한 청소를 해야 될 테니 말입니다. 물론 내가 아직 만나보지 못한 다른 가사도우미들이 더 있기는 하겠지만요."

"아직 못 만나보셨어요?"

그녀는 상대가 여섯 단어 이상으로 길게 말하면 잘 못 알아듣는, 둔하지만 애교 있는 소녀처럼 말투며 표정을 꾸미고 있었다.

"로즈랜드에서 일한 지 오래 됐나요?"

"이 일을 하게 돼서 정말 좋아요."

"그렇군요. 하긴 누가 안 그렇겠습니까?"

"여기서 우린 가족이나 다름없어요."

"참 따뜻한 분위기군요."

"정말 사랑스러운 곳이기도 하고요."

"마법 같은 곳이죠."

"정원도 아름답고, 참나무들도 멋지고요."

"저도 참나무에 올라가봤습니다. 아주 짧은 밤을 거기서 홀랑 새며 보냈죠."

빅토리아가 눈을 깜박이며 물었다.

"뭘 했다고요?"

"멋진 참나무에 올라갔다고요. 멋진 나뭇가지 끄트머리까지 올라갔는데, 가지가 얇아서 버티기가 쉽지 않더군요."

내가 또 여섯 단어 이상으로 말을 해서인지 빅토리아는 혼란스러워하는 표정이었다.

"왜 그러셨죠?"

"아, 그래야 할 일이 좀 있었습니다."

"나무에 오르는 건 위험한 일이에요."

"나무에 안 올라가는 것도 위험하기는 마찬가지였습니다."

"저는 위험한 일은 절대 안 해요."

"살다보면 침대에서 일어나는 것만으로도 위험한 일이 되기도 합니다."

그녀는 더 이상 나를 똑바로 쳐다보지 않았다. 수레에서 세탁물을 꺼내 세탁기 두 대에 나눠 넣는 일을 계속하면서 말했다.

"가져오신 건 거기 두세요. 제가 알아서 할게요, 오드 씨."

"가져온 거요?"

말귀를 못 알아듣는 척은 나도 그녀 못지않게 잘했다.

"신경 써서 세탁해야 할 그 빨랫감 말이에요."

나는 이 여자가 쇠톱을 잘 빨아서 풀까지 먹여주길 바라야 하는지 판단을 내리지 못해, 베갯잇 자루를 여전히 손에 쥔 채 말했다.

"월플로 씨는 청결에 대한 기준이 아주 높으신 분 같습니다. 집이 굉장히 깨끗하더라고요."

"아름다운 집이죠. 완벽하게 유지될 만한 가치가 있어요."

"월플로 씨가 혹시 독재자 같은 분인가요?"

나를 곁눈질하며 세탁기에 빨랫감을 계속 집어넣던 빅토리아는 내가 제 주인에 대해 그렇게 말하자 진심으로 상처받은 표정이었다.

"왜 그렇게 생각을 하시죠?"

"글쎄요, 월플로 씨처럼 돈이 많은 분들은 가끔 보면 무리한 요구를 하기도 하더라고요."

"그분은 훌륭한 고용주세요."

그녀는 로즈랜드 주인의 인성을 의심하는 내게 못마땅해하는 눈초리를 보내며 덧붙였다.

"다른 데서는 일하고 싶지 않아요. 절대로요."

주인에게 푹 빠진 여학생을 보는 듯했다.

"내 생각도 그렇습니다. 성자 같은 분이죠."

그녀는 인상을 찡그리며 물었다.

"그럼 왜 아까는 '독재자'라고 하신 건데요?"

"그냥 궁금해서요. 실은 저도 여기서 일을 하고 싶거든요."

그녀는 또 다시 내 눈을 똑바로 마주 보면서 무시하는 말투로 일축했다.

"빈자리 없어요."

"경비원 수가 부족해 보이던데요."

"두 명이 휴가 가서 그래요."

"아. 헨리 러럼 씨도 팔 주 휴가를 받았다고 하시더군요. 정말 넉넉한 휴가 아닙니까."

"어쨌든 빈자리는 없다고요."

"헨리 씨는 팔 주 휴가 중에서 삼 주밖에 안 썼다고 하시던데요. 바깥세상은 너무 변화가 많아서 이 안에 머무는 게 안전한 느낌이라고요."

"물론 그렇겠죠. 여기서 안전하지 않다고 느낄 사람이 누가 있겠어요?"

묘의 지하 이층에 앉아 있는 서른네 구의 시신들은 어느 시점부터 로즈랜드에 있는 게 안전하지 않다고 느꼈을까. 하지만 나는 막돼먹게 굴고 싶지 않아서 그 주제를 꺼내들지 않았다.

만일 내가 중앙정보부 심문관이 되는 걸 꿈꿨더라도, 법 규제로 인해 사탕을 내밀며 테러리스트들한테서 정보를 빼내는 방법밖에 없다고 한다면 나는 그 일에 대한 흥미를 잃고 말았을 것이다. 지금 여기서 나는 삼총사 초코바를 내밀지 않고도 가사도우미한테서 흥미로운 대답을 들을 수 있으니 이 정도면 만족스러웠다.

전술을 바꿔 빅토리아를 좀 더 찔러보기로 했다. 분위기가 적대적으로 변할 경우, 이 여자가 집 안의 다른 사람에게 나에 대해 보고를 올리기 전에 해결을 보기로 마음먹었다.

하지만 이 여자를 총으로 쏴서 해결을 볼 생각은 없으므로, 달리 어떤 식으로 해결을 볼 지 생각을 더 해봐야 했다.

빅토리아는 빨랫감 분류를 거의 끝마쳐가고 있었다.

내가 말했다.

"헨리 러럼 씨는 로즈랜드가 해로운 곳이라고 하시지만, 휴가를 받아도 여기서 안 나가려고 하는 사람 말이니 믿을 수가 있어야죠. 농담인 것 같더라고요."

"헨리는 빌어먹을 시를 너무 많이 읽고 쓸데없는 생각을 너무 많이 하고, 엿 같은 말도 너무 많이 지껄여요."

험악한 말투는 더 이상 고운 여학생 같지 않았다.

"어이쿠. 정말 그를 한 가족처럼 생각하는군요."

짧은 순간이지만 빅토리아의 눈에 강한 증오가 어렸다. 이대로 내게 달려들어 내 코를 물어뜯고, 나를 폴리 셈피테르노에게 넘겨 면상에 총알을 박아 넣게 하고 싶다는 의지가 활활 타오르는 듯했다.

하지만 그녀는 이내 표정을 바꿨다. 내가 베갯잇 자루를 바닥에 내려놓자 빅토리아는 드러냈던 송곳니를 집어넣고, 눈에서 독기를 거두고, 목소리에 신랄함 대신 달콤함을 담아, 사랑하는 아버지의 명예를 지키려는 귀여운 아이처럼 가늘게 떨리는 목소리로 말했다.

"죄송해요, 오드 씨."

"아닙니다."

"용서해주세요."

"용서합니다."

"전 그저, 누구든 월플로 씨에 대해 부당한 말을 하는 걸 참을 수가 없어서 그래요. 왜냐하면 그분은 정말로…… 아주 대단한 분이거든요."

"이해합니다. 나도 사람들이 블라디미르 푸틴에 대해 나쁜 소리를 하면 열을 확 받곤 합니다."

"누구요?"

"신경 쓸 거 없어요."

빨랫감 분류를 다 마친 빅토리아는 마치 무성 영화를 줄기차게 들여다보며 그 안에서 극적인 표현을 배운 사람처럼 두 손을 마주 비볐다.

"불쌍한 헨리, 그는 참 좋은 사람이에요. 저한테는 형제나 같아요. 하지만 그는 그런 부류에요. 누가 그에게 세상을 다 줘도, 달을 가져다주지 않았다며 불행해하는 그런 부류요."

"외계인들이 와서 자기를 불멸의 존재로 만들어주길 바라더군요."

"도대체 왜 그러나 몰라요. 왜 지금 누리고 있는 삶에 행복해할 줄을 모를까요?"

나도 헨리 때문에 짜증이 난다는 투로 맞장구쳤다.

"글쎄요, 왜 그럴까요?"

"월플로 씨는 정말 훌륭한 분이세요. 세상에서 가장 위대한 사람들 중 한 명일 걸요."

"헤지펀드도 운영하시겠죠."

그때 세탁실 문이 열리고, 키 크고 수척하게 마른 데다 콧수염을 기른 남자가 진한 색깔의 정장 차림으로 걸어 들어왔다. 내게 '자네가 아직 오지 않은 곳에서 자네를 본 적 있어. 자네를 믿네'라고 말했던 바로 그 남자였다. 퀭하게 들어간 진한 갈색 눈은 잔뜩 흥분해서 번득이고 있었다. 그토록 격한 눈빛은 처음 보았다. 그 눈빛이 어찌나 강렬한지 그 눈빛을 받은 내 두개골 속의 뇌가 부글부글 끓는다고 해도 놀랍지 않을 것이다.

그는 앙상하게 손을 애원하듯 내밀며 내게 다가와 말했다.

"이럴 의도는 아니었는데."

그는 내가 반사적으로 내민 손을 잡지 않고 유령처럼 내 몸을 통과해 지나갔다. 우리 몸이 동일한 공간에서 겹쳐진 그 짧은 순간에 내 몸의 중심부에서 말단으로 전류가 흘렀다. 고통스럽지도 황홀하지도 않았다. 그저 고통과 쾌락, 더위와 추위, 매끄러움과 거침, 청각과 시각과 후각과 미각의 정확히 중간지점에 서 있는 기분이었다. 방금 들여다본 지도상의 고속도로들이 머릿속에 그려지듯, 몸 안의 신경들이 작용하는 모든 통로가 내 마음의 눈에 훤히 보였다. 지금까지 내게 그런 식으로 영향을 준 유령은 없었다.

내 몸을 통과한 그는 계속 나아가 두 걸음 만에 세탁실에서 사라졌다. 그는 사라졌지만 특이한 억양의 목소리로 한 말이 공기 중에 울려 퍼졌다.

"주 스위치를 당기게."

빅토리아 모르스는 고개를 돌려 허깨비 같은 남자가 사라지는 것을 보았다. 그러다 내 눈과 마주쳤다.

우리는 둘 다 아무 말도 하지 않았다. 하지만 빅토리아가 그 키 크고 수척한 남자를 전에도 본 적이 있음을 나는 굳이 듣지 않아도 알 수 있었다. 내가 이 괴상한 상황에도 그다지 당황하지 않을 정도로 로즈랜드에 대해 충분히 알고 있음을, 따라서 내가 로즈랜드 사람들에게 심각한 위험을 초래할 수 있음을 빅토리아도 알아챘을 것이다.

나는 오른 주먹으로 빅토리아의 턱을 어퍼컷으로 강타하고, 이어서 왼 주먹으로 코를 내리찍은 후 오른쪽 관자놀이를 쳤다. 빅토리아는 세탁물 자루처럼 수레로 힘없이 쓰러졌다.

그다지 나 자신이 자랑스럽진 않았다. 그렇다고 부끄럽지도 않았지만, 세탁실 안에 거울이 없어 다행이란 생각은 했다.

여자에게 주먹질을 한 건 처음이었다. 빅토리아는 여자이기도 했고 나보다 체격도 훨씬 작았다. 여자이고 나보다 체격이 작은 것뿐만 아니라 엘프 요정처럼 앙증맞고 귀엽기도 해서, 꼭 팅커벨을 두들겨 팬 기분이었다. 팅커벨은 엘프가 아니라 페어리이긴 하지만, 요정이긴 매한가지여서 구분을 한다고 해도 기분은 별반 나아지지 않았다.

로즈랜드의 어두운 비밀을 알고도 여기서 즐겁게 일하고 있는 여자이니 나쁜 년일 거라 생각하며 위안으로 삼았다. 저택 지하실에서 터널만 지나면 바로 지하 묘지로 이어지므로, 여기서 일을 하면서 묘지 지하 이층에 모여 있는 섬뜩한 수집품에 대해 몰랐을 리 없었다.

게다가 이 여자는 노아 월플로를 사랑하고 있었다. 사랑은 아니더라도 꽤나 흠모하고 있는 것은 분명했다. 세탁 담당 가사도우미든 뭐든 간에 어떻게 돼먹은 인간이 여자들을 고문하고 살해하는 자를 좋아할 수 있단 말인가?

아까 어퍼컷으로 맞을 때 혀를 깨물지나 않았나 싶어 빅토리아의 입을 벌려 안을 들여다보았다. 입 안에 피는 고여 있지 않았다. 턱에 멍이 심하게 들고 두통이 좀 있겠지만 크게 다치지는 않았다. 이 정도로 여자를 때렸으면 많이 미안해야 하지만 상황이 상황이니만큼 그 정도는 아니고 약간 유감이기는 했다.

세탁실 한구석에 재봉도구들이 놓여 있었다. 서랍에서 가위를 꺼내들었다. 아직 물이 차지 않은 세탁기 안을 뒤져 끈으로 잘라 쓸 만한 옷가지들을 골라냈다. 다행히 세탁기 안에 민망한 옷은 없었다.

빅토리아가 의식을 되찾고 심하게 욕을 퍼부을까봐 서둘러 가위질을 한 후 빅토리아의 두 손목과 두 발목을 각각 끈으로 묶었다. 그리고 손목과 발목을 또 한데 묶어 혼자 힘으로는 일어서지 못하게 해놓았다.

세탁실 문을 열고 복도를 확인한 후 빅토리아를 안고서 쇠화덕과 보일러가 있는 옆방으로 옮겨갔다. 그녀는 날씬한 편이었지만 팅커벨보다는 훨씬 무게가 많이 나갔다.

빅토리아를 방 한쪽 구석에 내려놓았다. 우주 왕복선 보조 로켓만큼 큼직한 보일러가 가리고 있어서 누가 문을 열어도 빅토리아를 볼 수 없을 것이다. 서둘러 문밖으로 나가는데 빅토리아가 괴로운 꿈이라도 꾸는 사람처럼 무어라 웅얼거리기 시작했다.

세탁실로 돌아온 나는 가위를 치우고 남은 끈을 모아 챙겼다. 가위로 마구 잘라 못 쓰게 된 옷들을 쓰레기통에 집어넣은 후 쇠톱이 든 베갯잇 자루를 다시 손에 들었다.

옆방으로 다시 가보니 빅토리아는 신음을 흘리고 있기는 했지만 아직 정신이 돌아오지는 않은 상태였다. 쓰러져 누운 빅토리아를 일으켜, 지하 이층 묘지에 모여 앉은 서른네 구의 시신들과 비슷한 자세로 벽에 기대어 앉혀놓았다. 시신들과는 달리 옷을 잘 입고 있고, 고문을 당하지도 않았고, 살아 있었다. 여전히 노아 윌플로의 추종자로 남아 있기는 하지만.

면바지를 잘라 만든 노란 끈으로 고리를 만들어 빅토리아의 목에 걸었다. 반대쪽 끄트머리는, 벽에서 나와 보일러로 연결되는 지름 2.5센티미터가 조금 넘는 송수관에 단단히 묶었다. 송수관 파이프가 단단히 고정되어 있어서 내 힘으로 힘껏 당겨보았지만 별다른 소음은 나지 않았다. 복도에서는 더더욱 듣지 못할 듯했다. 이렇게 해놓으면 내가 여길 나간 후에도 빅토리아는 문으로 기어오지 못할 것이다.

옆에 무릎을 굽히고 앉아 있는데 빅토리아의 눈꺼풀이 파르르 떨렸다. 눈을 뜬 후에도 그녀는 잠시 동안 나를 알아보지 못했다. 그러다 드디어 나를 알아보았는지 내 얼굴에 침을 뱉었다.

"명중이네."

나는 이렇게 말하며 조금 전에 가위로 자른 티셔츠 조각으로 침을 닦아냈다.

침을 뱉는 행동을 하느라 입에 힘이 들어가서인지 빅토리아는 인상을 찡그리며 턱을 조금씩 움직여보았다. 주먹에 맞은 턱 상태가 어떤지 확인해보는 듯했다.

"때려서 미안해요."

턱이 아플 텐데 빅토리아는 또 다시 침을 뱉었다.

나는 침을 닦아내고 물었다.

"묘에 있는 죽은 여자들에 대해 알아요?"

그녀는 대답 대신, 내 성기나 빨라는 에로틱한 조언을 해주었다.

"알고 있는 게 확실한 것 같군요."

내가 이렇게 말하자, 그녀는 나더러 근친과 붙어먹으라는 제안을 해주었다.

이 방에서 보니, 색 바랜 청바지 같던 빅토리아의 눈 색깔이 독성 강한 벨라도나 꽃의 연한 청자색처럼 보였다. 여전히 크고 초롱초롱했지만 더는 수줍음 많이 타고 애교 많은 소녀 같은 눈이 아니었다.

"여긴 도대체 뭐하는 데죠? 괴상한 기계장치는 무슨 용도로 쓰이는 겁니까?"

이제부터는 요리에 대한 조언을 해주기로 작정했는지 빅토리아는 나더러 자신의 소화기관 맨 끄트머리에 붙어 있는 부분을 빨라고 추천해주었다.

나는 하는 수 없이 허리에 찬 권총집에서 베레타 권총을 꺼내 빅토리아의 얼굴에 겨눴다.

"세탁실로 들어왔던 아까 그 남자는 누구죠?"

그러나 빅토리아는 전혀 위축되지 않고, 벨라도나 꽃 같은 독한 눈으로 나를 노려보며, 그 권총은 네놈 콧구멍에나 쑤셔 박으라고 확고하게 말했다. 내 콧구멍은 권총집이 아닌데 말이다.

"우습게 보지 마요. 내가 보기보다 위험한 놈입니다."

빅토리아는 나더러 얼굴이 원숭이 엉덩이처럼 생겼다고 짚어준 뒤 지껄였다.

"네놈은 로즈랜드에서 살아서 나가지 못해."

나는 총구를 빅토리아의 이마에 바짝 갖다 댔다.

"당신도 마찬가지가 될지 모르죠. 내가 사람을 꽤 많이 죽였는데, 여기서도 몇 명 죽여야 될 것 같습니다."

"난 너 안 무서워."

"그러시겠죠. 난 내가 무서운데 말입니다."

이 말은 진심이었다.

무고한 이들을 지키기 위해서라는 구실로 나는 끔찍한 짓을 했고, 그 일은 썩은 사과 속 벌레처럼 내 기억 속에 남아 있었다. 잠이 들면 그 벌레들은 꾸물꾸물 내 꿈속을 기어 다니고 나는 식은땀을 흘리며 깨어나곤 했다.

조금 전 빅토리아는 자기는 위험한 일은 절대 안 한다고 했다. 참나무에 오르는 것 같은 비교적 쉬운 일도 위험하다며 꺼려 했다. 그래서인지 위험이라면 질색하는 성향을 내보이며 빅토리아는 눈을 감고 몸을 바들바들 떨었다.

그녀의 심장 속에 너덜너덜하게나마 남아 있을지 모를 품위에 호소해보기로 결심하고 나는 총을 치웠다. 그리고 널 혐오하기는 하지만 네 처지도 이해가 간다는 투로 말했다.

"이게 무슨 광신도 집단이라 당신은 이 종교 집단에 붙잡혀서 도망칠 수가 없는 겁니까? 아니면 모두가 노아 월플로를 짐 존스 같은 가수처럼 떠받들고 있는 겁니까?"

"광신도는 제정신이 아닌 놈들이지. 무식하고 미친놈들. 광신도냐고? 천만에. 우린 지금까지 지구상에 존재해온 사람들 중에 정신이 제일 맑은 자들이야."

255

"지금까지 지구상에 존재해온 사람들 중에?"

"너 같은 부류는 미친놈들이라 이해가 안 되겠지."

"모르겠으니까 설명해봐요."

그러자 빅토리아는 얼굴을 일그러뜨리며 최대한 강하고 거만한 비웃음을 지어보였다.

"너희는 시간의 채찍질과 두려움 속에 살아가지만 우리는 지금도 그렇고 앞으로도 그렇게 살 일이 없어. 너희는 시간에 얽매여 결국 미쳐버리고 말지."

"퍽이나 잘 이해되네요."

나는 만난 기억조차 없는 어떤 부두교 주술사가 혹시 내게 저주를 건 걸까? 나와 엮이는 사람들은 전부 내게 수수께끼 같은 말만 하도록?

빅토리아의 증오에 찬 얼굴이 벌겋다 못해 시커멓게 변했다. 목소리에 담긴 멸시가 어찌나 걸쭉하고 진한지 단어들이 입 밖으로 못 나오고 혀에 엉겨 붙을 듯했다.

"너희의 사고체계는 어리석음에서 벗어날 수 없지만 우린 달라."

아니라고는 하지만 가만히 들어보니 사이비 종교 집단에서나 쓸 법한 말투였다. 최고 지도자가 하는 말을 고스란히 받아들인 추종자가 그 내용을 절반도 이해 못 하면서 만트라처럼 달달 외워서 상황에 맞든 안 맞든 무조건 써대는 그런 말투.

빅토리아의 입이 열린 김에 나는 지하 묘지의 시신들에 대해 얘기를 나눠보기로 했다.

"아까 월플로를 세상에서 가장 위대한 사람들 중 한 명이라고 말했는데, 여자들을 인형처럼 가지고 놀다가 망가뜨리고 버리는 그자를 어떻게 고분고분 따를 수가 있습니까?"

희생자들과 같은 여성임을 강조하면서 약간의 연민이라도 이끌어 내려 했지만 역부족이었다.

"그들은 나 같은 여자가 아니야. 우리와는 달라. 그들은 너와 같은 부류지. 신이 아닌 미개한 동물들. 걸어다니는 그림자들. 불쌍한 중생들. 그들의 삶은 덧없기만 하지."

이 여자는 말을 할수록 점점 미친 소리만 늘어놓고 있었다. 제정신인 척하던 가면을 다시 얼굴에 쓰는 일은 없을 것 같았다.

그런데 빅토리아가 사용하는 단어들이 어딘지 모르게 익숙했다. 이성적인 문맥에서, 좀 더 고상한 목적으로 이 단어들이 사용되는 걸 다른 장소, 다른 시간에 들어본 것 같기도 했다.

이 여자는 내가 알던 세탁 담당 가사도우미의 사악한 쌍둥이 같았다. 얘기를 나누면서 점점 그 사악함에 오염되는 느낌이었다. 하지만 좀 더 압박을 가해보기로 했다.

"그 여자들은 어디서 데려왔어요? 월플로는 어떻게 그 여자들을 설득해서 여기로 데려온 거죠?"

빅토리아는 더러운 비밀을 즐거이 까발리는 어린애처럼 히죽댔다.

"그분은 로즈랜드를 나가서 마을로 가실 필요도 없어. 폴리가 나가 돌아다니면서 데려오니까. 헨리가 이 주(州)는 물론이고 네바다 주까지 가서, 혹은 다른 주에 가서 낚시질을 해올 때도 있어."

"그들도…… 월플로가 하는 일에 동조하는 건가요?"

빅토리아는 고개를 저었다.

"아니. 그들은 그분이 여자들을 데리고 무슨 일을 하던 상관 안 해. 그런 일엔 취미도 없고. 지금 제일 재미난 부분을 얘기하려던 참인데 말을 막네."

"얘기해봐요."

"낚싯줄을 던져 예쁜이들을 낚아 올리는 건 폴리랑 헨리보다 내가 더 잘해. 그분이 좋아하는 외모를 가진 여자를 보면 자연스럽게 접근해서 말을 거는 거야. 여자들은 거의가 다 나를 좋아해. 둘이서 재미나게 수다를 떨다 보면 그들은 결국 나를 좋아하고 믿게 된다구. 내가 체구도 자그마하고 마른 편이잖아. 얼굴도 이렇게 픽시 요정처럼 귀엽구. 픽시 요정이 하는 말을 누가 안 믿겠어?"

"난 엘프 같다고 생각했죠. 예쁜 엘프."

빅토리아는 따뜻하면서도 음란한 미소를 지으며 내게 윙크를 했다. 픽시 요정의 순수함과 매력이 담긴 그 가면이 너무 잘 만들어져 있어서, 그 순간만큼은 요정 같은 미모 이면에 숨겨진 썩은 악마성이 전혀 보이지 않았다.

"어쨌든 그러다 같이 점심을 먹기로 약속을 잡는 거야. 나는 여자의 일터나 집 앞으로 찾아가 그 여자를 차에 태워. 하지만 우린 레스토랑으로 가질 않지. 내가 준비해둔 주사기 총을 꺼내서 진정제를 놓거든. 그럼 바로 뻗어버려. 여자를 데려오는 장소가 여기서 얼마나 머냐에 따라서 여자가 정신을 차리는 게 몇 시간 후일 때도 있고 며칠 후일 때도 있어. 어쨌든 여자는 정신이 들면 자기가 그분의 침대 기둥에 묶여 있다는 걸 알게 돼. 그리고 자기가 누구고 우리가 누군지도 알게 되는 거야."

픽시든 엘프든 이 여자를 보고 있자니 구역질이 치밀어 올랐다.

"그래서 당신들이 누구라는 건데요?"

"우린 외부인이야. 한계도 규칙도 두려움도 없는 외부인."

광신도 집단이 아니라지만 하나하나 들을수록 광신도 집단이 분명해 보였다.

"월플로는 가수 짐 존스가 아니라, 꼴에 사도들까지 거느린 사교집단 두목인 찰스 맨슨이나 미치광이 연쇄 살인범 테드 번디 같은 놈에 불과합니다."

"가끔 그분은 내가 그분이 하시는 일을 볼 수 있게 해주셔."

빅토리아는 내 얼굴에서 혐오감을 읽어내고는 사악하게 웃으며 말을 이었다.

"불쌍한 꼬마야, 넌 절대 이해를 못하겠지. 넌 걸어다니는 그림자이고 불쌍한 중생이니까. 아무 의미도 없는 존재니까."

이 표현들 역시 익숙하게 느껴졌다.

내 안의 일부는 빅토리아가 왜 월플로를 따를 수밖에 없는지 그 이유를 찾아내 이해하려 했다.

"월플로한테 아주 꽉 잡혀 있군요."

"사랑이지. 영원에 대한 사랑."

이들의 사랑은, 잘못을 저질렀어도 절대 사과하지 않는 그런 사랑인 모양이었다.

월플로가 여자들과 함께 있던 모습을 다시 떠올리기만 해도 입 안에 침이 고이는지 빅토리아는 상당한 양의 침을 내 얼굴에 뱉었다.

"앞으로 한 시간 내에 네놈 목이 발에 밟히게 될 거다."

나는 축축하게 젖은 티셔츠 조각으로 침을 닦았다.
"무슨 발이요?"
"귀에 들리지도 않고 소리도 내지 않는 발."
"아, 그래요, 그 발."
더는 쓸모 있는 정보를 얻지 못할 것 같아 천을 손으로 뭉치며 말했다.
"자, 착하게 입 활짝 벌려요."
빅토리아가 입을 앙다물어서 나는 그녀의 귀여운 코를 손가락으로 꽉 잡았다. 그녀는 끝까지 버티다가 결국 숨을 쉬려 입을 벌렸고 나는 재빨리 천 뭉치를 입 안에 쑤셔 넣었다.
웅얼거리는 소리로 들려 정확히 알아듣지는 못했지만 빅토리아가 나를 멍청한 코커스패니얼이라고 욕한 것 같았다. 왜 그 사랑스러운 품종 이름을 욕으로 쓰는지 당최 이해가 되지 않았다.
빅토리아는 혀로 천 뭉치를 밀어내려고 했지만 나는 기꺼이 그 입을 꾹 다물게 해주었다.
남은 천으로 빅토리아의 코 아래서부터 턱까지 칭칭 감고 뒤통수에 매듭을 지었다. 빅토리아는 그 와중에도 나를 물어뜯으려 했지만 어림없었다.
권총을 권총집에 넣으며 이 여자를 쏠 필요 없게 돼서 다행이란 생각을 했다. 살인을 아무렇지 않게 여기는 사악한 여자라고 해도 여자를 총으로 쏘는 건 내게 평생 마음의 상처로 남는 일이었다.
예전에 불에 타 폐허가 된 인디언 카지노에서 70킬로그램짜리 퓨마가 여자 뒤로 소리 없이 다가오는 모습을 본 적이 있었다. 당시 그 여자는 내게 정말로 심하게 못된 짓을 하면서 나를 향해 총까지 겨누고 있었다. 그래서 나는 그 여자의 총에 배와 머리를 맞지 않기 위해, 뒤에서 퓨마가 다가오고 있다는 사실을 경고해주지 않았다. 결국 그 거대한 고양잇과 동물은 굶주린 마리화나 중독자가 패티 세 장이 들어간 치즈버거를 씹어 삼키듯 그 여자를 먹어 치웠다. 나는 내가 그런 짓을 한 게 싫었지만, 그래도 여자에게 방아쇠를 당기는 것보다는 그나마 내 마음에 상처가 덜 남았다.

손과 발이 한데 묶이고 입에 재갈이 물리고 송수관에 단단히 묶여 있는 상태였지만 빅토리아 모르스는 벨라도나 꽃 같은 눈으로 나를 쏘아보며 독기를 뿜어냈다.

방을 가로질러 조명을 끈 후 문을 살짝 열었다. 밖에 아무도 없는지 확인하고 지하실 복도로 발을 내디뎠다.

해리포터처럼 투명 망토를 비롯해 어린 마법사라면 누구나 소지한 멋진 마법 도구들을 갖고 있으면 얼마나 좋을까. 하지만 지금 나는 9밀리 구경 권총과 여분의 탄약, 고급 쇠톱을 갖고 있었다. 위험한 상황에 여러 번 처해봤지만 이 정도 무기를 갖추고 있었던 적은 없었다. 물론 투명 망토가 있으면 드래곤의 은신처에 쉽게 숨어들어갈 수 있겠지만, 그러면 여러분도 그렇고 드래곤도 재미는 없을 것이다.

나는 잠시 문밖에 서서 보일러실 안에서 무슨 소리가 들리는지 들어보았다. 빅토리아는 입에 재갈을 물고도 분명히 악을 써대고 있을 것이며, 목이 졸려 죽을 위험을 감수하고 송수관에 묶인 끈을 문 쪽으로 당기며 송수관을 흔들고 있을 것이다. 하지만 밖에서는 아무 소리도 들리지 않았다.

마지막으로 세탁실에 들어가 싱크대에서 물비누와 더운 물로 세수를 했다.

내가 퓨마에게 잡아먹히도록 내버려둔 그 지독하게 나쁜 여자도 내 얼굴에 레드 와인을 뱉은 적이 있었다.

여자들은 가수 저스틴 비버만큼이나 나를 매력 없는 놈으로 본다. 하지만 저스틴 비버는 포크파이 중절모를 쓴 덩치 두 명에게 붙잡혀 사슬에 묶인 후 대형 냉장고에 감금되는 상황에서 나처럼 무사히 탈출하지는 못할 테니 그나마 위안이 된다. 뮤비에서처럼 노래를 부르며 유유히 빠져나가지는 못할 거라는 뜻이다. 결국 그는 가수일 뿐이니까.

키 크고 수척한 남자가 다시 나타나 자신이 누구인지 알려주고 무슨 주 스위치를 당기라는 건지 알려주길 바라며 나는 복도를 걸어갔다. 복도 양옆의 문을 전부 열어보았지만 맨 끝 방에 다다를 때까지 흥미로운 점은 발견하지 못했다.

지하실 복도 맨 끄트머리에 있는 문을 열고 안으로 들어갔다. 노아 월플로의 우아한 대저택과는 전혀 다른 분위기였다. 직사각형의 큰 방을 이루는 석고보드 천장과 비드보드 벽은 모두 흰색으로 칠해져 있었다. 문을 마주보는 벽에는 창문 네 개가 가운데 또 다른 문을 사이에 두고 둘씩 짝을 지어 배치되어 있었고, 각 창문에는 구식 롤러 커튼봉에 달린 방수 커튼이 내려져 있었다.

방 한쪽 구석에는 상부에 금속 싱크대가 있는 나무 캐비닛이 서 있었다. 싱크대 옆에는 우물에서 물을 끌어올릴 때 쓰는 지렛대 즉, 무쇠로 만든 수동 펌프가 있었다.

대형 참나무 책상이 두 창문 앞에 하나씩 서 있고, 각 책상 위에는 초록색 유리갓을 쓴 작업용 램프가 놓여 있었다. 책상 앞에 놓인 사무용 의자들 역시 참나무 소재이고 강철로 된 다리 끝에는 경질 고무 바퀴가 붙어 있었다. 상태는 좋아 보였지만 디자인이 백 년은 되어 보였다.

두 책상 위에 놋쇠로 된 촛대식 전화기가 한 대씩 놓여 있었다. 무광 검정으로 칠이 된 전화기였는데 송화구가 꼭대기에 붙어 있고 줄에 연결된 수화구는 전화기 옆면에 달려 있으며, 아래쪽에 초기 형태의 다이얼이 설치되어 있었다.

길이가 짧은 쪽 벽을 따라 참나무로 만든 파일 캐비닛들과 넓고 얕은 서랍들이 들어찬 지도 보관용 서랍장이 세워져 있었다. 방 가운데에는 도면 작업용 테이블 두 개가 서로 마주 보는 식으로 놓여 있고 테이블 앞에는 참나무 스툴이 하나씩 놓여 있었다. 그리고 오른쪽에는 서서 작업을 할 수밖에 없을 정도로 다리가 긴 커다란 참나무 테이블이 있었다.

그 키 큰 테이블 위에 왼쪽으로 제본한 10센티미터 두께의 청사진 묶음이 놓여 있었는데, 표지에 서쪽에서 조망한 로즈랜드 저택이 펜과 잉크로 그려져 있었다.

그 멋진 그림 밑에는 멋진 손 글씨로 '로즈랜드'라 적혀 있고 하단 왼쪽의 제목란에는 '콘스탄틴 클로이스 저택'이라 기록되어 있었다.

로즈랜드를 건축할 당시, 최초 시공업자와 현장 건축가가 작업을 하던 방인 것 같았다. 그리고 제일 먼저 만든 것이 이 방일 것이다. 이 방을 이렇게 꼼꼼하게 보존해두었다는 것은 신문 재벌이자 무성 영화계의 거물이었던 콘스탄틴 클로이스가 이 로즈랜드를 허스트 캐슬처럼 역사적 가치가 있는 곳으로 만들려고 했음을 알 수 있는 대목이었다.

이 방과 저택의 나머지 공간과의 유일한 공통점은 길게 늘어난 숫자 8이 끝에 새겨진 구리 막대들이 콘크리트 바닥에 잔뜩 박혀 있다는 것, 그리고 박물관의 밀봉된 전시물처럼 먼지 한 톨 떨어져 있지 않다는 것이었다.
 방 안을 둘러보다가 문득 지하실에 창문이 있을 이유가 없다는 생각이 들어, 커튼이 내려진 창문 앞으로 다가갔다. 베갯잇 자루를 바닥에 내려놓고 책상 너머로 몸을 기울인 다음, 고리로 된 끈을 잡아 당겨 커튼을 올렸다.
 창문 너머로 보이는 풍경에 나는 기절할 듯 놀랐다. 도저히 믿을 수가 없어 그 자리에 얼어붙었다. 겨우 정신을 차리고 그 옆의 다른 책상으로 걸어가 손을 뻗어 두 번째 창문의 커튼을 올렸다. 이번에는 다른 풍경이길, 아니면 원래 그 자리에 있어야 할 지하실 벽이 보이길 바랐다. 하지만 똑같은 풍경이 나를 맞이했다.
 내가 들어온 문 말고, 창문들이 나 있는 서쪽 벽에 문이 하나 더 있었다. 대형 참나무 책상들을 양옆에 끼고 있는 문이었다. 나는 그리로 다가가다 잠시 망설이다가 문을 열고 밖으로 나갔다.
 저택에서 일반 도로로 이어지는 길게 비탈진 진입로가 판석이 고르게 깔린 포장된 길이 아니라 자갈길로 바뀌어 있었다. 기다란 진입로 끝에는, 로즈랜드로 들어오는 외부인들을 막아주는 경비실도 정문도 없었다.
 그리고 넓은 사유지를 빙 둘러싼 돌벽도 없었다. 건축에 적합하도록 바닥을 파서 다듬는 과정이 아직 이루어지지 않았고, 경계선에는 돌벽으로 된 담장 대신 흰 말뚝만 박혀 있었다.
 공원처럼 깔끔하게 정비된 숲도 존재하지 않았다. 대신, 풀과 잡초가 허리 높이까지 자란 들판이 펼쳐져 있고, 내가 지난 며칠간 걸어다녔던 참나무 숲보다 훨씬 적은 수의 참나무들이 들판에 그림자를 드리우고 있었다.

이 말도 안 되는 풍경에 정신이 팔려 자갈길로 9미터쯤 걸어가다가, 문에서 너무 많이 걸어나왔다는 생각이 들어 뒤를 돌아보았다.

마치 공기 중에 증발해버린 것처럼, 내 등 뒤에 있어야 할 월플로의 궁전 같은 대저택이 사라지고 없었다.

대신 구조물 두 개가 그 자리에 서 있었다. 첫 번째 구조물은 미늘벽 판자로 벽을 세우고 타르지로 지붕을 덮었으며, 열린 문 양 옆에 창문이 두 개씩 나 있었다. 방금 전 내가 걸어 나온 건축 작업용 가건물이었다.

두 번째 구조물은 왼쪽으로 30미터쯤 떨어진 곳에 서 있었다. 첫 번째 구조물에 비해 크기가 훨씬 작았고 옥외 화장실인 듯했다.

대부분의 사람들에게 현실은 그림처럼 단순하다. 기준틀에 담아 눈앞에 걸어놓은 그림을 사람들은 아무 저항 없이 받아들이고 의문을 제기하지도 않는다. 나는 눈앞에 보이는 그림 아래 수많은 그림들이 층층이 겹쳐 있으며, 먼젓번 그림에 수없이 개칠을 해서 그림을 겹쳐놓는다는 것을 알고 있다. 양자역학이나 카오스 이론에 대해 제대로 공부한 물리학자라면, 현실은 불가사의한 차원들과 가능성들을 모아놓은 야수와 같으며, 많이 배울수록 우리는 우리가 현실에 대해 얼마나 아는 게 없는지를 더 확실히 깨닫는다는 것을 알고 있다.

현실이 이렇다는 것을 평생 잘 알고 살아왔기 때문에 나는 어지간해서는 놀라지 않는 편이었다. 로즈랜드가 없는 이곳에서도 나는 두 발을 땅에 대고 굳건히 서 있었다. 그러나 불도저에 들이받힌 만화 캐릭터 와일 E. 코요테처럼 어안이 벙벙했다.

건축가가 기존에 알려지지 않은 새로운 차원을 도입해 저택을 건축한 것 같다, 라고 나는 앞서 언급한 적이 있다. 하지만 이 경악스런 구조에 비하면 저택의 복잡한 내부 구조는 아무것도 아니었다. 저택에서는 방들이 도저히 기억하기 힘든 다양한 방식으로 연결이 되어 있으니, 눈으로 보이는 방이나 통로 외에 무언가가 더 있을 것 같다는 느낌이 들었는데, 지금 생각해보면 선견지명이 있지 않았나 싶다.

멀리서 자동차 엔진 소리가 들려와 나는 서쪽으로 고개를 돌렸다. 포장은 되어 있지만 초창기적 형태인 2차선 도로에 차들이 지나가고 있었다. 한 대는 남쪽에서, 한 대는 북쪽에서 오고 있었는데 둘 다 오픈카 식으로 된 검정색 포드 모델 티 자동차였다.

지금의 로즈랜드 정문이 있는 위치에서 두 자동차가 서로 스쳐 지나간 순간, 북쪽에서 또 다른 탈것이 나타났다. 건초를 실은 짐마차였다. 짐마차는 타가닥타가닥 발굽 소리를 내며 달려오고 있었다.

몸이 부들부들 떨렸다. 불가사의한 이 장소 때문에 두려워서가 아니었다. 발굽 소리에 충격을 받은 내 심장이 짐마차보다 더 빨리 뛰고 있기 때문이었다.

오리 세 마리가 상승 온난 기류를 타고 느긋하게 날갯짓을 하면서 지상 가까이 날아갔다. 그들의 날갯짓은 아직 이곳에 존재하지 않는 묘 지하의 플라이휠, 회전하는 구체들만큼이나 고요했다.

이 하늘에 인간이 만든 비행기가 날아다닌다면 그것은 여객기가 아닌 복엽기일 것이다. 이 시대에 인간은 비행기로 대양을 횡단한 적이 없고, 아직 달에 인간의 발자국도 남기지 못했다.

북쪽에서 부드러운 바람이 불어왔다. 이대로 건축 작업용 가건물의 문이 닫힌다면 이 시간대와 내가 살던 시간대의 연결이 끊어져 저 문을 열고 21세기의 로즈랜드로 돌아가지 못할지도 모른다는 두려움이 엄습했다.

페니실린도 소아마비 백신도, 테프론 코팅된 취사도구도, 존 D. 맥도널드의 소설도, 폴 사이먼이나 코니 도버나 이스라엘 카마카위올레의 노래도, 편안한 운동화도, 벨크로 찍찍이도 없는 이 시간대에 갇혀버릴지도 몰랐다.

한편 생각해보면, 여기는 리얼리티 텔레비전은 물론이고 텔레비전이라는 게 아예 없을 것이고, 핵무기도 없으며, 운전 중에 화가 치밀어 오르는 일도 없고, 영화관에서 휴대폰으로 떠드는 무개념들도 없고, 두부 칠면조도 없을 것이었다.

결국, 잃는 만큼 얻는 것도 있었다. 다만, 이 머나먼 과거는 내가 사귀고 사랑했던 친구들 대부분이 아직 태어나지 않은 시간대라는 게 마음에 걸렸다.

나는 서둘러 가건물 안으로 들어가, 내 부모님이 아직 잉태되지도 않은 과거의 문을 당겨 닫았다.

복도로 통하는 문을 열고 바깥을 살펴보았다. 문밖에는 지하실 복도가 그대로 있는데, 다시 뒤를 돌아 창밖을 보니 아직 건축의 첫 삽도 뜨지 않은 로즈랜드가 허허롭게 펼쳐져 있었다.

건축 작업용 가건물은 지상에 있는데, 이 지하실 방은 말 그대로 지하에 있었다. 건축 작업용 가건물은 1920년대에 존재하고, 이 지하실은 현재에 존재하는 것이다. 그런데 이 두 곳은 공간적, 연대기적으로 연결되어 있었다. 공기가 있는 우주선 내부와 진공 상태인 우주

공간 사이에서 중간 역할을 하도록 우주선 안에 만들어놓은 에어로크처럼, 이 방은 구십 년 전과 현재를 이어주고 있었다.

문을 닫고 다시 책상 앞으로 돌아왔다. 신경을 안정시키고 생각을 정리해보려고 고풍스런 사무용 의자에 일단 앉았다. 하지만 셜록 홈즈가 파이프 담배를 피우고 바이올린을 켜면서 추리를 완성해가는 것처럼, 나는 요리를 하면서 복잡한 문제를 곰곰이 생각해야 답이 나오곤 했다. 하지만 여기는 번철도 주걱도 요리 재료도 없었다.

일단 책상 서랍을 뒤져보았다. 이 책상에서 일했던 사람이 누구든 간에 질서와 청결함에 집착하는 성향이 있었다는 것 말고는 알아낸 게 없었다. 그 옆의 책상도 마찬가지였다.

키 큰 테이블에 놓인 청사진 묶음으로 다시 시선을 돌렸다. 표지의 제목란을 좀 더 신경 써서 보았는데, 건축가의 인장이 찍혀 있었다. 건축가의 이름은 제임스 리 브록, 주소지는 로스앤젤레스였다. 그리고 건축가의 이름 아래, 두 단어와 이름이 하나 더 적혀 있었다. '기계 시스템: 니콜라 테슬라'.

내가 니콜라 테슬라에 대해 아는 거라곤 그가 세상을 밝힌 천재라 불렸다는 것, 그리고 19세기 말에서 20세기 초로 넘어갈 무렵 토머스 에디슨 못지않게 인류 문명의 전력화와 그에 따른 2차 산업 혁명에 지대한 영향을 미쳤다는 것 정도였다.

로즈랜드에 처음 도착한 날, 경비실에서 헨리 러럼과 수다를 떨면서 들은 얘기가 있었다. 헨리는 콘스탄틴 클로이스가 최첨단 과학과 초자연적 현상에 관심이 많아서, 심령술사이자 영매인 마담 헬레나 페트로브나 블라바츠키와 유명 물리학자이자 발명가인 니콜라 테슬라 같은 서로 극단적으로 다른 영역에 있는 사람들과 친구로 교류했다고 했다.

전설적인 영매 마담 블라바츠키의 이름을 청사진에서 찾게 된다면 기분이 정말 묘할 것 같았는데 그녀의 이름은 없었다. 로즈랜드에서 일어나고 있는 일들은 초자연적인 현상이 아니라 과학과 관련되어 있는 듯했다. 그것도 기묘한 과학 말이다.

지도 보관용 서랍장의 넓고 얕은 서랍들을 열고 안을 들여다보았다. 기계 시스템 도면들이 꽤 많이 들어 있었는데 전부 니콜라 테슬라의 서명이 들어가 있었다. 빠르게 훑어보니 구체에 관한 도면, 종 모양의 기계 위에 설치된 플라이휠의 도안과 공학적인 세부사항이 적힌 도면, 그리고 묘의 지하 이층에서 본 톱니바퀴들의 복잡한 배열에 관한 도면 등이 들어 있었다.

내게 세 번에 걸쳐 말을 건 키 크고 수척하며 콧수염을 기른 남자가 누구인지 알 것 같았다. 그는 바로 니콜라 테슬라였다. 그는 수십 년 전에 사망했지만, 내가 지금까지 만나본 다른 유령들과는 전혀 달랐다. 나는 그의 이름은 알았지만 그의 정체는 여전히 알지 못했다.

도안이며 공학적 세부사항들을 아무리 들여다봐도 이 괴상한 기계의 용도는 알 수가 없었다. 고등학교 때 나는 야구부원이었지 과학 동아리 회원이 아니었다.

내가 이러고 있는 동안에도 시간은 계속 흐르고 있으니 더는 꾸물거릴 수가 없었다. 쇠톱이 담긴 베갯잇 자루를 다시 집어 들고 지하실 복도로 나가 등 뒤로 문을 닫았다.

오른쪽에 벽에 둘러싸인 좁은 다용도 계단이 있었다. 와인저장실에 있는 계단을 올라가면 주방이 나오리라는 건 짐작하고 있지만, 이 계단은 어디로 통하는지 알 수가 없었다.

이 건물의 각 층 바닥과 다른 계단들처럼 이 계단도 어제 만든 것처럼 단단했다. 일층까지 계단을 두 번 올라가도록 삐걱 소리 한번 나지 않았다. 소년이 감금되어 있는 이층으로 올라가볼 생각이었다.

일층 층계참에 다다랐을 때 위에서 계단을 내려오는 묵직한 발소리가 들렸다. 나는 화들짝 놀라 층계참의 문을 열고 들어갔다. 문 너머는 넓은 현관 로비였다. 나는 로비를 전속력으로 가로질러 또 다른 문 앞에 섰다. 이 문을 열고 나가면 홍적세의 초원이 펼쳐져 있고 거대한 마스토돈 떼가 달려와 나를 짓뭉개지 않을까.

각오를 하고 문을 열었는데 그 안은 옷장이었다.

외투 이백 벌은 족히 걸 수 있을 만큼의 옷걸이가 비치되어 있는 대규모 옷장인 것으로 미루어볼 때, 콘스탄틴 클로이스는 로즈랜드를 이 해안 지역 사교모임의 중심지로 만들 생각이었던 듯했다. 초창기에는 이 집이 그런 구실을 했을지도 모르지만 그런 세월은 오래 가지 않았다.

로비에서 문이 부서져라 열리면서 대리석 바닥을 가로지르는 발소리가 들렸다. 또 다른 문도 격하게 열리고 발소리와 함께 터미드 부인의 목소리가 들렸다.

"이층에서 오존 냄새가 나."

첫 번째 문을 열어젖히고 로비로 들어온 게 폴리 셈피테르노였는지 그가 대답을 했다.

"경비실과 저택 중간쯤부터 냄새가 나던데요."

"그럼 본격적으로 확대가 된 건가."

"아직 확실하진 않습니다."

"확실해."

"잠깐 밀려온 소용돌이일 수도 있습니다."

"아니, 결국 만조가 된 거야."

터미드 부인은 '결국'과 '만조' 사이에 거친 욕을 집어넣고 말을 했지만, 굳이 그 욕을 여기 적고 싶지는 않다.

"수년째 만조는 없었잖습니까."

갑자기 내 코에도 오존 냄새가 풍겨왔다.

로비에 있는 그들도 그 냄새를 맡았는지 번갈아가며 욕을 네 번 내뱉었다. 욕 대회라도 나온 것처럼 한 사람이 욕을 하면 또 한 사람이 곧장 이어서 욕을 하는 식이었다.

두 사람의 발소리가 각기 다른 방향으로 빠르게 멀어졌다. 문 닫히는 소리는 들리지 않았다.

로즈랜드는 바다에서 1킬로미터 이상 떨어진 곳인데 만조가 뭐 어떻다는 것인지 의미를 알 수가 없었다. 만조의 의미가 무엇이든, 이 옷장 안에서 만조를 피하려 했다간 죽을지도 모른다는 생각이 들었다.

삼십 초쯤 바깥 동태를 살피다가 과감하게 로비로 나섰다. 재빨리 현관문 쪽으로 가서 채광창으로 바깥을 슬쩍 내다보았다. 저택 앞에 폴리 셈피테르노가 돌아다니고 있을까봐 걱정했는데 그런 모습은 보이지 않았다.

다용도 계단으로 되돌아갈지 고민이 되었다. 그쪽으로 가는 문은 열려 있는 상태였다. 결정을 못 내리고 있는데 다급한 발소리와 함께 터미드 부인의 고함이 들렸다. 허둥지둥하면서 악을 쓰는 소리였다.

"카를로! 카를로, 빨리!"

로비와 응접실을 분리하는 역할을 하는, 양옆에 기둥이 늘어선 아치길에서 폴리가 대답했다.

"갑니다! 가요! 간다고요!"

지금은 넓은 로비 저편에 있어서 폴리의 모습이 보이지 않지만 곧 이곳에 당도할 것이었다.

그런데 카를로라고?

이 상황이 영국 극작가가 쓴 섹스 소재의 소극이라면 우리가 로비에서 맞부딪치면서 익살스런 장면이 연출되겠지. 그러나 그들의 목소리에 담긴 공포는 곧 큰일이 일어날 것임을 암시하고 있었다. 지금까지 내가 로즈랜드에 대해 알아낸 사실보다 더 많은 사실이 드러날 것이고, 이들은 내가 그 사실을 아는 걸 용납하려 들지 않을 것이다.

이 막이 끝날 때까지 로비에 남아 있고 싶지 않아 밖으로 나가 얼른 현관문을 닫았다.

진입로가 둥글게 돌아 저택 앞에서 끝나는 지점, 즉 주랑 현관 아래에 폭이 넓은 저압 타이어를 장착한 배터리식 전천후 미니트럭이 세워져 있었다. 폴리 셈피테르노가 타고 다니는 트럭이었다.

미니트럭으로 다가갔다. 이 트럭을 징발해 쓸 생각은 아니었고, 혹시라도 폴리가 갑자기 집 밖으로 나오면 트럭을 구경하고 있던 척을 하기 위해서였다. 그래야 내가 방금 전까지 집 안에 있었고 그와 터미드 부인이 나누는 얘길 엿들은 줄 모를 테니까.

떫은 오존 냄새는 코를 찌를 정도로 강하지는 않고 약한 수준이었다. 하지만 이 냄새가 무엇의 전조인지 나는 잘 기억하고 있었다.

이른 황혼이 내리지도 않았는데 주변을 둘러보니 터미드 부인이 괴물들이라고 불렀던 돼지 떼가 저 멀리 보였다. 그들은 꽤 넓은 북쪽 잔디밭 너머에서 이 주랑 현관을 향해 불쾌한 분위기를 풍기며 특유의 투지 있는 걸음걸이로 돌진해오고 있었다.

저택으로 다시 들어가야 될 것 같아 곧장 뒤로 돌아 달려갔는데 어느새 창문의 석회석 상인방에서 강철 셔터가 창턱에 꼭 맞게 내려와 있었다. 현관문에도 더 큰 강철 셔터가 문지방에 정확히 들어맞게끔 내려져 있어서, 그 아래로 제발 들여보내 달라는 다급한 쪽지를 밀어 넣지도 못할 듯했다.

저택을 리모델링했다고 쉴숌이 말했었는데, 리모델링 당시 원래 있던 쇠창살을 치우고 대신 무엇을 설치했는지 이제 알 것 같았다. 으으으음 뭘까? 그렇다. 여러분이 생각하는 대로다.

돼지 떼는 기형 동료들을 끼고 있어 이동 속도가 빠르지 못하기에 지금 달아난다면 저들을 따돌릴 수 있을 것 같았다. 장시간 따돌리지는 못하겠지만 당분간은 가능할 것이다. 직립보행으로 걷고 있기는 한데 아무리 봐도 저들은 무자비한 포식자인 멧돼지를 닮았다. 그리고 자랑은 아니지만, 내 체취가 저들에겐 아주 맛있게 느껴질 게 분명했다.

다시 미니트럭으로 뛰어갔다. 햇빛이나 괴물 떼를 막아줄 지붕도 문짝도 없이 롤바만 걸치게 되어 있었다. 다행히 열쇠는 스위치에 꽂혀 있었다. 재빨리 운전석에 올라앉았다.

전기 모터는 소음이 거의 없어서 기어를 넣는 동안에도 멀리서 짖어대는 영장류 돼지들의 으르렁 꽤애액 소리를 계속 들어야 했다. 축구경기장 넓이 만큼 멀리 떨어진 곳에 있는데도 짖어대는 소리가 여기까지 들렸다.

전기차는 내연기관 차량과는 달리 맹렬한 속도로 달리기에는 적합하지가 않다. 영화배우 스티브 맥퀸이 영화 〈블리트〉에서 샌프란시스코의 거리를 달리며 사냥감을 쫓을 때 쉐비 볼트 전기차를 타고 있다면 얼마나 안 어울리겠느냔 말이다.

로즈랜드의 들판이며 언덕으로 돼지 떼들을 이리저리 끌고 다닐 자신이 없어서 나는 진입로를 따라 서쪽으로 달려 경비실로 향했다. 경비실 창문에는 쇠창살이 설치되어 있고, 헨리 러럼은 권총과 산탄총, 라이플총까지 소지하고 있었다. 돼지 떼들이 쇠를 씌운 참나무 문에 매달려 발광을 하는 동안, 우리는 경비실 안에서 서로 시를 읽어주며 느긋하게 시간을 보내면 될 것 같았다.

판석이 깔린 길을 달려가는데 저압 타이어에서 무기력하게 터덜터덜터덜 소리가 났다. 괴물들이 짖는 소리는 더 이상 들리지 않았다.

흘끗 뒤를 돌아보니 돼지 떼들은 저택 쪽으로 오다 말고 멈춰 서 있었다. 북쪽 잔디밭에 우두커니 서서 고개를 꼿꼿이 세우고 곱사등인 놈들은 고개를 외로 꼬고 나를 한 번 쳐다보다가 저택 쪽을 쳐다보다가 하고 있었다. 어느 쪽으로 가야 할지 선택을 못 내리고 있는 것이다.

흉측한 외모도 그렇고, 태곳적부터 세상에 출몰해온 무질서하고 인정사정없는 힘의 화신이라는 점에서도 저들은 세계 종말에 관한 계시록에나 나올 법한 짐승들이었다. 창백하고 사납고 강력한 존재들, 단테가 미처 못 보고 넘어간 어느 지옥에서 튀어나온 것 같은 야수들이었다. 그중 일부는 다 떨어진 옷을 입고 있는 것 같기도 했는데 멧돼지의 텁수룩한 털을 내가 잘못 본 것일 수도 있었다.

그들이 망설이는 동안 나는 그들과의 간격을 현격히 벌릴 수 있었다. 이제 경비실 안으로 들어가기만 하면 어느 정도 안전하겠구나 싶었다. 넓은 물매 지붕 아래 미니트럭을 세우고 뛰어내렸다. 혹시 모를 사태에 대비해 엔진은 켜두었다.

늘 현관 앞에 나와 앉아 시를 읽고 있던 헨리는 경비실 안에 들어가 있었다. 그는 쇠창살이 쳐진 창문 너머로 나를 내다보았다.

문을 열려고 했지만 안 쪽에서 단단히 잠겨 있었다. 나는 문을 두드렸다.

"헨리, 들여보내줘요."

문 왼쪽의 창문 앞에 선 그의 목소리가 유리창에 막혀 조그맣게 들렸다.

"꺼져."

그의 소년 같은 얼굴이 괴상하게 무표정했다. 다만 초록색 눈은 평소처럼 번민을 담고 있었다.

"괴물들이에요, 헨리. 괴물들 아시잖아요. 문 좀 열어요."

잘 들리지는 않지만 그가 "넌 우리랑 같지 않아." 하고 말한 것 같았다.

동쪽을 흘끗 돌아보니 괴물들이 방향을 결정하고 진입로를 따라 경비실 쪽으로 달려오고 있었다.

"헨리, 외계인과 결장경검사에 대해 신경 거슬리는 소리를 했던 거 사과할게요. 편견 없이 들었어야 했는데 미안합니다. 안으로 들여보내줘요. 외계인이 존재한다고 믿을게요."

닫힌 창문 너머로 그가 하는 말이 띄엄띄엄 들렸다.

"외계인들은…… 우리가…… 바라는 식으로…… 없어."

"우주는 넓으니까 뭐든 가능하다고 생각합니다, 헨리."

"외계인들은…… 나와…… 로즈랜드를…… 해방시켜주지 못해."

"해방시켜줄지도 몰라요, 헨리. 들여보내줘요. 얘기 좀 하자고요."

그의 얼굴이 증오로 굳어졌다. 일찍이 내게 한번도 보인 적 없는 표정이었다.

"넌…… 아무것도 아니야…… 불쌍한 코커스패니얼."

내가 보일러실에서 입에 재갈을 물릴 때 빅토리아 모르스도 나를 멍청한 코커스패니얼이라고 불렀다.

돼지 떼들은 60미터쯤 떨어진 곳에서 어기적거리며 속도를 내고 있었다. 놈들은 대부분 낡고 더러운 옷을 입고 있었다. 점잔을 빼려고 혹은 보온을 위해 옷을 차려 입은 것은 아니었다. 멋을 부리기 위해서는 더더욱 아닐 것이다. 어떤 놈은 머리에 스카프를 둘렀고, 어떤 놈은 팔에 구불구불한 천을 동여맸다. 천을 꼬아 만든 목걸이를 여러 겹 목에 건 놈도 있고, 천으로 만든 고리와 장식술을 허리에 너저분하게 걸친 놈도 있었다.

오존 냄새가 진동을 하고, 아지랑이가 피어올랐다. 포장된 길이 잔뜩 달궈져 그 위로 공기가 이글이글 끓어오르는 한여름의 오후처럼. 실제로는 캘리포니아의 2월답게 온화하고 약간 선선한 날씨인데 말이다.

돼지 떼들은 날카로운 엄니와 이빨을 갖고 있는 데다가 손으로 충분히 먹이를 때려잡을 수 있을 것처럼 험악한 외모를 하고 있었다. 그런데 앞장서서 오는 놈들은 손에 무기를 들고 있었다. 대부분의 놈들이 90센티미터 길이의 파이프를 손목에 가느다란 끈으로 묶어서 손에 단단히 쥐었고, 일부는 크고 작은 낫, 곡괭이를 들었으며, 손도끼를 들고 있는 놈도 있었다.

그들은 키가 크고 온몸이 근육질이었으며 온몸에 뻣뻣한 허연 털이 군데군데 추레하게 돋아 있었다. 입으로는 일제히 박자에 맞춰 꿀

꿀거리는 소리를 냈다. 전보다 훨씬 조직화된 모습이어서, 진입로를 따라 모르도르의 오크들 같은 악몽 속 군대가 진군해오는 듯했다. 여기서 나를 지켜줄 마법사는 없었다. 놈들은 대개가 돼지 같은 얼굴에 늑대의 입을 갖고 있었다. 하지만 그중 일부는 얼굴이 심하게 비대칭이어서 두 눈의 높이가 제각각이었고, 뼈가 불규칙적으로 성장을 했는지 두개골도 흉하게 일그러져 있었으며, 지나치게 기다란 사지는 관절 연결 상태가 좋지 않아 보였다. 폭력의 이데올로기가 엑기스만 남아 형태를 취한다면 바로 저 괴상한 돼지 떼의 모습일 것이다. 확고하게 공격적인 의도를 갖고 달려오는 모습이 영락없는 인간이어서, 외모는 짐승 같지만 단순한 짐승으로 치부할 수만은 없었다.

그들과 나 사이, 아니 엄밀히 말하면 내 주변의 공기가 열기로 인해 뒤틀리듯 구불구불해져서, 저들이 이대로 신기루처럼 희미하게 일렁거리다 사라지지 않을까 생각했다. 그러나 정체모를 일렁이는 기류가 서서히 땅 속으로 흘러들고 공기가 안정되었다. 괴물들과의 거리가 한층 가까워져 그들의 고약한 체취가 내 코에 와 닿았다.

나는 운전석으로 달려 올라가 브레이크를 한 번 밟은 후 미니트럭을 출발시켰다.

전기 모터의 액셀 반응은 관절염 걸린 할아버지가 아끼는 안락의 자에서 일어나는 것보다 약간 더 빨랐다. 나는 경비실과 정문 사이에서 왼쪽으로 방향을 틀고 넓은 잔디밭을 가로질러 남쪽으로 트럭을 몰았다. 45미터쯤 가다가 뒤를 흘끗 돌아보았다. 놈들은 여전히 내 뒤를 따라오고 있었지만 간격을 좁히지는 못했다. 45미터를 더 가서 다시 뒤를 돌아보니 놈들은 확연히 뒤로 처지고 있었다.

벌레 한 마리 없던 완벽한 잔디밭이 지금 이 순간만은 자연의 섭리에 굴복한 모습이었다. 180미터 길이의 완만한 비탈을 올라가고 있는데, 잔디에 앉아 있던 수많은 벌레들이 미니트럭이 다가가자 양 옆으로 재빨리 뛰었다. 술 취한 운전자를 피해 옆으로 몸을 날리는 겁에 질린 보행자들처럼 말이다.

언덕 마루까지 올라간 후 동쪽으로 방향을 돌렸다. 참나무 숲을 통과해서 가기보다는 빙 돌아서 가는 편이 나을 것 같아서였다. 뒤를 돌아보니 나를 쫓던 괴물들은 잔디밭으로 따라 들어오지 않고 다시 저택으로 가고 있었다.

하지만 나는 트럭에서 뛰어내려 트럭 주변을 한 바퀴 돌면서 승리를 축하하지 않았다. 대신 곧장 동남동 방향으로 차를 몰았다. 정비된 구역을 빙 돌아 게스트하우스로 가서, 안나마리아가 괴물들에게 포위되어 있지는 않은지 확인해야 했다.

언덕이 연달아 솟아 있는 지형이지만 바퀴가 워낙 크고 특별히 주문제작한 서스펜션을 장착한 트럭이라서, 험로를 달리는 일반 차량처럼 마구 흔들리지는 않았다. 파도를 따라 물마루로 올라갔다가 물고랑으로 떨어지는 보트처럼 유유하게 다음 파도를 향해 나아갔.

두 언덕 사이의 골을 따라 달리면서, 다음 언덕을 좀 더 쉽게 오르기 위해 비탈을 잘 살펴보았다. 곳곳에 덤불과 바위들이 자리하고 있어 길을 잘 찾아 올라가야 했다. 갑자기 주변 풍경이 수직으로 일렁였다. 공기는 선선한데, 마치 땅에서 열기가 올라오는 것처럼 아지랑이가 일었다.

폴리 셈피테르노와 터미드 부인이 아까 소용돌이와 만조를 언급했는데, 그게 바다에 관한 얘기가 아니라 이런 현상을 뜻하는 것인 모양이었다.

치밀어 오르는 욕지기를 눌러 참으며 눈을 가늘게 뜨고 전방을 바라보았다. 일 분 만에 아침에서 밤으로 바뀔 때처럼 극적이지는 않았지만 빛의 질이 분명 달라지고 있었다. 옅은 초록색이던 풀잎이 진한 황금색으로 바뀌고, 은색 잡초는 부옇게 흐려졌다. 그림자들이 확 부풀었다가 시들고, 다시 확 부풀었다가 땅을 가로지르며 스르르 나아갔다.

나는 속도를 늦추다가 브레이크를 밟아 멈추고 마지못해 하늘을 올려다보았다.

영장류 돼지보다 더 나를 기겁하게 했던 싯누런 하늘이 다시 머리 위에 펼쳐져 있었다. 저것은 아마겟돈(지구 종말에 펼쳐지는 선과 악의 대결 – 옮긴이)의 극심한 고통 속에 있는 지구의 하늘이며, 종말의 계시였다. 예정되어 있던 종말이 마침내 닥쳐왔을 때의 하늘이었다. 인류가 오만함과 무분별한 자신감으로 결국 스스로를 파멸시켰음을 보여줄 증거이기도 했다.

공포스러운 하늘을 이리로 끌고 온 열기가 다시 희미한 아지랑이 속에서 그 하늘을 밀어냈다. 하늘은 다시 대부분 푸르게 바뀌었다. 북쪽에는 아침부터 계속 한 곳에 정박해 있는 평범한 폭풍우 구름들이 함대처럼 모여 있었다.

로즈랜드가 존재하기 이전의 시간대로 문을 넘어 들어갈 수 있을 줄 생각도 못했던 것처럼, 그 적대적인 누런 하늘을 지금 이 시점에 또 보게 될 줄은 상상도 못했다. 그러나 그 두 사건 모두 빅토리아 모르스 양이 내 얼굴에 뱉은 따끈한 침처럼 분명한 현실이었다.

두 언덕 사이의 골에 미니트럭을 세운 채 가만히 앉아 벌렁대는 심장이 가라앉기를 기다렸다. 평소에는 적들의 공격을 받는 와중에도 단서들을 이리저리 꿰어 맞춰 가설을 세울 수가 있었는데, 지금은 머릿속이 너무 혼란스러워서 잠시 마음을 가라앉히고 빠뜨린 부분이 없는지 되돌아봐야 했다.

로즈랜드를 둘러싼 거대한 담장 안에는 내가 지하 묘지에서 본 것 같은 환상적인 기계들이 들어 있을 지도 몰랐다. 그 기계들이 로즈랜드를 외부로부터 분리시켜 여러 가지 면에서 독립적으로 존재하도록 만들어놓았을 수도 있었다. 만일 그렇다면 로즈랜드는 일상적 현실이라는 바다 한가운데에 떠 있는 비논리의 섬이었다.

애초에 로즈랜드를 만든 의도가 무엇이든 간에, 지금 여기서 일어나고 있는 끔찍한 일들은 아무도 예상치 못한 부작용이었다. 두 곳의 시간이 뒤엉킨 후로 이곳 사람들은 그 부작용으로부터 스스로를 지키기 위해 창문에 쇠창살이나 강철 셔터를 설치하고, 각종 총으로 무장하고 탄약을 넉넉하게 비축해두는 등 여러 조치를 취했다.

괴물들이 이 정도까지 위협적으로 나오는 일은 드물 수도 있었다. 그래도 밤마다 바깥을 경계하고 가끔은 이곳이 아닌 다른 시간과 장소에 속한 괴물들의 총공격까지 받아가면서 굳이 이 아수라장 속에서 살아간다는 것은, 그만큼 이 시스템으로부터 받는 혜택이 크다는 뜻도 되었다.

그 혜택이 무엇인지, 왜 이곳 사람들이 주 스위치를 당겨 치명적인 위협이 되는 괴물들을 제거하지 않는지 감이 왔다.

그것은 혜택인 동시에 저주일 것이다. 그 혜택 덕분에 로즈랜드에 속한 이들은 로즈랜드 담장 바깥에 사는 이들에 비해 우월하다는 확신을 품었다. 그러나 단순한 우월감에 그치지 않고 그들은 스스로를 신으로 여기면서 나머지 인간들을 하찮은 짐승으로 깔보았다.

신이 되고자 하는 인간은 제일 먼저 인간성을 버려야 한다.

노아 월플로는 사람들을 죽였고 다른 거주자들은 그의 범죄에 공모했지만, 그들의 관점에서는 미친 짓도 아니고 범죄도 아니었다. 물고기를 낚아서 내장을 빼내고 저녁 식사로 요리해 먹는 일이 미친 짓도 범죄도 아닌 것과 마찬가지였다. 그저 고픈 배를 채웠을 뿐이었다.

왜 그런 짓을 했냐고 물으면 월플로는 색다른 욕구를 충족시킨 것뿐이라고 말할 것이다. 내가 물고기를 생물의 위계질서상 저 아래에 있는 존재로 보듯이, 월플로에게 여자들은 저 아래서 노는 하찮은 동물에 불과할 테니까.

월플로는 단순히 인간성을 잃은 것이 아니었다. 그는 온 힘을 다해 인간성을 멀리 내던져버렸다.

나는 일단 안나마리아의 상태를 확인한 후, 로즈랜드 사람들의 정체를 알아낼 작정이었다. 그들은 단순히 로즈랜드 직원이 아니었다. 분명히 무언가를 더 감추고 있었다.

그들에게 나는 의심이 중뿔나게 많은 꽃미남이며, 한심한 놈이고, 멍청한 코커스패니얼이니 그들이 기대하는 내 역할에 충실하려 한다.

잠시 휴식을 취했더니 머리가 맑아졌다. 언덕 사이로 트럭을 몰고 가면서 편하게 오를만한 비탈을 다시 찾아보았다.

그런데 12미터 전방에 웬 남자 유령이 갑자기 나타나 길을 가로막았다. 나는 그를 통과해 그대로 지나갈 수도 있었지만 일단 트럭을 세웠다.

야초 속에서 그는 쓰리피스 정장을 입고 넥타이까지 착용한 모습이었다. 트럭과 1.5미터를 사이에 두고 그는 한때 그의 트레이드 마크였던 진지한 표정으로 나를 쳐다보았다.

약간 뚱뚱한 체격이었고 동그란 얼굴에 양 볼이 통통했으며 턱살이 늘어져 이중턱이 되어 있었다. 쉴슘처럼 거대한 체구는 아니었다. 쉴슘과는 달리 뚱뚱한 몸을 갖게 된 원인은 과식이 아니라 유전이었다. 꼬마 때부터 통통한 체격이었던 것이다. 아랫입술이 윗입술에 비해 툭 튀어나와 있어서, 마치 영화를 찍으면서 문제적 인물을 제거하고 싶은데 그 인물을 모욕하지 않고 알맞게 제거하는 방법이 무엇일지를 곰곰이 생각하는 듯 보였다.

내가 그에게 말했다.

"때가 좋질 않네요. 지금 제 접시는 가득 찼고 컵도 넘치도록 채워져 있거든요. 죄송합니다. 평소에는 이렇게 틀에 박힌 표현을 잘 안 써요. 선생님의 체중을 두고 놀리듯이 한 말도 아닙니다. 그냥 제가 좀 지쳤거든요. 여기서 문제를 하나 더 떠안는 건 버거워요."

지금까지 내게 도와달라고 찾아온 유령들 중에 유명 연예인이 둘 있었다. 여러분이 텔레비전 연예 뉴스 프로그램과 인터넷을 자세히 들여다보면서 연예인들에 대해 무어라 생각하든, 그들 역시 영혼을 가진 존재다.

이 회고록의 1, 2, 3권에서 나는 엘비스 프레슬리의 영혼과 오랫동안 교류했던 얘기를 적은 바 있다. 엘비스 프레슬리는 내가 고등학교에 다닐 때 처음 내게 찾아왔고 그 후 꽤 여러 해를 함께 보냈다. 로큰롤의 제왕은 저세상으로 건너가고 싶은 마음이 있었다. 하지만 건너가지 않고 계속 이 세상에 머무르는 이유를 내게 빨리 알려주지 않았다. 다음 세상에 가면 땅콩버터 바나나 튀김 샌드위치가 없을 것 같아서라는 단순한 이유가 아니었다. 어쨌든 결국 나는 그가 저세상으로 건너가게 도와주었다.

그 후 프랭크 시나트라의 유령이 나를 찾아와 내 옆에 수 주일을 머물렀다. 그와 함께 한 나날은 아주 인상적이었다. 폴터가이스트였던 그는 내가 도움을 필요로 할 때 나타나 적에게 강펀치를 날려주기도 했었다.

또 다른 유명인의 유령이 저세상으로 건너가기 위해 나를 찾아온다면, 앞서 두 명과 마찬가지로 가수일 거라고 나는 막연하게 생각을 했었다. 왜 그런 생각을 했는지는 모르겠다.

쓰리피스 정장을 입은 이 신사는 옆으로 빙 돌아 미니트럭 조수석에 올라앉았다. 딱히 엄숙하거나 잘난 체하는 표정을 짓지도 않았지만 강한 친화력과 함께 특별한 권위가 느껴졌다.

"도움을 청하러 와주셔서 영광입니다. 진심입니다. 제가 실은 선생님 팬이거든요. 이번 일을 잘 해결하고 살아남으면 꼭 선생님을 위해 제가 할 수 있는 일을 다 하겠습니다. 그런데 지금은 로즈랜드에서 너무 많은 일이 일어나고 있어서, 지금 누가 저한테 문제를 하나만 더 얹어놔도 머리가 폭발해버릴 지경입니다."

그는 두 손을 머리에 갖다 댔다가 손가락을 활짝 펴면서 휙 날리는 시늉을 해보였다. 머리가 터지는 모습을 흉내 낸 것이었다.

"예, 제 상태가 지금 바로 그렇습니다. 정말 죄송합니다. 도와달라고 찾아온 유령의 부탁을 거절하지 말자가 제 좌우명이에요. 음, 좌우명이라기보다는 원칙이죠. 전 좌우명 같은 건 없습니다. '먹을 수 있는 건 다 튀길 가치가 있다' 정도랄까요. 제가 좀 횡설수설하죠? 제가 선생님 팬이라서 그럽니다. 엄청 팬이에요. 물론 이런 말은 늘 들으시겠죠. 살아생전에도 그러셨을 테고요. 돌아가신 후로는 그만큼 자주 듣지는 못 하시겠지만요."

로즈랜드의 심각한 상황 때문에 내가 이렇게 헛소리를 지껄이는 것은 아니었다. 내가 그의 작품을 찬미하는 팬이라서 그를 직접 만나

당황해서 이러는 것도 아니었다. 이 두 가지도 물론 약간 영향은 있 겠지만, 무엇보다 그의 진지한 표정이 걱정되서였다. 내가 저항을 포기하고 자기 뜻에 따를 때까지 언제까지라도 버텨주겠다는 표정 인가 싶었다. 게다가 그 표정 너머로 그의 재치와 지성이 엿보이기도 했다. 엘비스는 상대하기가 아주 쉬운 편이었다. 시나트라도 그리 어렵지는 않았다. 하지만 나보다 열 배는 똑똑한 게 분명한 이 남자는 내가 편히 다룰 만한 상대가 아니었다.

"저세상으로 못가시고 오래도 기다리셨군요. 삼십년 쯤 되겠어요. 어차피 기다리신 거 하루만 더 기다려주세요. 그리고 대화를 하자고요. 말은 제가 하고 선생님은 못 하시겠지만 어쨌든요. 지금은 여기에 돼먹지 않은 인간들이 있거든요. 시체들도 있고, 말을 탄 여자도 있고, 감금된 소년도 있습니다. 시계는 계속 똑딱거리고 있고요. 시계에 대해선 잘 아실 겁니다. 선생님보다 더 잘 아는 사람은 아마 없겠죠. 그리고 저는 돼지들도 상대해야 합니다! 아주 뚱뚱하고 비열하고 직립보행으로 다니는 키 큰 돼지들이에요. 선생님은 그런 영장류 돼지들을 상종하실 일이 없으셨겠죠. 어쨌든 지금은 제가 선생님을 도와 드릴 상황이 아닙니다."

그는 미소를 머금고 고개를 끄덕이며, 가던 길을 계속 가라는 듯 손짓을 했다.

그가 돌아서서 사라지기 전에 나는 그를 불렀다.

"잠깐만요, 히치콕 선생님."

그는 나를 돌아보았다.

"혹시…… 혹시나 해서요…… 여기서 돌아가신 건 아니죠?"

그는 얼굴을 찡그리며 고개를 저었다.

아니.

"살아 계셨을 때 로즈랜드에 온 적이 있으십니까?"

그는 또 다시 고개를 저었다.

아니.

"그럼 콘스탄틴 클로이스의 영화사와 거래를 한 적은요?"

그는 고개를 끄덕였고, 표정이 돌연 사나워졌다.

"클로이스와 일하는 걸 별로 안 좋아하셨군요."

알프레드 히치콕은 그 부분은 말하기 곤란하다는 듯 한 손가락을 입에 갖다 댔다.

"클로이스 때문에 여기 계신 건 아니겠네요."

아니.

"그럼 저 때문에 여기 계신 거군요."

그래.

"영광입니다."

그는 어깨를 으쓱했다.

"우선 감금된 소년을 여기서 내보내고 나서, 따로 오붓하게 만나도록 하죠. 할리우드 식으로 농담을 해봤는데 썩 재미있진 않네요."

그는 할아버지처럼 인자한 미소를 지었다. 이번 일이 끝나고 살아남아 그와 더 길게 얘기를 해보면 분명 그를 좋아하게 될 것 같았다.

그는 다시 어서 가보라는 듯 손을 흔들었다.

나는 언덕 사이의 골을 따라 30미터 쯤 더 가다가 비탈을 오를 만한 곳을 발견했다. 뒤를 돌아보니 히치콕 씨는 사라지고 없었다.

언덕 꼭대기로 올라갔다가 그 너머로 내려가던 중에 나는 그 앞 언덕에서 일렬종대로 이동 중인 괴물 네 마리를 보고 급히 브레이크를 밟았다. 그 괴물들은 여기보다 좀 더 낮은 언덕의 능선을 따라 움직이고 있었다.

그들의 외모는 더 이상 신기할 것은 없지만 여전히 괴기스러웠다. 열대병을 앓는 이가 망상 속에서나 볼 법하고, 말라리아로 인해 식은땀을 흘리는 이의 눈앞에 나타날 만하며, 때때로 열에 들뜬 꿈처럼 괴상한 로즈랜드지만 이 로즈랜드보다는 싯누런 하늘 아래 또 다른 세상에 더 잘 어울리는 생물들이었다.

내가 탄 전기차는 아무 소음도 내지 않고, 돼지들은 아수라장을 만들러 저택 쪽으로 가고 있던 참이니, 나는 그들이 나를 못 보았길 바랐다. 하지만 그들은 나를 보았다. 그들은 걸음을 멈추고 고개를 돌려 나를 똑바로 쳐다보았다.

운전대를 오른쪽으로 꺾었다. 이대로 방향을 180도 돌려 전속력으로 후퇴할 작정이었다. 그런데 차가 움직이지 않았다. 배터리가 다 된 것이다.

 괴물들이 나를 보기는 했지만 하던 일을 때려치우고 당장 내 머리를 잡아 뽑으러 달려올 만큼, 내가 그들에게 중요한 인물은 아니었다. 내 머리야 나한테나 중요하지 저들에겐 별로 중요하지 않을 테니까. 내 머리엔 문신도 코걸이도 금니도 없으니 가치 있는 트로피는 아닐 것이다.

 네 명으로 구성된 저 분대에는 꼴사나운 팔다리를 가진 흉측한 기형 돼지는 포함되어 있지 않았다. 괴물 품종 중에서도 최상급에 속하는 건장한 체격을 갖고 있는 데다가, '모로 박사의 섬(과학소설의 아버지 허버트 조지 웰스가 1896년에 출판한 소설의 제목이기도 함 – 옮긴이)'에서 차기 대회가 열리면 제일 멋진 괴물로 뽑힐 만했다.

 내가 앞서 본 돼지 떼에 비하면 저 분대는 좀 더 조직적이고 목적이 분명해 보였다. 언덕 능선을 따라 걸을 때도 어기적거리지 않았고 훈련받은 군인들처럼 일렬종대로 빠르게 이동하고 있었다. 게다가 네 명이 오른손에 전부 같은 무기를 들고 있었다. 한쪽은 예리한 도끼날이고 다른 쪽은 망치인 큰 도끼였다. 전부 동일한 무기를 손에 들었다는 것, 그리고 30센티미터 길이와 빨간 천을 왼쪽 귀에 자랑스럽게 드리우고 있다는 것은 이들이 큰 부족 안의 특별한 소부족임을 의미할 것이다.

아마 저들은 정찰 임무를 맡고 있거나 시간 맞춰 누군가를 제거하러 가는 길일 수도 있었다. 혹은 지금이 돼지 마을의 점심시간이라 구유에 먹이가 담겨 있을지도 몰랐다. 만약 그렇다면 이 젊고 건장한 돼지들은 다른 탐욕스런 돼지들이 제일 맛있는 먹이를 죄다 훑어먹기 전에 구유 앞에 당도해야 할 것이었다.

나는 미니트럭에 앉아 낙관적인 생각을 저압 타이어보다 더 크게 부풀렸다. 하지만 자신감 있는 미소를 지은 입과는 달리 이마와 손바닥에서 식은땀이 배어 나왔다.

두렵지 않은 척, 언덕 아래 골을 가로질러 네 놈을 노려보았다. 그들도 나를 노려보았는데 내가 두려워하지 않자 모욕감을 느낀 것 같기도 했다.

두 사람이 같은 국적, 같은 지역 사회, 같은 인종, 같은 종교를 가졌다고 해도 서로의 견해를 십분 이해하고 조화롭게 살기가 얼마나 어려운지를 감안한다면, 나와 저들의 만남이 포옹과 영원한 우정의 천명으로 끝나기가 왜 어려운지를 여러분은 충분히 이해할 것이다.

괴물 네 마리는 동시에 움직이기 시작했다. 능선을 따라가다 말고 내가 있는 곳을 향해 언덕을 내려오고 있었다. 뛰지는 않고 천천히 걸어오고 있었는데, 이번에는 일렬종대가 아니라 일렬횡대였다.

내가 앞서 보았던 다른 돼지들은 광란에 휩싸여 으르렁대며 분노를 표출했는데, 이들은 반응이 영 침착한 것이 남달랐다. 어쩌면 이들은 다른 돼지들과는 달리 증오에 이끌리지 않고, 폭력을 위한 폭력을 추구하지 않으며, 대화와 타협이 뭔지 아는 온건파일 수도 있었다.

나는 운전석에서 내려와 미니트럭 옆에 섰다.

언덕을 반쯤 내려온 돼지 네 마리는 일제히 도끼를 흔들기 시작했다. 앞으로, 뒤로, 앞으로, 뒤로, 앞으로 그리고 한 바퀴 휙 돌리고. 앞으로, 뒤로, 앞으로, 뒤로, 앞으로 그리고 한 바퀴 휙 돌리고…….

아무래도 저들과 평화롭게 공감대를 형성할 수 있을 것 같지가 않아서 권총을 뽑아 들었다. 내가 총 종류를 싫어하기는 하지만, 지금 상황에선 좀 더 큰 구경의 권총이면 더 좋을 것 같았다.

베레타 권총 정도면 충분할 줄 알았는데 막상 차도 없이 숨을 곳도 없는 이런 곳에서 영장류 돼지 네 마리에게 공격받을 상황에 놓이게 되자 생각이 달라졌다. 가까이서 보니 그들의 외모는 더욱 위협적이었다. 키는 180센티미터가 넘고 체중은 136킬로미터 정도 되는 듯했다. 무릎관절과 골반, 척추의 모양새가 거의 인간과 흡사했다. 이 정도면 아무리 돼지를 닮았다고 해도 더는 우스꽝스럽게 볼 수 없었다. 그들에게서 만화 영화 캐릭터인 포키 피그의 모습은 전혀 볼 수 없었다. 갈라진 발굽 대신 길쭉한 발가락이 붙은 발과 손가락이 붙은 손이 있었고, 고동색 손발톱은 먹이의 내장을 단숨에 뽑을 수 있게끔 뿔처럼 단단하고 끝으로 갈수록 뾰족했다.

여기서 이렇게 서먹하게 서 있으니 달아나는 쪽을 택하고 싶었지만, 저들보다 빨리 달릴 자신이 없었다. 저들보다 내가 체중도 덜 나가고 몸도 유연하니 더 빠를 수도 있지만, 내가 알기로 멧돼지는 시속 48킬로미터까지 속도를 낼 수 있었다. 저들이 그 정도로 뛸 수 있을 만큼 멧돼지의 속성을 충분히 갖고 있는지는 알 수 없었다. 다만, 내 안에 저들을 따돌리고 빠르게 뜰 만한 돼지의 속성이 없다는 것만은 확실했다.

맞은편 언덕 아래로 내려온 돼지들이 풀로 덮인 언덕 골로 들어섰다. 나는 공중에 대고 한 발을 쐈다. 생각해보니 이런 상황에서 경고 사격은, 다가오는 회색곰에게 그러면 못 쓴다고 손가락을 까딱까딱 흔드는 행동만큼이나 어리석은 짓이었다.

터미드 부인이 이름 모를 소년에게 생생히 묘사한 대로, 저들이 내 얼굴을 뜯어먹기에 앞서 내 아랫도리를 수차례 농락할 수도 있었다. 그래도 저들을 죽이기보다는 멀리 쫓아버리는 게 나을 것 같아서 경고 사격을 한 것이다.

하지만 놈들은 멈추지 않았다. 나는 하는 수 없이 권총을 두 손으로 잡고 이등변 자세를 취한 후, 그들을 향해 총구를 조준한 다음 다섯 발을 쐈다.

그중 세 발이 명중한 것 같았다. 총에 맞은 짐승이 비틀거리다 도끼를 바닥에 떨어뜨리고 몸을 떨었다.

내가 쏜, 구리를 입힌 할로 포인트 탄은 살상용이었다. 대상을 관통하면서 납 파편이 흩어져 조직을 크게 상하게 하는 특성이 있었다.

총에 맞은 충격으로 일순간 잠잠해졌던 놈의 목구멍에서 잠시 후 비명이 터져 나왔다.

놈은 놀라기는 했지만 그래도 여전히 쓰러지지 않고 서 있었다. 나는 두 발을 더 쏘았다. 두 번째에 놈은 한 손으로 제 목을 움켜잡으며 뒤로 쓰러졌다.

나머지 셋은 나에게 돌진해오지도, 뒤로 물러나지도 않았다. 도대체 무엇이 동료를 쓰러지게 만들었는지 모르는 듯, 쓰러진 동료 옆에서 그를 내려다볼 뿐이었다.

나는 여전히 사격 자세를 유지하면서 나머지 셋을 바라보며 기다렸다. 놈들이 이제라도 후퇴의 지혜를 발휘하길 바랐다.

그들 셋은 고개를 돌려 나를 쳐다보았다. 분노하고 증오하는 눈빛이 아니라 어리둥절한 눈빛이었다. 그들은 내가 어떻게, 왜 그를 죽였는지 모르겠다는 표정으로 나와 쓰러진 동료를 번갈아 쳐다보았다. 그러다 문득 그 표정이 의아함이 아니라 망설임이라는 느낌이 들었다. 평범한 돼지들 중에도 제 새끼를 먹는 놈들이 있다. 어쩌면 이들 세 마리도 나를 계속 쫓을지, 아니면 동료의 고기가 신선할 때 이 자리에서 먹어치울지 고민하고 있는 것인지도 몰랐다.

다른 동물들의 경우 얼굴이 죄다 비슷비슷한데, 지금까지 내가 지켜본 바에 따르면 이 돼지들은 인간만큼은 아니어도 얼굴 생김이 매우 다양하고 그 밖에도 개별적인 특징들을 꽤 많이 갖고 있었다. 그래서인지 짐승 패거리라기보다는 인간 개개인의 모임에 더 가까워 보였다.

죽은 동료와 나를 번갈아 쳐다보는 그들의 얼굴은 고유의 기괴한 생김 때문에 더 섬뜩하게 느껴졌다. 그들이 맹목적인 본능에 따라 한 몸처럼 사고하지 않는다면, 먹이를 어떻게 쫓고 어떻게 함정에 몰아넣고 어떻게 죽일지에 대해 각자 나름의 계획을 갖고 있다면, 이들에게서 벗어나는 것은 앙상한 손에 낫을 들고 다른 손에는 생명 만료 통보장을 들고 찾아와 문을 두드리는 검은 옷의 죽음을 단념시키는 것보다 더 어려울 것이다.

   햇빛이 도끼날에 빛을 뿌리고, 두개골을 단박에 부술 듯 단단해 보이는 망치에 광택을 주었다.

   괴물들은 나와 동료의 시체에서 시선을 떼고 저희끼리 쳐다보다가 자칼처럼 큰 입을 벌렸다. 그들이 무슨 소리를 냈을 수도 있지만 내 귀에는 들리지 않았다.

   그들은 끄트머리의 회색 털 외에는 민둥민둥하고 뱀처럼 구불구불하며 흰색을 띤 꼬리를 차례로 곤추세웠다. 하나, 둘, 셋.

   뾰족한 양 귀를 씰룩거리다 앞으로 구부린 후, 다시 뒤로 젖혀 머리통에 붙였다.

   그리고 언덕 아래서 서로 간격을 더 두고 좀 더 넓게 벌려 섰다.

   그러더니 도끼를 앞으로, 뒤로, 앞으로, 뒤로, 한 바퀴 휙 돌리고 하는 동작을 다시 시작했다. 공기를 스치면서 햇빛을 반사시키면 마치 도끼날이 더 예리하게 갈아지기라도 하는 것처럼.

   첫 번째 괴물을 죽이는 데 총알을 일곱 발이나 썼으니 나머지 셋을 죽이려면 스물한 발을 쏴야 했다.

   하지만 베레타 권총의 탄창에는 열 발밖에 남지 않았다. 권총집에 들어 있는 다른 탄창에 열일곱 발이 장전되어 있기는 하지만, 달려드는 저들을 앞에 두고 탄창을 갈아 끼울 시간은 없을 듯했다.

   셰익스피어의 작품에 등장하는 인물 폴스타프는 극중에서 '신중은 용기의 더 좋은 부분이다'라고 말했다. 그래서 나도 신중을 택하기로 결정하고 언덕 마루로 달려 올라갔다가 그 아래로 달려 내려갔다.

   폴스타프는 기사지만 겁쟁이이고, 도둑이지만 매력 있는 캐릭터

다. 자존심을 제일 높은 가치로 생각하는 사람들만이 폴스타프를 롤모델로 삼는다. 셰익스피어는 그를 존경스러운 인물이 아니라 코믹한 인물로 설정했는데, 남들을 재미있게 해주는 능력마저 없으면 폴스타프 같은 이들은 극단적으로 위험한 인물임을 알기 때문이었다. 즉, 우리 시대 최악의 살인마 찰스 맨슨이라든지 킬링필드 사건의 장본인 폴 포트처럼 아무리 끔찍한 범죄도 서슴지 않는 인물이 되는 것이다.

우리는 살면서 누구나 겁쟁이가 될 때가 있다. 그래도 나는 뒤에 동료를 버려두고 언덕을 달려 내려가는 게 아니라서 그나마 마음이 덜 무거웠다. 위험에 처한 것은 나뿐이니, 비겁한 행동이 아닌 신중한 행동이었다고 정당화할 수 있으니까. 조금 전 잠시 미니트럭을 세워두고 휴식을 취했던 언덕 사이의 골을 향해 허둥지둥 뛰어 내려가면서, 어린애처럼 공포에 질린 새된 비명을 내지르면서, 바지에 오줌을 지리고 싶은 충동을 억제하면서, 나는 이것은 신중한 행동이라고 스스로에게 되뇌었다. 그리고 게스트하우스까지 걸어서 갈 수 있으리란 생각을 하며 북쪽으로 방향을 돌렸다. 우리는 이런 자기기만을 통해 생존하지만, 동시에 자신의 본질적인 부분을 위험에 빠뜨리게 된다.

로즈랜드의 이쪽 구역은 위상기하학이 꽤나 복잡한 편이었다. 마치 주름진 뇌 표면처럼 언덕과 골이 번갈아가면서 계속 나타났다. 나는 길게 갈라진 틈으로 미끄러지듯 이동하는 '생각'이 된 기분이었다. 그 생각은 바로 이것이었다. '움직여, 움직여, 살아야 돼, 살아야 돼!'

나는 언덕 아래쪽에서 주로 뛰었다. 양옆에 늘어선 언덕들, 비탈에 자라는 반얀나무들, 언덕 사이의 축축한 습지에 뿌리를 내린 캘리포니아 월계수들이 곳곳에 그림자를 드리우고 있었다. 나무 사이에서는 재빨리 좌우로 빠져나가고, 낮게 드리운 나뭇가지를 만나면 허리를 숙이고, 풀밭에서는 전력으로 질주하면서 나는 울퉁불퉁한 언덕 사이길이 여러 갈래가 질 때마다 어느 길로 가야할지를 순전히 직감에 의존해 판단을 내렸다.

빠르게 더 빠르게 뛰는 것에만 집중하고 뒤를 돌아보지 않았다. 자칫 발을 헛디뎌 넘어질 수 있기 때문이었다. 게다가 괴물들이 내 뒤에 바짝 따라오고 있다면 그들은 뾰족한 손톱으로 내 스포츠 재킷을 붙잡고 내 발을 뒤틀어 꺾거나, 도끼로 머리를 찍어 단박에 나를 죽일 테니 굳이 돌아볼 필요는 없었다. 다만 이렇게 목숨이 붙어 있는 동안에는 밀려드는 공포를 견디며 계속 뛰어야 했다.

두 시간 전만 해도 나는 저택 주방에 편안하게 앉아 키시 파이와 치즈케이크를 먹고 있었다. 그때 나의 가장 큰 고민은 어떻게 이 단단한 껍질을 뚫고 로즈랜드의 불가사의를 파헤칠 것인가, 대화를 할 때마다 불가해한 말만 늘어놓는 이 사람들의 의중을 어떻게 파악할 것인가였다.

적어도 이 돼지들은 불가해한 말을 늘어놓지는 않았다. 말장난을 하지도, 다른 일에 집중하는 척을 하지도, 이리저리 속이려 들지도 않았다. 돼지들의 의도는 명확했다. 나를 때려잡아 도륙하고 먹은 후, 나중에 내 고기 맛에 대해 도란도란 추억담을 나누는 것. 국세청 직원들만큼이나 명확한 의도를 보여주는 친구들이었다.

수없이 많은 갈림길을 따라 달렸더니, 게스트하우스 쪽으로 가고 있는 것인지 아니면 멀어지고 있는 것인지 판단이 서지 않았다. 이대로 가다가 비탈에 버려둔 미니트럭을 다시 보게 되고, 한 바퀴 빙 돌아 그들의 품으로 돌아올 나를 기다리며 카드놀이를 하고 있는 세 괴물들을 맞닥뜨린다 해도 놀랍지 않을 지경이었다.

두 번, 마치 뜨끈한 열기가 땅 위로 솟고 있는 것처럼 선선한 공기가 일렁거렸다. 그리고 그때 주변 시야로 무언가가 보였는데, 좀 더 자세히 보려고 그리로 고개를 돌리면 사라져버리곤 했다. 그중 일부는 단단하고 위협적으로 보였지만 알고 보니 그림자일 뿐이었다. 하지만 어떤 것은 훨씬 더 구체적이었다. 산더미처럼 쌓아놓은 인간의 해골들, 죽은 괴물들을 뜯어 먹고 있는 코요테들, 벌거벗은 여자를 기둥에 사슬로 묶어놓고 그 여자의 발치에 깔린 불쏘시개에 횃불로 불을 붙이고 있는 고깔모자를 쓴 자들……

그중 하나는 내가 똑바로 응시하는데도 사라지지 않았다. 월계수 숲을 빠져나와 6미터쯤 더 가자 교차로 옆에 잎이 다 떨어진 검은 나무 한 그루가 서 있고, 햇볕에 하얗게 탈색된 뼈들이 모빌처럼 나뭇가지에 걸려 있었다. 그것도 어린아이들의 여린 뼈였다. 전부 열 살 미만의 어린아이들 뼈였는데 심지어 세 살짜리 아이의 뼈도 섞여 있었다. 죽임을 당하고 옷이 벗겨진 아이들이 잔인하고 정신 나간 기념물이 되어 나무에 걸려 있는 것이었다.

무한대로 흉포한 폭력에 사로잡힌 마을이 저 앞에 있음을 알리는 도로 표지판 같기도 했다.

이 환영은 내 눈앞에서 사라지지 않았다. 갑자기 거꾸로 곤두박질치는 느낌이 들면서 다리가 휘청했지만 다시 중심을 잡고 걸음을 재촉해 오른쪽 길로 들어섰다.

어찌된 일인지 나는 두 개의 로즈랜드를 동시에 달리고 있었다. 이틀 전 안나마리아와 함께 들어온 로즈랜드, 그리고 우리의 현실과 평행하게 존재하는 또 다른 현실 속의 로즈랜드.

백골로 장식된 검은 나무 앞에서 내가 택한 길은 유감스럽게도 짧게 끝났다. 길 끝이 좁아지면서 심하게 경사진 언덕들이 점점 가깝게 다가왔다. 나는 곧 경사가 심한 언덕 세 개에 둘러싸인 막다른 길에 다다르고 말았다. 오른쪽과 왼쪽의 언덕은 잡초와 가시덤불이 무성하게 자라 있었고, 정면의 언덕은 풀 한 포기 나지 않은 바위투성이였다.

가시덤불이 있는 언덕으로 올라갔다간 덤불에 뒤엉켜 옴짝달싹 못하게 될 터였다. 나는 바위 언덕을 오르기 시작했다. 그런데 발밑에서 돌멩이들이 힘없이 빠져나가 밑으로 굴러 떨어지는 통에 하는 수 없이 손에 쥔 권총을 권총집에 집어넣고 엎드린 자세로 기어올라가야 했다. 단단하게 박혀 있는 것처럼 보이던 돌멩이들이 발로 디디자마자 갑자기 쑥 빠지곤 해서 밑으로 굴러 떨어지지 않으려면 손으로 바위를 잡고 필사적으로 매달려 올라가야 했다.

호흡이 거칠어지고 심장이 천둥 치듯 두근거렸다. 뒤에서 괴물들이 쫓아 올라오는 소리는 들렸지만 그들의 고약한 체취는 나지 않았다. 어쩌면 언덕에 둘러싸인 지형이라 소리가 실제보다 더 가깝게 들리는 것일 수도 있었다. 이 정도로 내게 바짝 따라 붙었으면 놈들의 악취가 내 코끝을 자극하고도 남았어야 했다.

하지만 언덕을 중간쯤 올라갔을 때 놈들에게 붙잡히고 말았다. 한 놈이 내 청바지 왼쪽 아래를 붙잡았다. 나는 두 손으로 바위를 붙잡고 미친 듯이 발길질을 했다. 무언가 둔탁하게 맞았는데 아마 놈의 머리일 것이다. 하지만 놈은 손을 놓기는커녕 오히려 나를 거칠게 잡아당겼다.

오른손으로 잡고 있던 바위가 흙과 함께 쑥 빠져 언덕 아래로 굴러 내려갔다. 왼손으로 언덕에 매달린 채 옆으로 몸을 틀어, 권총집을 향해 오른손을 뻗었다.

괴물 한 놈이 정면에서, 나머지는 왼쪽과 오른쪽에서 나를 내려다 보았다. 흰자위에 불그스름하게 핏발이 서 있었고, 홍채는 내가 아까 얼핏 보았던 괴상한 하늘처럼 싯누런 색이었다.

길게 찢어진 입, 단단한 이빨, 분홍색 바탕에 검은 점이 난 길쭉한 혀는 자비로운 말을 하기 위한 용도가 아니라, 비명을 내지르는 먹이를 잔인하게 찢어 효율적으로 먹기 위한 용도였다.

그들이 도끼를 들어올렸다. 그중 두 개는 도끼날 쪽을, 나머지 한 개는 망치 쪽을 내게 향하고 있었다. 권총을 꺼내들긴 했지만 내가 한 놈을 죽일 동안 나머지 두 놈은 내 머리를 대합조개처럼 쪼갤 것이었다. 죽음을 각오했다. 적어도 저세상은 이 돼지들의 체취처럼 고약한 냄새를 풍기는 곳은 아닐 것이다.

베레타 권총을 쏘기도 전에 한 마리가 내 몸 위로 쓰러졌다. 구역질 나는 몸뚱이였다. 창백한 피부는 미끈거리고 군데군데 뻣뻣한 털이 나 있어 꺼끌꺼끌했다. 놈은 주춤주춤 일어섰는데 두 눈 사이에 구멍이 뚫려 있었다. 놈은 머리 뒤쪽이 터지면서 뒤로 나자빠져, 마치 바다에 작은 문이 열려 있기라도 한 것처럼 내 앞에서 사라졌다.

첫발을 쏜 총소리는 듣지도 못했지만 두 번째 세 번째 총소리는 크고 명확하게, 가까이에서 들을 수 있었다. 나머지 두 괴물도 곧 내게서 멀어졌다. 도끼 하나는 내 머리 바로 옆 바위 위에 쩔그렁 떨어졌고, 다른 하나는 퍼레이드 역사상 가장 못생긴 여자 고적대장이 지나친 열성으로 던져 올린 지휘봉처럼 공중에서 빙그르르 돌다 사라졌다.

내 밑에서 바위가 미끄러져 떨어지려 하고 있었다. 이대로 쓸려 내려갔다간 저 아래 막다른 길에 쓰러져 있을 괴물들의 시체 위로 굴러떨어질 것 같아 악가힘을 쓰고 손에 힘을 주었다.

아까 괴물의 얼굴에서 흘러내린 땀 한 방울이 입에 들어갔던 게 기억나 숨을 헐떡이다가 침을 뱉었다. 몸을 뒤집어 엎드린 자세로 확실하게 잡을 곳을 찾아보았다.

그런데 붉은색과 검정색으로 된 가죽에 무늬를 새긴 카우보이용 장화가 내 옆에 나타났다. 내게 내민 큰 손 너머, 울부짖는 하이에나 문신이 새겨진 굵은 팔뚝과 헤라클레스 같은 우람한 이두박근이 보였다.

내 손보다 두 배는 커 보이는 그의 손을 잡았다. 문신한 거인이 나를 일으켜 세워주었다. 우리는 비바람에 풍화된 언덕 꼭대기로 휘청거리며 올라갔다.

서쪽에서 햇빛에 얼룩진 바다가 해적의 보물 상자처럼 반짝이고 있었다. 방금 전까지만 해도, 나를 에워싸고 물어뜯는 기괴한 돼지들의 이빨이 지구에서 내가 보는 마지막 풍경이 될 뻔했다.

나를 구해준 이의 얼굴 상처는 지난번에 봤을 때처럼 검푸른 색이었고, 이빨은 여전히 삐뚤빼뚤하고 누리끼리했다. 다만 윗입술의 발진에는 번들번들한 연고가 발라져 있었다.

"오드 토머스. 나 기억하나?"

"케네스 랜돌프 피츠제럴드 마운트배튼 씨 아닙니까."

그는 환하게 웃었다. 자기가 너무 평범해서 눈앞에서 사라진 순간 사람들이 자기 이름을 잊어버릴 줄 알았는지, 내가 이름을 기억하고 있자 그는 무척 좋아라했다.

바다에서 내륙으로 꽤 많이 날아 들어온 갈매기 한 마리가 높이 솟구쳤다가 아래로 내리꽂았다. 그 모습은 마치 혼자만 들을 수 있는 음악을 들으며 교향악단을 지휘하는 듯했다. 방금 전 돼지들에게 죽임을 당할 뻔 했던 터라, 살아 있음을 기뻐하는 저 새의 마음이 절절히 와 닿았다.

"목숨을 구해주셔서 감사드립니다."

케니는 어깨를 으쓱하며 겸연쩍은 표정을 지었다.

"뭐 그렇게까지."

"아닙니다, 선생님. 덕분에 살았습니다."

그는 돌격용 자동소총의 끈을 어깨에 다시 둘러메고 주변의 언덕들을 둘러보며 말했다.

"흠, 나는 총을 잘 다루고 싸움을 잘하지만 그게 전부야. 저기서는 죽이지 않으면 죽임을 당해. 둘 중 하나지. 누구나 각각 다른 재능을 가지고 있어. 넌 어떤 재능을 갖고 있지, 오드 토머스?"

우리가 영원한 친구가 되길 바란다는 뜻으로, 그리고 그리 될 수 있음을 믿는다는 뜻으로 나는 권총을 권총집에 집어넣었다.

"튀김 요리요. 저는 번철을 잘 다룹니다."

그의 목은 거의 머리통만큼 굵었다. 아침마다 귓불로 푸시업이라도 하는 건지 귀까지 근육질인 듯했다.

"튀김 요리라. 좋은 재능이군. 사람들은 무엇보다 음식을 필요로 하니까."

"글쎄요. 다른 사람들이 가진 재능과 비슷하게 필요한 정도일 겁니다."

흐려졌다가 다시 진해지기를 되풀이하는 오존 냄새가 공기 중에 약간 남아 있기는 했지만, 공기는 대체로 신선했다. 코를 찌르도록 오 존 냄새가 강했던 게 언제인가 싶었다.

케니는 안타까워하며 말했다.

"내가 사는 쪽 로즈랜드의 게스트하우스를 확인해봤는데 거기는 줄곧 아무도 없었어."

"그런데 저를 또 로즈랜드 대문 안에 들여놓아서는 안 될 계집애 같은 애송이놈으로 취급하시는 건 아니겠죠?"

그는 눈을 위로 굴리며 고개를 저었다.

"아니야. 내 말투가 원래 그래. 욕이 아니라 평범하게 인사한 거야."

"'만나서 반갑다'가 평범한 인사죠."

"아무튼 이제 정리됐어. 넌 이쪽에 속해 있고 난 저쪽에 속해 있어. 넌 이쪽 로즈랜드의 손님이지 저쪽 손님은 아니야. 난 저쪽에서 일을 하니까 이쪽 일은 내가 알 바 아니지. 난 이쪽으로는 거의 오지 않아. 이번처럼 나도 모르게 여기 와 있을 때가 있는데, 내가 왜 여기 와 있는지는 모르겠어."

"다들 같은 학교를 다녔나봐요."

"무슨 학교?"

"그런 식으로 말하는 법을 배우는 학교요."

"그게 뭔데?"

"혼란스럽게 말하는 법이요."

케니는 어깨를 으쓱했다.

"그냥 그렇다는 거야."

"우선 미니트럭을 찾아야겠어요."

"네가 화를 자초하면서 타고 돌아다니던 개같은 전기차?"

"바로 그거요."

"아까 널 보면서, 저 미친놈이 저러다가 개같은 돼지놈들이랑 맞닥뜨리고 말지, 하고 내가 중얼거렸거든. 지켜보니까 예상대로 맞닥뜨리더만."

"그들을 괴물이라고 부르는 줄 알았는데요."

"이쪽 사람들은 괴물이라고 부르고, 저쪽에서 우리는 그들을 돼지놈들이라고 불러. 하지만 나는 여기서도 그들을 돼지놈들이라고 부르지. 별로 중요한 문제는 아니야."

"일관성이 있으시군요. 일관성은 좋은 자질 중 하나라고 생각합니다."

"그건 모르겠고. 아무튼 그 개같은 돼지놈들이 너를 잡으려고 언덕을 달려 올라갈 때 트럭이 멈춰서 있는 걸 봤으니까 그리로 안내해줄게."

"그래주시면 고맙고요. 트럭 배터리가 다 되긴 했는데 앞좌석에 필요한 물건이 있어서요."

"그럼 그리로 가자고."

그는 언덕 마루를 따라 남쪽을 향해 성큼성큼 걸어갔다.

그가 두 걸음을 걸으면 나는 종종걸음으로 세 걸음을 걸어야 했다. 서둘러 쫓아가면서 마치 터미네이터를 따르는 호빗 족 조수가 된 기분이었다.

얼굴에는 기분 좋은 따스한 햇살이 쏟아지고 키 큰 풀숲에서 매미 울음소리가 들려왔다. 돼지놈들의 위산 속에서 부글부글 끓고 있을 뻔했는데 이렇게 살아 있으니 기분이 무척 좋았다.
"그러니까 제가 속한 로즈랜드는 이쪽이고, 선생님의 로즈랜드는 저쪽이군요."
"그런 거지."
"이쪽이 여기라는 건 알겠는데, 저쪽은 어딥니까?"
"생각해봤자 골치만 아파서 난 아예 생각을 안 해."
"어떻게 생각을 안 할 수가 있어요?"
"아무 생각 없이 사는 데 도가 텄거든."
"후, 저는 그쪽엔 젬병이네요."
"아무튼 이쪽에 있게 되는 건 매년 일어나는 일도 아니고 오랫동안 지속된 적도 없어. 결국 저쪽으로 늘 다시 가 있게 되니까 신경 안 써."
"저쪽이라면…… 어디?"
"내 로즈랜드지 어디야."
"그러니까 거기가 어디냐고요?"
"그냥 대충 살아, 오드."
"안 그래도 될 수 있는 한 대충 사는 중입니다."
케니는 도로의 양보 표지판처럼 누런 이빨을 드러내며 싱긋 웃었다.
"한번 날 잡아서 아무 생각이 안 날 때까지 술을 마셔봐. 도움이 될 거야."
언덕 사이의 골에서 빠져나와 또 다른 언덕을 오르며 나는 고집스럽게 물었다.

"그러니까 선생님의 로즈랜드가 어디라고요?"

그는 한숨을 푹 쉬었다.

"알았어. 개같은 골칫덩어리가 내 옆에 딱 붙었구만."

"편한 대로 생각하세요."

"돼지놈들한테서 구해줬으면 충분하잖아?"

"흠, 저는 입술의 발진을 치료하는 법을 알려드렸잖아요."

"아직 효과도 없어."

"발진 부위를 혀로 핥아서 연고를 자꾸 닦지만 않으면 효과가 있을 겁니다."

"진짜 발진은 여기 따로 있었네."

"선생님의 로즈랜드가 어디 있는지 말해주시면 더는 귀찮게 안 할게요."

"그래, 그래, 그래, 알았어. 전에 어떤 여자랑 한동안 같이 있었는데 그 여자도 너처럼 계속 성가시게 굴었어. 결국 끝장을 내는 법을 찾아냈지만."

그의 입에서 어떤 대답이 나올지 두려웠지만 묻지 않을 수 없었다.

"어떻게 끝장을 냈는데요?"

"그 미친 개년이 해달라는 대로 해줬지 뭐. 그랬더니 입을 닥치더구만."

"선생님의 로즈랜드는 어디 있습니까?"

"아마 여기를 기준으로 미래에 있을걸."

"아마요?"

"가설이니까."

"그럼 이 현상에 대해 생각해보셨다는 거네요?"

"크게 상관은 안 해."

"저는 상관합니다."

"그냥 그렇구나 하면 되지. 이유는 알아 무엇하리."

"이제 보니 사색가에 철학가이시군요."

그는 넌더리를 내며 내뱉었다.

"개같은 돼지놈들이나 나타나서 한바탕 총질이나 했으면 좋겠네."

"미래라 이거죠? 혹시 타임머신을 갖고 계신 겁니까?"

그는 × 같은 타임머신 따위는 필요도 없다고 일갈했다.

"그냥 가만히 있어도 저 혼자 일어나. 다른 데서는 한 번도 안 일어났어. 오직 로즈랜드에서만 일어나지. 가끔 하늘을 올려다보면 하늘이 일분 정도 파랄 때가 있어. 어쩔 땐 몇 시간씩 그렇기도 하고. 난 평생 엉망진창인 세상을 살았는데 이쪽 세상은 엉망이 아니더라고. 그래서 이쪽은 아직 저쪽처럼 엉망이 되기 전의 세상이구나, 하는 거지."

"고개를 들어보면 그런 일이 일어나고 있다고요?"

"그 반대일 때도 있고. 시간이 좀 지나면 파랗던 하늘이 다시 고양이 설사처럼 누레져. 그럼 다시 모든 게 엉망진창인 세상으로 돌아오지. 무언가가 나를 여기로 잡아 당겼다가 내가 속한 곳으로 다시 밀어내는 것 같아. 돼지놈들도 마찬가지일 거야. 무언가가 돼지놈들을 이쪽으로 잡아당겼다가 다시 저쪽으로 밀어낸다고."

"테슬라의 기계가 하는 일 같지는 않은데요."

"무슨 기계?"

"잡아당겼다가 밀어내고 하는 건 부작용일 거예요. 선생님이 사는 시대에서 돼지놈들은 로즈랜드 안에만 있습니까?"

"아니. 사방을 돌아다녀. 바퀴벌레보다 더 지긋지긋해."

"선생님의 하늘은 왜 노랗죠?"

"네 하늘은 왜 파랗지?"

"원래 파래요."

"내가 사는 곳에선 파랗지가 않아."

걸어가다 말고 그는 어깨에 메고 있던 소총을 내려 손에 들었다. 나는 권총을 뽑아 들었다.

"무슨 일입니까?"

"아직 아무것도 아니야. 긴장 풀어."

나는 잠시 후에 다시 입을 열었다.

"하늘이 노란색이고 돼지 얼굴을 한 괴물들로 가득하다니 굉장히 살기 힘든 곳이겠네요."

"그렇게 생각하나?"

"지금이랑 선생님이 사는 시대 사이에 무슨 일이 일어난 게 분명합니다."

"일어나긴 했지."

"무슨 일이었을까요?"

"글쎄. 전쟁도 있고."

"핵전쟁이요?"

"핵전쟁이 몇 번 나기는 했어."

"몇 번이요?"

"사소한 전쟁이었어."

"핵전쟁이 어떻게 사소한 전쟁일 수가 있습니까?"

"생화학전쟁도 일어났는데 그게 핵전쟁보다 더 지독하거든."

"생화학전이요?"

"그리고 그들이 나노스웜이라고 부르는 것들도 등장했어."

"나노스웜이 뭔데요?"

"내가 개같은 대학을 나온 것도 아니고 어떻게 알아. 난 계집애 같은 기술 덕후들하고도 안 친해. 나노스웜이 뭐든 간에 그 개같은 것들은 결국 스스로를 잡아먹지."

"스스로를 잡아먹는다고요?"

"다른 것들을 실컷 먹어치우고 나서."

나는 곰곰이 생각을 해보았다.

"그리고 그 교수놈들이 있지."

"무슨 교수요?"

"실험을 해대는 개같은 놈들."

"무슨 실험입니까?"

"돼지로 하는 실험."

"핵무기, 바이러스, 나노스웜, 돼지라."

"뱀파이어 박쥐도 있어. 그 박쥐들이 어디서 왔는지 아무도 몰라. 중국인들이 무기로 만들었다는 얘기도 있고, 네브래스카의 어느 괴짜 억만장자가 만들었다는 얘기도 있어. 그리고 큰 정부의 태양에너지 사건도 있었어."

"무슨 정부의 태양에너지 뭐요?"

"그 프로젝트를 진행하다가 우주에서 폭발이 일어났어."

"우주에서 일어난 폭발이면 지구에는 별 영향이 없잖아요?"

"워낙 큰 폭발이었어."

"얼마나 컸는데요?"

"아주 컸어."

잠시 말없이 걷다가 케니가 입을 열었다.

"대충 다 알게 되니까 기분이 좋아졌나?"

"아뇨."

그는 뻐드렁니 하나를 아랫입술에 걸치고 의기양양하게 말했다.

"어쨌든 이제 알게 됐으니 뭘 어쩔 생각이야?"

"아무 생각이 안 날 때까지 술이나 마셔야죠."

"바로 그거야."

우리는 배터리가 고갈된 미니트럭 앞에 도착했다. 언덕 사이의 골에 까마귀 스무 마리 정도가 죽은 돼지놈 주변에 모여 앉아 있었다.

나는 트럭 안에 놓아둔 베갯잇 자루를 꺼내들면서 말했다.

"로즈랜드에서는 무슨 일을 하십니까?"

"우두머리를 위해 경비 일을 해주고 있어. 그는 개같은 미치광이야."

"어째서요?"

"로즈랜드 안에만 있으면 영원히 살 줄 안다니까."

잠시 망설이다가 그에게 물었다.

"그의 이름이 노아 월플로인가요?"

"월플로? 아니. 콘스탄틴 클로이스야."

케니의 초록색 눈에 햇빛이 비쳐 반짝거렸다. 그의 곧은 시선에 거짓은 전혀 없었다.

그가 갑자기 말했다.

"노란 하늘이네."

나는 얼른 고개를 들었지만 내가 보는 하늘은 푸르렀다.

다시 케니 쪽을 돌아보았을 때 그는 사라지고 없었다. 그가 서 있던 곳에는 잠시 동안 아지랑이가 일렁일렁 피어올랐다.

배터리가 다 된 미니트럭 옆에 서서 반밖에 남지 않은 베레타 권총의 탄창을 완전 장전된 탄창으로 교체하고, 스포츠 재킷 주머니에 넣어둔 탄약통에서 탄환 7발을 꺼내어 첫 번째 탄창에 채워 넣으며, 로즈랜드의 비밀이 시간과 관련이 있다는 점을 찬찬히 곱씹어보았다. 로즈랜드에만 국한해서 시간이 무질서하게 흐르는 현상이 이곳에서 일어나고 있는 일의 부작용이라면, 시간이 다 되어가고 있다는 내 느낌은 어떤 면에서 사실일 수도 있었다. 그게 어떤 면인지는 나도 아직 알지 못했다.

돼지놈들을 맞닥뜨리기 전 나는 안나마리아가 안전하게 잘 있는지 확인하고자 게스트하우스로 가던 중이었다. 문득 며칠 전 매직비치에서 일어난 일이 떠올랐다. 그때 우리는 대담하게 우리 뒤를 따라오며 공격하려 들던 코요테 떼를 상대해야 했다. 안나마리아는 그들에게 다가가 몇 마디 말을 했고, 마치 그 말을 알아들은 듯 코요테 떼는 물러갔다. 안나마리아가 타고난 재능이 정확히 어떤 것인지는 몰라도 동물들을 두려워하지는 않아도 될 듯했다. 돼지놈들에 대해서도 마찬가지일 것이다. 만약 그녀가 죽임을 당한다면 동물적 본성에 이끌린 자가 아니라 다분히 인간적인 충동에 휩쓸린 자의 소행일 가능성이 높았다. 로즈랜드가 일종의 폭발을 향해 초읽기에 들어간 지금, 나는 안나마리아가 스스로를 잘 지켜낼 수 있으리라 믿는 수밖에 없었다.

베이컨 부대가 또 나타날까봐 한 손에는 베갯잇 자루를 다른 손에는 권총을 들고 주변의 언덕마루들을 살피며 타이탄 족 엔셀라두스 조각상이 있는 곳으로 걸음을 재촉했다. 조각상 앞에 다다른 후 잔디밭을 에워싼 참나무 숲으로 들어갔다. 전에 왔을 때와 마찬가지로 나무 밑 땅바닥에는 낙엽 한 장 떨어져 있지 않았다.

베갯잇 자루를 바닥에 내려놓고 낮게 드리워진 나뭇가지들 중에 나뭇잎이 세 개 붙어 있는 잔가지를 하나 꺾어서 바닥에 던졌다.

그러자 수주일 간 간헐 촬영한 필름을 고속으로 돌린 것처럼, 일분도 채 안 돼서 나무의 잘린 자리에 새 나뭇가지가 돋아나고 조금 전과 완전히 똑같은 잎사귀 세 장이 자라났다.

바닥에 던진 잔가지가 생각나 살펴보니 어디론가 사라지고 없었다.

내 나이 스물두 살에 드디어 나의 흉가를 찾아냈다. 이 흉가를 위해 그동안 그토록 열심히 준비를 해왔나 보다. 여기는 『나사의 회전』에 나오는 시골 저택 같은 곳이고, 『헬 하우스』의 집처럼 변태스러운 역사를 갖고 있으며, 『어셔 가의 몰락』에서처럼 죽었어야 마땅한 사람들이 죽지 않고 있고, 『폴터가이스트』에서처럼 위기에 처한 소녀가 이 집에 감금되어 있었다. 로즈랜드의 유일한 유령은 유령 말을 탄 유령 여인인데, 그 여인은 해를 끼치지도 않고 있고, 내가 비공식 엑

소시스트로서 나서서 해결해야 할 문제의 근원도 아니었다.

무덤에서 올라온 폴터가이스트와 귀신들에게 매타작을 하는 대신 나는 돼지 떼, 우주 시계, 완전히 돌아버린 영화계 거물, 그리고 그 거물이 위대한 고 니콜라 테슬라 덕분에 손에 넣게 된 힘을 휘둘러 주변에 끌어다 둔 공범들을 상대해야 했다. 차라리 귀신들을 두들겨 패는 편이 더 쉬울 것 같았다. 니콜라 테슬라는 오래전에 죽었고 이리저리 튕기는 무형의 핀볼처럼 나타났다 사라졌다 하고 있었지만 유령은 아니었다. 테슬라는 내가 아직 오지 않은 곳에서 나를 본 적이 있다고 말하면서, 주 스위치를 당기라고 말했다. 그 스위치가 어디 있는지는 아직 알 수가 없었다.

이런 날이면 그냥 내 침대로 돌아가 머리끝까지 이불을 덮어써버리고 싶다.

하지만 이대로 포기하는 대신, 방금 전 잔가지를 부러뜨린 나무에서 똑같은 잔가지를 또 꺾어 왼 손바닥 위에 올려놓아보았다. 일 분쯤 지나자 끝이 부러졌던 나뭇가지는 원래의 모습을 회복했고, 내 왼 손바닥 위에 있던 잔가지는 마지막에 내가 손으로 움켜쥐었음에도 불구하고 흔적도 없이 사라졌다.

바로 이것이 로즈랜드에 정원사가 많이 필요치 않은 이유였다. 로즈랜드 내에서도 야초가 아무렇게나 자라는 들판과 달리 일부 조경을 해놓은 곳의 나무와 관목과 꽃과 풀은 그 상태 그대로 정체되어 있었다. 더 이상 자라지도 시들지도 않고, 1920년대 초의 그 어느 날처럼 늘 같은 모습을 유지하고 있는 것이다.

그런데 내가 보기에 로즈랜드 거주자들은 시간의 영향을 아예 안

받고 있지는 않았다. 그들에게도 시계는 여전히 똑딱똑딱 흘러갔다. 매일 해가 뜨고 해가 졌다. 날씨가 변하고 계절이 바뀌었다. 로즈랜드를 에워싼 담장 안에서 시간은 가만히 멈춰 있지 않았다.

괴상한 에너지의 흐름이 나무뿌리와 줄기, 가지, 잎으로, 풀잎 하나하나로, 꽃잎 하나하나로 전달되어 지금 모습을 고스란히 유지하고 있는 것일까. 바람에 나뭇잎이 떨어져도 그 자리에 곧 새 나뭇잎이 돋아나고, 바닥에 떨어진 나뭇잎은 더는 존재하지 않게 된다. 혹은 새 나뭇잎이 아니라 원래 있던 옛 나뭇잎일 수도 있었다. 나무나 식물이 손상될 때마다 온전했던 과거로 슬쩍 돌아갔다가 다시 현재로 돌아오는 것인지도 몰랐다.

이 자리에서 땅을 파보면 금속 망이라든지 저택 토대에 박혀 있는 구리 막대들을 보게 될 수도 있었다. 문득 길게 늘린 '8'이 숫자가 아님을 알게 되었다. 수직이 아니라 수평으로 읽으면 그것은 숫자가 아닌 무한의 상징이었다.

현기증이 났다. 차라리 케니의 말처럼 아무 생각 안 하고 살면 편할 것을.

흠 하나 없는 완벽한 잔디밭으로 돌아갔다. 신들에게 도전하며 주먹을 부르쥔 엔셀라두스 조각상이 있는 곳이었다. 잔디밭을 따라 계속 걸어 저택을 에워싼 너른 풀밭이 있는 곳에 도착했다. 멀리서도 저택의 창문과 문이 전부 강철판으로 덮여 있음을 볼 수가 있었다.

저택 한쪽 모퉁이에는 어중이떠중이 괴물들이 맛있는 점심을 건물 안에 두고 들어가지 못해 안달을 하며 미쳐 날뛰고 있었다. 그들은 테라스에 놓인 의자들을 뒤집고 강철 셔터를 주먹으로 마구 쳐댔다.

나는 엔셀라두스 조각상이 있는 잔디밭으로 되돌아왔다. 그곳에 있으면 시간 속에 정체된 참나무들 덕분에, 저택 쪽에 있는 괴물들의 눈에 띄지 않을 수 있었다. 엔셀라두스 옆에 서서 마음을 추스르고 내가 세운 가설에 대해 곰곰이 생각을 해보았다. 로즈랜드가 단순한 타임머신이 아니라 시간을 관리하고, 시간의 효과를 뒤로 돌리거나 지연시키고, 자연의 순리에 따른 쇠퇴를 막는 기계일 수도 있다는 가설이었다.

게스트하우스와 마찬가지로 저택도 무엇 하나 닳지도 부서지지도 먼지를 날리지도 않는 듯, 늘 티 하나 없이 깔끔하고 방금 지은 새 건물 같았다. 나무 바닥과 계단도 새것처럼 탄탄해서 끼이익 소리 따위는 절대 내지 않았고, 집 안 곳곳의 대리석이나 석회암도 깨진 구석 하나 없었다.

주방 용구들도 전부 새것이었다. 하지만 요즘에 나오는 주방 용구들로 교체해서 쓰고 있을 가능성이 높았다. 1920년대의 주방 용구들이 망가져서가 아니라, 요즘 나오는 오븐과 냉장고가 옛날 모델에 비해 장점이 많고 편리하기 때문이었다.

그때 갑자기, 누군가 마법으로 불러내기라도 한 것처럼 백여 마리의 박쥐 떼가 2미터에 달하는 날개를 파닥이며 기다란 잔디밭 끄트머리의 나무 위로 나타났다. 그들은 곧장 내게 날아오고 있었는데, 서로 바짝 붙어 날고 있어서 마치 한 덩어리 같았다. 그들은 잔디밭 위로 60센티미터 높이에서 밀물처럼 밀려왔다. 지금까지 이 박쥐들은 대낮에는 나타난 적이 없었다.

도망치려다 생각해보니, 뛰어봤자 박쥐들에게 금방 따라잡히고 말 것 같았다. 아마 저들은 대낮에는 앞을 잘 보지 못할 것이다. 대부분의 포식자들처럼 박쥐들도 먹이를 냄새로 추적할 테니까. 어쩌면 타고난 유도 시스템 즉, 반향 위치 탐지법을 이용해 먹이의 위치를 확인할 수도 있었다. 그렇다면 움직이지 말고 가만히 있는 게 더 현명했다. 나는 박쥐들에게 탐지되지 않기를 바라며 거대한 조각상의 그림자 속에 가만히 서 있었다.

내 생각이 맞기를, 제발, 제발, 제발. 박쥐의 특성을 믿고 나는 산 채로 뜯어 먹히지 않기를 바라며 꼼짝도 하지 않았다.

거의 동시에 날개를 퍼덕이는 데다가 초당 퍼덕이는 횟수가 많아서 날갯짓 소리가 거의 부웅- 소리처럼 들렸다. 관현악단처럼 시간을 딱딱 맞추는 그들의 날갯짓은 인상적이라기보다는 두려움을 자아냈다. 자몽만 한 머리통을 가진 박쥐들은 턱을 내린 채 입을 쫙 벌리고 구부러진 앞니를 드러내면서 납작한 코로 냄새를 맡았다. 피와 땀, 위험에 처한 먹이의 피부나 가죽, 털에서 배어나오는 미립자, 공포의 페로몬을 찾는 것이었다.

그들이 낮게 내리꽂자 나는 숨도 쉬지 못하고 고개를 숙였다. 부드러운 갈색 가죽, 막처럼 얇은 날개가 내 얼굴 밑으로 빠르게 지나갔다. 나의 시간과 그들의 시간 사이에 놓은 커튼을 통과하듯 박쥐들의 몸이 갑자기 희미해지면서 순식간에 어디론가 사라졌다.

안심이 되면서 힘이 쭉 빠졌다. 거대한 조각상이 서 있는 화강암 초석으로 올라가 엔셀라두스의 왼 종아리에 등을 기대고 앉았다. 신발 밑창을 엔셀라두스의 오른발에 가져다 대고 무릎을 끌어 모았다. 이 타이탄 족을 바위로 으스러뜨린 신이 나를 보호해줄지 알 수 없었지만, 그래도 늘 그렇듯이 나는 낙천적인 기질을 고집스럽게 발휘하며 안전하리라 믿었다.

　심장 박동이 평소대로 돌아오자 나는 로즈랜드에 대해 다시 생각에 잠겼다. 과거의 시간, 현재의 시간, 미래의 시간⋯⋯.

　조경이 깔끔하게 관리되는 구역, 건물 내부, 방방이 들어가 있는 가구들은 시간 속에 정체되어 있지만, 침구와 케이크 굽는 팬, 식기도구들처럼 이곳에 원래부터 있던 것이 아닌 물건들은 그렇지가 않았다. 부러져도 곧 복구되는 참나무와는 달리 침구와 옷은 저절로 세탁되지 않았고, 음식이 묻은 접시 역시 시간을 되돌려 저절로 깨끗해지지 않았다. 로즈랜드의 구조물을 강하게 관통하고 있는 이 므두셀라(성서에서 969세까지 살았다고 기록된 구약시대의 족장 - 옮긴이)의 흐름은 건물 바닥에 세워져 있는 물건과 벽에 걸려 있는 물건에는 적용이 되지만, 붙박이가 아닌 작은 물건에는 적용되지 않았다.

　여기 살고 있는 사람들은 어떨까?

　케니가 살고 있는 암울하고 혼란스런 미래에서, 로즈랜드의 주인은 자신을 콘스탄틴 클로이스라 부른다고 했다. 혼란 그 자체인 곳이니 굳이 가짜 이름을 내세우며 자신의 정체를 숨길 필요가 없어서일 것이다. 미래 사람들은 스스로와 가족을 지키고 먹을 것을 찾는데 온통 골몰해서 과거 따위엔 관심조차 없을 테니까. 사납게 소용돌이치는 싯누런 하늘 아래 인터넷도 텔레비전도 라디오도 없다면, 그나마 남은 공공기록도 폐허가 되어버린 건물의 서랍 안에서 썩어가고 있다면, 그는 주기적으로 이름을 바꾸고 외모에 변화를 줘가며 살 필요가 없는 것이다. 노아 월플로인 척을 할 필요도, 남미 광산 재벌의 상속자인 척을 할 필요도 없다. 본인의 이름으로 쭉 살아도 된다. 콘스탄틴 클로이스로.

논리대로 따지자면, 로즈랜드의 다른 거주자들은 식기와 옷에 비하면 저택에 붙박이로 붙어 있지 않으므로 단순히 로즈랜드 담장 안에 살고 있는 것만으로는 불멸을 보장받을 수 없다. 그들은 정상적으로 나이를 먹을 테고 아마 수십 년을 주기로 어떤 식이요법을 하거나 어떤 과정을 거쳐서 젊음을 되찾을 것이다.

하룻밤 새에 사오십 년의 세월을 털어내고, 허옇게 센 머리카락과 피부의 주름, 군살, 늙어가면서 얼굴에 가해진 중력의 작용을 되돌리고 나면, 그들은 마을 사람들도 거의 알아볼 수 없는 새 사람이 된다. 마을 사람들은 그들을 로즈랜드에 새로 온 직원으로 생각할 테니 그들은 굳이 이름을 바꾸고 머리 모양을 달리할 필요가 없다. 담장 밖으로 거의 나가지 않아 마을 주민들과 접촉할 일이 별로 없으니 더 그럴 것이다.

위험한 일은 절대 안 한다고 했던 빅토리아 모르스의 말이 떠올랐다. 이제 그 이유를 알 것 같았다. 그들은 노화와 병으로 인한 육신의 변화를 되돌릴 수는 있지만 불사의 몸은 아니다. 총에 맞아 죽을 수도 있고 사고로 죽을 수도 있는 것이다.

그렇기 때문에 헨리 러럼도 휴가를 팔 주나 받아놓고도 삼 주 만에 로즈랜드로 복귀했을 터였다. 오직 이 담장 안에서 안전하다고 느낄 테니까. 영원한 젊음은 그를 로즈랜드의 죄수이자, 스스로를 감옥에 가둬놓고 지키는 간수로 만들었다.

그동안 궁금한 게 수십 가지는 됐는데 한 시간 전에 비하면 이제

의문스러운 점은 몇 가지밖에 안 남았다. 당장 답을 알고 싶은 의문들은 그 이름 모를 소년과 관련되어 있었다.

노아 월플로가 콘스탄틴 클로이스라면, 말을 탄 유령 여인은 1920년대에 콘스탄틴 클로이스의 부인이었던 마드라 클로이스일 것이다. 그녀는 로즈랜드에 말들이 있었던 그 시절에 총에 맞아 살해당한 게 분명했다.

아까 묘의 지하 이층에서 시체들을 앞에 두고 노아 월플로의 아내냐고 물었을 때 그녀가 망설이면서 좌절한 표정을 짓던 기억이 났다. 고개를 끄덕이거나 젓는 식으로밖에 대답을 할 수가 없으니, 그녀는 월플로가 실은 클로이스이고 자신은 그 둘의 아내라고 정확하게 대답을 하지 못했다.

저택의 소년은 더 이상 이름 모를 소년이 아니었다. 그는 마드라와 콘스탄틴의 아들로, 죽었다고 알려진 아이였다. 어려서 죽은 그 소년의 이름은 티머시였다. 그의 시신은 화장 처리되어 항아리에 담겼고 그 항아리가 들어 있는 벽감 아래 명판에 티머시라고 적혀 있었다. 그런데 지금 그 소년이 저택에 살아 있는 것이다.

노아 월플로 즉, 클로이스는 티머시를 어디서 데려왔을까? 티머시는 왜 원래 있던 곳으로 간절히 돌아가고 싶어 할까? 수십 년이 흘렀는데도 어째서 아홉 살 소년의 모습인 걸까? 티머시를 좀 더 자라게 두었다가 청년이 되었을 때 그 상태로 젊음을 유지하게 해도 됐을 텐데 어째서 그들은 티머시를 자라지 않게 두었을까? 구십 년간 어린 아이로 살게 한 건가?

엔셀라두스의 그림자 속에서는 이 의문에 대한 답을 찾을 수 없었다. 답을 얻으려면 저택으로 가야 했다.

날이 저물기 전에 천둥이 칠 것 같더니, 북서쪽에서 탄약 상자 같은 검은 구름들이 소리 없는 바퀴를 타고 몰려오고 있었다. 이미 하늘의 삼 분의 일을 뒤덮은 검은 폭풍우 구름은 이쪽 지평선에서 저쪽 지평선까지 모두 장악하기 위해 빠르게 이동하고 있었다.

천둥이 치리라는 예상을 하면서 어째서인지, 낡은 방앗간에서 맹렬히 작업에 몰두하는 빅터 프랑켄슈타인 박사가 떠올랐다. 소설에서와는 다르게 영화에서 그는 낡은 방앗간을 실험실로 삼아, 번개를 동력원으로 피조물에게 생명을 불어넣는 작업을 했다. 그렇게 해서 탄생한 것이 범죄자의 뇌와 무자비한 묘지의 심장을 지닌 채 비틀거리며 걷는 괴물이었다.

지금 상황에서 바리케이드가 쳐진 저택으로 돌아가려면 수호천사와 어린아이를 그린 프랑키의 명화 벽화를 통해 묘의 지하로 내려가 터널을 이용하는 방법뿐이었다.

박쥐들의 날갯짓과 구부러진 앞니를 떠올리자 정신이 바짝 들었다. 잔디밭을 전속력으로 가로질러, 시간이 멈춘 참나무 숲을 빠르게 통과해, 식물들이 자연의 섭리에 따라 나고 지는 야생 들판과 언덕을 달려갔다.

프랑켄슈타인의 낡은 방앗간이 자꾸만 내 마음의 눈에 어른거렸다. 어째서 그 이미지가 계속 떠오르는지 처음에는 이유를 몰랐다.

남쪽에서부터 묘로 접근하고 있는데 내 마음의 눈이 깜박거리면서, 번개를 끌어오는 프랑켄슈타인의 낡은 방앗간이 로즈랜드에서는 유칼립투스 숲 안의 게스트하우스일 거라는 생각이 퍼뜩 들었다.

돌벽으로 지어진 건물 위에 반구형으로 얹힌 청동 지붕, 그리고 지붕 꼭대기에 잎자루와 왕관, 오래된 회중시계의 뚜껑처럼 보이는 특이한 장식을 얹은 게스트하우스. 로즈랜드의 비밀이 시간과 관련이 있으니…….

내 숙소와 안나마리아의 숙소는 전체 높이가 18미터인 게스트하우스에서 아래 6미터를 차지했다. 나선식 돌계단은 일층과 이층을 이어줄 뿐 아니라 맨 꼭대기 층인 삼층으로 연결되었다. 하지만 우리가 받은 열쇠로는 꼭대기 방의 문을 열 수가 없었다.

위쪽 12미터에는 뭐가 있을까 궁금해서 어떻게든 문을 열어보려고 했었는데 결국 실패했다. 나는 요즘 빅브라더가 수만 명씩 고용하는, 병적으로 파헤치기를 좋아하는 염탐꾼이 아니다. 그래도 내 재능이 나를 내가 있어야 할 새로운 곳으로 이끌 때, 그곳에 도착하자마자 바닥에 작은 문이 있는지, 함정이나 숨겨진 덫은 없는지 샅샅이 살펴야 생존 확률이 높아짐을 경험으로 알고 있었다.

저택 쪽에서는 보이지 않는 묘의 남쪽 잔디밭에 서서 게스트하우스로 돌아갈지 말지 고민했다. 가는 길에 잼 디우의 숙소에 들러 쓰지도 않는 조경 도구들 중에 도끼나 한 자루 빌릴까. 오늘 겪은 일들을 생각하면 뭐라도 쪼개야 속이 풀릴 것 같았다. 무언가를 쪼갤 일이 있다면 아마 문짝이겠지만.

망설인 끝에 저택으로 가기로 했다. 양쪽에서 시간이 뒤죽박죽이 되었지만, 종말의 시계 바늘이 파국으로 가고 있다면 저택에 있는 소년부터 구해야 할 것 같아서였다.

36

묘에 돌아가서 보니, 프란키의 명화가 그려진 모자이크가 북쪽 벽에서 밀려나 있는 상태 그대로였다. 지하 일층으로 내려가는 계단 두 개도 고스란히 노출되어 있었다.

내버려두면 이 비밀스런 곳의 입구가 자동으로 닫힐 줄 알았는데 그게 아닌 모양이었다. 모로 서서 천사의 방패가 그려진 타일에 손가락을 대보았다. 아까 입구를 열기 위해 손으로 눌렀던 바로 그 자리였다. 그 타일은 앞으로 다시 나와서 빈틈을 메울 생각이 없는지, 뒤로 밀려난 채 꼼짝하지 않았다.

두 계단의 위쪽 벽을 손으로 더듬어 스위치가 있는지 찾아보았다. 내 직감은 여기서 더 이상 시간 낭비를 하지 말라고 말하고 있었다. 로즈랜드 안에서 여러 사건들이 위태로운 정점을 향해 빠르게 달려가고 있었다.

계단을 밟고 지하 일층으로 내려갔다. 방 한가운데에 일곱 개의 황금 구체가 일곱 개의 막대에 붙은 채로 소리 없이 회전하고 있었다. 수많은 플라이휠들이 아무 소음도 내지 않고 날아다녔다. 플라이휠의 테두리에서 나온 황금빛 빗방울들이 천장의 구리망으로 미끄러져 올라가 흡수된 후 태피스트리처럼 정교한 무늬를 따라 이동하다가 흐릿하게 사라졌다.

얼마 전에야 이 기계의 주된 목적이 시간 관리임을 알게 되었기에, 막연하게라도 좋으니 이 다양한 장치들이 어떤 식으로 그런 놀라운 작업을 해내는지 이해할 수 있기를 바랐다. 하지만 아무리 봐도 얼떨떨하기만 했다.

튀김 요리를 잘하고 심령적인 재능을 타고 났다고 해서 꼭 어마어마한 천재는 아니다. 내가 아는 다른 튀김 요리사들을 보더라도 노벨 과학상을 받을 것 같은 사람은 한 명도 없다. 게다가 허구한 날 배회하는 유령들을 보고 가끔 예지몽까지 꾸다보면 그런 데 정신이 팔려서 세계 체스 챔피언이 되거나 애플의 뒤를 잇는 차세대 회사를 설립하기가 쉽지 않다.

구석의 나선형 철계단을 밟고 지하 이층으로 다시 내려갔다. 황금 톱니들이 은 선로를 따라 소리 없이 끊임없이 6열로 오가고 있었고, 죽은 여인들은 핀으로 치떠올린 눈으로 영원을 응시하고 있었다. 기계가, 어쩌면 이 기계의 핵심적인 부분이 여기 있기 때문에 시간을 정체시키는 힘이 다른 곳보다 강할 것이다. 그래서 벽에 등을 기댄 채 바닥에 앉아 있는 소름끼치는 트로피들이 로즈랜드의 주인에게 죽임을 당할 당시의 모습을 고스란히 유지하고 있는 것인지도 몰랐다.

시간 속에 정체되어 있다지만 시체일 뿐이었다. 고요한 밤에 살인자는 일말의 죄책감, 섬뜩한 절망감을 느낀 적이 있을까. 이 여자들이

성흔처럼 강렬한 피투성이 상처를 안고 그에게 다가간다면, 넥타이로 목이 졸려 꺽꺽대는 목소리로 그를 비난한다면 살인자는 어떤 생각이 들까.

내가 무슨 짓을 하더라도 살인자가 응당 받아야 할 벌에는 미치지 못할 것이다.

썩어가는 고기에 이끌리는 짐승들은 이 시체들을 침범하지 않았다. 이는 테슬라의 기계를 처음 작동시켰을 당시 건물 안에 벌레와 설치류가 한 마리도 없었다는 뜻이었다. 나는 이 안에서 무한한 거미줄을 짯는 불멸의 거미도, 고풍스런 눈빛을 가진 집파리도, 오십 번은 거듭 살아 현명해진 쥐도 보지 못했다.

그런 쥐들이 징두리 벽판 너머에서 살고 있다고 해도 오래 살았으니 현자가 되었으리라는 보장은 없다. 평균 수명을 넘기고 더 산 사람들도 그 나이만큼 더 현명해지지는 않으니까.

노아 윌플로 즉, 콘스탄틴 클로이스가 1948년에 본인의 죽음을 가장할 당시 나이가 일흔 살이었다. 지금은 백서른네 살이 된다. 하지만 그만큼 나이를 먹었어도 더욱 겸손해지거나 도덕적 삶의 지혜를 더 얻은 것 같지는 않았다. 내가 말만 하면 입 닥치라고 하는 것만 봐도, 그는 백서른네 살이나 먹었지만 대단한 교양을 갖추지도 못했고 재미난 농담을 구사할 줄도 몰랐다.

나는 방을 가로질러 문으로 향했다. 문을 열자 벽과 천장을 구리로 뒤덮은 터널이 나왔다. 저택까지 이어지는 터널이었다. 벽에 끼위진 유리 튜브 속에서 황금색으로 타오르는 빛은 저택을 향해 나아가는 듯도 하고 저택에서 멀어지는 듯도 했다. 그 튜브를 보고 있으면 속

327

이 메스껍고 혼란스러워져서 바닥만 보고 걸어갔다.

저택에 도착해 와인저장실로 들어갔다. 이번에는 지하실 복도로 향하지 않고 좁은 다용도 계단을 통해 일층으로 올라갔다.

쉴숌이 에드거 앨런 포의 소설 속 프로스페로 왕자가 열 만한 대단한 연회를 준비하고 있을지도 모르니 조심스럽게 주방으로 들어갔다. 프로스페로 왕자는 적사병이라는 전염병에 목숨을 위협받는 대재앙의 시기를 살면서도 자신이 영원불멸하지 않은 인간임을 부정하고자 성대한 파티를 열었고, 결국 그 끝은 좋지 않았다. 로즈랜드 거주자들도 프로스페로 왕자보다 나은 신세가 되지는 못할 것이다.

싱크대 위의 램프 두 개에서 흘러나오는 빛이 조명의 전부였다. 창문은 전부 강철 셔터로 덮여 있었다.

지금은 괴물들이 강철 셔터를 두드리는 소리도 들리지 않고 집 전체가 쥐 죽은 듯 고요했다. 테슬라의 기계가 그들을 전부 최초의 그 시간대로 끌고 간 것 같지는 않았다. 어딘지 모르게 불길하게 느껴지는 정적이었다.

주방에 연결된 방이 하나 있었다. 주방장 사무실로 쓰이고 있는 그 방으로 들어가 조용히 문을 닫았다.

여기서 쉴숌은 메뉴를 짜고, 구매 목록을 준비하고, 고 클로이스 부인을 닮은 젊은 여자가 고문 끝에 죽임을 당하러 로즈랜드로 들어왔을 때 로즈랜드 주인에게 어떤 요리를 해 바칠지를 고민했을 것이다. 특별한 행사를 맞이해서 메뉴를 짜는 일은 늘 골치 아프다.

콘스탄틴 클로이스는 여기서 유일하게 영원불멸의 삶을 누리고 있다는 점 때문에 자신을 남들보다 우월하다 생각하면서, 스포츠를 즐기듯 필멸의 존재인 인간들을 죽였을 것이다. 하지만 다른 직원들은 그야말로 정신 나간 짓을 하며 살고 있었다. 클로이스가 허락해야만 그와 같이 영원한 삶을 누릴 수 있어서인지 아니면 유한한 인간을 죽이는 걸 범죄가 아니라고 생각하기 때문인지 몰라도, 클로이스의 극악한 범죄를 돕고 있다는 점만 봐도 그들이 광기에 사로잡혀 있음을 알 수 있었다.

지나치게 오래 살아서 미쳤다고 보기엔 따지고 보면 그리 오래 산 것도 아니었다. 수백 년을 살다보면 매일 반복되는 생활이 권태로워져서 만성적으로 우울한 상태가 되고, 그래서 좀 더 새롭고 극단적인 감각을 추구할 수도 있다. 고문과 살인이 권태로 인한 초조함을 덜어줄 신경안정제 바륨 같은 역할을 할지도 모른다. 하지만 클로이스는 겨우 백서른네 살이고, 다른 직원들은 분명 그보다 젊을 것이다. 그러니 그들이 다양한 형태의 광기에 빠져든 이유가 꼭 장수 때문이라고는 볼 수 없었다.

쉴숌의 사무실에 놓인 대형 의자는 쉴숌의 큰 몸집에 맞게 주문제작한 것이었다. 좌석 넓이가 나 같은 사람은 두 명이 앉아도 될 정도였고 바퀴는 야구공만 했다. 그 의자에 앉으니 콩나무 줄기 꼭대기의 성에 들어간 잭이 된 기분이었다.

책상 위에 컴퓨터가 놓여 있었는데 저택 일층에서 컴퓨터를 본 것은 처음이었다. 다른 직원들이 쓰는 방에 몇 대 더 있는지 모르지만 내가 본 바는 그랬다. 전원을 켜고 인터넷에 접속해 니콜라 테슬라를 검색해보았다.

세르비아인 니콜라 테슬라는 1856년 7월 10일 스밀잔이라는 곳에서 태어났다. 스밀잔은 크로아티아 혹은 오스트리아-헝가리 제국 혹은 라이카에 속하는 지역이며, 어떻게 보면 그 세 곳에 모두 속하는 곳이었다. 인터넷에서 인물 전기 사이트를 읽다 보면 대개 그렇지만, 출생 장소에 대해 이렇게 적혀 있으니 마치 지구가 아닌 다른 곳 같았다.

테슬라는 1943년 1월 7일 뉴요커 호텔의 방 두 개짜리 스위트룸에서 세상을 떠났다. 뉴요커 호텔은 이 지역 저 지역에 동시에 속하지 않고, 뉴욕 안에 서 있는 호텔이다. 세인트 존 더 디바인 성당에서 열린 그의 장례식에는 이천여 명의 조문객들이 찾아왔다. 테슬라의 시신은 화장되었고 그의 재는 현재 세르비아 베오그라드의 니콜라 테슬라 박물관에 있는 황금 구체에 보관되어 있다.

다른 사이트로도 들어가 검색해보니 테슬라가 제일 좋아하는 형태는 황금 구체였다.

흐으으음. 흥미로운걸.

1882년 테슬라는 회전 자기장 문제를 해결하고 회전 자기장 법칙을 이용해 세계 최초로 교류 유도 전동기를 만들었다. 이게 무슨 장치인지 나는 감도 오지 않았지만 계속 읽어 내려갔다. 유도 전동기는 19세기 말에 2차 산업혁명을 불러오는 데 일조했고, 중공업과 단순한 가전제품 제조 분야에 활용되었다.

내 등 뒤에서, 창문에 내려진 강철 셔터를 무언가가 바깥에서 박박 긁고 있었다. 바악바악, 톡톡, 바악바악, 톡톡.

괴물 떼가 조금 전에 왁자하게 크르릉대던 소리에 비하면 소음이랄 것도 없었지만, 창밖에서 저렇게 두드려대는 생물이 호기심 많은 너구리일 리는 절대 없었다.

그 괴물은 일층의 어떤 방에서 점심이 대기하고 있는지 알아보려고 강철 셔터를 두드리고 있었다. 나는 컴퓨터 화면에 다시 집중하기로 했다.

미국으로 건너온 테슬라는 토머스 에디슨과 함께 작업을 했지만 얼마 가지 않아 결별했다. 테슬라가 에디슨이 주장하는 직류 송전이 비효율적이라 생각했기 때문이었다. 모든 에너지는 순환한다, 따라서 전기를 처음엔 이쪽 방향으로 이어서 반대 방향으로 즉, 다상교류 원리에 따라 다중파장으로 흐르게 하는 발전기를 충분히 만들 수가 있다, 라는 것이 테슬라의 생각이었다. 밖에서는 영장류 돼지가 로즈랜드를 활보하고 있고 이 건물 안에서는 소시오패스 살인자가 돌아다니고 있으니 지금 여기서 '다상교류원리'가 무슨 뜻인지 찾아볼 시간은 없었다.

어쨌든 테슬라는 사업가 조지 웨스팅하우스의 투자를 받았다. 그 후 전기 흐름의 방향을 초당 60회씩 바꾸고, 에너지 손실을 최소화하여 장거리 전송을 가능하게 하는 교류 전기가 곧 세계 표준으로 자리 잡았다.

1895년 테슬라는 나이아가라 폭포에 세계 최초의 수력 발전소를 세웠다.

마르코니를 라디오 발명가로 꼽는 사람들도 있지만, 테슬라는 이미 1900년에 라디오의 기본적인 시스템에 대한 특허를 보유하고 있었다. 이는 마르코니보다 수년 앞선 것으로, 결국 마르코니의 특허는 유효하지 않은 것으로 판명되었다.

또다시 뒤에서 강철 셔터를 두드려대는 소리가 들렸다. 톡, 톡, 톡…… 톡, 톡, 톡…… 톡, 톡, 톡.

섬뜩할 정도로 신중하게 두드리는 소리였다. 마치 미리 약속을 하고 비밀스럽게 연인을 만나러 온 사람처럼 조심조심 두드리는 소리.

나는 같이 창문을 두드리며 화답하지 않았다. 나를 로미오 취급하며 내 줄리엣이 되고 싶어 하는 여자 괴물을 상상하게 되었기 때문이다.

자료를 좀 더 읽어보니 테슬라가 발명한 장치들 중에 형광전구, 레이저빔, 무선 통신도 있었다. 무선 전기 전송, 리모컨도 그의 발명품이었다. 그는 뢴트겐보다 앞서 세계 최초로 인간의 몸을 엑스레이로 촬영하기도 했다.

한마디로 어마어마한 천재였다.

1899년에 콜로라도에서 테슬라는 정상파를 이용해 40킬로미터 떨어진 곳에 있는 전구 이백 개에 불을 밝혔다. 전선을 쓰지 않고 공기 중으로 전기를 전송하는 무선 방식이었다.

대단한 발명품이 하나 더 있었다. 그는 1901년과 1905년 사이에 롱아일랜드에 무선통신용 탑을 세웠다. 지상 높이 58미터, 지상 깊이 30미터인 이 탑 위에 지름 20미터인 반구형 구리 지붕을 얹었다. 지구의 지전류가 이곳으로 송수신되었고, 확대 송신기를 통해 세계 어느 곳으로든 무한한 량의 전기를 보낼 수가 있었다.

하지만 전기를 누가 끌어다 쓰는지 알 방법이 없으므로 요금을 매길 방법도 없었다. 이 프로젝트에 자금을 대고 있던 J. P. 모건은 이런 이유로 재정 지원을 중단했다.

알버트 아인슈타인은 니콜라 테슬라의 추종자였다. 아인슈타인의 상대성 이론은 시간과 공간이 절대적인 개념이 아니라 상대적인 개념이라는 내용이다.

흐으으음.

테슬라는 머리가 굉장히 좋아서 고난이도 수학 문제도 종이와 연필 없이 순전히 암기로 풀었다.

더 놀라운 사실은, 그가 유도 전동기 같은 복잡한 발명품의 세세한 부분까지 머릿속으로 전부 그린 후 최대한 빠르게 도표로 그려낼 수 있었다.

바악바악. 톡톡.

"잡지 구독 안 해요."

나는 이렇게 중얼거리며 계속 읽어 내려갔다.

테슬라는 마크 트웨인과 친구 사이이기도 했다. 트웨인은 『허클베리 핀의 모험』으로도 유명하지만 『아서 왕과 양키』라는 소설도 썼다. 이 소설은 머리를 맞고 정신을 잃었다가 깨어난 양키 남자가 아서 왕을 만나는 꿈같은 내용으로, 주된 줄거리는 시간여행이었다.

흐으으음.

1997년 『라이프』 잡지는 니콜라 테슬라를 지난 천 년을 통틀어 가장 큰 유명세를 떨치고 세상의 큰 변화를 가져온 백 인 중의 한 사람으로 꼽았다.

물론 그것은 전 세계 대부분 인구의 평균적인 주의력 집중 시간을 이 분으로 감소시키고, 우리의 장기 기억력을 십사 개월로 줄이는데 일조하며, 우리로 하여금 가장 존경스러운 이로 조지 워싱턴, 알버

아인슈타인, 마리 퀴리, 조나스 솔크, 마더 테레사, 니콜라 테슬라가 아니라 이번에 '댄싱 위드 더 스타즈'에서 우승한 유명인사라든지 유튜브에서 천만 뷰를 찍은 춤추는 고양이 따위를 꿈게 만드는 리얼리티 텔레비전, 트위터, 트와들 같은 발명품들이 나오기 전 이야기다.

톡톡. 바악바악. 또옥또옥.

"누구세요?"

나는 나지막하게 묻고 돼지처럼 꿀꿀대는 목소리로 조그맣게 대답했다.

"주노."

"주노가 누군데?"

나는 짐짓 의아해하며 물은 뒤 대답했다.

"주노야, 내가 얼마나 널 이 안으로 들이고 싶은지, 그리고 같이 허풍을 떨면서 놀고 싶은지 아니?"

테슬라는 상당히 특이한 면이 있었다. 1899년과 1900년 사이에 콜로라도 스프링스에 있는 실험실에서 테슬라는 다른 행성으로부터 신호를 받았다고 주장했다. 진중한 사람들이 그가 제시한 증거를 검토한 후 수긍했다. 그리고 그는 전류를 적절하게 적용하면 지구를 쉽게 반으로 쪼갤 수 있다고도 말했다. 다행히 그 방법을 설명하는 메모를 남기지는 않았다. 만약 그가 메모를 남겼으면 영화 〈잭애스〉에 나오는 남자들이 분명 시도를 했을 것이다.

요약하자면 테슬라는 고정관념에 얽매이지 않고 새로운 사고를 할 수 있는 사람이었다. 그것도 월등히 새로운 사고 말이다. 이런 사람이라면 시간에 마구(馬具)를 채워 원하는 대로 사용할 수 있는 기계를 만드는 일에 도전하고도 남았다.

　유튜브에서 춤추는 고양이를 찾아볼까 하는 유혹에 시달리다가 인터넷 창을 내리고 컴퓨터를 껐다.

　톡톡 바악바악 긁는 소리가 또 다시 들려왔다. 그리고 쉴숌이 빅토리아 모르스처럼 후하게 욕을 내뱉으며 주방으로 들어오는 소리가 났다. 그는 이쪽으로 오고 있었다.

　나는 스타워즈의 자바 더 헛처럼 생긴 사무용 의자에서 벌떡 일어나 베갯잇 자루를 낚아채 들고 사무실과 연결된 식료품 저장실로 달려 들어갔다. 식료품 저장실의 또 다른 문은 주방과 통해 있었다.

　식료품 저장실로 들어가 사무실 쪽으로 난 문을 1센티미터쯤 열어두고 키시의 왕을 기다렸다.

　쉴숌이 거대한 흰 구름처럼 문을 열고 사무실로 들어왔다. 공포에 질린 정도는 아니고 약간 초조해하는 듯했다. 한쪽 다리는 성하고 다른 쪽 다리엔 고래 뼈 의족을 낀 외다리 아합 선장이 자신에게 성큼성큼 걸어오는 모습을 보기라도 한 것 같은 표정이었다. 이대로 빵을 굽거나 고기를 구울 분위기는 아니었다.

　이국적인 양념이나 개인적으로 소장한 고풍스런 에그 컵들을 모아놓았을 법한 캐비닛에서 그는 12구경 반자동 전투 산탄총을 꺼내들었다.

37

 신경이 곤두서 있으며 화가 나 있고, 체중이 180킬로그램이나 나가는 비사교적인 주방장이 전투용 산탄총을 들었다면 결코 좋은 징조가 아니다.
 주방장이 나가기를 기다렸다가 식료품 저장실과 람보 주방장 사무실 사이에 난 문을 통해 어두운 사무실로 들어갔다. 사무실에서 주방으로 이어지는 문은 문 밑에 가느다란 줄로 빛이 새어 들어오고 있어 곧장 찾아낼 수 있었다. 주방으로 살그머니 들어가 문을 열고 복도로 나갔다. 복도를 따라 도열해 있는 문들 중에 어떤 문을 열고 로즈랜드 사람이 갑자기 튀어나올지 알 수 없으므로 최대한 소리를 내지 않고 살금살금 복도를 걸어갔다. 그들 눈에 띄면 게스트하우스 안에서 문을 잠그고 처박혀 있지 않았다고 호된 질책을 받을지도 모른다. 아니면— 총을 맞거나.
 사이드홀을 지나 직원용 문을 열고 주 응접실로 들어갔다. 드넓은 주 응접실은 머나먼 과거의 어느 굉장히 격조 있는 호화여객선에 마련된 중후한 휴게실 같은 분위기를 풍기는 곳이었다. 영화에서 보면 그런 휴게실에는 화려한 드레스를 입은 미녀들과 턱시도를 입은 남자들이 모여 있고, 흰 재킷을 입은 웨이터들이 은쟁반에 음료수를 받쳐 들고 돌아다니며 시중을 든다. 주 응접실 곳곳에는 페르시아 카펫 여러 장이 섬처럼 펼쳐져 있고 그 위에 온갖 가구며 안락의자, 팔걸이 없는 작은 의자, 소파, 팔걸이 하나짜리 긴 의자 여러 개가 놓여 있어서, 상류층 사람들 사백 명을 한꺼번에 초대해 연회를 열어도 그중 사 분의 일이 충분히 앉아 쉴 수 있을 정도였다.

주 응접실도 다른 방과 마찬가지로 창문에 강철 셔터가 내려져 있었다. 티파니 램프들은 전부 조명이 꺼져 있고, 샹들리에 다섯 개 중에 방 한가운데 있는 것 하나만 빛을 뿜고 있었다.

촛불 모양 전구들, 줄에 매달린 크리스털 덩어리들 바로 아래에, 인체 두 배 크기의 그리스 판 신 조각상을 둘러싸고 둥글게 둘러앉는 긴 의자가 놓여 있었다. 판 신은 머리, 가슴, 팔은 인간이고 귀와 뿔, 다리는 염소였는데, 중요 부위를 아무렇지 않게 내놓고 있어 그곳을 무화과 나뭇잎으로 좀 가려야 될 것 같았다.

주 응접실 가장자리에는 어둠이 커튼처럼 드리워져 있고 모서리는 어둠 속에 접혀 들어가 잘 보이지도 않았다.

호색한 판 신이 서 있는 곳에서 멀찍이 떨어진 어두운 곳으로 슬쩍 들어가 숨어 있다가, 조금 전 내가 들어온 문에서 대각선 방향으로 벽 패널에 숨겨진 또 다른 직원용 문으로 빠져나가는 것이 내 계획이었다. 그리로 가면 서재로 쓰이는 짧은 통로가 나오고, 거기서 청동으로 된 나선형 계단을 통해 이층으로 올라갈 수가 있었다.

목적지까지 한참은 더 가야 하는데 대리석 바닥을 밟고 서둘러 오는 발소리가 들렸다. 응접실과 좀 더 조명이 밝은 로비를 분리하는 역할을 하는 아치길 너머에서 노아 월플로 즉, 클로이스와 폴리 셈피테르노가 둘 다 산탄총으로 무장을 하고 이쪽으로 오고 있었다.

산탄총에 알레르기가 있는 나는 재빨리 엎드려 소파 뒤로 몸을 숨겼다.

미치광이와 그의 오른팔이 응접실로 들어오자마자 저 끝에 있는 문, 내가 들어왔던 그 문이 벌컥 열렸다. 그 문으로 들어온 자들은 응접실 한가운데서 콘스탄틴 클로이스, 폴리 셈피테르노와 합류했다. 그들 머리 위에는 불 켜진 샹들리에가 드리워져 있고 옆에는 뻔뻔하게 성기를 내놓은 판 신이 서 있었다.

소파 끄트머리 너머, 숲처럼 늘어선 가구들 사이로 내다보니 문으로 들어온 사람들은 잼 디우와 터미드 부인이었다. 잼 디우는 산탄총을 들었고, 잼 디우보다 키가 30센티미터는 더 큰 터미드 부인은 엉덩이 양쪽에 권총집이 하나씩 붙게끔 만들어진 권총 벨트를 허리에 찼다. 그 권총집에 권총이 하나 꽂혀 있고 나머지 하나는 터미드 부인의 오른손에 들려 있었다. 터미드 부인은 세일 때 장만한 것 같은 그 권총으로 천장을 겨누고 있는 모습이었다.

권총으로 무장한 저 스웨덴 아줌마는 사자 엉덩이를 걷어차 겁먹은 고양이처럼 조신하게 야옹거리게 만들 수 있을 것 같은 사나운 분위기였고, 잼 디우는 타락한 부처 같았다.

응접실이 소리가 잘 퍼지는 구조라 나는 멀리서도 그들이 하는 말을 똑똑히 들을 수가 있었다. 그들은 사라진 빅토리아 모르스를 찾고 있었다. 그들은 빅토리아가 자기 방에도 없고, 토크어바웃으로 연락을 해도 대답을 하지 않는다고 했다. 토크어바웃은 그들이 이 큰 집에서 서로 원활히 연락을 취하기 위해 소지하고 다니는 무전기였다. 그들은 강철 셔터를 내리던 시점에 빅토리아가 저택 안에 있었다고 확신하고 있었다.

폴리 셈피테르노가 너무나 뻔한 소리를 아무렇지 않게 내뱉었다.

"뭔가 잘못됐습니다."

그렇게 잘못되게 만든 사람이 바로 나였다.

터미드 부인이 물었다.

"그 × 같은 개 ××는 어디에 있대요?"

그녀가 이름 대신 욕으로 부른 사람 역시 나였다.

클로이스가 대답했다.

"여기 셔터를 내리고 난 후에, 아까 경비실에서 헨리가 전화했었어. 토머스가 경비실 문을 두드리면서 들여보내달라고 했다더군. 괴물들이 토머스를 쫓아간 모양이야."

잼 디우가 말했다.

"그렇다면 지금쯤 죽었겠군요."

터미드 부인이 말했다.

"죽었을지도 모르지. 하지만 그 ×만 한 병×, 썩어빠진 ××, 또라이 ××를 얕보면 안 돼."

참 입이 거친 여자였다. 그녀가 겉보기보다 실제 나이가 훨씬 많다는 걸 감안하면, 지금과는 다른 이름으로 닉슨 대통령 시절에 백악관에서 근무한 적이 있지 않을까 싶기도 했다.

잼 디우가 말했다.

"셔터가 내려진 후에 집 밖에 나가 있었으면 다시 안으로 들어오지 못했을 겁니다. 그놈 걱정을 해봤자 시간 낭비니 그만하죠. 그놈은 무지한 필멸자일 뿐입니다."

이젠 코커스패니얼이 아니라, 무지한 필멸자라네.

폴리 셈피테르노가 잼 디우에게 말했다.

"아무리 필멸자라도 가끔은 행운을 잡기도 해요."

"셔터에 틈이 벌어졌던 게 아닌가 걱정이 됩니다."

그러자 클로이스가 안심을 시켜주었다.

"셔터에 틈은 없어. 빅토리아에게 무슨 일이 일어났든 그건 괴물의 짓이 아니야."

그들은 빅토리아 모르스를 찾기 위해 두 팀으로 나눠 집 안 곳곳을 수색해보기로, 이층부터 시작해서 수색을 하되 두 팀이 위아래로 갈라지지 말고 같은 층에 머물기로 합의를 봤다.

클로이스가 말했다.

"일단 내 방에는 없어. 찾아볼 곳이 잔뜩 있으니까 잘 살펴보자고. 망할 벽장 안도 샅샅이 뒤져보고 구석구석 잘 들여다봐야 돼. 그럼 시작하지."

그들은 응접실에서 아치길로 이동한 후 아치길 너머 로비에서 계단을 통해 이층으로 올라갔다.

소파 뒤에 엎드려 있던 나는 모로 누웠다가 바닥에 등을 대고 벌러덩 드러누웠다. 샹들리에 조랑조랑 달린 크리스털들이 전구의 빛을 받아 쏟아내는 창과 단검과 화살 들이 회반죽을 바른 천장 중앙에 난폭한 무늬를 그리며 박혀 있었다. 그 빛의 무기에 떠밀려 어둠은 사방의 벽 쪽으로 물러났다.

필멸자. 시간에 휘둘리는 내 몸은 노화하고 죽음을 맞이할 테니 나는 필멸자가 맞았다. 주기적으로 젊은 외모와 건강을 회복하며 살아가는 그들은 빅토리아의 말처럼 '한계도 규칙도 두려움도 없는 외부인'이었다.

하지만 그들은 착각에 빠져 있었다. 우리가 한계를 인정하든 않든 현실을 살다 보면 우리 삶은 한계에 가로막힐 수밖에 없다. 다면 커팅되어 프리즘 반사로 천장에 창처럼 날카로운 빛을 뿌리는 크리스털처럼, 소위 외부인이라는 자들의 삶은 마냥 밝아만 보이지만 한편으로 응접실 사면의 벽에 드리워진 그림자처럼 어두운 면을 동시에 갖고 있기 때문이다.

그들은 자연의 법칙을 인정하지 않으니 어쩌면 일반적인 삶의 규칙을 벗어난 채로 살고 있을지도 몰랐다. 그러나 나는 그들의 삶을 에워싼 두려움을 보았다. 빅토리아 모르스는 사고로 죽기라도 할까 봐 위험한 일은 절대 하지 않았다. 헨리 러럼은 로즈랜드의 담장 밖에 오래 있으려 하지 않았는데, 테슬라의 기계에 가까이 있어야 므두셀라의 흐름의 영향을 받아 어마어마한 장수를 보장받을 수 있기 때문이었다.

나는 헨리가 제3의 존재와의 조우를 꿈꾸는 이유를 이제야 알게 되었다. 그는 외계인들을 통해 불멸의 존재가 되고 싶은 것이다. 영원히 살고 싶지만 그동안 자신을 로즈랜드에 묶어두었던 제약은 풀어버리고 싶었던 것이다. 육체적으로는 아니더라도 심리적으로는, 조금씩 정도의 차이는 있지만 다들 로즈랜드에 갇힌 죄수나 다름없었다.

오래 살면 살수록 그들은 더 오래 살기를 원했다. 그리고 오래 살수록 그들이 사는 세상은 좁아져갔다. 세상 경험의 폭도 매년 줄어들었다. 그들의 반사회적 오만, 신과 같은 힘을 가졌다는 자부심, 시간에 구애받고 사는 필멸자들에 대한 경멸은 증류되고 걸러져 더욱 지독한 독성을 품게 되었다.

콘스탄틴 클로이스가 로즈랜드라는 정신 나간 공동체를 만들 때 함께한 이 사람들의 정체가 궁금했다. 1920년대에 그들은 클로이스의 하인이었을까? 그렇다면 그들의 진짜 이름은 무엇일까?

그들이 전부 그 시대부터 지금까지 젊음을 유지하며 살고 있다면, 내가 짐작하는 것보다 훨씬 더 심하게 미친 사람들일지도 몰랐다. 그렇다면 티머시를 구하러 가는 길은, 크리스털 프리즘을 통과한 빛들이 천장에 뿌려놓은 무기들보다 훨씬 더 날카로운 무기들이 나를 기다리는 위험천만한 길일 것이다.

장수에 관해 생각을 하다 보니 어린 나이에 세상을 떠난 스토미 르웰린이 떠올랐다. 그동안 나는 스토미를 잃은 현실을 수긍하며 살아왔다. 끊임없는 고통은 가슴에 담고 살 수 없지만 공허감은 그럭저럭 품고 살 수 있어서였다. 비애가 내 몸을 무겁게 짓눌러 좀처럼 일어설 수가 없었다.

니콜라 테슬라가 환상적인 기계를 발명해 죽음을 물리쳤으니, 나도 피코문도에서의 그날 좀 더 똑똑하고 민첩하게 굴었으면 죽음의 신을 저지할 수 있지 않았을까. 사랑하는 여인과 다시는 살아서 키스하지 못하고, 서로 다른 세계에 속하는 신세가 되어버린 그날이 자꾸만 생각났다.

클로이스의 스위트룸을 제외하더라도 네 명이서 이층 곳곳을 수색하려면 시간이 꽤 걸릴 테니 나도 이만 움직여야 했다. 나는 일어서서 권총을 빼들고 베갯잇 자루를 집어 들었다. 그리고 어둠이 깔린 벽 쪽으로 그림자처럼 붙어서 조심스럽게 걸음을 옮겼다.

세상에는 그림자에 입을 맞추고, 그림자 같은 행복만을 얻는 자도 있더라.

셰익스피어의 희곡 『베니스의 상인』에서 아라곤의 왕은 올바른 선택을 하지 못한다. 그리고 잘못된 선택을 했기 때문에 그가 꿈꿔왔던 포셔와의 결혼은 물 건너가고 만다.

내 친구이며 추리소설가인 오지 분은 나더러 학생 때 얼마나 학업에 무관심했으면 셰익스피어에 대해 아무것도 모르냐며 놀리곤 했다. 그래서 피코문도 마을을 떠난 후로 나는 시간이 나는 대로 셰익스피어의 작품들을 읽고 있다. 처음에는 나중에 고향에 돌아갔을 때 내가 셰익스피어에 대해 꽤 많이 알고 있으면 오지가 나를 자랑스러워 하겠지 하는 생각에 희곡이며 소네트를 읽기 시작했는데, 곧 나는 셰익스피어의 시대에는 옳은 것으로 여겨졌지만 우리 시대에는 잘못된 것으로 여겨지는 세상의 면면을 그의 작품 속에서 읽어낼 수 있었다.

셰익스피어가 사백 년도 더 전에 쓴 글은 내 사기를 북돋워주고 기분이 좋아지게 해줄 때도 물론 있다. 하지만 가끔 그의 대사는 내 안의 어두운 부분을 건드리고 찔리고 싶지 않은 부분을 찌르기도 한다.

세상에는 그림자에 입을 맞추고, 그림자 같은 행복만을 얻는 자도 있더라.

로즈랜드 주인의 스위트룸은 서관에 위치하고 있었다. 창문마다 강철 셔터를 쳐놓지 않았다면 이 스위트룸의 각 방의 창문 너머로 1.6킬로미터 밖에 있는 해변과 바다까지 훤히 내다보였을 것이다.

클로이스는 램프 한두 개가 아니라 전부를 다 켜놓았다. 나중에 방에 다시 돌아왔을 때 단 일 분도 어두운 문지방에서 스위치를 찾아 더듬거리고 싶지 않아 하는 속내가 들여다보였다.

그는 지난 구 년간 잠을 못 잤다고 주장했는데, 나는 그게 완전 미친 헛소리 아니면 엄청난 과장이라고 생각했었다. 지금 보니 그는 구 년이 아니라 더 오랜 세월을 잠을 '잘' 자지 못했던 것 같았다. 자기 마음처럼 컴컴한 어둠을 견딜 수 없어 밤새 불을 켜놓아야 했을 테니 당연히 잠을 제대로 자지 못했을 것이다.

그의 스위트룸은 이 저택의 다른 방들과 마찬가지로 사치스럽게 꾸며져 있었다. 내다 팔면 수백만 달러는 될 듯한 티파니 램프들, 고풍스런 청동 장식들, 그림들.

그의 스위트룸 안에서 이리저리 돌아다니다가 어느 널찍한 방으로 들어선 후에야 나는 뭔가 이상한 느낌을 받았다. 그곳은 클로이스의 트로피 전시실이었다. 사자, 호랑이, 고리 여러 개를 포개놓은 듯 장엄한 뿔이 달린 가젤, 그 밖에도 그가 아프리카에서 사냥해 배로 공수해온 온갖 동물들의 머리가 박제 처리되어 벽에 걸려 있었다.

어느 한 벽에는 8×10 크기의 흑백 사진들이 액자에 담긴 채 쭉 걸려 있었는데 그중 몇 장은 아프리카 사파리 여행에서 찍은 것이었다. 서른 살쯤 된 젊은 날의 콘스탄틴 클로이스는 그 당시 유행했던 머리 모양을 했고 콧수염도 길게 길렀지만 바로 알아볼 수 있었다. 그는 다양한 동물 사체들 옆에서 라이플총을 들고 포즈를 취하고 있었다. 어떤 사진에서는 근엄하고 자부심 가득한 표정이었고, 다른 사진에서는 씩 웃으며 자랑스러워하는 표정이었다.

젊은 나이에 모험가로 행세할 만큼 시간과 돈에 여유가 있었던 걸 보면, 신문 재벌의 상속자였고 물려받은 막대한 부로 영화사까지 차렸다는 게 사실인 듯했다. 사진 속 사파리 여행은 그가 서른 살 때쯤이고 연도가 1908년으로 적혀 있으니, 그로부터 십사 년 후에 그는 로즈랜드를 짓기 시작한 것이었다.

일부 사진에는 다른 젊은이가 그의 옆에서 나란히 찍혀 있었다. 사진 두 장에서 클로이스와 함께 라이플총을 옆으로 세워 들고, 사냥한 동물 뒤에 나란히 서서 어깨동무를 하고 있는 것을 보면 친구인 것 같기도 했다. 그 젊은이는 바로 헨리 러럼이었다. 당시에는 헨리 러럼이 아닌 다른 이름이었겠지만, 외모는 지금과 크게 다르지 않았다.

벽을 따라 건축이 진행되는 동안 촬영한 로즈랜드의 사진들이 쭉 놓여 있었다. 그중 일부 사진에서 클로이스는 여러 사람들과 함께 포즈를 취하고 있었다.

제일 먼저 눈에 띈 사람은 니콜라 테슬라였다. 테슬라는 사진 네 장에 담겨 있었는데, 평상복을 입은 사람들 사이에서 혼자 정장에 넥타이까지 맨 모습이었다. 사진 두 장에서 테슬라가 잔뜩 독이 오른 매처럼 호전적인 표정이어서, 그와 함께 사진에 찍힌 이들은 마치 축제나 상점가에 세워놓은 실물 크기의 유명인 사진 판넬 옆에서 기념사진을 찍은 사람들처럼 보였다. 다른 사진 두 장에서도 테슬라는 함께 사진을 찍은 사람들과 자신은 동류가 아니라는 듯 심기가 불편한 표정이었고 그 옆의 다른 사람들은 평범한 모습이었다.

터미드 부인이 클로이스와 함께 찍은 사진도 있었다. 지금은 사십 대 정도로 보이는 외모인데 사진 속에서는 이십 대였다. 지금과는 나이 차가 많이 나 보이기도 하고 스타일이 많이 달라서, 유달리 큰 키만 아니었으면 사진 속 여자가 터미드 부인인 줄 몰랐을 것이다.

짧은 커트 머리에 종 모양 모자를 쓴 터미드 부인은 당시 신여성 스타일로 옷을 입었는데 목둘레를 브이 자로 깊게 파서 가슴골을 드러낸, 무릎길이의 민소매 원피스였다. 아무리 자유로운 사고방식을 가진 부모라도 딸의 그런 옷차림에 충격을 받지 않았을까 싶을 정도였다.

터미드 부인이 사진 속의 경박하고 발랄한 젊은 여자로 살았던 시절이 있었다는 게 믿어지지 않았다. 지금 모습을 보면 걸음마를 떼기 시작한 날부터 목 긴 군화를 신었을 듯하고, 아가씨 때도 히틀러처럼 콧수염을 기르지 못하는 게 제일 큰 한이라 여겼을 것 같은데 말이다.

터미드 부인이 클로이스와 함께 찍은 사진이 한 장 더 있었다. 클로이스를 가운데 두고 터미드 부인과 빅토리아 모르스가 그의 양옆에서 찍은 사진이었다. 신여성 스타일로 차려 입은 두 여자는 클로이스에게 바짝 기대어 서 있었다. 술에 얼큰하게 취해 있는 방탕한 세 연인 같았다.

그 사진 속에서 빅토리아는 지금과 큰 차이가 없어 보였다. 요정처럼 작고 여리고 활기 넘치는 아가씨의 모습이었다. 빅토리아는 다른 사람들보다 젊음을 더 잘 유지할 수 있었던 걸까? 그렇다면 그 이유는 무엇일까?

이번에는 클로이스가 네 남자와 찍은 사진을 보았다. 1920년대 이전에 찍은 사진 같았다. 나는 그중 두 명을 알아보았다. 폴리 셈피테르노는 약간 비딱한 자세로 서 있었고, 지금보다 크게 젊어 보이지는 않는 외모였으며, 사진사도 못 믿겠고 카메라라는 기계의 개념도 못 믿겠다는 듯 카메라를 매섭게 쏘아보고 있었다. 그에 비해 잼 다우는 지금보다 십 년은 젊어 보였다. 잼 다우는 흰 구두를 신고 흰 정장을 입었으며 머리에는 흰 파나마 모자를 썼다. 양끝이 턱 아래로 5내지 6센티미터쯤 처진 후만추 스타일의 코밑수염을 기른 모습이었다.

쉴솜을 제외하고 현재 로즈랜드에 사는 사람들은 사진 속에 다 있었다. 물론 쉴솜이 1920년대에 지금처럼 뚱뚱하지 않고 평범한 몸매였으면 사진에서 봤어도 그를 못 알아봤을 수도 있었다.

두 벽에 동물들의 박제한 머리들이 쭉 걸려 있으니 남자들만의 모임 장소 같은 분위기가 풍겨야 마땅할 것이다. 그런데 내 눈에는 각 동물들의 머리가 가면을 쓴 죽음의 신처럼 보였다. 프로스페로 왕자가 가장무도회를 연 성에서처럼, 죽음의 신이 동물 가면 뒤에 해골

얼굴을 감추고 있을 것만 같았다. 죽음의 존재감이 나를 압박해왔다. 방 안을 둘러보는 내내 동물들의 유리 눈알이 나를 쫓는 것처럼 느껴졌다.

다른 곳으로 가려다가 문득 상아와 흑단으로 기하학적 무늬를 새긴 광택이 좔좔 흐르는 마호가니 캐비닛을 들여다보고 싶어졌다. 캐비닛 문을 열어보니 선반마다 디브이디가 잔뜩 들어 있었다.

쾌락을 위해 줄기차게 살인을 하는 남자도 영화를 수집하는 취미가 있을 수도 있다. 하지만 그중에 머펫 인형들이 나오는 영화는 없을 것이다. 디브이디 케이스의 좁은 등에는 제목이 찍혀 있지 않았다. 포르노 아니면 심한 폭력물이겠거니 하고 맨 위 선반에서 한 장을 빼서 앞면을 보았다. 묘의 지하 이층에 있는 벌거벗은 여인들 중 한 명의 사진이 디브이디 앞면에 붙어 있었다. 이곳 말고 클로이스가 지하 묘지에 차려놓은 또 다른 트로피 전시실에 있는 모습 그대로.

맨 위 선반에 있는 다른 디브이디들도 살펴보았는데 첫 번째 디브이디와 마찬가지로 전부 죽은 여인들의 사진이 붙어 있었고 그 여인들의 이름과 살해한 날짜가 기록되어 있었다. 그런데 지하 이층에 있는 시신 수보다 디브이디 수가 훨씬 많았다.

맨 아래 선반에서 디브이디 몇 장을 빼서 확인해보았다. 날짜 별로 왼쪽에서 오른쪽으로 차례로 정리가 되어 있었고 제일 오래된 년도는 1962년이었다.

초기 희생자들은 8밀리 필름으로 촬영했을 것이고 후에 비디오카메라를 썼을 것이다. 기술 발전에 발맞춰 그는 그간의 기록들을 비디오테이프로 옮겨 담고 후에 또 디브이디로 옮겼겠지. 영화업계에 몸

담았던 경험과 막대한 부를 이용해 자신이 저지른 끔찍한 짓의 영상 기록을 계속해서 최신 기술로 업그레이드했을 것이다. 이 집 어딘가에 장비를 제대로 갖춘 작은 스튜디오를 차려놓고 거기서 필름을 편집해 세련된 저장 매체로 옮기고 있는지도 모를 일이었다.

디브이디 수를 세지는 않았다. 도저히 그럴 수가 없었다. 대충 봐도 백오십 개는 넘어 보였다.

다른 시신들은 어디에 있을까. 그 시신들을 찾아내고 싶지 않았다. 이 캐비닛에 불을 지르고 싶었다. 디브이디에 어떤 내용이 담겨 있을지는 보지 않아도 알 수 있었다. 겁에 질린 여자들, 클로이스는 그 여자들을 마음껏 유린한 후 어쩌면 가끔은 빅토리아에게 그 모습을 지켜보게 하면서 그녀들을 죽였을 것이다. 공포에 질린 그녀들의 모습을 누군가 이 디브이디로 본다면 그녀들은 또 다시 굴욕과 수모를 당하게 될 것이다. 경찰이든 검사든 배심원이든 아무도 이 영상을 보아서는 안 되었다.

그녀들은 이미 세상을 떠났는데 누가 그 영상을 보든 말든 무슨 상관이냐고 할 수도 있지만 그렇지가 않았다. 이 광란의 홈비디오 속에서 여인들의 삶은 끔찍한 고통 그 자체가 되었다. 그 안에서 그녀들은 망가지고 부서졌다. 감정적으로 정신적으로 산산조각이 나버렸다. 클로이스는 다년에 걸쳐 연마한 전략과 기술로 그녀들을 짓밟아 극도의 공포로 몰아넣었다. 누구보다도 시간이 많은 그는 느긋하게 희생자들의 본질과 정수를 하나하나 벗겨내어, 죽음만이 위안인 지경으로 만들었을 것이다. 그에게 시간은 차고 넘치니 그녀들이 얼마나 오래 버티든 결국은 그의 승리였다.

디브이디는 범죄의 증거였다. 정부 당국이 죄인에게 응분의 처벌을 가하도록 하려면 나는 이 자료를 파괴해선 안 되었다.

그러나 나는 내가 해야 할 일을 잘 알고 있었다. 이 영상이 증거 자료로 쓰이지 않도록 하려면, 남녀를 막론하고 티머시를 제외한 로즈랜드 사람들 모두에게 내가 직접 처벌을 내려야 하는 것이다. 일곱 명 모두에게 사형을 언도해야 한다.

묘의 지하 이층에 보관된 시신들을 본 순간, 나는 잠재의식적으로 내가 여기서 무슨 일을 해야 하는지 알았던 것 같다. 지금 여기서 내 역할은 징벌자였다. 그 사실을 더는 외면할 수 없었다. 단순히 소년을 풀어주고 여기서 데리고 나가는 것으로 내 일은 끝이 아니었다. 죄인들을 죽여야 했고, 그 살인은 나 자신을 보호하고 소년을 지키기 위해서라는 명분에 한정되지 않았다.

다리에 힘이 빠져 가까이에 있는 의자에 가서 앉았다.

평소처럼 집 안은 조용했다. 머릿속 암울한 생각에서 나를 빼내줄 소음은 전혀 들리지 않았다.

클로이스에게 죽임을 당한 이들이 추가로 치욕을 당하지 않도록 하려면, 내가 징벌자가 되어야 했다. 이 영상을 본 다른 이들이 클로이스의 악행에 물들지 않게 하려면, 내가 징벌자가 되어야 했다. 시간 조종 기술이 정부 당국의 손에 들어가지 않도록 하려면, 우리 정부는 아직 완전히 타락하지 않았지만 이 기술을 수중에 넣으면 분명히 타락하고 말 것이므로, 내가 징벌자가 되어야 했다.

징벌자는 영웅이 아니다.

나는 영웅이 되는 걸 꿈꿔본 적이 없다. 그런데 이런 식으로 징벌자가 될 줄은 상상도 못 했다.

징벌자는 월권을 한다.

내게는 죽은 여인들에 대한 기억이 더럽혀지지 않도록 할 권리가 있다고, 시간 조종 장치를 없애고 그 기술에 대해 아는 이들을 없애지 않으면 시간 조종 기술이 악한 목적에 이용되리라는 판단을 내릴 권리가 있다고, 스스로를 설득한다. 실은 내게 그럴 권리는 없지만 어쩔 수가 없다.

징벌자는 사회적, 종교적 질서에 얽매이지 않는다. 희곡 『햄릿』에서 햄릿 왕자는 영웅이 아니었다. 그의 사명은 진실을 섬기는 자가 되는 것, 아울러 징벌자가 되는 것이었다. 그러나 그는 자신이 그 사명을 이루어야 한다는 것을 줄곧 믿지 못했고, 마지막에 가서야 징벌자 역할을 받아들였다.

결국 징벌자는 스스로에게도 벌을 내려야 한다.

햄릿은 살아남지 못했다. 우상 숭배를 한 이스라엘 사람 삼천 명을 죽인 모세는 살아서 약속의 땅을 보지 못했다.

클로이스 같은 살인자는 제어할 수 없는 사악한 이유로 살인을 한다. 그러나 징벌자는 살인자보다 더 어두운 영역으로 들어가야 한다. 징벌자는 정신적 불균형이나 감정적 혼란, 개인적인 욕구 때문에 살인을 하지는 않는다. 스스로를 보호하고 무고한 이들을 지키기 위해 필요한 것보다 더 많은 자들의 목숨을, 신중하고 합리적인 판단에 따라 거둔다. 아무리 옳은 이유로 살인을 한다고 해도, 징벌자의 살인은 사회적 질서를 거스르고 정부 당국의 권위에 반기를 드는 행위이다.

누가 징벌자들을 처벌할까. 로즈랜드에서 징벌자라는 어둠의 역할을 수행한 후에 나는 결국 스스로 죽음을 택할 것이다.

나는 내 결정을 무르지 않을 것이다.

유리 눈을 단 동물들의 머리 아래 뭉그적거리고 앉아 있다가, 결국 일어나 앞으로 나아갔다. 콘스탄틴 클로이스의 스위트룸에서 내가 아직 들여다보지 않은 곳은 욕실이 딸린 침실뿐이었다.

39

 평범해 보이는 그 침실이 클로이스가 수년간 여자들을 고문하고 죽인 현장일 터였다. 디브이디를 틀어보지 않으면 확실히 알 수 없겠지만 나는 절대 틀지 않을 것이다.
 침대는 시트를 완전히 걷어낸 상태였다. 나 때문에 빅토리아 모르스는 그 시트를 빨지 못하고 세탁기 안에 박아두고 있었다.
 침대 맞은편 벽에 걸린 대형 플라스마 텔레비전은 다른 고풍스런 가구들과 뚜렷한 대조를 이뤘다. 그가 밤에 잠을 청하며 저 화면으로 무엇을 보고 있었을지 충분히 상상이 되었다.
 아마 클로이스는 새로 잡아온 여자를 죽이기 전에 아끼는 디브이디 두어 장을 미리 맛보기로 보여줬을 것이다.
 피코문도에서 스토미를 잃은 그날은 내 인생에서 영원히 최악의 날로 꼽히는 날이다. 하지만 그 후 내가 이동해가는 곳마다 그전에 있었던 곳보다 더 짙은 어둠이 깔리는 듯했다.
 몸이 떨리기 시작했다. 떨림을 좀처럼 멈출 수가 없었다.
 널찍한 욕실 카운터 위에 주둥이가 넓은 고풍스런 약병 여러 개가 놓여 있었다. 유리로 된 약병 마개는 아주 세밀하게 만들어진 것이라 고무 플러그처럼 빈틈없이 구멍을 메웠다. 약병마다 미세하게 밀도가 다른 하얀 가루들이 담겨 있었다.

나는 남다른 재능으로 인해 받는 압박을 약에 의지해 덜어보려는 생각은 해본 적이 없다. 약으로 머릿속 환각까지 불러내지 않아도 현실에서 충분히 괴상한 것들을 보기 때문이다. 게다가 화학 약품으로 끌어낸 행복감은 아무리 높고 가볍게 떠올라도 결국 중력의 법칙처럼 추락할 수밖에 없음을, 수많은 이들이 직접 경험해서 보여주고 있지 않은가.

그 가루 중 어떤 것이 코카인이고 어떤 것이 헤로인인지 냄새나 맛으로 알 수는 없지만 마약 종류임은 분명했다. 약병 옆의 은 쟁반에 놓인 짧막한 은 빨대만 보더라도, 멋쟁이들이 코카인을 흡입할 때 쓰는 도구였다. 은 쟁반에는 우묵한 스푼, 반쯤 녹은 초, 밀봉된 피하주사기까지 담겨 있었다.

클로이스는 남들이 알아서 받들어 모셔주길 기대하는 귀족다운 자세와 태도, 떡 벌어진 어깨에 근육질 몸매, 예리하고 기민한 눈빛을 가진 위풍당당한 남자였다. 그래서 나는 그가 이토록 심각한 마약 중독자일 줄은 생각도 못했다. 그러나 간단한 조작으로 테슬라의 기계를 이용해 세월을 되돌려 다시 젊어질 수 있다면, 코카인 흡입으로 인해 장기적으로 쇠약해진 몸도 멀쩡한 상태로 만들 수 있을 것이다.

마약으로 아무리 몸을 망가뜨려도 다시 주기적으로 원상 복구할 수 있으니 클로이스를 비롯한 로즈랜드 주민 일곱 명은 마약을 아낌없이 흡입했을 가능성이 높았다. 그들 모두 로즈랜드에 스스로를 감금해놓고 죽음을 피해 오랜 세월 살아가고 있었다. 점점 경험할 수 있는 삶의 폭이 줄어들면서 시간 때울 거리가 모자라게 되자 알약을 상습적으로 먹고, 코카인을 흡입하고, 온갖 약물을 주사로 혈관에 찔러 넣고 있었다. 사고라도 만나 죽을까봐 마음대로 여행도 다니질 못하니 마약, 흥분제, 환각제에 의존한 환상 여행에 매달리고 있는 것이다.

약장 안에 잔뜩 들어 있는 온갖 처방약들은 의학적 질환을 치료하기 위한 약이 아니라, 재미로 복용하는 약이었다.

몸이 떨리고 소름이 가시질 않았다. 혈관 안에 얼음 조각이 떠다니는 듯했다.

이 사람들은 도덕적인 거리낌을 버렸고, 앞으로 수 세기를 살아가리라 기대하고 있으며, 인간적인 연민마저 마음에서 분리해냈고, 자신들이 저지른 악행에 책임을 질 일은 없으리라 믿고 있다. 이 정도면 그들의 잔인함은 인간을 넘어, 원시인들이 처음 상상했던 비정한 신의 경지에 이르렀다고 봐야 한다. 자신의 어두운 욕망을 추구하는 데 골몰하는, 이루 말할 수 없이 잔인하고 무자비한 신.

게다가 마약까지 복용을 하니, 그들의 잔인함에 비하면 뱀파이어의 냉혹한 포식 행위는 아무것도 아닐 것이었다. 로즈랜드 사람들은 케니가 돼지놈들이라고 부르던 괴물들보다 더 지독한 괴물이었다.

디브이디에 실제로 담긴 내용도 내가 상상한 것보다 훨씬 더 참혹할 것이었다.

문득 아까 빅토리아가 거짓말을 했다는 생각이 들었다. 다른 직원들은 클로이스가 여자들을 고문하고 살해하든 말든 상관하지 않는다고, 그런 일엔 취미도 없다고 빅토리아는 말했었다. 클로이스의 흥청

대는 피의 파티에 참석하지 않았다면, 그것은 그들이 각자 나름대로 다른 잔혹한 취미를 갖고 있기 때문일 가능성이 높았다.

로즈랜드의 비밀을 마침내 풀었다고 생각했는데, 아직 밝혀내지 못한 더 지독한 부분이 남아 있는 것이다. 하지만 그 부분마저 파헤치고 싶지 않았다. 알고 싶지도 않았다. 더 알면 견디지 못할 것 같아서였다. 악마적 행위를 너무 오래 가까이에서 보게 되면 광기와 악이 내 마음으로 흘러들까 두려웠다.

욕실을 나서며 여기서 볼일은 끝났다고 생각했다. 그런데 나도 모르게 침실을 가로질러 컴퓨터가 놓인 모서리 쪽 책상으로 발길이 옮겨갔다. 본능이 낚싯줄을 던져 나를 낚아채서 책상 위에 놓인 종이들을 향해 끌어가고 있었다.

앞면이 밑으로 가게 놓여 있는 그 종이들을 뒤집었다. 클로이스가 인터넷에서 보고 출력한 내용이 담겨 있었다. 최신 뉴스는 아니었다. 십팔 개월 전, 캘리포니아 주 피코문도 마을의 어느 쇼핑몰에서 대량 살인을 계획한 살인범들을 쓰러뜨린 젊은 튀김 요리사에 관한 뉴스였다. 그 사건으로 마흔한 명이 중경상을 입었고 열아홉 명이 사망했다. 경찰은 그 젊은 튀김 요리사가 행동에 나서지 않았으면 수백 명이 살해되었을 것이라 말했다. 그러나 영웅적인 행동을 한 그 요리사는 스스로를 영웅으로 생각하지 않는다며 인터뷰를 거부했다. 그래서 뉴스에 사용된 그의 사진은 고등학교 졸업 앨범에 수록된 사진이 유일했다. 졸업 사진 속 요리사는 멍청하고 꺼벙한 모습이었다.

클로이스는 나에 대해 알아볼 필요가 있다고 생각했던 모양이었다. 나에 대해 알았으니 빅토리아의 실종이 내 소행일지도 모른다는 의심이 들었을 것이다.

　그들은 나에 대해 알고 있으니, 빅토리아를 찾으면서 분명 나도 함께 찾고 있을 터였다. 이 상황에서 티머시를 자유로이 풀어주고 로즈랜드에서 탈출하는 건 불가능했다.

　그때 뒤에서 누군가 내 어깨를 잡았다. 머리카락이 하얗게 셀 정도로 놀랐지만, 돌아보니 클로이스가 아니라 히치콕 씨였다. 그는 모든 게 다 잘 될 거라는 듯 손으로 오케이 표시를 해 보였다.

　"글쎄요, 그러길 바라야죠."

　그는 엄지 두 개를 위로 쭉 뻗어 보이고는 사려 깊게도 내 앞에서 사라져주었다.

40

서관 모퉁이에 서서 추적자들의 발소리에 귀를 기울였다. 그들은 길게 뻗은 남쪽 복도를 따라 방방이 수색을 하고 있었다. 둘씩 짝지어 움직였고 서로에게서 너무 멀리 떨어지지 않도록 조심하고 있었다.

두려움까지는 아니더라도 걱정이 되기는 하는 모양이었다. 그들은 빅토리아가 죽었을지도 모른다는 가정을 하고 있었다. 빅토리아가 죽었다면, 불멸의 존재가 되려는 빅토리아의 꿈은 끝장이 난 것이다. 빅토리아가 로즈랜드 요새의 담장 안에서 죽임을 당했다면 나머지 그들도 같은 처지가 될 수 있다는 뜻이었다.

남쪽 별관 끄트머리에 모여 선 그들은 뒤쪽 다용도 계단을 이용해 일층으로 내려가자고, 그리고 주방에서부터 일층 수색을 시작하자고 합의를 보았다. 계단을 밟고 내려가는 발소리가 완전히 사라진 후 나는 남쪽 별관으로 이동해 서둘러 티머시의 방으로 향했다.

워낙 큰 저택인 데다 조심을 하느라 그들은 천천히 움직일 수밖에 없었다. 하지만 오래지 않아 그들은 보일러실의 대형 보일러 뒤에서 손발이 묶이고 입에 재갈을 문 빅토리아를 발견할 것이고, 내가 이 건물 안에 있다는 것도 알게 될 것이다. 그리고 빅토리아와 쉴솜도 그들 패거리와 함께 나를 쫓을 것이다. 괴물들이 로즈랜드 안을 헤집고 다니는 동안 경비실에서 꼼짝도 안 할 헨리 러럼만이 내 몸에 총알을 박아 넣는 기쁨을 못 누릴지도 모르겠다.

나는 노크도 하지 않고 소년의 방으로 들어갔다.

눈알을 하얗게 뒤집고 가수 상태에 있었을 소년을 소년의 아버지와 동료들이 그 방을 들쑤시며 깨워놓은 모양이었다. 소년은 눈을 똑바로 뜨고 안락의자에 앉아 있었다. 안락의자 주변에는 소년이 억지로 강요된 삶을 이어가면서 읽었을 책들이 도열해 있었다.

소년은 작고 우울해 보였다. 내가 그에게 여기로 다시 돌아올 거란 믿음을 주지 못했던 듯했다.

그의 앞에 놓인 오토만 의자에 앉으며 말했다.

"티머시. 그게 네 이름이지. 티머시 클로이스."

"그들이 당신을 찾고 있어요."

"아직은 아니야. 지금 그들은 빅토리아를 찾고 있어. 빅토리아를 찾고 나면 그땐 나를 찾아다니겠지."

"손드라."

"뭐라고?"

"예전에 그 여자 이름은 손드라였어요. 성은 기억이 안 나요. 못 들었던 것 같기도 해요."

"그 여자를 알아?"

"그 여자도 알고 글렌다도 알아요. 글렌다는 요즘 와서 자기 이름을 발레리 터미드라고 바꿨어요. 둘 다 아버지의 첩이었죠. 그와 스리

섬을 즐겼고요. 셋이 한 침대에서 뒹구는 짓거리 말이에요."

티머시가 겉으로는 아홉 살처럼 보여도 실제로는 그렇지 않다는 걸 알지만 그래도 성행위에 대해 말하는 걸 듣고 있자니 마음이 편치 않았다. 묘의 명판에 적힌 대로라면 티머시는 1916년 9월에 태어났다. 그러니 지금은 아흔다섯 살이었다. 쭉 여기서 살았을 테니 인생 경험은 별로 없겠지만 그 오랜 세월만큼 쌓아온 지식은 상당할 것이었다.

아까 여기 들렀을 때처럼 나는 또 다시 그의 진저브라운 색 눈동자에 이끌렸다. 아직 적막까지는 아니지만 칙칙하고 음울한 그의 내면을 엿보게 하는, 외로움이 너무 깊어 절망이 된 눈이었다. 바라보는 것만으로도 내 마음을 슬픔으로 채워버리는 그런 눈은 처음이었다.

여기서 이렇게 오랫동안 살아온 걸 생각하면 미치지 않은 것만도 대단한 일이었다. 어쩌면 그의 내면에 어린아이의 감성이 남아 있기 때문에, 세상에 대한 경탄과 고집스런 희망을 간직하고 있었기 때문에 지금껏 버틸 수 있었던 게 아닐까.

베갯잇 자루에서 수건 뭉치를 꺼내고 그 안에 들어 있는 쇠톱을 손에 들었다. 마드라에 대해 물어보기가 망설여졌지만 티머시가 약한 어린애는 아니라는 것, 엄밀히 따지면 어린아이가 아니라는 점을 떠올리며 물었다.

"네 아버지가 어머니를 총으로 쐈잖아. 이유가 뭐였어?"

"어머니는 나랑 같이 말리부 저택에 계속 머물렀어야 했어요. 아버지는 일 년 중 절반을 말리부 저택에서 살고 나머지 절반은 이곳 로즈랜드에서 살았죠. 여기는 아버지의, 아니 아버지와 아버지 친구들의 은신처였거든요. 어머니는 착한 분이셨지만…… 지나치게 순종적이셨죠. 아버지가 다른 여자들과 놀아나고 있다는 걸 알고도 남았을 텐데 어머니는 아버지가 여기서 편히 따로 지내게 그냥 두셨어요. 아버지가 말리부 저택의 마구간에서 어머니가 아끼는 말을 로즈랜드로 데려오기 전까지…… 어머니는 로즈랜드에 발을 들여놓은 적도 없었어요."

"프리지아 품종의 멋진 검은 종마."

"그 말의 이름은 블랙 매직이었는데, 다들 매직이라고 불렀어요. 매직은 아버지가 어머니에게 사준 말이었죠. 어머니가 매직에게 정을 붙이고 애지중지하니까 아버지는 자기도 그 말을 좋아하기로 한 거예요. 아버지는 늘 그런 식으로 어머니에게 뭘 줘놓고는 나중에 도로 뺏어가곤 했어요."

나는 티머시의 오른손을 잡고 스웨터 소매를 위로 걸어 올려 손목에 채워진 GPS 감시 장치를 드러냈다.

"어머니는 매직을 되찾으려고 아버지에게 미리 말도 하지 않고 로즈랜드로 곧장 차를 몰고 갔어요. 나도 같이 데려가셨는데, 어머니 혼자 가서 말하는 것보다 나까지 데려가면 아버지가 거절하지 못할 거라고 생각하셨던 것 같아요."

나는 티머시의 팔을 안락의자 팔걸이 위에 얹었다. 그리고 톱질을 할 때 감시 장치가 미끄러지지 않도록 손으로 꼭 누르고 있으라고 설명해주었다.

"당시로서는 장거리 여행이었어요. 여자 혼자서 어린 아들을 데리고 모델 티 자동차로 네 시간을 가는 여정이라 대단한 모험이기도 했고요. 어찌나 신이 나던지, 지금도 기억이 나요."

감시 장치와 손목 사이가 많이 헐거워서, 수건 끝을 그 사이로 밀어 넣었다. 그래야 톱질이 끝날 때쯤 감시 장치가 잘리면서 티머시의 손목을 다치게 하지 않을 것이었다.

"폴리 셈피테르노가 경비실에 있는 걸 보고도 어머니는 놀라지 않으셨어요. 그 사람은 오랫동안 아버지의 경호원이었으니까요. 폴리는 우릴 저택으로 올려 보내기 전에 전화로 아버지에게 우리가 왔다고 전했어요."

앞으로 십오 분 길어봤자 이십여 분 여유밖에 없었다. 그때쯤엔 클로이스 패거리가 한때 손드라였던 빅토리아 모스를 찾아낼 것이다.

"어머니는 로즈랜드의 웅장한 모습에 어이없어하셨어요. 아버지가 일등급 휴양지를 만들려 한다는 건 아셨지만 이 정도로 굉장한 규모인 줄은 모르셨던 거예요. 아버지는 어머니한테 로즈랜드 얘길 거의 안 했어요. 아버지는 군림하는 성격이었고, 어머니는 아까도 말했듯이 어느 정도는…… 순종적인 분이었어요."

나는 톱날이 알맞게 팽팽해지도록 윙너트를 조절했다.

"손드라와 글렌다는 저택에 붙어 있는 손님용 별관에서 살고 있었어요. 아버지는 어머니에게 그곳을 하인용 별관이라고 말했고, 그 두 여자는 어머니가 로즈랜드에 계신 동안 하녀 역할을 충실하게 이행했죠. 하지만 거긴 손님용 별관도 하인용 별관도 아니었어요. 사실은 창녀용 별관이었어요."

아홉 살로 보이는 티머시의 입에서 튀어나오는 거침없는 표현들에 나는 좀처럼 익숙해질 수가 없었다. 나는 오토만 의자에서 일어나 티머시 쪽으로 몸을 기울이고 톱질을 시작했다.

"어머니는 말 사육 담당자와 말 조련사가 매일 와서 말들을 돌보고는 있지만 로즈랜드에 거주하지는 않는다는 걸 아셨어요. 하지만 어떻게 하녀 두 명과 요리사 한 명, 경비원 두 명으로 이 넓은 곳을 다 관리할 수 있는지 의아해하셨죠. 저 넓은 잔디밭과 꽃밭을 그리 잘 가꾸려면 정원사가 여럿 필요할 텐데 다 어디 있는지 모르겠다고 하셨어요."

감시 장치는 기다란 사슬로 된 쇠줄 세 개가 마치 손목시계 끈처럼 나란히 연결된 식이었다. 각 줄이 나란하게 놓여 있으면 제일 약한 부분을 찾아서 톱질을 하면 되지만, 가운데 줄이 위아래에 있는 줄과 약간 빗겨난 상태였다. 어쩔 수 없이 6밀리미터가 넘는 두께를 톱으로 자르지 않으면 안 되었다.

"아버지는 어머니에게 정원사들이 휴가를 받아서 쉬러 갔다고 했어요. 전부 다 같은 날 휴가를 받았다는 거예요. 일요일도 아니고 화요일에요. 그리고 상당히 많은 수로 구성된 하녀들이 일주일에 세 번씩 여기 온다고, 손드라와 글렌다만 상근으로 일하는 하녀라고 말했어요."

쇠톱의 톱니가 감시 장치의 쇠줄 사이에 잘 맞춰지도록 하되 톱날이 부러질 정도로 단단히 물지는 않도록 조정한 후, 톱을 길게 앞으로 한 번 밀어주었다.

"아버지가 어머니에게 무슨 말을 더 했는지 나는 모르겠지만, 어머니는 그게 다 거짓말이라는 걸 아셨던 것 같아요."

처음에는 톱을 앞으로만 밀었다. 쇠줄이 어느 정도 패여서 톱날이 좌우로 미끄러지지 않을 정도가 되어야 앞뒤로 톱질을 할 수가 있기 때문이다.

"그날 오후 아버지는 어머니한테 매직을 말리부로 보내주겠다고 했어요. 어머니는 직접 말리부로 데리고 돌아가겠다고 하셨죠. 당장 말을 옮길 차량을 구할 수가 없어서 우리는 그날 로즈랜드에서 저녁을 먹고 잠을 잔 후 다음 날 출발하기로 했어요."

한 줄로 잘 파이게 만들려면 톱질에 집중해야 했기에 나는 티머시를 한 번씩 흘끗 쳐다보는 것 외에 눈을 맞추고 얘기를 들을 수가 없었다. 그래서인지 티머시의 목소리가 내 머릿속에 이미지를 불러일으켜 그가 들려주는 얘기의 장면들이 눈앞에 생생하게 펼쳐지는 느낌이었다.

운명의 그날 밤, 티머시는 담요와 베개를 받아 들고 아버지의 서관 스위트룸 거실에 놓인 소파에 누워 잠을 청했다. 부모님은 그 스위트룸 안쪽의 침실에 누워 있었다.

티머시는 피곤했지만 새로운 장소에 와 있다는 생각에 흥분되었고 알 수 없는 이유로 불안하기도 했다. 선잠을 자던 티머시는 한밤중에 아버지가 슬리퍼와 목욕용 가운 차림으로 거실을 가로질러 스위트룸 문을 지나 복도로 나가자 잠이 깼다.

라디오 추리쇼 팬이기도 한 티머시는 이 집 안에 어떤 음모가 진행 중이라는 의심이 들어 탐정 노릇을 해보기로 결심했다. 소파에서 일어나 서둘러 문을 나선 뒤 소리 없이 문을 닫고 복도를 걸어갔다.

그는 흥분이 됐지만 최대한 발소리를 내지 않고 아버지를 따라갔다. 들키지 않게 거리를 두다보니 두 번 아버지를 놓칠 뻔했고 세 번째는 정말 놓치고 말았다. 하는 수 없이 커다란 창문으로 흐릿한 빛을 뿌리는 보름달에 의지해 미로 같은 저택 안을 이리저리 돌아다녔다.

얼마 후 그는 일층으로 내려가 손님용 별관으로 들어갔다. 그쪽에는 복도에 조명이 환하게 켜 있었다. 그중 한 방에서 한 여자의 부드러운 웃음소리와 또 다른 여자의 울음소리가 들려왔다.

문에 귀를 대고 들어보니 무어라무어라 하는 말과 함께 남녀의 다급한 비명과 신음소리가 섞여 있었다. 즐거워서 내는 소리 같기도 하고 고통스러워서 내는 소리 같기도 했다. 어린 티머시는 그 방 안에서 굉장히 이상하고 아주 중요한 일이 일어나고 있다고 확신했다.

티머시가 동경하는 라디오 시리즈 주인공들은 모두 똑똑하고 대담하며 용감무쌍했다. 쉽게 겁을 먹지도 후퇴하지도 않았다. 늘 기회를 잘 포착해서 승리를 쟁취했다.

티머시도 그 주인공들처럼 대담하게 문을 살짝 열어보았다.

문 너머는 어둑한 거실이었다. 거실과 연결된 침실에서 문 틈새로 빛이 흘러나오고 있었다.

자석에 이끌린 것처럼 그는 거실을 가로질러 침실로 다가갔다. 주름진 비단 갓을 씌운 침실등이 누르스름한 분홍 빛을 뿌리고 있었다.

아버지가 손드라, 글렌다와 함께 침대에서 뒹구는 모습을 보고 티머시는 침실 문지방 앞에서 우뚝 멈춰 섰다. 순진하고 너무 어렸던 티머시는 자신이 보고 있는 장면이 무엇인지 잘 알지 못했다. 개목걸이를 찬 손드라가 검은 비단 끈으로 침대 기둥에 묶여 있고 세 남녀가 노예 게임을 벌이고 있었기에 망정이지 그렇지 않았으면 그 장면을 이해하고 말았을 것이다.

더 괴상한 것은 치앙 푸이—오늘날의 잼 디우—가 침실에 같이 앉아 있다는 점이었다. 티머시는 지난 두 해 동안 아버지와 함께 있는 치앙 푸이를 몇 번 본 적이 있었다.

나중에야 티머시는 치앙 푸이가 홍콩과 영국에 관심이 많은 엄청난 부자라는 사실을 알았다. 치앙과 클로이스는 런던에서 처음 만나, 마술사 겸 이단 종교 집단 지도자이고 본인을 요한계시록의 짐승이라 일컫는 알레이스터 크로울리와 며칠을 함께 보내기도 했다. 치앙과 클로이스는 서로에게서 자신의 모습을 보았고 영원한 힘을 소유하고자 하는 의지를 보았다

1925년의 그날 밤, 치앙은 침실 문에서 멀리 떨어진 침대 건너편 의자에 앉아 스리섬을 구경하고 있었다. 옷차림이 특이했지만 티머시는 아버지보다 훨씬 나이가 많았던 치앙이 지난번에 보았을 때보다 훨씬 젊어진 모습에 놀라 그가 정확히 무슨 옷을 입고 있었는지는 기억하지 못했다.

문지방 앞의 좁은 그늘에 숨어 있던 티머시는 몹시 당황했다. 일분 쯤 지나자 혐오감과 매력을 동시에 느꼈고 두려움이 치솟았다. 정확히 무엇에 대한 두려움인지는 알 수 없었다.

치앙의 시선이 침대 위의 사람들에게서 티머시에게로 옮겨왔다. 치앙은 미소를 지었고, 들켰다는 걸 알아챈 티머시는 곧장 달아났다.

어머니가 잠들어 있는 이층 침실로 돌아왔을 때쯤, 손님용 별관에서 본 장면의 괴상한 매력은 공포로 바뀌어 있었다. 손드라가 두려움에 떨고 있는 것 같지는 않았지만 어린 소년의 눈에는 아버지와 글렌다가 손드라를 죽이려 하는 것처럼 보였던 것이다.

어머니를 깨우기가 쉽지 않았다. 나중에 알고 보니 아버지가 어머니에게 저녁 식사를 마친 후 진정제를 먹인 것이었다. 꽤 여러 시간이 지났지만 여전히 약효가 남아 있어서 어머니는 좀처럼 정신을 차리지 못했다. 하지만 티머시는 기어코 어머니를 깨워서, 방금 전에 본 내용을 어린애다운 유치한 표현으로 어머니에게 전했다.

머리가 맑지 않은 이유가 남편이 약을 먹였기 때문임을 알아챈 마드라는 당장 그곳을 떠나기로 했다. 약까지 먹일 정도면, 게다가 아들이 본 게 사실이라면, 남편이 여기서 더 무슨 짓을 할지 모르기 때문이었다. 결혼식을 올리고 몇 년 동안 마드라는 남편에게 무서울 정도로 포악한 편이 있음을 알아챘다. 남편은 숨기려고 했지만 은연중에 드러났다. 마드라는 지체 없이 아들의 외투를 챙겨 들고 서둘러 아들과 함께 아래층으로 내려갔다.

현관문을 나가서 보니 진입로에 세워두었던 모델 티가 보이지 않았다. 차를 어디로 옮겨다 놨는지, 차고가 따로 어디 있는지 알 수가 없었다. 그러다 문득 차를 찾더라도 점화 열쇠가 수중에 없으니 소용없겠다는 생각이 들었다.

하지만 마구간이 어디 있는지는 알고 있었다. 마구간에 가면 사랑하는 프리지아 품종의 말 매직이 있을 것이고, 말을 타는 데는 점화 열쇠 따윈 필요 없었다.

어린 티머시는 두려움으로 바들바들 떨고 있었고 마드라는 제대로 생각을 할 수 없을 정도로 머리가 무거웠지만, 콘스탄틴 클루이스가 지금쯤 그들을 찾고 있으리라는 것은 둘 다 알고 있었다. 나중에 티머시는 치앙이 약에 잔뜩 취한 상태여서 문지방 앞에 선 어린 염탐

꾼을 보기는 했어도 어떤 일이 벌어질지는 생각을 못했다는 걸 알게 되었다. 치앙의 머릿속에는 이 방탕한 성행위에 아홉 살 소년이 맡게 될 역할에 관한 구역질 나는 환상이 펼쳐지고 있었던 것이다.

모자는 밤의 어둠을 가로질러 보름달빛에 의지해 마구간으로 향했다. 마드라는 승마에 조예가 깊어서 안장이 없어도 말을 잘 탈 수가 있었고 말에 마구를 채울 시간도 없어서 곧장 디딤대를 밟고 매직의 등에 올라탔다. 아들을 끌어올려 앞에 앉힌 후 두 손으로 갈기를 꼭 붙들라고 일렀다. 그리고 오른손으로 말갈기를 움켜잡은 후 왼팔로 아들을 감싸 안고 보통 구보로 정문으로 말을 몰았다. 전력질주를 했다간 아들이 말 등에서 떨어질 위험이 있고 저택 쪽에서 소리를 듣고 남편이 내다볼 수도 있었다.

밤에는 걸어서 찾아오는 방문객이나 마차를 탄 손님을 상대할 일이 없으므로 경비실에 아무도 없었다. 마드라는 직접 정문을 열고 마을로 가서, 믿을 만한 지인에게 연락하거나 당국에 신고를 할 작정이었다. 남편이 자신에게 약을 먹이고 여자들과 더러운 짓을 하고 있었으며, 어린 자식에게 그 모습을 보게 했다고 말이다.

그때 톱날이 부러지는 바람에 나는 소년이 눈앞에 그리듯 펼쳐놓은 영화 같은 이야기에서 현실로 돌아왔다.

내가 쇠톱과 함께 챙겨온 새 톱날을 꺼내고 있는데 티머시가 입을 열었다.

"아버지는 진입로 한가운데에 나체로 서 있었어요. 달빛 아래서 유령처럼 창백한 모습으로요. 우리는 아버지의 손에 라이플총이 들려 있는 걸 봤지만 이미 늦고 말았어요. 그때 나는 아버지가 어머니를 죽이는 걸 보지 못했어요. 아버지가 쏜 총에 내가 먼저 맞아 죽었거든요."

고등학교 졸업 앨범에 실린 사진 속 내 모습이 멍청하고 꺼벙했다고 앞서 언급한 바 있다. 티머시의 고백을 들으며 내 얼굴은 바로 그 익숙한 표정을 짓고 말았다.

아침에 티머시의 스위트룸에 들어갔을 때 터미드 부인이 올라온 바람에 나는 옆방에 숨어 그들은 대화를 엿들었다. 터미드 부인은 티머시에게 그는 자기네와 같은 무리가 아니라고, '죽은 꼬맹이'라고 했었다. 당시 나는 그녀가 티머시에게 위협을 가하려고 독하게 쏘아붙인 줄 알았는데 지금 보니 말 그대로 죽은 아이라는 의미였다.

"아버지가 쏜 첫 발이 나를 즉사시켜 말에서 떨어뜨렸어요. 두 번째 총알은 매직의 몸에 박혔지만 죽이지는 못했죠. 나중에 얘기를 들으니 어머니는 무릎을 꿇은 매직의 등에 매달려 있었다고 하더라고요. 아버지는 세 번째 총알로 어머니를 죽인 후, 가까이 다가가 매직의 목숨을 끝장냈고 이미 죽은 어머니의 몸에 총을 두 발 더 쐈어요."

아무리 충격적이고 도저히 있을 수 없는 끔찍한 얘기를 듣더라도 나는 정신을 바짝 집중하고 톱질을 해야 했다. 추격자들은 이미 지하실에 내려가 있거나 곧 지하실로 내려갈 것이고, 몇 분 만에 빅토리아 모르스를 찾아낼 것이다.

빅토리아는 클로이스와 노예 게임을 하며 즐기고 산 여자였다. 내가 그녀에게 주먹질을 하고 끈으로 묶고 입에 재갈을 물릴 때 변태적으로 즐겼을지도 모른다는 생각이 문득 들었다.

게다가 그 여자는 내 얼굴에 침을 줄기차게 뱉으며 무척 즐거워했었다.

쇠톱에서 부러진 톱날을 빼내는데 두 손이 자꾸만 떨렸다.

"죽었다니 이해가 안 돼. 넌 죽지 않았어. 여기 이렇게 살아 있잖아."

종소리처럼 청아하고 성가대원처럼 고운 목소리를 가진 티머시는 또 다시 어린애답지 않은 근엄한 말투로 말했다.

"내가 일러준 대로 묘에 갔었나요?"

"어. 지하로 내려가서…… 지하 이층까지 가봤어."

램프의 따뜻한 불빛을 받고 있었지만 티머시의 얼굴은 핏기가 하나도 없었고 입술도 창백했다.

"그럼 봤겠군요."

"그래."

"니콜라 테슬라에 대해 알아요?"

"응. 이 로즈랜드 지하와 로즈랜드를 둘러싼 담장에…… 시간을 조종하는…… 기계가 연결되어 있더라."

"로즈랜드의 건물들과 땅은…… 명확하게 말하면 이 용어가 아니겠지만 대략 가사상태와 비슷한 상태로 유지되고 있어요."

"시간이 정체된 상태겠지."

"하지만 로즈랜드를 관통하는 그 흐름이 사람들의 젊음을 지켜 주지는 않아요. 본인이 원하는 것보다 더 나이가 들었다는 생각이 들면 그들은 다른 건물 꼭대기 층에 있는 그 기계의 일부를 사용해서……."

"…… 게스트하우스 꼭대기 층 말이구나. 문이 안 열려서 직접 보지는 못했어. 짐작일 뿐이야."

나는 쇠톱에 새 톱날을 끼워 넣었다.

손이 떨려서 톱날을 잘 끼워 넣기가 쉽지 않았다. 왜 이렇게 떨리는 걸까. 티머시가 말한 내용은 내가 로즈랜드에 대해 이미 알고 있는 내용과 크게 다르지도 않은데.

"그들은 게스트하우스 꼭대기 층에 있는 그 기계의 일부를 시간구체라고 부르고 있어요. 시간을 바다로 비유하자면, 바다 속 깊은 곳이 과거이고 바다 표면은 현재인 거예요. 그리고 시간구체는 대양의 잠수구처럼 시간 사이로 이동해요. 잠수구와 다른 점은 여러 방향으로 움직이지 못하고 한 방향으로만 움직일 수 있다는 것이고요."

새 톱날의 팽팽한 정도를 이리저리 조정했다. 로즈랜드에서 펼쳐지고 있는 시간의 혼란에 굴복해 어느새 파킨슨병을 앓는 노인이 되어버린 것처럼 두 손이 덜덜 떨렸다.

"그들이 시간구체를 타고 과거로 가면 그들 몸에서 세월이 떨어져 나가요. 몸은 물질이니까 젊고 탄탄해지는 거예요. 노화한 뇌도 젊게 복구가 되죠. 다만 성격과 지식, 기억은 정신적 영역이라서 그대로 유지가 돼요."

"그럼 현재로 돌아올 때 왜 다시 늙지를 않지?"

"시간의 흐름을 통과해서 돌아오는 게 아니거든요. 시간을 벗어나서 외곽으로 빙 둘러서 현재로 돌아와요. 시간구체는 시간의 흐름을 따라 앞으로 갔다 뒤로 갔다 하는 타임머신이 아니라, 시간의 줄기를 벗어나서 시간과 시간 밖 사이의 막을 통과해 이동하는 기계에요. 나도 잘 몰라요. 여기 사람들도 마찬가지고요. 그 기계의 원리를 이해할 수 있는 사람은 테슬라뿐일 거예요. 한 명 더 추가하자면 아인슈타인 정도겠죠."

마음속 깊은 곳에서 해서는 안 될 어두운 생각이 방구석에 출몰한 유령처럼 내 의식으로 떠올랐다. 그 생각이 나오지 못하게 의식의 문을 닫으려 했지만 뜻대로 되지 않았다. 일단 그 생각이 머릿속으로 파고들면 나는 실행에 옮기려 들 테고, 그렇게 되면 나는 물론 내게 중요한 모든 것들이 무너지고 말 것이다. 티머시의 얘기를 들으며 왜 이렇게 손이 떨리는지 그 이유를 이제 알 것 같았다.

영원한 소년 티머시가 말했다.

"그들은 그 기계를 타고 정해진 과거로 갔다가 돌아와요. 다른 시간대로 나가는 건 그리 권장할 만하진 않아요."

"가능은 하다는 거야?"

"시간구체의 제어판을 조정하면 기존에 정해진 시점 말고 다른 연도로도 갈 수가 있어요. 과거 어느 시기로도 갈 수는 있죠. 하지만 과거에 일어난 일을 없었던 일로 되돌릴 수는 없어요."

"왜?"

"시간여행이 현재에 어떤 영향을 미칠지는 아무도 몰라요. 위험한 짓은 안 하는 게 낫죠. 니콜라 테슬라가 알아낸 바에 따르면, 과거에 일어난 일은 고정이라서 바꿀 수가 없어요. 과거로 돌아가 뭘 어떻게 한다고 해도 미래가 바뀌지는 않아요. 한번 일어난 일은 변경이 안 돼요. 뭔가를 바꿔놓는다고 해도 결국은 원래대로 돌아가는 거죠…… 운명으로 정해진 거니까요. 게다가 과거를 바꾸는 게 얼마나 위험한 일인지 아직 확실히 알려져 있지도 않고요."

간신히 손 떨림을 가라앉힌 후 새 톱날로 감시 장치를 다시 자르기 시작했다.

"하지만 네 아버지는 그 기계로 과거를 바꿨잖아."

"원래 아버지의 의도는 어머니만 죽이는 거였지 저까지 죽이는 건 아니었어요. 그래서 제가 총에 맞았을 때 잠깐 후회를 했다고 해요."

나는 톱질을 하며 말했다.

"그는 시간구체를 타고 너를 죽이기 전으로 돌아가서 자기가 한 일을 되돌렸어."

"우리한테 총을 쏘자마자 아버지는 과거로 돌아갔어요. 마구간에서 어머니가 저를 데리고 들어오길 기다렸고, 가지고 간 권총으로 내 앞에서 어머니를 죽였어요."

조금 전 매직을 타고 가다가 어머니가 총에 맞는 순간에 대해 얘기하면서 티머시는 '그때 나는 아버지가 어머니를 죽이는 걸 보지 못했어요'라고 말했었다.

그때.

"아버지는 매직을 쏘지는 않고 어머니만 쐈어요. 그리고 나만 데리고 현재의 로즈랜드로 돌아온 거예요. 돌아와서 보니까 매직은 잔디밭에 똑같이 죽어 있었고, 어머니와 나도 마찬가지로 죽어 있었어요."

나는 감시 장치에 대고 있던 톱날을 살짝 들고 티머시의 눈을 바라보았다. 그의 끝없이 깊은 눈을 마주볼 때마다 영원한 소년의 몸에 갇힌 채 나를 내다보는 깊은 상처를 입은 영혼이 보여 마음이 편치 않았다. 하지만 시선을 돌리고 싶지 않았다. 똑바로 마주 봐야 티머시도 내가 그의 극심한 고통을 이해하고 있음을 내 눈을 통해 알 테니까.

나는 티머시가 했던 말을 곱씹었다.

"한번 일어난 일은 변경이 안 된다고. 운명으로 정해진 거라고."

정해진 과거에서 아들을 빼내어 시간의 흐름 바깥으로 빙 돌아 현재로 돌아왔기 때문에 콘스탄틴 클로이스는 시간의 역설을 만들어내고 말았다. 시간여행의 역설이라면 나도 영화와 책을 통해 어지간히 알고 있었지만 이런 경우는 처음이었다. 이런 문제를 너무 오래 골똘히 생각하다보면 머릿속이 고르디우스의 매듭처럼 완전히 꼬여서 풀지도, 자르지도 못하게 될 것 같았다.

"그들은 아버지가 언제든 보고 싶을 때 가서 볼 수 있도록 어머니의 시신을 묘의 지하 이층에 옮겨다 놨어요. 왜 그렇게까지 해야 하는지는 아버지처럼 생각이 뒤틀린 사람이 아니면 알 수가 없겠죠. 당시에는 카를로 루카와 제임스 더난이라는 이름을 썼던 폴리 셈피테르노와 헨리 러럼은 치앙과 함께 한밤중에 말을 잔디밭에서 초원으로 끌고 가 구덩이를 파고 묻었어요."

나는 다시 톱질을 시작하며 물었다.

"네 시신은? 그러니까…… 또 다른 티머시의 시신은 어떻게 됐어?"

"총알이 시신에 박혀 있질 않고 관통했어요. 내가 어떤 총에 맞아서…… 죽었는지 경찰도 밝혀내기 힘들게 된 거죠. 그들은 어머니의 차 조수석 발치에 내 시체를 쑤셔 넣었고, 글렌다는 그 차를 몰고 해안 고속도로를 따라 남쪽으로 한참을 달렸어요. 그리고 당시에는 외딴 곳이던 도로가의 일시정차 가능 구역에 차를 버렸죠. 손드라가 바로 뒤에서 다른 차를 운전해서 따라왔어요. 글렌다와 손드라는 운전석과 바닥에 어머니의 피를 문지르고 차문을 활짝 열어둔 채로 그곳을 떠났어요."

"범인들이 너를 납치하려다 실패한 것처럼?"

"그렇게 생각을 하게끔 글렌다와 손드라가 현장을 만든 거죠."

"범인들이 몸값을 받아내기도 전에 네 어머니를 실수로 죽이고 말았다."

"그런 내용이죠."

"경찰들이 그걸 믿었어?"

"아버지는 널리 존경받는 사람이에요. 당시만 해도 경찰들을 매수하는 게 가능했어요. 지금도 어느 정도는 그렇지만요. 아버지는 누구를, 어떤 방법으로 매수해야 하는지 잘 알아요."

"그래도 신문에 큰 사건으로 대서특필됐을 텐데."

"당신이 생각하는 것만큼은 아니었어요. 아버지는 여러 신문사를 소유하고 있고, 편집자들을 죄다 손에 넣고 쥐락펴락하는 사람이에요. 경쟁 언론사들의 약점도 충분히 파악해두고 있고요. 윌리엄 허스트처럼 정적들도 없었어요. 아버지는 비탄에 잠긴 척을 하면서 몹시 의기소침한 모습으로 로즈랜드에 은거했고 다들 충분히 그럴 만하다고 여기고 아버지를 내버려뒀어요."

"네 재는…… 그러니까 다른 티머시의 시신을 화장한 재는 묘 안의 벽감에 놓인 항아리에 들어 있어?"

"맞아요."

"네 어머니의 유골 항아리에 담긴 건 누구 재야?"

"그 항아리는 비어 있어요. 공식적으로 어머니의 시체는 발견되지 않았으니까요. 굳이 묘 안에 항아리를 넣어둔 건 상징적인 의미에요. 아버지 이름으로 된 항아리에도 당연히 재는 안 들어 있어요."

마침내 감시 장치의 마지막 줄이 잘리고 손목에서 수갑이 떨어졌다.

"기술이 발전해서 그들이 이런 감시 장치로 내 위치를 파악할 수 있게 될 때까지 나는 오랫동안 철창 속에 갇히다시피 살았어요. 끈에 매인 개처럼요."

나는 톱을 내려놓고 일어섰다.

티머시도 안락의자에서 일어서며 말했다.

"난 죽었어요. 하지만 살아 있기도 해요. 그날 밤 내 목숨은 끊어졌는데 난 여기 있어요. 세월이 흐르면서 정신은 성숙하고 복잡해졌지만 내 육신은 그대로예요. 청소년기도 성인기도 책으로 보냈어요. 아홉 살 이후의 인생에 대한 책들을 읽으면서 간접 경험으로 산 거죠. 난 영원히 소년이에요. 더는 견딜 수 없을 만큼 소년으로 너무 오래 살았어요."

더는 견딜 수 없었다. 어마어마한 죽음. 지독한 광기. 파티용 고깔모자도 쓰지 않고 들이대는 놀랍고 섬뜩한 일들. 온갖 기묘한 현상들. 로즈랜드는 이제 신물이 났다. 그들이 로즈랜드를 조식을 제공하는 숙박시설로 바꾼다 해도 나는 완전히 질려서 홍보 따윈 해주고 싶지도 않다.

티머시를 데리고 이층 남쪽 홀로 조심스럽게 걸음을 옮겼다. 집 전체가 어찌나 조용한지, 아침에 쉴숌의 키시 파이와 치즈케이크를 먹은 덕에 계속 꾸르륵대는 창자만 아니었어도 나는 내 귀가 먹은 줄 알았을 것이다.

티머시의 얘기를 들어보니, 니콜라 테슬라가 만든 말도 안 되게 조용한 기계는 시간을 조종할 뿐 아니라, 그 과정에서 발생하는 열역학적 결과물을 이용해 로즈랜드가 필요로 하는 에너지를 전부 제공한다고 했다. 그 기계는 영구기관이며, 친환경 에너지 생산을 완벽하게 보여주는 표본이었다. 앞을 가로막는 것은 무엇이든 죽이고 보는, 인간 비슷한 돼지 떼들을 이리로 불러들인 점만 빼고 말이다.

티머시는 그 환상적인 기계가 이번처럼 미래의 시간을 현재로 끌고 오는 건, 어째서 그런지 이유는 알 수 없지만, 수년에 한 번씩이라고 했다. 그리고 어떤 주기에는 그런 현상이 다른 때보다 더 자주 일어난다고 했다. 때마침 그 주기가 되었을 때 내가 운 좋게 로즈랜드에 들어온 것이었다. 나무들이 전부 가을 옷으로 갈아입어 경치가 환상적일 때에 마침 버몬트 주에 있게 된 것보다 더 신나는 일이 아닐 수 없었다.

케니 마운트배튼이 살고 있는 소름끼치는 미래에서 찾아온 돼지 머리 방문객들이 로즈랜드를 지금처럼 온통 헤집고 다니는 동안, 저택에 온통 강철 셔터가 내려져 있는 동안, 이 건물에서 빠져나갈 수 있는 유일한 길은 내가 몰래 숨어 들어왔던 바로 그 길뿐이었다.

콘스탄틴 클로이스 패거리가 대형 보일러 뒤에 있는 빅토리아를 찾아냈다면, 그들은 자기네 죄는 생각도 안 하고 분기탱천해서, 튀김 요리사를 잡아 죽이기 위해 씩씩대며 위층으로 올라오고 있을 것이다. 우리는 그들과 마주치지 않고 벽과 천장이 구리로 덮인 터널을 통해 묘로 갈 수 있는 방법을 강구해야 했다.

탁 트인 중앙 계단으로는 내려가고 싶지 않았다. 서재에 있는 청동으로 된 나선형 계단 역시 개방형이라 꺼려졌다. 다용도 계단으로도 내려가기가 싫었는데, 침을 탁탁 뱉는 정신 나간 빅토리아 모르스와 그녀의 변태적인 공모자들이 주로 그 계단을 이용할 것 같아서였다.

영화 〈스타트랙〉에서처럼 빛줄기를 이용해 원하는 곳으로 이동하면 얼마나 좋을까. 하지만 그런 편리한 이동 수단은 아직 현실에서는 발명되지 않았다. 나는 손에 권총을 들고서 티머시를 데리고 남쪽 통로를 지나갔다. 문을 열고 서재 중이층으로 들어갔다가, 서쪽 별관을 지나 앞쪽 다용도 계단으로 내려갔다.

나는 껌을 씹으면서 농구를 하지는 못한다. 물론 껌을 안 씹고도 농구는 썩 잘하는 편이 아니다. 하지만 걸으면서 생각을 하면 머리가 빨리빨리 잘 돌아간다. 미리 계획을 세우지 않기 때문에 그럴 수밖에 없다. 언제 어디서든 내 주변에는 온갖 정신 나간 일들이 일어나기 때문에 미리 계획을 세워봤자 소용이 없다. 일을 진행하면서 동시에 계획을 잡기 때문에, 유사시에는 바로 그 자리에서 빠르게 결단을 내리기도 한다.

나와는 달리 티머시는 미리 계획을 세워두었다. 그는 오랜 세월 자신이 처한 상황을 깊이 생각했다. 그는 시간구체를 이용해, 어머니가 살해당하던 그날 밤이 아니라 1915년으로 가고 싶어 했다. 어머니의 자궁 속에서 잉태되기 전의 시점이었다. 그는 잉태되기 전으로 돌아가 자신의 존재를 아예 없애고 싶어 했다.

지독한 실의에 빠져 수년 동안 그는 자살을 생각했지만, 아버지가 그를 그리 쉽게 놓아줄 리 없으니 자살은 선택지에서 지웠다. 콘스탄틴 클로이스가 한때는 아들을 사랑했는지는 모르겠지만, 지난 수십 년 간은 전혀 사랑하지 않았다. 오직 자신의 부, 소유물, 장난감에 집착했고 자기 물건을 빼앗기는 것을 못 참아 했다. 클로이스의 머릿속에서 티머시는 그의 소유물이었다. 그러니 티머시가 자살을 한다고 해도 클로이스는 시간을 되돌려 자살을 없었던 일로 만들고 자살하기 전의 티머시를 다시 현재로 끌고 올 것이다. 그리고 그를 더 철저히 통제하면서 전보다 더 삶을 견딜 수 없게 만들 것이다.

티머시의 생각은 틀리지 않았다. 하지만 본인이 잉태되기 전의 시간으로 돌아가면 무슨 일이 일어나게 될지 티머시는 알지 못했다. 그 계획을 실행에 옮길 때에 비하면, 지금 티머시가 몸소 보여주고 있는 시간의 역설은 아무것도 아닌 일이 될 것이다.

아무리 티머시의 운명이 1925년 아홉 살에 죽는 것이었다고 해도, 영원히 아이로 사는 것이 그에게 너무나 견디기 힘든 고통이라고 해도, 그가 시간구체를 통해 자살을 하도록 돕는 것은 그것이 비록 소극적인 방식의 자살이라도 도저히 내키지 않았다. 나는 티머시를 돕고 싶었다. 자유로워지도록 돕고 싶지, 절망에 굴복하도록 방조하고 싶지 않았다.

티머시를 데리고 앞쪽 다용도 계단으로 내려가면서, 게스트하우스 삼층으로 가기 전에 이층에 먼저 들러야겠다는 생각을 했다. 안나마리아는 앨리스가 거울 나라에서 만난 이들처럼 수수께끼 같은 사람이지만, 나보다는 더 현명하게 티머시와 얘기를 나눌 수 있을 테니까. 그녀는 오드 토머스가 가진 한심한 수준의 지혜를 훨씬 뛰어넘는 지혜를 가진 사람이니까.

우리가 일층으로 내려가는 동안 아무도 우리에게 총을 쏘거나 침을 뱉지 않았다. 추격자들이 아직 지하층에 있을 가능성이 있지만 나는 정찰 삼아 지하에 내려가 보기로 했다. 정찰의 목적은 저 앞에 무엇이 있는지 파악하는 것이다. 정찰을 하다보면 내가 상대를 발견하기 전에 상대에게 먼저 발견당하는 위험이 따르기도 한다.

계단을 내려가면서 티머시가 가까이 잘 내려오고 있는지 확인하려고 두 번 뒤를 돌아보았다. 티머시는 잘 따라 내려오고 있었다. 두 번째 돌아보았을 때 그는 걱정하는 내 마음을 안다는 듯 미소를 지었다. 티머시가 웃는 모습을 처음 보았다. 실제 나이는 아흔다섯이고 계속 나이를 먹고 있지만, 그는 미소만으로도 보는 이의 가슴을 아프게 할 만큼 어리고 연약해 보였다.

그 순간, 티머시의 기대를 채워주지 못할 것 같은 느낌이 들었다.

당신을 믿는다는 의미의 그 미소는 경찰 두 명이 짝을 이뤄 활약하는 영화에서 의미심장한 코드로 작용한다.

영화 2막쯤 되면 조연 경찰이 주연 경찰에게 어느 조연 여자에게 청혼을 할 거라고 말한다. 그리고 세 장면쯤 후에 조연 경찰은 억울하게 죽임을 당하고, 분노한 주연 경찰은 총알이 폭풍처럼 쏟아지는 가운데 털끝 하나 다치지 않고 달려가 폭력배 스무 명을 처단한 후 죽은 동료를 생각하며 눈물을 글썽인다. 하지만 그가 눈물을 머금는다고 해서 그를 계집애 같은 놈이라고 생각하는 사람은 없다.

대개의 영화들은 인생을 모방하지 않는다. 대형 흥행작에는 상투적인 전개가 필수적인데 인생은 그리 상투적으로 흘러가지 않기 때문이다. 그런데 가끔은 인생이 영화를 모방할 때가 있다. 보통은 엄청난 타격을 안겨주는 식으로, 그것도 마음을 달래줄 팝콘도 없이 말이다.

계단 아래에 이르자 지하실 복도로 이어지는 문이 활짝 열려 있었다. 나는 조심스럽게 문밖의 동정을 살폈다.

여긴 우리 닭들 말고는 아무도 없다, 라는 유명한 노래 제목이 문득 떠올랐다. 그런데 이 제목은 아무리 생각해도 이해가 안 된다. 닭들은 말을 할 수가 없다. 굳이 말을 할 수 있다고 가정한다고 해도 그 닭들이 누구한테 그런 말을 한단 말인가?

지난 수 시간과 마찬가지로 공기에서 희미한 오존 냄새가 났다. 그 외에는 어떤 냄새도 나지 않고 어떤 소리도 들리지 않았다.

티머시에게 그 자리에 가만히 있으라고 손짓으로 알린 후 열린 문 너머로 나갔다.

지하실 주요 통로 건너편의 문들은 활짝 혹은 반쯤 열려 있었다. 미처 문을 닫을 새도 없이 서둘러 수색을 하느라 그리 해놓은 듯했다.

오른쪽으로 길게 뻗은 복도에는 끄트머리의 와인저장실까지 아무도 없었다.

그리고 바로 왼쪽에는 현재의 이 집과 아직 공사가 시작되지 않은 1921년의 땅이 연결된 건축 작업용 가건물 문이 있었다. 문 너머로 도면 작업용 테이블과 책상, 오래된 나무로 된 파일 캐비닛이 보였다.

클로이스 패거리가 아직 지하에서 수색을 하고 있다면 무슨 소리라도 들릴 텐데 조용한 것으로 봐서는 이미 빅토리아를 찾아서 끈을 풀어주고, 주제도 모르고 날뛰는 무지한 필멸자를 추격해 때려잡으러 위층으로 올라간 듯했다.

계단통 아래 서 있는 티머시를 흘끗 돌아보고 이쪽으로 오라고 손짓했다. 바로 곁에 두고 있다가 여차하면 왼쪽이나 오른쪽 방으로 데리고 들어가 숨을 작정이었다.

긴 복도에는 늘 위험이 도사리고 있다. 무장을 한 사람들에게 쫓기는 상황에서 자칫 잘못하면 복도의 시작점에서 끝점에 이르기까지 총격에 완전히 노출 될 수도 있다. 사냥꾼에게 이런 복도는 실내사격 연습장처럼 목표물을 명중시키기에 아주 좋은 곳이다.

빠르게 움직이면서 소리를 내지 않기가 쉽진 않지만 이런 곳을 빠져나가려면 그런 수밖에 없다. 만화영화에서 아기 새 트위티에게 몰래 접근하는 고양이 실베스터처럼 움직이면 된다. 발끝으로 소리 없이 그러나 아주 빠르게 달리는 것이다. 물론 모양새는 우스꽝스럽다. 게다가 실베스터는 그렇게 움직여도 늘 트위티를 잡지 못한다.

나는 티머시를 보며 소리를 내지 말라는 뜻으로 손가락을 내 입술에 갖다 댔다. 우리는 복도 서쪽 끝에서 반대쪽 끝에 있는 와인저장실을 향해 빠른 걸음으로 나란히 이동했다. 세탁실은 오른쪽 끝에서 두 번째 방이었다. 그 방 앞을 지나면서 보니 문이 열려 있었다. 아까 세탁실을 나올 때 문을 닫아놓았는데 열려 있는 걸 보면 추격자들이 여기 왔다 간 게 분명했다.

보일러실 문도 열려 있었다. 그 앞을 지나가려는데 잼 다우가 보일러실에서 나와 우리 앞을 가로막고 산탄총을 내게 겨눴다.

내 권총의 총구는 콘크리트 바닥을 향하고 있었다. 이 상태에서 잼 다우에게 총이 맞도록 하려면 바닥에 대고 쏘되 총알이 바닥에 맞고 튀어 그의 몸에 맞게끔 각도를 정확히 잡아야 하는데, 그건 명사수 애니 오클리도 하기 힘든 일이었다.

우리가 멈춰 서자마자 잼 다우가 말했다.

"총 내려놔."

내가 베레타 권총을 들어 쏘기도 전에 그가 먼저 12구경 산탄총의 방아쇠를 당겨 우릴 산탄으로 갈기갈기 찢어놓을 게 분명했다. 그렇지만 권총을 내려놨다가는 어차피 끝장이었다. 그들은 티머시를 감방으로 돌려보낼 것이고, 콘스탄틴 클로이스는 다른 여자들에게 했듯이 나를 칼로 도륙 내서 묘의 지하 이층에 전시해놓을 것이다. 내

성별이 그의 마음에 들지는 않겠지만 말이다.

내 주의 지속 시간이 세상에서 제일 짧기라도 한 것처럼 잼 디우는 금방 또 명령을 내렸다.

"총 내려놓으라고."

"그게 좀."

그가 인상을 찌푸리며 물었다.

"그거 내 베레타 권총이지?"

서로 총질을 하는 것보다는 대화로 푸는 게 나았다. 불쾌한 대화라도 나누다보면 긍정적인 방향으로 풀릴 지 누가 또 알겠는가.

"예, 선생님. 그렇습니다. 선생님의 베레타 권총이 맞습니다."

"내 걸 훔쳤군."

"아뇨, 선생님. 훔친 게 아니라 잠깐 빌린 겁니다."

그는 총에 애착을 보였다.

"그거 굉장히 좋은 권총이야. 내가 아끼는 물건이라고."

"글쎄요. 솔직히 말하면 저는 총을 별로 안 좋아합니다. 여기 분위기상 아무래도 조만간 총이 필요한 상황이 올 것 같아서 챙기긴 했습니다만."

"문을 따고 들어갔구먼."

그는 내가 프라이버시를 존중하지 않아 기분이 상한 듯했다.

"아뇨, 열쇠로 열고 들어갔습니다."

"멍청이 콘스탄틴이 열쇠를 같은 걸루 해놔서."

"아까 셈피테르노 씨도 같은 의견을 내놓으시더군요."

"콘스탄틴이 왜 너랑…… 그 여자를 여기 데리고 들어온 거지?"

나는 나름의 이론을 펼쳐보였다.

"그분이 잠재의식적으로 이 모든 것에 넌덜머리가 나서 누군가 끝을 내주기를 바랐던 게 아닌가 생각이 됩니다."

"프로이트처럼 분석질하지 마, 튀김 요리사. 그놈은 똥멍청이야."

"안나마리아가 묘하게 끌리는 구석이 있는 사람이기 때문이기도 했겠죠."

"그년한테는 전혀 끌리는 구석이 없던데."

"선생님의 의견은 존중합니다만, 안나마리아와 직접 대화를 나눠보신 적은 없잖습니까. 기회를 한번 줘보시면 알게 되실 겁니다."

"그 권총이나 살살 곱게 내려놔."

내가 자기 권총을 바닥에 아무렇게나 내던지는 게 싫은 모양이었다. 아무리 돈 많은 불멸자라도 자기 물건에는 대단한 애착을 갖고 있는 듯했다.

"흐음."

티머시가 나섰다.

"치앙 아저씨, 시간구체가 있는 곳으로 우릴 가게 해주세요. 전 원래 있던 곳으로 돌아가고 싶어요."

그때 '시간구체가 있는 곳으로 우릴 가게 해주세요'라는 그 말이 데이빗 보위의 오래된 노래처럼 들렸다. 목숨이 경각에 달한 상황에서도 내 머리는 묘하게 딴 생각을 하곤 한다.

잼 다우는 정원사의 가면과 함께 선승처럼 온화하던 표정을 내려놓았다. 둥그런 얼굴에 증오가 깃들고, 천장 조명을 받은 두 눈이 뱀처럼 번득였다.

"내 마음대로 해도 된다면 당장 티머시 네놈의 배를 갈라, 네놈이 쏟아진 창자를 배 속에 주워담으며 죽어가게 만들 거다. 그리고 십 분 전으로 시간을 되돌려 다시 또 다시 네 배를 쑤셔주지."

고민하던 내 입에서는 "흐음." 하는 소리만 흘러나왔다. 이 불쾌한 대화가 긍정적인 방향으로 잘 풀려나갈 것 같지가 않았다.

이 창의적인 남자가 앞으로 본격적으로 저지를 짓거리에 비하면 수십 년 간의 감금 생활은 전주곡에 불과했는지도 모른다는 생각이 들었는지 티머시는 옆걸음질로 내게 바짝 붙었다.

"총을 내려놓을 마지막 기회야, 튀김 요리사. 말 듣지 않으면 총으로 쏴 죽이고 다시 시간을 되돌려 둘 다 이 자리로 끌어다 놓을 수도 있어."

"저는 한 번 죽는 걸로 충분합니다, 선생님. 더 수고를 끼치고 싶지는 않네요."

달리 할 일을 생각해낼 수도 없어서 나는 조금씩 무릎을 굽히며 그가 아끼는 베레타 권총을 내려놓기 시작했다. 그가 명령한 대로 천천히 살살. 다음번 생일에나 손에서 총을 완전히 내려놓을 정도로 아주 천천히 아주 살살 움직였다.

그러다보면 굉장한 작전이 떠올라 쿵푸 영화에서 성룡이 적들을 기겁하게 하는 것처럼 잼 디우를 놀라게 할 수 있지 않을까, 하는 바람이었다. 하지만 나는 성룡이 아니다. 결국 내 베이컨을 차지하려 나선 것은 돼지놈들이었다.

잼 디우의 등 뒤로 6미터쯤 떨어진 와인저장실 문이 벌컥 열리고 돼지놈 한 마리가 복도로 뛰쳐나왔다. 일그러진 머리통과 심하게 긴

팔을 가진 곱사등이 아니라, 그나마 정상적인 범주에 드는 놈들 중 하나였다. 돼지를 닮은 머리통, 날카로운 이빨을 드러내고 음흉하게 웃는 입, 촉촉하게 젖은 통통한 코, 꿈속에서 이끼 낀 어두컴컴한 늪지를 기어 다니는 짐승의 눈처럼 열에 들뜬 노란 눈.

그 짐승은 수호천사가 그려진 묘 벽의 틈새 문을 발견하고 그리로 들어온 게 분명했다. 내가 그 틈새 문을 닫는 방법을 몰라 그대로 두었는데, 이 짐승이 지하 일층, 지하 이층으로 내려와 터널을 통해 이곳까지 온 것이다.

와인저장실 문이 열리자마자 잼 디우가 그리로 돌아섰지만 그 짐승은 돼지 같은 외모와 어울리지 않게 동작이 민첩했다. 놈은 잼 디우의 오른팔을 잡고 마른 나뭇가지 꺾듯 똑 꺾어놓았다. 시간의 왕자이며 인간들 사이에 우뚝 선 신이었던 잼 디우는 비명을 지르며 산탄총을 천장에 대고 쏘았다.

나는 티머시에게 어서 뛰라고 소리쳤는데 그는 벌써 뛰고 있었다. 나는 티머시 뒤를 따라 달려갔다. 베레타 권총을 바닥에 완전히 내려놓지 않아 다행이었다. 이 좁은 복도에서 저 짐승을 상대로 9밀리 권총을 쏴봤자 티렉스 공룡을 론다트 화살로 공격하는 것만큼이나 별 효과는 없었겠지만.

삼 분 전에 그나마 평온한 기분으로 내려왔던 앞쪽 다용도 계단을 허겁지겁 삼 분의 이쯤 달려 올라가다가 뒤를 돌아보니, 잼 디우가 갈가리 찢겨져 다시는 기억하고 싶지 않은 끔찍한 몰골이 되어가고 있었다. 첫 번째 괴물에 이어 두 번째 괴물과 세 번째 괴물이 와인저장실 문 밖으로 나오고 있었다.

 앞쪽 다용도 계단을 뛰어올라가던 티머시는 이대로 이층까지 올라가는 건 아니라고 생각했는지 중간에 층계참의 문을 열고 일층 로비로 달려나갔다. 내 생각도 티머시와 같았다. 로비 한가운데 선 티머시는 어쩔 줄을 모르고 주변을 두리번거렸다.
 저택 안으로 괴물 세 마리가 들어온 데다, 자칭 '외부인들'이라고 하는 자아 개선 동호회원들까지 중무장을 하고 우리를 쫓고 있으니, 한가로이 차를 마시며 문학을 논할 만한 조용한 곳을 찾기가 쉽지가 않았다. 이런 상황에서 이층으로 올라간다면 더는 도망칠 곳도 없이 대략 난감한 처지가 되고 말 것이다.
 괴물들은 다음 행동에 대한 작전을 짜며 모여 앉아 시간을 보낼 만큼 두뇌파가 아니었다. 그렇다고 멍청하지도, 완전히 충동적으로 움직이지도 않았다. 분명한 것은 위층에 신선한 고기들이 더 많은데 굳이 지하실에서 뭉그적거리지는 않으리라는 점이었다.
 크어억, 쿵쿵대면서 체중 140킬로그램짜리 몸뚱이를 이끌고 앞쪽 다용도 계단을 밟고 올라오는 소리는 나지 않았지만 그들은 위층으로 올라오고 있을 것이었다. 나는 티머시를 데리고 주 응접실로 들어갔다.

염소를 닮은 거대한 판 신은 여전히 중앙 샹들리에 아래 대좌에 서 있었다. 나와 돼지들의 싸움에서 가축의 신인 판이 누구 편을 들지는 뻔했다. 우리는 주 응접실 벽에 드리워진 그림자로 들어가, 조금 전 내가 숨어 있었던 소파 쪽으로 걸어갔다. 나는 가만히 서서 귀를 기울였다. 놈들이 여기 들어와 있다면 소리보다 먼저 놈들의 체취로 알 수 있을 것이었다.

클로이스 패거리는 지하실 수색을 마친 후, 나중에 내가 집 안을 돌아다니다 내려올 경우에 대비해 잼 디우를 지하에 세워두었다.

괴물들은 누구 하나를 보초로 세워놓을 만큼 전술 훈련이 되어 있지 않을 것이고, 보초를 세워놓는다고 동료들이 위층에서 재미를 보고 있는데 보초가 지하에 얌전히 있을 리도 없었다. 우리 목숨이 앞으로 몇 분 동안만 잘 붙어 있다면, 그리고 괴물들이 전부 위층으로 올라온다면, 우린 다시 지하로 내려가 원래 계획했던 대로 지하 통로를 통해 묘로 빠져나갈 수 있을 것이다. 잼 디우의 잔해 사이로 지나가야 한다는 게 좀 꺼려지긴 하지만.

지하층에서 괴물들과 소름끼칠 정도로 가까이에 있었는데 그들에게서 악취가 나지 않았던 기억이 불현듯 떠올랐다.

내가 중얼거렸다.

"그들한테서 역겨운 냄새가 안 났어. 악취 덕분에 그들이 가까이에 오면 알 수가 있는데."

"악취를 풍기는 건 기형종들뿐이에요."

이건 불공평했다. 악취를 풍기지 않는다면 필요에 따라 소리 없이 움직일 수도 있을 것이다. 냄새도 안 나고 소리도 내지 않고 다니는 괴물들이 언제 어디서 튀어나올지 모르는 상황이라니, 나는 전혀 준비가 되어 있지 않았다.

여기서 약간 떨어진 곳에서 산탄총의 총성이 들려왔다.

처음에는 분노에 찬 으허어- 소리가 들리다가 고통스럽게 꾸애애액- 하는 소리가 들렸다. 어느 돼지의 목구멍에서 흘러나오는 소리였다.

그러나 뒤이어 들려온 두 번째 비명은 인간이 내지를 수 있는 가장 처참한 비명이었다. 다시는 듣고 싶지 않은 끔찍한 비명 소리. 그 소리는 극심한 공포와 고통을 토해내며 삼십여 초 지속되었다. 너무나 섬뜩한 소리라서, 고야의 '제 자식을 잡아먹는 사투르누스'라는 피가 얼어붙을 정도로 무시무시한 그림이 절로 떠올랐다. 제목도 기분 나쁘지만 실제로 보면 더 소름이 돋는 그림이다.

아버지를 비롯해 로즈랜드 주민들 중 티머시의 친구는 한 명도 없지만, 고통스런 비명 소리에 기가 질린 티머시는 몸을 와들와들 떨면서 소리 죽여 울기 시작했다.

비명 속에 평상시의 목소리가 약간은 섞이게 마련이어서, 나는 그 비명을 지르며 죽어간 이가 쉘숍 주방장임을 짐작할 수 있었다.

현실을 살아가는 우리는 누구나 현실의 한계에 부딪힐 수밖에 없다. 스스로를 한계도 규칙도 두려움도 없는 외부인이라 칭하는 이들도 마찬가지다.

나는 그들에게 연민을 느끼지 않았다. 진정한 연민은 그 대상을 돕고자 하는 욕구가 동반되어야 하는데, 나는 나 자신과 티머시를 위험에 빠뜨리면서까지 그들을 돕고 싶지 않기 때문이다.

그러나 길고 고통스런 죽음의 비명에 섞인 공허감을 나는 어쩔 수 없이 느끼고 말았다. 최악의 인간이자 동시에 최고의 인간인 쉴솜은 죽음의 차가운 그림자 속에 서 있었다. 죽어 마땅한 자이긴 하지만, 나는 뼛속 깊이 그를 동정했다.

한바탕 비명이 지나가자 집 안의 정적은 더욱 깊어졌다.

우리가 외부인들만 상대하고 있다면 어디 구석진 곳에 몇 분 동안 잘 숨어 있다가, 괴물들이 위층으로 죄다 올라온 후에 슬쩍 지하로 내려가면 된다. 하지만 돼지들까지 우리를 쫓고 있으니 문제였다. 우리가 주방의 밀폐된 대형 냉장고 안에 들어가 숨어 있지 않는 이상 돼지들은 냄새로 우리를 찾아내고 말 것이다.

대형 냉장고 안에 숨었다가 그 안에 갇히는 것도 문제지만, 식인종 마을의 공용 냄비에 숨어 있는 것과 마찬가지가 될까봐 냉장고는 최대한 피하고 싶었다.

티머시에게 속삭였다.

"괴물들이 집 안에 들어와 있으니까 차라리 밖으로 나가는 게 낫겠어. 문 열고 나가서 뛰면 돼. 보안 셔터를 조종하는 제어 장치는 어디 있어?"

"모…… 몰라요."

"짐작 가는 데라도 없어?"

"몰라요. 어…… 없어요."

그는 내게 손을 내밀었다. 나는 그 손을 잡았다. 작고 차가운 손이 식은땀으로 축축이 젖어 있었다.

구십오 년을 살면서 그는 수천 권의 책을 읽었고, 그게 그가 경험한 삶의 거의 전부였다. 수천 권의 책에 담긴 수천 명의 인생을 간접으로 경험한 것이다. 그 외에는 로즈랜드에서 펼쳐지는 온갖 무시무시한 일들을 겪으며 암울하게 살아온 세월이었다. 그럼에도 불구하고 티머시는 제정신을 유지하고 있었고, 머리와 심장 속에는 소년다운 천진함이 올곧게 남아 있었다. 숨 막히게 영혼을 억압하고 짓누르는 상황에서도 타고난 순수성을 지켜냈다.

내가 티머시였으면 이렇게까지 해내지 못했을 것이다. 아까 티머시가 계단에서 내게 보여준 신뢰감에 찬 미소 때문에, 아무래도 그의 기대를 저버리게 될 것 같은 생각이 자꾸 들어서 불안했다.

계속되는 정적이 우리에게 어서 움직이라고 말하는 듯도 했고, 경솔하게 움직이지 말고 가만히 있으라고 말하는 듯도 했다.

그 순간, 넓은 응접실에서 대각선 방향으로, 남동쪽 모서리 근처 패널 뒤의 비밀 문을 열고 티미드 부인이 응접실로 들어왔다. 자세를 낮추고 권총을 두 손으로 잡고, 총구를 좌우로 훑으며 노련한 경찰처럼 주변을 경계하는 모습이었다.

응접실 맞은편 끝의 그림자 속에 숨어 있었지만 티미드 부인은 우리를 봤다. 그녀는 분노에 찬 목소리로 일갈했다.

"이 개쓰레기 같은 놈. 네놈이 괴물들을 집 안으로 들였어."

괴물들 때문에 위험한 상황이라 그런지 다른 때보다는 욕설이 그리 강하지가 않았다.

나는 아까 지하층에서처럼 조용히 있으라는 뜻으로 손가락을 내 입술에 갖다 댔다. 우리가 서로를 아무리 경멸하더라도 지금 당장 서로에게 모욕적인 말을 퍼부어댔다가는 잼 디우와 쉴숌 꼴이 나고 말 것이다. 입 다물고 가만히 있는 게 상책이었다.
  그런데 터미드 부인이 내게 총을 쏘았다.

 알버트 아인슈타인이 현대물리학의 주축인 것처럼 터미드 부인은 사악함의 표상이고, 못 저지를 범죄도 없고, 타락할 대로 타락한 데다, 정신까지 나간 여자이기는 해도, 이 상황에서 어떻게 행동해야 하는지까지 모를 만큼 상식이 없을 줄은 미처 몰랐다. 괴물들이 소리를 듣고 몰려들 게 뻔한데도 그 여자는 내게 고함을 치고 총을 쐈다.
 살인 취향을 가진 미치광이들은 대개가 지혜롭지는 않아도 교활하기는 하다. 목을 자를 처녀라든가 목 졸라 죽일 어린아이를 찾는 일에 열중하는 만큼 그들은 본인의 안위에도 상당히 신경을 썼다. 그러나 터미드 부인은 어리석게도 시끄럽게 굴었다. 왜 그리 어리석으냐고 한마디 해주고 싶을 정도였다.
 그녀는 티머시를 쏘아보다가 내게 다시 날선 시선을 옮겼다. 18미터나 떨어져 있고, 여기저기 가구들이 어수선하게 놓여 있는 데다, 우리 쪽에 그림자가 드리워져 있어서 명사수가 아닌 이상 우리를 쏘아 맞추기는 쉽지 않을 것이었다. 예상대로 그녀의 두 번째 총알도 빗나갔다.

18미터 떨어진 거리에서는 나도 터미드 부인을 명중시키지 못할 것이다. 총을 쓰지 않으면 안 되는 상황이 가끔 닥쳐오기는 하지만, 가급적 총을 쓰지 말자는 주의라서 더욱 더 어렵겠지만 말이다.

세 번째 총알은 내 오른쪽 귀와 2, 3센티미터 간격을 두고 말벌처럼 위잉 - 소리를 내며 지나갔다.

등에 총을 맞을 수도 있지만 어쩔 수 없이 아마존 여전사에게 등을 보이고 돌아서서 티머시를 또 다른 비밀 문이 있는 패널로 이끌었다. 아까 서재로 갈 때 이용했던 문이었다. 그리로 가고 있는데 갑자기 문이 열리기 시작해서 나는 티머시를 데리고 얼른 그 문이 접히는 경첩 쪽으로 가서 문짝 뒤에 숨었다.

누가 그 문을 열고 응접실로 들어왔는지 얼굴은 보지 못했지만 낮게 으르릉대는 소리를 내는 것으로 봐서는 노란 눈의 비교적 정상적인 생김인 돼지들 중 하나임을 알 수 있었다.

놈은 응접실로 두 걸음 더 나와 섰고 놈의 거대한 근육질 등이 우리 눈앞에 있었다.

문이 천천히 닫히기 시작하면서 문짝 뒤에 숨었던 나와 티머시가 드러날 판이었다. 문짝에 손잡이라도 붙어 있었으면 손잡이를 잡고 문짝이 우리한테서 멀어지지 않게 버틸 수 있었겠지만, 패널 사이에 티 나지 않게 설치된 문이라서 손잡이 같은 건 전혀 붙어 있지 않았다. 응접실 쪽에서 이 문을 열고 싶으면 터치 식 걸쇠를 손으로 누른 후 몰딩 아래 홈에 손가락을 넣고 당겨야 했다.

그 자리에 우뚝 선 괴물은 응접실 맞은편에 서 있는 터미드 부인을 노려보았다. 터미드 부인 역시 그림자 진 곳에 서 있었다. 놈은 무어라 웅얼거리면서 터미드 부인을 향해 손도끼를 이리저리 휘둘렀다.
 터미드 부인이 총을 두 발 더 쏘았다. 그런데 지금 마땅히 더 신경 써야 하는 그 괴물이 아니라 나를 조준하고 쏜 것이었다.
 총알이 나무 패널에 날카롭게 박혔다. 하지만 므두셀라의 흐름이 곧 패널에 난 상처를 없애고 원래대로 복구시킬 것이었다.
 괴물이 꿰애액 으르렁거리며 요란하게 도전장을 던졌다.
 터미드 부인은 괴물에게 "시× 멍청한 돼지 ××"라고 욕을 하면서 놈에게 뒤로 돌아서서 우릴 보라고 소리쳤다.
 "저놈을 물어, 얼른 가서 물어."
 돼지들이 인간의 말을 알아들을 리 없었다. 역시 내 짐작대로였는지 그 돼지는 악을 쓰며 터미드 부인을 향해 손도끼를 높게 치켜들었다.
 머리통이 길쭉하고 눈 사이가 넓어서 놈은 주변 시야가 좋았다. 티머시나 내가 조금이라도 움직였다간 놈은 우리가 뒤에 있다는 걸 알아채고 말 것이다.
 만약 그렇게 될 경우, 놈이 돌아서서 손도끼로 나를 찍기 전에 놈에게 총을 쏘려면 내 운이 굉장히 좋아야만 한다. 놈은 팔이 길어서 내 쪽으로 한 걸음만 가까이 다가와도 나를 끝장낼 수가 있었다.
 부디 놈이 우릴 돌아보기 전에 총을 쏠 수 있기를 바라며 나는 놈의 주의를 끌지 않을 정도로 천천히 베레타 권총을 들어올렸다.
 그때 처처히 닫히고 있던 비밀 문이 다시 열리고 두 번째 괴물이 응접실로 들어왔다. 이놈이 문을 등에 지고 섰기 때문에 우리 둘은 문짝에 가려질 수가 있었다.

두 번째 괴물과의 거리는 아주 가까워서 팔을 완전히 뻗지 않고도 놈에게 닿을 수 있을 정도였다. 이 두 괴물 중 한 마리가 우릴 해치우기 전에 내가 먼저 총을 쏴서 그 둘을 죽이는 건 도저히 불가능했다.

방금 전 피를 보고 흥분을 한 괴물들이 끝없이 무어라 웅얼거리면서 목구멍 안쪽에서 낮게 으르렁거리고 있지 않았다면, 그들은 내가 숨을 꾹 참고 안 쉬려고 했다가 실패하고 헉헉대는 소리를 들었을 것이다.

터미드 부인이 다시 총을 쏘았는데 이번에는 괴물을 조준했다.

그러자 먼저 문을 나온 괴물이 엄청난 힘으로 터미드 부인에게 손도끼를 던졌다. 핵핵 돌면서 날아간 손도끼는 터미드 부인의 가슴팍에 정확히 꽂혔다.

터미드 부인은 자신이 불멸의 존재이며 완벽한 신 면허증을 가졌다고 주장했는데 지금 보니 그렇지도 않았다. 손도끼에 맞아 급사했기 때문에 터미드 부인은 이게 뭐냐고 항변할 기회조차 없었다.

터미드 부인이 쓰러지자, 손도끼를 던진 괴물이 승리의 환호성을 지르며 응접실을 가로질러 그녀에게 달려갔다. 사람 같지만 아주 사람 같지만은 않은 그 움직임도 그렇고, 저급 영장류처럼 감정이 표면에 곧장 드러나고 즉각 행동으로 나타낸다는 점에서 유인원 같은 면이 다소 보였다. 유인원처럼 극단적인 폭력성도 갖고 있어서, 대상을 잡아 죽이는 행위도 무척이나 잔혹했다. 이 돼지 괴물들이 하는 살인에 비하면 콘스탄틴 클로이스가 저지른 살인은 아가사 크리스티의 추리소설에 나오는 단정하고 품위 있는 악당의 짓처럼 보일 정도였다.

놈이 신나서 뛰어가는 모습을 보면서 몇 년 전에 본 끔찍한 뉴스가 생각났다. 어떤 여자가 친구의 집에 놀러 갔는데 그 친구가 애완용으로 기르는 덩치 큰 침팬지에게 공격당한 사건이었다. 침팬지는 순식간에 그 여자의 손가락을 잡아뜯고 눈알을 뽑았으며 얼굴을 찢어놓았다.

두 번째 괴물은 몸으로 반쯤 문짝을 가린 채 우리 바로 앞에 서 있었다. 티머시와 내가 숨어 있는 곳은 그림자에 묻혀 있었지만, 비밀문 너머 통로에서 어두운 응접실로 빛이 들어오고 있었다. 그 빛에 괴물의 흉측한 옆얼굴이 드러났다. 그것은 쳐다보는 모든 이들의 마음에 두려움을 불러일으키기 위해, 상대를 공포에 질려 옴짝달싹 못하게 한 후 죽이기 위해 특별히 디자인된 얼굴이었다. 이 괴물들이 희생자들의 시신을 훼손하고 모독하는 것을 보면서 나머지 생존자들은 '인간은 고깃덩어리에 불과하다. 자연법이 통용되지 않고 오직 힘과 체력, 잔인함, 흉포함이 지배하는 세상에서 인간은 또 다른 동물일 뿐이다'라는 생각으로 사기가 꺾이고 마는 것이다.

티머시가 걷잡을 수 없이 떨면서 내게 몸을 바짝 붙였다. 나는 한 손으로 티머시를 안아주었다. 괴물이 바로 앞에 있는 상황에서 티머시가 겁에 질려 무모하게 아무 데로나 뛰쳐나갈까봐 걱정스러웠다.

티머시는 과거로 돌아가고 싶어 했고, 더 이상은 영원한 소년으로 살고 싶어 하지 않았다. 아버지의 총에 맞은 그날 밤에 삶이 끝났기를 바랐다. 하지만 그의 허탈감이 아무리 깊다고 해도, 야수의 노란 눈을 마주보면서 온몸이 찢기고 얼굴이 뜯겨 나가는 경험을 하고 싶지는 않은 것이다.

그런 식으로 죽는 것이 아마도 두 번 죽는 것이리라. 인간으로서 갖고 있는 고유하고 성스러운 감각, 즉 영혼의 죽음이 첫 번째 죽음이고, 육체적 죽음은 두 번째 죽음이다.

문 바로 앞에 선 괴물은 동료가 테이블에서 램프를 밀쳐내고 의자를 뒤집으며 가구 사이로 달려가는 모습에 쉭쉭대고 이를 빠드득 갈았다.

응접실 저 끝에서 첫 번째 괴물이 터미드 부인의 시체에 달려들었다. 놈은 날카롭게 환호하면서, 성난 어린애가 인형을 잡아 찢듯이 터미드 부인의 시신을 찢어발겼다. 상대를 죽인 것 자체로는 만족을 못하고 시신을 온통 헤집으며 잔학하게 굴고 있었다.

에드거 앨런 포의 소설 『모르그 가의 살인 사건』이 생각났다. 그 소설에서는 유인원이 한밤중에 면도칼을 손에 들고 다니면서 사람을 죽이는데 단순히 죽인 것으로는 만족을 못하고 시신들을 훼손하기까지 한다.

터미드 부인의 시신을 잡아 찢는 끔찍한 소리에 티머시는 몸을 더 격하게 떨었다. 아까도 티머시는 쉴 솜이 죽어가며 내지른 길고 고통스런 비명에 흐느꼈다. 이번에도 울었다간 우리 둘 다 괴물에게 위치가 발각되어 터미드 부인과 같은 신세가 되고 말 것이었다.

나는 조심스럽게 탄창에 든 열일곱 발을 전부 바로 앞에 서 있는 괴물에게 쏠 준비를 했다. 하지만 놈은 열일곱 발을 다 맞고 죽어가면서도 우릴 망치로 내리칠 것이다.

문짝을 뒤로 하고 서 있던 그놈은 별안간 망치를 높이 치켜들고 응접실을 가로질러 동료에게 달려갔다. 죽은 여인의 시체를 마구 찢고 모독하면서 그 여자에 대한 증오와 경멸을 표출할 기회를 놓칠 수가 없었던 것이다.

그때 로비에서 폴리 셈피테르노가 전투용 산탄총을 들고 허겁지겁 응접실로 들어왔다. 그는 티머시와 나를 흘끗 쳐다보면서 그 자리에 우뚝 섰다. 나는 그가 곧장 우리에게 총을 쏠 줄 알았다. 그러나 그는 총알을 쓸데없이 낭비하지 않기로 했는지, 판 신의 곁을 지나 피의 잔치를 벌이고 있는 괴물들에게 달려갔다.

티머시와 나는 그 틈에 서둘러 비밀 문으로 빠져나갔다. 문 너머는 좁은 복도였다. 등 뒤로 문이 서서히 닫히다가 마침내 딸깍 하고 완전히 닫혔다.

내가 알기로 이 좁은 복도를 따라 쭉 가면 작은 화장실과 물품보관실이 있고, 서재로 이어지는 보조 문이 나오게 되어 있었다. 그런데 가만히 보니 여기는 앞으로 뻗어나간 좁은 복도와 오른쪽으로 꺾어지는 긴 복도가 만나는 교차지점이었다.

로즈랜드 건축에 독특한 기하학이 적용되어, 내가 조금 전에 본 곳이 다음번에 볼 때는 그곳에 없을 수도 있다는 혼란스런 생각이 머릿속에 휘몰아쳤다.

로즈랜드 사람들이 테슬라의 반짝이는 기계로 시간을 조종해서 내가 이미 알고 있는 그 목적을 이뤄가며 살고 있다면, 내가 알지 못하는 또 다른 부작용이 있을 수도 있지 않을까. 내가 아무리 직접 경험을 해봐도 이해가 안 될 만큼 너무나 난해하고 신비로운 부작용일지도 몰랐다.

문 너머에 주 응접실에서 폴리 셈피테르노가 산탄총을 쏘기 시작했고 총에 맞은 괴물들이 비명을 질러댔다.

내가 말했다.

"티머시, 저 오른쪽 복도는 어디로 이어져?"

"이 집 안 구석구석을 다 알지는 못해요."

"그래도 여기서 오래 살았잖아."

"이 집에 대해 전부 아는 사람은 아무도 없어요."

"아무도? 네 아버지는 알겠지. 직접 지었으니까."

"아버지는 건축비만 냈어요. 아버지랑 잼 디우랑 둘이서요."

"그래도 잘 알 거 같은데."

"아버지도 잘 몰라요. 평범한 날에도 가끔 이렇게…… 뒤죽박죽이 돼요. 그런데 지금은 만조 때라서 더 괴상하게 꼬인 거예요."

만조. 그것은 미래 시간이 밀물처럼 밀려드는 지금 같은 때를 일컫는 용어였다.

로즈랜드가 차라리 유령들이 출몰하는 집이면 좋았을 뻔했다. 유령들을 상대하는 일이 차라리 쉬울 것이다.

아까는 젖빛 천장 등이 연달아 켜 있던 복도를 지나면 서재로 갈 수가 있었다. 지금은 복도 조명이 너무 흐려서 혹시 아까 못 보고 지나친 복도였던가 싶었다. 좀 더 긴 복도로 들어서자 왼쪽에 문 두 개가 있고 복도 끝에 문 하나가 있었다. 오른쪽에는 문이 없었다.

티머시가 말했다.

"잼 디우는 이 집을 완전히 이해하는 건 불가능하다고, 테슬라도 완전히 이해는 못했을 거라고 했어요."

응접실에서 괴물들의 비명이나 신음은 더 이상 들려오지 않았고, 산탄총 소리도 그쳤다. 폴리 셈피테르노가 그 괴물들을 죽였다면 그는 서둘러 재장전을 하고 우리 쪽으로 달려올 것이다.

"무서워요."

"나도."

짧은 복도에는 작은 화장실도 물품보관실도 없고, 끄트머리에 서재로 들어가는 문도 없었다. 서재를 찾아서 서재에 연결된 문을 연다고 해도 그곳이 안전한 곳이리라는 보장은 없었다.

주방에 있는 뒤쪽 다용도 계단으로 가야겠다는 생각이 들었다. 그 계단으로 내려가면 와인저장실로 확실하게 갈 수 있을 것이다.

나는 티머시의 손을 놓은 후 두 손으로 베레타 권총을 감싸쥐며 말했다.

"이쪽으로 가자. 잘못 가도 손해 볼 거 없잖아?"

첫 번째 문을 밀어서 열었더니 황금색 빛으로 가득한 수직통로가 나왔다. 벽 전체가 거울로 되어 있어서, 유원지의 거울 미로처럼 정교하게 착시 현상을 일으켜 통로의 규모를 가늠하기가 쉽지 않았다.

통로 안에는 번쩍거리는 소용돌이 모양 장치들이 수직으로 줄지어 세워져 있었다. 아시아 분위기를 낸 파티에서 사람들이 천장에 매달아놓곤 하는 종이 장식과 비슷한 모양이었는데, 소재는 종이가 아니었고 각각 다른 속도로 빙글빙글 돌고 있었다. 크게 나선형을 그리면서 도는 드릴 비트처럼 그 장치들은 수직통로를 계속해서 뚫으며 아래로 내려가는 듯했다. 천장은 보이지 않았다. 회전하는 드릴 비트들은 6미터쯤 위의 흐릿한 곳에서부터 아래로 내려와 6미터 아래쯤에서 흐릿하게 사라졌다. 어떻게 보면 아래로 계속 뚫고 내려가는 듯도 하고, 또 어떻게 보면 아래서 위로 계속 뚫고 올라가는 듯도 했다.

로즈랜드에서는 어떤 기계나 다 그렇듯 완벽하게 조용히 작동하는 장치였다. 드릴 비트의 볼록한 부분은 녹인 금처럼 번들거렸고, 오목하게 팬 부분은 수은처럼 은색을 띤 액체 같았다.

보고 있자니 어지러웠다. 회전하는 장치들은 거울 속에서 무한으로 멀어지고 있었다. 계속해서 휘감기는 고리 속으로, 최면에 걸린 채 끌려들어가는 것 같은 기분이었다. 반쯤 무아지경에 빠져 문지방을 넘어가려던 나는 그 아래로 빠지기 전에 정신을 차리고 얼른 문을 닫았다.

주 응접실에서 문을 열고 들어왔던 교차지점을 돌아보았다. 우리 뒤를 따라오는 이는 아직 없었다.

티머시를 앞장세우고 복도를 걸어갔다. 혹시라도 폴리 셈피테르노가 따라 들어와 산탄총을 쏘더라도 티머시가 먼저 맞게 하고 싶지 않아서였다.

두 번째 문의 손잡이는 완전히 얼어 있었다. 손을 대자마자 놋쇠 손잡이에 손이 거의 붙다시피 했다.

문 너머는 몹시도 깊은 어둠이었다. 수직통로도 방도 아닌 그곳은 빈 공간이었고 완벽하게 검은색이었다. 우주의 끝 너머 무의 공간을 보는 듯했다.

통로의 불빛이 흐리기는 했지만 이 괴상한 방에 몇 센티미터라도 불빛이 흘러들어야 정상이었다. 그런데 문지방 안쪽과 바깥쪽의 빛과 어둠의 경계가 마치 줄로 그어놓은 것처럼 뚜렷했다.

전에 피코문도 마을에서 이런 방을 본 적이 있었다. 문 너머가 실은 단단한 고체나 장벽이길 바라며 손가락을 대보았다. 손가락이 까만 어둠 속으로 사라졌다. 나는 손목까지 쑥 집어넣어보았다. 아무리 어두운 방이라지만 손가락이 보이지 않았고, 마치 손목이 절단된 것처럼 손목 위에 깨끗하게 경계선이 그어졌다.

이 회고록 1권에서 나는 이런 방에 대해 쓴 적이 있다. 내가 곰팡이 맨이라고 불렀던 남자의 너저분한 집에 있던 방이었는데, 어쩔 땐 평범한 방이다가 갑자기 괴상해졌다가 다시 평범하게 돌아오는 식이었다.

피코문도 마을의 그 방에서 일어난 일에 대해 굳이 여기서 또 서술하지는 않겠다. 그때 일이 여기서 또 일어나는 걸 원치 않기 때문이기도 하다. 나는 손을 빼내고 문을 닫았다. 티머시를 내려다보니, 그는 내가 위험에 내던진 손목이 무사한 걸 보고 놀란 표정이었다.

"이런 현상 전에도 본 적 있어?"

"아뇨."

지금쯤 폴리 셈피테르노가 우리를 쫓아 복도로 나왔어야 하는데 이상했다. 괴물들을 죽이다가 제 목숨을 바치기라도 한 걸까. 만약 그렇다고 해도 그의 장례식에 꽃을 보낼 마음은 없다.

긴 복도 끝에 있는 문을 열어보았다. 이 저택 뒤쪽에 있는 방이 나와야 정상인데, 저택 앞쪽에 있는 서재가 나왔다.

의아해하며 티머시와 함께 문지방을 넘어간 순간, 눈앞에 갑자기 폴리 셈피테르노가 뒤돌아선 모습으로 나타났다. 그는 우리에게 등을 보인 채 책이 꽂힌 방을 살펴보고 있었다. 마치 우리보다 십 초 정도 앞서서 같은 문을 열고 서재로 들어간 듯 보였다.

우리 발소리를 들은 그가 홱 돌아서며 총구를 우리 쪽으로 향했다. 인간과 괴물 사이에 전쟁이 벌어진 지금, 그가 인간의 편을 들 이유는 없었다. 그는 클로이스가 장난감처럼 가지고 놀 여자들을 로즈랜드로 데려왔다. 어쩌면 그도 여자들을 데리고 놀았을 것이다. 이 부지 어느 한 구석에 폴리 셈피테르노가 갖고 놀다 버린 여자들의 시신이 차마 눈뜨고 볼 수 없는 참혹한 몰골로 쭉 진열되어 있을지도 모른다.

아까 미래 세상을 얼핏 보면서 아이들의 해골이 걸린 검은 나무를 봤는데, 혹시 그것이 앞으로 다가올 수년 동안 폴리 셈피테르노가 저지를 범죄인 걸까?

나는 반자동 산탄총만큼이나 빠르게 권총을 발사했다. 구리 외피로 된, 끝이 움푹 팬 탄환들이 폴리 셈피테르노를 무릎 꿇게 만들었다. 그가 들고 있던 산탄총이 바닥으로 덜커덕 떨어지고 그는 모로 쓰러졌다. 그는 태아 자세로, 세상으로 나갈 때를 기다리며 어머니의 자궁 속에서 수 개월간 취하고 있던 자세 그대로, 웅크린 채 부들부들 떨다가 그대로 굳어 세상을 떠났다.

아무리 죽어 마땅한 적을 죽였어도 흡족한 기분은 절대 들지 않는다. 책이나 영화에 나오는 살인 기계 주인공들은 악당 수십 명을 죽이고 멋진 대사를 하는데, 내가 보기에 그들은 로즈랜드의 괴물들과 별반 다르지 않다. 외모가 반질반질하게 잘생겼다는 점, 그리고 독자나 관객이 주인공이 일으킨 피바람의 의미를 완전히 파악하지 못하게끔 작가들이 알아서 주인공을 온갖 매력으로 포장한다는 점이 다를 뿐이다.

폴리 셈피테르노가 죽음의 자궁 속으로 들어간 후, 나는 티머시가 괜찮은지 돌아보았다. 잠시 우리의 눈이 마주쳤다. 어쩌면 내 눈 속에서 그는 내 나이보다 더 오랜 세월을 보았는지도 모르겠다. 내가 그의 눈 속에서 깊은 슬픔을 보았듯이.

나는 돌아서서 우리가 들어왔던 문을 통해 조금 전 복도로 다시 나갔다. 흐릿한 조명이 켜져 있던 긴 복도는 어디로 가고, 주 응접실까지 직선으로 짧게 뻗은 복도가 우리 앞에 다시 나타나 있었다. 그 복도는 조명도 환하게 켜져 있고, 다른 복도와 교차하는 지점도 없었다.

로즈랜드에 괴물들이 잔뜩 돌아다니고 있다고 해도, 우린 여기서 신속히 빠져나가야 했다. 노란 눈의 괴물들보다 이 집 자체가 우리 목숨을 더 위험에 빠뜨릴지 모르기 때문이었다.

모퉁이와 출입구마다 위험이 도사리고 있는 가운데, 사방에 재난을 잉태한 정적이 깔려 있었다. 죽은 괴물의 수는 셋이거나 둘일 것이다. 저택 안으로 들어온 괴물은 세 마리일 수도, 여섯 마리일 수도, 열두 마리일 수도, 스물네 마리일 수도 있었다. 잼 디우, 터미드 부인, 폴리 셈피테르노는 확실히 이 세상을 떠났고 쉴쏨 주방장도 마찬가지일 듯했다. 헨리 러럼은 경비실에 스스로를 가둬놓고 있었다. 남은 건 빅토리아와 클로이스뿐이었다. 빅토리아의 말대로, 그 둘은 영원한 사랑을 하다 못해 살인에 대한 사랑까지 꽃피운 참이었다.

평소 내 직감은 이성보다 더 믿을 만한 편인데, 그 직감대로라면 티머시와 내가 가는 길은 성경에 나오는 죽음의 음침한 골짜기를 휴양지처럼 보이게 할 만큼 험난한 길일 것이다. 상대를 죽이지 않으면 내가 죽는 상황이니 누군가는 죽을 수밖에 없다. 그렇다고 돼지 떼들이 남아 있는 루즈랜드 주민 세 명을 전부 나 대신 처리해주리란 기대는 하지 않는다.

우리는 서재를 출발해 저택 곳곳을 지나 주방으로 향했다. 큰 방과 큰 복도를 주로 이용하고, 엉뚱한 곳으로 이어질 수 있어 믿음이 가지 않는 직원용 좁은 복도는 최대한 피했다.

여기서 묘로 돌아가, 그곳에서 지상으로 올라간 다음 게스트하우스로 가면 될 듯했다. 티머시에게 시간구체에 대해 전해 들은 후로 내 마음속에는 위험한 아이디어가 끈질기게 자라나고 있었다. 처음에는 마음 한구석에 어렴풋이 생겨난 아이디어에 불과했으나 점점 앞으로 밀고 나오면서 구체화되고, 내게 대화를 요구하는 수준에 이르렀다.

이 아이디어를 실행에 옮긴다면 아마 좋은 결과로 이어지지는 못할 것이다. 나는 나 자신을 망가뜨릴 것이고, 피코문도에서 최악의 날을 맞은 후로 그나마 희망으로 간직해왔던 것마저 영원히 잃어버릴지 모른다. 하지만 누구나 그렇듯 아이디어가 있는데 지레 포기할 수는 없다. 더 나은 판단이라는 명분으로 꼭꼭 싸서 망각의 쓰레기통에 던져 넣을 수는 없다.

오랫동안 갈망해온 특별하고 아름다운 행복을 약속하는 아이디어라면, 어떤 무엇보다도 위험한 아이디어일 수도 있다.

티머시와 함께 주방에 도착할 때쯤 나는 갈가리 찢긴 셜숌의 잔해를 보게 될지도 모른다는 생각에 마음을 굳게 먹었다. 그의 내장이 주방기기들 위에 널려 있고, 그의 잘린 머리가 싱크대 옆 도마 위에 놓여 있을 수도 있으니까. 그런데 주방은 내가 예상했던 도살장 풍경이 아니었다. 아까 들은 셜숌의 비명은 주방이 아닌 다른 곳에서 들려왔던 것일까.

뒤쪽 다용도 계단 앞에 있는 문을 슬쩍 열었는데, 위에서 묵직하게 계단을 밟고 내려오는 발소리와 함께 쿵쿵 툴툴대는 소리가 들려왔다. 괴물이 한 마리 이상 내려오고 있었다. 트롤 같은 그림자들이 놈들보다 한두 발자국 앞서서 먼저 내려오며 계단실 벽에 뒤틀린 모습을 남겼다.

주방 밖으로 달아날 시간이 없었다.

식료품 저장실 문을 열고 티머시를 먼저 들여보낸 후 뒤따라 들어가 등 뒤로 문을 닫고 문손잡이를 단단히 잡았다.

문제는 우리가 주방에서 식료품 저장실로 들어갈 때, 빅토리아 모르스가 주방장 사무실에서 또 다른 문을 통해 식료품 저장실로 거의 동시에 들어왔다는 점이었다. 손발이 묶여 있지 않고 입에 재갈도 물지 않고 미쳐 날뛰지도 않는 모습으로 말이다. 우리가 놀란 만큼 빅토리아도 우릴 보고 놀란 눈치였다. 내가 베레타 총을 들어올리자, 빅토리아는 티머시의 스웨터를 홱 바짝 잡아당겨 권총 총구를 티머시 목에 갖다 댔다.

나는 불과 2미터 떨어진 곳에서 빅토리아의 머리를 베레타 권총으로 조준하고 있었지만 쏠 수는 없었다. 빅토리아의 권총은 더블액션 방식인 데다 방아쇠를 반쯤 당긴 상태여서, 만약 그녀가 내 총에 맞아 죽으며 떨기라도 한다면, 반사적으로 방아쇠를 당기게 되어 티머시를 죽게 만들 수도 있었다.

그렇다고 베레타 권총을 내렸다간 빅토리아가 내게 총을 쏴버릴 것이다. 그 총성으로 괴물들이 우리가 있는 곳으로 몰려든다고 해도 상관하지 않고 말이다.

티머시는 두려움으로 눈을 휘둥그렇게 뜨고 있었지만, 용감하게 살아남으리라 결심한 것처럼 파리한 입술을 앙다물었다. 하지만 나는 혹시라도 티머시가 빅토리아에게 엉뚱한 희망을 걸까봐 걱정이었다. 빅토리아가 목에 겨눈 총을 발사해주기만 하면 티머시는 시간구체를 통해 이루려고 하는 바와 거의 비슷한 결과를 얻게 된다. 총 한 발이면 부자연스럽게 길고 우울했던 소년기를 끝장낼 수 있는 것이다. 그렇게 죽음으로 평화를 얻는 것이 1925년에 예정됐던 그의 운명이었다.

시끌벅적하게 무언가를 찾는 소리가 주방에서 들려왔다. 금발 소녀 골디락스가 오두막을 휩쓸고 지나간 후 오트밀 그릇이 텅 비어 있는 걸 알게 된 동화 속 곰 세 마리처럼, 괴물들은 주방에서 연신 쿵쿵 툴툴댔다. 적어도 두 마리, 어쩌면 세 마리였다.

티머시를 잡고 있는 빅토리아의 손에 열쇠가 들려 있었다. 분홍색 플라스틱 코일로 된 긴 줄 끝에 달린 열쇠였다. 빅토리아가 내게 조그맣게 속삭였다.

"이거 받아."

빅토리아는 여전히 요정처럼 아름다웠다. 담청색 눈동자는 마치 그녀만 볼 수 있는 요정들의 모습이 비친 것처럼 반짝거렸다. 그래서인지 그 열쇠도 평범한 열쇠가 아니라 숨겨진 보물을 찾고 드래곤을 소환하는 힘을 가진 마법의 부적처럼 보였다.

"강판에 있는 열쇠 구멍에 꽂아."

그녀는 잠시 티머시를 손에서 놓고 내게 열쇠를 던졌다. 그리고 티머시가 도망칠 생각을 하기도 전에 곧장 다시 붙잡았다.

나는 열쇠를 받느라 잠시 문손잡이를 손에서 놓았다. 만약 그때 괴물이 식료품 저장실로 들어오려고 문을 밀었으면, 나는 그 문을 잡고 오래 버티지 못했을 것이다.

빅토리아가 다시 속삭였다.

"오른쪽으로 사 분의 일 돌리고, 수직으로 세운 다음, 잡아빼."

식료품 저장실 문에는 자물쇠가 없었다. 빅토리아가 말한 열쇠 구멍은 문 옆 벽에 붙어 있는 작은 강판의 구멍을 말하는 것이었다.

열쇠를 그 구멍에 넣으려면 빅토리아한테서 시선을 떼야 했기에 이유를 물었다.

"왜?"

주방에서는 캐비닛 문이 벌컥 열렸다가 쾅 닫히고, 무언가 바닥으로 와르르 쏟아지는 소리가 났다.

빅토리아가 사납게 속삭였다.

"빌어먹을! 저것들이 들어와서 우릴 다 죽이기 전에 서둘러!"

주방을 헤집고 있는 짐승들이 치즈케이크, 아몬드 크루아상, 쿠키 항아리를 찾아내서 그걸 먹느라 정신이 팔려 있는지도 모른다. 혹시 단 음식을 싫어하려나.

빅토리아는 또 내 얼굴에 침을 뱉고 싶은 표정이었다. 하지만 지금 그녀의 분노는 공포와 내 머뭇거림 때문이었다. 인상 쓴 얼굴에서 나를 속이려는 기미는 보이지 않았다.

나는 잠시 뒤로 돌아서서 빅토리아가 지시한 대로 열쇠를 구멍에 넣고 돌렸다. 열쇠를 잡아 뺀 순간, 발밑의 바닥이 움직이기 시작했다.

나는 깜짝 놀라 베레타 권총을 빅토리아의 얼굴에 겨눴다.

잠시 방향감각을 잃었다가, 가만히 생각해보니 식료품 저장실 아래가 텅 빈 수직통로인 모양이었다. 바닥이 천천히 소리 없이 승강기처럼 아래로 내려갔다.

나는 열쇠를 주머니에 넣고 두 손으로 권총을 다시 잡았다.

수직통로의 벽이 점점 드러나고 바닥이 아래로 꺼질수록 식료품 저장실의 천장은 높아져갔다. 통조림 음식과 포장 음식이 놓여 있는 선반들은 저만치 위에서 점점 멀어지고 있었다.

아래로 내려갈수록 식료품 저장실의 천장 조명의 빛이 덜 들어와 점점 어둡게 느껴졌다. 비이성적이지만 그럴듯하기도 한 생각이 뇌리를 스쳤다. 우리가 이대로 깊은 곳으로 내려가 천장 조명이 별처럼 희미해지면 우리는 서로를 볼 수 없게 될 것이다. 깊은 어둠 속에서도 우리는 여전히 서로에게 총을 겨누고 있을 것이고 우리 중 한 명은 한계도 규칙도 없는 외부인이다.

6미터쯤 내려가자 내 오른쪽, 즉 빅토리아와 티머시의 등 뒤로 출입구가 나타났고, 몇 초 후에 바닥이 움직임을 멈췄다. 그 출입구는 폭 1.8미터 높이 2미터의 터널 입구였다. 묘에서 저택까지 이어지는 터널과 마찬가지로 이 터널도 온통 구리로 뒤덮여 있었다. 천장에 고른 간격으로 배치된 형광등들이 터널 안쪽에 빛과 그림자로 줄무늬를 그렸다. 벽에는 황금색 빛이 고동치는 유리 튜브가 박혀 있었다. 그 빛의 파동은 여기서 점점 멀어지는 듯도 하고 점점 가까이 다가오는 듯도 했다.

위를 올려다보니 우리는 총 9미터쯤 내려온 것이었다. 그때 식료품 저장실 문이 열리고 괴물 한 마리가 두리번거리다가 아래를 내려다봤다. 놈은 우리를 향해 꽥꽥 소리를 지를 뿐 9미터를 뛰어내릴 생각은 하지 않았다.

　빅토리아가 티머시를 끌고 먼저 터널로 들어갔다. 나도 그 뒤를 따라갔다. 내가 내려서자마자 식료품 저장실 바닥이 다시 위로 올라가기 시작했다. 수압 펌프가 밀어올리는 것 같기도 했는데 이런 종류의 기계에서는 들리게 마련인 쉬이이- 위잉- 소리가 전혀 나지 않았다. 바닥은 터널 천장 높이를 지나 수직통로 안에서 계속 올라가 원래 있던 자리로 돌아갔고, 그 위에서는 괴물의 고함 소리가 바닥에 막혀 조그맣게 들려왔다.

 주방에 들어온 괴물들은 식료품 저장실이 지하로 연결되는 일종의 승강기라는 사실을 이제 알게 되었지만, 열쇠가 없으니 작동시키지는 못했다. 일단 우리는 안전하게 피신한 것이다.
 그러나 위아래로 온통 구리로 뒤덮인 터널에서 빅토리아 모르스와 나는 서로를 노리고 있었고, 티머시도 빅토리아의 총에서 안전하지 않았다.
 빅토리아는 티머시의 목에 총구를 대고 찌르듯이 세게 누르고 있었다. 그러고는 나더러 염병할 놈이라고, 난 네놈이 염병하게 싫다고, 내 염병할 뇌가 염병할 해골에서 터져 염병하게 죽었으면 염병하게 좋겠다고 지껄였다.
 거의 백 년 가까이 살아온 여자치고는 어휘가 애처로울 정도로 제한적이었다.
 치명적인 적과 대치하면서 도저히 탈출구가 보이지 않는 상황에 처하면 나는 조용히 생각을 하기보다는 주절주절 떠드는 편이다. 머리에 떠오르는 대로 아무 계산도 하지 않고, 생각을 전혀 거르지도 않고 떠들다보면 어느새 해결 방안을 떠올리게 된다. 잠재의식 속 지혜의 댐의 배수로를 연다는 의미가 아니다. 그런 댐은 어디에도 존재하지 않는다.

우리 입에서 나오는 단어는, 사실상 우리가 감각으로 인식하는 모든 것의 뿌리이다. 단어를 머리에 떠올리지 않고서는 어떤 상상도 시각화도 불가능하다. 미리 정해놓지 않고 혀에 붙는 대로 자유로이 단어들을 내뱉다보면 우주의 중심에 있는 태고의 창의성에 다가가게 된다.

그러나 태고의 창의성에 다가가지 못할 땐 그냥 개소리를 지껄이는 예술가일 뿐이다.

빅토리아가 나를 얼마나 열렬히 증오하고 있는지를 들은 후 나는 베레타 권총을 그 여자의 얼굴에 겨누며 말했다.

"난 당신을 증오하지는 않습니다. 혐오할지는 모르죠. 역겨워하기도 하고, 꺼려할지도 모릅니다만, 증오하지는 않습니다."

그녀는 나를 염병할 거짓말쟁이라고 부르며 말했다.

"증오는 세상을 돌아가게 해. 시기와 욕망과 증오도 마찬가지야."

"증오해봤자 잃어버린 걸 되찾을 수 없다는 걸 깨달은 후로 아무도 증오하지 않습니다."

"시기와 욕망과 증오. 욕정과 힘, 통제, 복수."

"글쎄요. 나는 단순한 철학을 가진 단순한 필멸자일 뿐이라서요."

불현듯 빅토리아가 보일러실에서 했던 말, 내 얼굴에 침을 뱉던 중에 했던 말이 기억났다.

"당신은 아까 이렇게 말했죠. '너희는 시간의 채찍질과 멸시 속에 살아가지만 우리는 지금도 그렇고 앞으로도 그렇게 살 일이 없어'라고요."

"너희가 모든 것을 파괴하지 않는 이상 그게 진리야."

그러고는 권총의 총구를 이리저리 비틀어 가늠쇠로 티머시의 여린 피부를 찢어놓았다.

티머시는 아파하며 훌쩍거렸고 목에서 가느다랗게 피가 흘러내렸다.

"그거 셰익스피어의 『햄릿』에 나오는 대사예요. '누가 그 시간의 채찍질과 멸시를 견디려고 할 것인가.'"

"네놈이 뭘 안다고 지껄여. 셰익스피어라니, 내 엉덩이나 빨라고 해. 그 말은 콘스탄틴 님, 나의 콘스탄틴 님이 하신 말씀이야."

나는 그녀가 했던 다른 말을 또 예로 들었다.

"그리고 당신은 '너희의 사고체계는 어리석음에서 벗어날 수 없지만 우린 달라'라고 말했는데, 그건 셰익스피어의 『헨리 4세』 제1부에 나오는…… '생각은 삶의 노예이며, 삶은 시간의 노예'라는 대사를 교묘하게 바꾼 겁니다."

빅토리아는 나를 멸시하는 눈으로 쏘아보면 권총 가늠쇠로 티머시의 피를 뽑듯이 내 피를 뽑을 수 있으리라 여기는 듯했다.

"지금 뭐하자는 거지, 이 하찮은 인간이? 나랑 머리싸움이라도 하자는 거야? 너 같은 무지한 필멸자가 감히?"

"당신은 콘스탄틴 클로이스가 죽인 여자들을 미개한 동물들일 뿐이라고 말하면서 '걸어다니는 그림자들. 불쌍한 중생들. 그들의 삶은 덧없기만 하지'라고 했어요."

"그거야 너희는 하찮은 것들이니까. 콘스탄틴 님의 진리의 말씀을 들으니 가슴이 뜨끔뜨끔하더냐?"

"그런데 그 말은 셰익스피어의 『맥베스』에 나오는 대사를 살짝 바꾼 겁니다. '인생이란 단지 걸어다니는 그림자, 잠시 주어진 시간 동안 무대 위에서 뽐내며 걷고 안달하지만 그 시간이 지나면 영영 사라져 버리는 가련한 배우'라는 대사요."

사이비 종교 지도자이자 빅토리아의 사악한 마음을 빼앗은 시인 콘스탄틴 클로이스는 시인이 아니라 최고의 문학 작품을 보고 슬쩍 베껴서 제 말처럼 지껄이는 표절자에 지나지 않았다. 빅토리아의 담청색 눈동자가 더욱 날카롭게 번뜩였다. 클로이스는 셰익스피어의 글을 훔쳤을 뿐 아니라 사악한 의도로 본래의 의미를 훼손했다. 따라서 클로이스가 내세운 철학적 지혜, 지구상에서 불멸자로 살라는 정신 나간 복음은 남의 글을 표절한 가짜일 뿐이었다. 그러나 빅토리아는 로즈랜드의 역사가 저물어가는 지금 그 의미를 곰곰이 생각해 볼 뜻이 없어 보였다. 그저 진실을 까발린 나를 더욱 더 열렬히 증오할 뿐이었다.

나는 빅토리아를 위해 그 뒤의 대사까지 쭉 읊어주었다.

"그 뒤는 이렇습니다. '그건 백치가 지껄이는 이야기, 요란한 소리와 노여움에 가득 찼지만 아무런 의미도 없는 것일 뿐.'"

내 친구 오지 분을 흡족하게 해주고 스스로 만족감을 얻기 위해 나는 그동안 셰익스피어의 희곡들을 여러 번 되풀이해 읽었고 그중 일부 대사를 외우고 있었다. 하지만 나는 사진 같은 기억력을 가지고 셰익스피어 연구에 몰두하는 학자가 아니다. 빅토리아 앞에서 셰익스피어 작품의 구절들이 생생하게 기억난 것은 영매가 연필과 종이를 앞에 놓고 자신의 머릿속 생각이 아닌 무언가에 이끌려 글을 써내려가듯, 단어들을 자유롭게 내뱉으며 자연스럽게 그 내용을 떠올렸기 때문이었다.

"그리고 당신은 '앞으로 한 시간 내에 네놈 목이 발에 밟히게 될 거다'라고 했고, '귀에 들리지도 않고 소리도 내지 않는 발'이라고 말했어요. 그건 셰익스피어의 『끝이 좋으면 다 좋아』에 나오는 '귀에 들리지도 않고 소리도 내지 않는 시간의 발걸음'의 표절이에요."

빅토리아는 나더러 염병할 그 입 못 닥치냐고 윽박질렀다.

그러나 내 입에서는 시간과 관련된 셰익스피어의 또 다른 글이 쏟아져 나왔다. 그것은 빅토리아가 보일러실에서 내게 읊어대지 않은 구절이었다.

"'그러니 시간마다 우리는 여물고 또 여물고, 이어 시간마다 우리는 썩고 또 썩는 것이다'라는 구절도 있죠."

표정을 보니 충격을 받은 듯했다. 콘스탄틴 클로이스가 만든 시적인 교리 중 그 비슷한 문구가 있는 모양이었다.

"아니, 그게 아니야. 그게 아니라…… '그러니 시간마다 우리는 여물고 또 여물고, 이어 시간마다 그들은 썩고 또 썩는 것이다'가 맞아. '우리는 썩고 또 썩는 것이다.'가 아니라 '그들은 썩고 또 썩는 것이다'란 말이야."

그러나 이미 빅토리아의 눈에는 눈물이 맺혀 있었다. 하지만 나는 전혀 마음이 아프지 않았다. 소금기를 머금은 그 물방울은 독사의 독처럼 유독할 테니까.

"이 악랄한 새끼야. 네놈이 모든 걸 망쳤어."

빅토리아는 너무나 비통하게 내뱉었다. 나는 로즈랜드 사람들의 타락한 삶을 망쳐놓았고, 콘스탄틴 클로이스가 그들의 한계도 규칙도 두려움도 없는 삶을 정당화하기 위해 지어낸 철학과 신화가 셰익스피어 작품의 표절과 왜곡에 불과하다는 의심의 씨앗을 뿌렸으며, 빅토리아가 자신과 로즈랜드의 주인을 하나로 묶어준다 믿는 '영원한 사랑'의 끈에 가늘게 톱질을 해놓았다.

빅토리아의 표정을 보니 아예 막 나가려는 것 같기도 했다. 티머시를 죽이고 나서, 곧장 내게 총을 쏴 죽일 작정인 것도 같았다. 순전히 분풀이로 말이다.

그렇게 행동하면 빅토리아는 본인이 찬미해 마지않는 원칙에 따라 행동한 셈이 된다. 바로 시기와 욕망과 증오라는 원칙 말이다. 욕정과 힘, 통제, 복수.

내 입은 이렇게 선언했다.

"내가 모든 걸 망친 건 아닙니다. 아직은 아니에요. 당신이 원한다면 우리가 모든 걸 바로잡을 수도 있어요."

이런 말을 왜 하고 있는지 모르겠지만, 나는 이 말을 하면서 티머시를 쳐다보지 않았다. 그 시선을 들켰다간 빅토리아가 나를 여전히 티머시의 보호자로, 자신의 적으로 볼 우려가 있기 때문이었다.

"바로잡긴 틀렸어. 그들은 죽었어. 네놈이 괴물들을 집 안에 들여놔서 그것들이 그들을 전부 죽였다고."

"괴물들을 집 안에 들인 적 없어요."

이 말은 거짓이 아니었다. 나는 결단코 괴물들을 이곳에 들일 의도는 없었다.
"그리고 전부 죽은 것도 아니잖아요. 당신은 이렇게 살아 있고, 헨리 러럼도 경비실 안에 있어요. 그리고 클로이스도 내가 아는 한은 살아 있을 겁니다. 내가 원하는 걸 얻고 나면…… 당신들과 로즈랜드는 지금까지처럼 계속 살아갈 수 있어요."
"내가 원하는 걸 말해주지."
그리고 그녀는 염병할 네놈이 뒈지길 바란다고, 네놈의 염병할 머리를 자르고, 염병할 생식기를 잘라 염병할 주둥이에 쑤셔 넣고 싶다고 말했다.
나는 유리 튜브를 똑바로 바라보고 있지 않았지만, 빅토리아의 뒤쪽에 있는 유리 튜브의 방향을 가늠할 수 없는 움직임 때문에 머릿속에 혼란이 왔다. 그 움직임을 보고 있자니 빅토리아와 말을 주고받는 것보다 더 골치가 아팠다. 이 터널이 어쩌면 지하를 오가는 기다란 유개화차일지도 모른다는 생각도 들었다. 여느 기차들처럼 앞뒤로 미세하게 움직이며 달리는 유개화차. 빅토리아는 이 유리 튜브의 빛에 나보다 익숙해서인지 별로 영향을 받는 것 같지 않았다. 나는 점점 속이 울렁거렸다. 이러다 욕지기라도 하게 되면 빅토리아는 내가 혼란에 빠져 있는 것을 알아챌 테고 그녀와의 팽팽한 대결은 끝장나고 마는 것이다.
그때 내 안의 나쁜 놈이 빅토리아의 욕에 반응을 나타내며 전면으로 나섰다. 내 이전의 순한 인격이 빅토리아 모르스라는 이름처럼 가짜였던 것마냥 말투까지 바뀌었다.
"넌 끝내주게 섹시하지만 더럽게 멍청한 년이야. 우린 둘 다 같은 걸 원해. 다들 같은 걸 원한다고. 너도 네 입으로 그렇게 말했잖아."
"수작 부리지 마."
"언젠간 제발 수작 좀 걸어달라고 빌게 될걸. 다음번엔 널 침대에 아주 꽉 묶어주지. 네 그 귀여운 머리통을 흔들어 멍청한 생각을 빼내고, 텅 빈 해골에 똑똑한 생각을 밀어 넣어주겠어. 지금 우리 둘이 협력을 하지 않으면 둘 다 죽어."

그녀는 의심의 눈초리를 보냈다. 하지만 빅토리아가 지금껏 알고 있던 온순한 오드보다 못된 오드가 그녀에게 더 잘 먹히는 듯했다.

"내가 알아야 할 게 있어, 빅토리아. 이 만조는 얼마나 오래가는 거지? 우리 손으로 괴물들을 다 없애기 전에 끝나긴 하는 거야?"

빅토리아는 나를 한참 쏘아보다가 대답했다.

"한 시간쯤, 길면 두세 시간 정도."
"이런 만조는 얼마나 자주 일어나지?"
"우리도 몰라. 일 년 간격일 때도 있고, 삼 년이나 오 년 간격일 때도 있어. 이틀 전 밤부터 소용돌이치듯 조짐이 있고, 오존 냄새가 나고, 울음소리가 들려."
"아비새의 울음소리."

빅토리아는 몸서리를 쳤다.

"아비새가 아니야."
"그래. 괴물들, 돼지놈들이 내는 소리겠지. 놈들이 이렇게 집 안까지 들어온 건 처음이야?"
"어. 도끼를 들고 온 것도 처음이야. 전에는 그냥 몽둥이만 들었는데. 놈들이 점점 똑똑해지고 있어."

불빛이 유리 튜브 안에서 계속 앞뒤로 움직였다. 목구멍 안쪽에서 시큼한 물이 올라왔다.

나는 빅토리아가 알아채지 못하길 바라며 위에서 역류한 그 물을 꿀꺽 삼켰다.

"이 터널은 어디로 이어져?"

내 물음에 빅토리아는 다시 독살맞아져서, 자기는 내 염병할 관광 가이드가 아니라고 쏘아붙였다. 그러고는 왼팔로 티머시의 목을 바짝 감아쥐고 오른쪽 관자놀이에 총구를 갖다 댔다.

못된 오드는 상대가 무례하게 말대꾸를 하면 곱게 있질 않는다. 나는 빅토리아에게 한 걸음 다가가 60센티미터 간격을 두고 그녀의 얼굴에 베레타 권총을 겨눴다.

"잘 들어, 이 멍청한 잡년아. 지금 당장 네 머리통을 날려버릴 수도 있어. 내가 그 꼬마에게 신경이라도 쓰고 있는 줄 알았다면 완전히 잘못 본 거야. 난 나밖에 신경 안 써. 여기서 살아남는 게 나 혼자뿐이라고 해도 내 기분은 아주 끝내줄 거다. 하지만 일이 그렇게 되면 안 되겠지. 이 터널은 어디로 이어지지?"

빅토리아는 나를 찬찬히 바라보다가 한결 수그러진 투로 대답했다. "동쪽으로 좀 가다보면 길이 두 갈래로 나뉘어서 북동쪽으로 가는 길이랑 남쪽으로 가는 길이 나와."

"북동쪽 길 끝은 어딘데?"

"마구간 아래의 기계실."

"남쪽 길은?"

"게스트하우스."

"바로 그거네. 넌 다른 경비원이 두 명 더 있는데 휴가를 갔다고 했어. 다른 경비원 같은 건 없는 거 아냐?"

"있을 수도 있지."

"그래, 산타클로스도 있다고 치자. 이제 방향이 잡히네. 안나마리아랑 나는 이 로즈랜드에 눌러 살 작정이야. 여기 생활이 마음에 들어. 부자의 삶에도 차차 익숙해지겠지. 그리고 영원히 젊게 사는 삶에 대해 말하자면, 내가 폴리 셈피테르노를 죽였으니까 그의 자리를 차지하면 돼. 그리고 여기 보안을 좀 강화하자고. 앞으로 일 년 후가 될지 십 년 후가 모르지만, 괴물들이 언제 또 침입할지 모르는데 대비를 해야지."

"이런 일이 또 일어나면 안 되기는 해."

"당연하지. 하지만 셋이서 지키기는 무리야. 다음번 만조에 대비하려면 인력을 추가해야 돼."

속이 울렁거리다 못해, 몸을 비틀어대는 장어처럼 위장까지 배배 꼬이기 시작했다. 하지만 빅토리아의 얼굴에서 시선을 떼지 않았다.

"콘스탄틴 님이 널 여기 살게 두지 않으실걸."

"그가 우릴 초대했다는 사실을 잊었나보네. 게다가 우린 그가 몹시 바라는 선물을 갖고 있어."

"무슨 선물?"

"안나마리아의 아기."

내 말이 불러일으키는 끔찍한 암시에도 빅토리아는 전혀 당황하지 않았다. 그녀의 눈은 인형처럼 깊이가 없었다. 공포 영화에서 살아움직이면서 칼과 포크에 지대한 관심을 보이는 그런 인형 말이다.

"애는 콘스탄틴 님의 취향이 아니야. 폴리의 취향이지."

마구간 아래 기계실에 기계 외에 무엇이 들어 있을지 상상이 되어, 안 그래도 우울한 기분이 더 축 처졌다. 굳이 그리로 들어가 확인하고 싶지는 않았다.

"폴리가 죽었다는 거 잊지 마. 그리고 콘스탄틴에 대해 말하자면…… 좀 더 세련된 쪽으로 관심을 돌려봐. 아니면 우리 둘이 새로운 게임을 만들어서 할 수도 있어. 넌 머리를 풀면 훨씬 더 매력적일 것 같은데."

"날 혐오하고 역겨워하고 꺼린다며."

"아니. 그럴지도 모른다고 했지 그렇다고는 안 했어. 상황 파악이 그렇게 안 돼? 네가 혐오하고 역겨워하고 꺼리는 사람에게 널 내주는 게 얼마나 짜릿한 일인데. 아무래도 좋은 자유의 경지라고."

못된 오드의 말을 듣고 있자니 내 안에 두려움이 일었다.

빅토리아는 혀로 입술을 핥으며 말했다.

"여기서 살다보면 시간의 제약에서 자유로워지면서 전과는 완전히 달라지게 돼."

"어떻게 달라지는데?"

"핏속에 뜨거운 열을 품은 것 같은 느낌인데, 병은 아니고 유쾌한 해방이야. 우린 그걸 박탈의 열병이라고 불러."

"무엇에 대한 박탈이지?"

"삶에서 불가능성을 박탈당한다는 뜻이야. 그 전까지는 불가능해 보였던 일들이 전부 가능해지거든. 어떤 욕구든 마음에 품기만 하면 아주 쉽게 실현이 돼. 점점 더 즐겁고 충격적인 쪽으로 욕구를 발전시키게 되는 거야. 우리 앞에는 무한한 가능성이 펼쳐져."

우리는 자기애와 자기혐오의 교차로에 섰다. 그것은 바로 요즘 최신 유행하는 광기이기도 했다. 빅토리아는 내가 로즈랜드를 머리와 마음으로 받아들인 것이 자기처럼 로즈랜드에 매혹되었기 때문이라 보는 듯했다. 내가 죽음을 넘어서는 삶을 살 준비가 되었다고 여긴 것이다.

가끔은 위험을 감수하지 않으면 실패로 마감될 수가 있다. 나는 위험을 무릅쓰고 베레타 권총을 권총집에 집어넣었다.

빅토리아는 티머시의 목을 팔로 바짝 감싸쥐고 티머시의 관자놀이에 총구를 꾹 눌렀다.

나는 티머시의 눈에서 죽음에 대한 두려움과 드디어 죽을 수 있다는 안도감을 동시에 보았다. 그 안도감이 내 마음을 아프게 했다.

그런데 빅토리아는 티머시를 풀어주고 총을 아래로 내렸다. 총구를 바닥으로 향하게 하고는 요정 같은 미소를 지으며 말했다.

"넌 그 맛에 푹 빠져들게 될 거야."

나는 곧장 권총을 빼들고, 빅토리아가 다시 총을 들어올리기 전에 그녀의 가슴에 연달아 두 발을 쏘았다.

총에 맞은 상처와 피만 아니면 터널 바닥에 쓰러진 빅토리아는 여전히 요정처럼 사랑스럽게 보였을 것이다. 아름다운 육체와는 달리 결코 아름답지 않았던 영혼을 제거한 후라서 더 그렇게 보였는지도 모른다.

나는 티머시에게 말했다.

"보지 마."

"더한 것도 봤어요."

"그래도 보지 마. 먼저 저만치 앞에 가 있어. 금방 뒤따라 갈게."

그는 시키는 대로 했다.

치밀어 오르던 욕지기가 드디어 가라앉았다. 욕지기의 원인은 벽에 박힌 유리 튜브의 괴상하게 고동치는 빛이 아니었다. 그것은 내가 이 여자를 속여 넘겨 신뢰를 얻은 후 이 여자를 이렇게 처리하게 될 줄 이미 알고 있었기 때문이었다.

마땅히 보내야 할 사람을 보낸 것이었다. 이 여자가 아무리 젊어 보여도 정확히 따지면 요절은 아니었다. 하지만 아무리 죄에 대한 처벌이라고 해도 죽음은 늘 충격으로 다가온다.

이 여자의 본성, 이 여자가 저지른 짓은 끔찍하기 이를 데 없지만, 오래 전에는 그래도 순수함을 간직한 사람이었을 것이다. 이대로 시신을 모욕적인 모습으로 두고 가기보다는, 과거 순수했던 그녀를 존중하는 의미로 담요라도 덮어주고 싶었다.

스포츠 재킷으로는 머리와 가슴밖에 덮을 수가 없으니 조롱하는 것처럼 보일 것 같기도 했다.

그녀의 9밀리 권총이 바닥에 떨어져 있었다. 총알이 빠르게 떨어져 가고 있어서 그 권총을 집어 들고 탄창을 빼보았다. 탄창이 비어 있었다. 약실에도 총알은 하나도 들어 있지 않았다.

우리와 식료품 저장실에서 마주치기 전에 이미 총알을 다 쓴 상태였으니, 사실은 나나 티머시에게 즉각적인 위협을 가할 수는 없었던 것이다.

나는 탄창을 도로 끼우고 그 권총을 그녀의 시신 곁에 놓아두었다.

사실을 알았지만 달라질 건 없었다. 이미 일어난 일은 되돌릴 수 없다. 하지만 속이 후련하질 않고 찜찜한 건 어쩔 수가 없었다.

나는 뒤로 돌아서서 베레타 권총의 탄창에 탄환을 채웠다.

앞서 간 티머시를 뒤따라가서 물었다.

"괜찮니?"

"아뇨. 어머니가 돌아가신 후로 괜찮았던 적은 한 번도 없었어요."

나는 그의 어깨에 손을 얹었다.

"현재에서 과거로 돌아가서 무슨 일을 벌여도 현재에는 아무 영향도 미칠 수가 없다고 했었지."

"테슬라의 이론이 그랬다고 그들이 나한테 말해줬어요. 사실인 것으로 증명이 됐고요."

"네 아버지는 1925년에 사고로 너를 총으로 쏘아 죽이기 몇 분 전으로 돌아가 살아 있는 너를 데리고 왔어. 네가 와서 보니 네 시체는 네 어머니, 검은 종마의 시체와 함께 잔디밭에 있었고 말이야."

"예. 아버지가 나를 쐈을 때 내 삶은 끝났어요."

"하지만 넌 여기 이렇게 살아 있어. 시간의 역설이지. 살아 있기는 하지만…… 외모는 세월이 가도 그대로이고."

"난 어른이 될 수가 없고, 내 삶에는 운명도 없어요."

나는 한쪽 무릎을 꿇고 티머시와 눈높이를 맞췄다.

"네 아버지가 네 어머니를 총으로 쏘기 전으로 돌아가서, 우리가 네 어머니를 이리로 데려오면, 그분도 너처럼 사실까."

"그렇겠죠. 결코 변하지 않는 육체로 사시겠죠. 미래로 인해 고통 받으면서요. 로즈랜드 밖으로는 나가지도 못하고요."

그는 빅토리아의 시신을 흘끗 돌아보며 덧붙였다.

"다시 죽임을 당하지 않는 이상은 못 나가요."

새로운 사실이었다.

"넌 로즈랜드를 떠날 수가 없는 거니?"

"그들 말로는…… 난 여길 나가면 존재할 수가 없대요. 난 시간을 벗어난 존재이고, 내 시간대도 아닌 곳에서 백 년 가까이 살고 있어요. 어쩌면 로즈랜드를 둘러싼 에너지장, 테슬라의 에너지장이 나를 여기 있게 해주는 건지도 몰라요."

이 말이 사실이라면, 나는 티머시를 구했지만 결국 그를 죽게 할 수밖에 없는 것이다.

　괴물들은 잼 디우과 터미드 부인을 해치웠다. 어쩌면 그들이 콘스탄틴 클로이스까지 죽였는지도 모른다. 덕분에 나는 그만큼 사람들을 덜 죽여도 되었다. 징벌자 역할을 맡아 하기가 두려웠는데 잘 되었다. 하지만 로즈랜드의 기계를 멈추고 마지막 외부인인 헨리 러럼의 목숨까지 끊어놓아야, 앞으로 수십 년간 이 실성한 사이비 종교 집단에 희생될지도 모를 수많은 여인들과 아이들의 목숨을 구할 수가 있다. 실직 상태인 튀김 전문 요리사에겐 꼬박 하루가 걸리는 일이었다.

　책으로 지혜를 쌓으며 고통스런 삶을 살아온 영원한 소년 티머시는 너무나 대단한 생존자여서, 그를 도울 수 있는 유일한 방법이 그를 죽게 놔두는 것뿐이라는 사실에 나는 마음이 몹시 괴로웠다. 티머시는 여기서 온갖 끔찍한 일들을 보고 들으며 살았지만 그래도 마음 안에 소년다운 순수성을 굳건히 간직하고 있었다. 그는 이 일에 아무런 책임이 없고, 죄를 짓지도 않았으며, 남에게 해를 끼치지도 않았고, 타락하지도 않았다. 두 번째 죽음이 아닌 더 나은 대접을 받을 자격이 충분했다.

　티머시의 운명을 내가 정할 수 있다면 나는 그에게 삶과 희망과 행복을 줄 것이다. 그러나 나는 신적인 힘을 갖고 있질 못했다. 나는 발길이 이끄는 대로 가서 이런저런 난장판을 치우고, 또 다시 독국물이 방출되는 다음 장소로 옮겨가는 떠돌이 잡역부에 불과했다.

　로즈랜드 문 밖으로 걸어 나가자마자 더는 세상에 존재하지 않게 될 거라는 티머시의 말에 나는 할 말을 잃었다. 그저 그의 어깨에 팔을 두르고 꼭 끌어안아주었다. 그래야만 할 것 같았다. 티머시도 나를 꼭 끌어안았다. 괴물들이 이 건물의 다른 통로들은 물론이고 햇빛 화창한 지상까지 멋대로 돌아다니며 고대 크레타 섬 지하의 미노타우로스처럼 인간고기를 뜯어먹고 있는 동안, 로즈랜드 미로의 깊숙한 곳에서 우리는 잠시 그렇게 서로를 품에 안고 힘을 얻었다.

마침내 우리는 빅토리아가 말한 갈림길에 이르렀다.

"네가 만나봤으면 하는 사람이 있어."

하지만 티머시는 고개를 가로저었다.

"난 그냥 돌아가고 싶어요. 이렇게 둘이 아닌 한 명인 티머시로. 1925년의 그날, 죽어 사라졌어야 할 티머시로요."

"그게 최선일지도 몰라. 하지만 가끔은 우리가 원하는 게 최선이 아닐 때도 있어. 내 친구가 게스트하우스에 있는데 참 좋은 여자야. 우리가 어떻게 할지 결정하기 전에 그녀의 의견을 들어보고 싶어."

"그분이 누군데요?"

"나도 그 질문에 답을 할 수 있으면 정말 좋겠다, 티머시."

깔끔하게 손질된 로즈랜드의 깊은 지하, 사방이 구리로 뒤덮인 터널의 갈림길에서 우리는 게스트하우스를 향해 오른쪽 길을 택했다.

로즈랜드 담장 너머에서는 존재할 수가 없다는 티머시의 고백에 온통 사로잡힌 나머지, 나는 티머시의 또 다른 말을 흘려듣고 말았다. 생각해보니 중요한 말 같아서 다시 곱씹어보았다.

"아까 '미래로 인해 고통 받으면서요'라고 했잖아."

"과거에서 난 죽은 사람이에요. 실제로 과거에 죽었기 때문에 나는 현재에는 속해 있질 않아요. 그런데 살아 있기는 하죠. 내 정신은 시간의 안팎에 동시에 걸쳐 있어요. 그래서…… 앞으로 일어나게 될 일을 보기도 해요."

"미래를 본다고?"

"그런 것 같아요."

"아까 아침에 네 방에 들어갔을 때 넌 눈을 하얗게 뒤집고 커다란 안락의자에 앉아 있었어. 무아지경에 빠져 있었니?"

"원할 땐 언제든 무아지경으로 들어갈 수가 있어요. 가끔은 원하지 않을 때도 무아지경 상태에 빠지기도 해요."

"네가 무아지경 상태일 때 '그들의 얼굴이 해골에서 녹아내린다. 그들은 검은 재가 되어 바람에 날린다'라고 했던 것 같은데, 혹시 앞으로 일어나게 될 일을 본 거니?"

"눈부시게 하얀 빛이 폭발하면서 모든 게 시커먼 재가 되어버렸어요."

"그리고 '교복을 입고 니삭스를 신은 여학생들. 그들의 옷과 머리카락에 불이 붙고, 그들의 입에서 불이 뿜어져 나온다'라고 했지. 전쟁을…… 의미하는 말이었구나."

"볼 때마다 달라요. 어떤 게 그저 가능성만 있는 장면인지 아니면 실제로 일어나고야 마는 장면인지는 분간이 안 돼요."

나는 잠시 망설이다가 물었다.

"우리가 살고 싶은 그런 좋은 미래를 보기도 해?"

"어쩌다가요."

"미래가 정해진 게 아니라면…… 어째서 수 년 간격으로 돼지놈들이 계속 여기 나타나는 거지? 또 다른 미래가 가끔 로즈랜드로 흘러들 만도 한데 그렇질 않잖아."

"그 돼지 괴물들이 창조되고 세상이 전쟁으로 폐허가 되는 미래가 80에서 90퍼센트 정도 이뤄질 가능성이 있는 미래라서가 아닐까 싶어요."

"80에서 90퍼센트면 완전히 불가피한 미래는 아니라는 거네?"

"그렇죠. 지난 번 만조 때와는 다른 점이 나타나기도 해요."

"예를 들면?"

"지난 번 만조 때 거대 박쥐는 없었어요."

"더 안 좋은 쪽으로 달라진 거네."

"그렇긴 하죠. 그래도 나쁜 쪽으로 변화가 가능하다면 좋은 쪽으로도 변화가 가능하단 얘기잖아요."

우리는 말없이 나머지 터널을 걸어갔다.

터널 끝에는 스테인리스강 소재의 나선형 계단이 있었다. 계단 폭이 무척 좁은 편이었다. 높이 15미터 정도인 계단을 끝까지 올라가 머리 위를 확인해보니 12미터 위에 돔 형태의 구리 지붕이 보였다. 계단 끝은 게스트하우스 삼층으로 이어졌다.

방 전체가 환한 구리로 뒤덮여 있었다. 바닥에는 끄트머리가 은색 원반처럼 보이는 구리 막대들이 잔뜩 설치되어 있고, 원반마다 무한의 상징이 새겨져 있었다.

이 방에서 제일 눈에 띄는 것은 물론 시간구체였지만, 제일 놀라운 것은 따로 있었다. 바로 빛이었다. 깜박거림 없는 고요한 촛불을 닮은, 너무 흐리지도 너무 밝지도 않은 따뜻한 황금색 빛이 우리를 따뜻하게 맞아주었다. 그 빛 때문에 내가 한 번도 경험해보지 못한 이

기괴한 공간이 익숙하게 느껴질 정도였다. 처음에는 이상한 줄을 모르다가 잠시 후에야 광원이 없는 빛임을 깨달았다. 방에는 램프도 돌출 촛대도, 천장 등도 없었다. 이쪽 끝에서 저쪽 끝까지, 꼭대기에서 바닥까지, 어느 한 군데 더 어둡거나 더 밝은 곳 없이 조도가 일정했다. 마치 공기처럼 그 빛이 이 공간의 필수적인 요소인 것 같았다. 더는 그 빛에 대해 무어라 표현할 길이 없었다.

내가 인터넷에서 찾아본 바로, 1899년 콜로라도의 실험실에서 니콜라 테슬라는 무선 방식을 이용해 40킬로미터 떨어진 곳에 잇는 전구 이백 개를 밝힌 적이 있었다. 그는 공기 중으로 전기를 전송했던 것이다. 늘 새로운 아이디어가 샘솟는 테슬라는 그 실험을 끝내자마자 곧장 다른 실험으로 넘어갔고, 무선으로 전구를 밝힌 테슬라의 대단한 기술은 전해지지 않고 있다.

콜로라도 실험과 이 꼭대기 방은 전구가 있고 없고의 차이만 있을 뿐 본질은 같았다. 진공도 아니고 안에 필라멘트도 없지만 이 방 전체가 전구인 듯했다. 티머시와 나는 숨을 쉴 수가 있었고, 전류의 영향을 받고 있지도 않았다. 몸에 전기 충격도 가해지지 않았고 간질간질한 느낌도 없었다. 손등의 솜털이 정전기로 바짝 서지도 않았다.

이 방 안에서 티머시와 나는 그림자가 없었다. 시간구체도 마찬가지였다. 방 전체를 고르고 환하게 비추는 빛은 그림자를 허용하지 않았다.

시간구체 또한 무어라 설명하기 어려운 모습이었다.

우선 제일 바깥쪽에는 거대한 짐발대(수평 유지 장치-옮긴이)가 있고, 짐발대에는 은도금된 곡선형의 팔 여러 개가 붙어 있었다. 짐발대의 폭은 5미터, 높이는 8미터 정도였다. 주변에는 내부 지름 1.2미터, 외부 지름 1.5미터의 링이 설치되어 있었다.

이 짐발대 안에는 금도금된 작은 짐발대가 들어 있고, 그 작은 짐발대 안에는 자이로스코프가 놓여 있었다. 그런데 길이 2.4미터, 제일 넓은 부분의 지름이 1.8미터인 커다란 황금 알이 바퀴 대신 자이로스코프 안에 들어 있었다. 알 때문에 그 이국적인 장치는 자이로스코프가 아닌 다른 이름으로 불러야 할 것 같았는데, 내가 아는 한에서는 마땅히 붙일 만한 이름이 없었다.

안쪽 짐발대의 우아한 곡선형 팔들이 바깥쪽 짐발대에 붙어서 부드럽고, 소리 없이, 천천히 공기 중에 8자를 그리며 돌고 있었다. 계속 보고 있으니 어지러웠다. 팔들이 서로 교차하면서 부딪칠 법도 했는데 끝없이 움직이는 팔들은 한 번도 부딪치지 않았다. 작은 짐발대 중앙에 놓인 커다란 황금 알은 좁은 끄트머리를 위로 하고 축 위에서 회전하고 있었다.

정교한 안쪽 짐발대의 마법처럼 회전하는 팔들도 그림자가 없었다. 다만 그 가장자리를 따라 공기인지 빛인지 확실히는 알 수 없으니 희미한 잔물결이 일었다.

티머시가 황금 알을 가리키며 말했다.

"저게 바로 캡슐이에요. 저걸 타고 시간 속으로 들어갔다가 나오는 거예요. 저걸 한 명이서 타거나 둘이서 타거나 해요. 나 혼자 타고 갈게요. '주차'로 설정해놓지 않으면 캡슐 안이 빈 채로 돌아올 거예요."

나는 묻고 싶은 게 한두 가지가 아니었지만 지금은 질문을 할 여유가 없었다. 구리 벽 사이에 나 있는 구리 문을 발견하자마자 나는 티머시의 손을 잡고 시간구체 옆을 빙 돌아서 그 문으로 향했다.

구리 문 너머에는 나선형 계단이 있었다. 계단을 밟고 내려가면 안나마리아가 기다리고 있는 이층이었다.

이 삼층 방을 열고 닫을 수 있는 열쇠가 없어서 나는 지갑에서 1달러짜리 지폐 두 장을 꺼내 여러 번 접었다. 잠금쇠 튀어나온 부분이 들어가게 되어 있는 문틀의 구멍에다가 접은 지폐를 집어넣어, 이따가 다시 올라왔을 때 문을 바로 열 수 있도록 해두었다. 수백 년의 과거가 단돈 2달러에 내 것이 된 것이다.

49

 노크를 하려는데 문이 열렸다. '오드 토머스가 건물로 들어왔습니다'라는 말이 조금 전에 장내 방송으로 나오기라도 한 것처럼, 안나마리아가 방 한가운데 서서 우리 쪽을 보고 있었다.

 안나마리아의 왼쪽에는 골든리트리버 라파엘이, 오른쪽에는 유령 개 부가 서 있었다.

 창문에는 여전히 커튼이 쳐져 있고 티파니 램프는 꺼져 있었다. 목이 길고 몸통이 긴 꽃병처럼 생긴, 유리 소재의 오일 램프 세 개가 유일한 조명이었다. 하나는 투명하고 두 개는 브랜디 색이었는데, 안에 기름이 담겨 있고 불붙은 심지가 동동 떠 다녔다.

 안나마리아가 오른손을 내밀자 티머시가 마치 아는 사람을 만난 것처럼 곧장 다가갔다. 티머시는 안나마리아의 손을 잡았고 그녀는 허리를 굽혀 티머시의 이마에 입을 맞췄다.

 매직비치에서 만났던 날에도 안나마리아는 전등보다 오일 램프를 선호했다. 그때 그녀는 햇빛이 식물을 키우고 식물에서 방향유를 짜 내고 몇 년 후에 그 방향유로 램프를 켜는 것이니, 오일은 '지난날들의 햇빛'을 우리에게 돌려주는 것과 마찬가지라고, 그래서 전등보다 오일 램프를 더 좋아한다고 말했었다.

일층의 내 숙소에 오일 램프가 구비되어 있지 않은 걸 보면 안나마리아가 오일 램프를 갖다 달라고 요청했을 수도 있었다. 어쩌면 콘스탄틴 클로이스가 직접 오일 램프를 가져왔는지도 모른다.

안나마리아는 티머시를 소파로 데려가 소파 한가운데에 나란히 앉았다. 라파엘이 소파 위로 뛰어올라 웅크리고 누워 티머시의 무릎에 머리를 얹었다. 부도 안나마리아 옆에 엎드렸다.

오일 램프 하나는 커피 테이블 위에 놓여 있었다. 바로 위 천장에는 램프의 빛과 그림자가 촉촉한 원을 그려놓았다.

안나마리아는 두 손으로 티머시의 오른손을 잡았다. 그들은 서로를 바라보며 미소 지었다.

두 번째 오일 램프는 작은 식탁 위에 놓여 있었는데, 마찬가지로 바로 위 천장에는 이 램프의 잔상이 그려져 있었다.

그리고 두 번째 오일 램프 옆에는 깊이가 얕고 큰 파란 접시에 밀랍 같은 꽃잎을 가진 커다란 꽃 한 송이가 둥둥 떠 있었다. 전에는 세 송이였는데 이번에는 한 송이였다.

안나마리아가 티머시에게 물었다.

"날 보면 뭐가 보여?"

"제 어머니요."

"하지만 난 네 어머니가 아니잖아?"

"예. 제 어머니는 아니지만, 어쩌면 제 어머니가 되실 수도 있겠죠."

"그럴까?"

"그럼 참 좋겠어요."

티머시는 이제야 아이의 몸에 갇힌 노인이 아닌 정말 어린애다운 투로 말했다.

안나마리아는 한 손으로 티머시의 이마를 덮은 머리카락을 부드럽게 뒤로 넘기고는 열이 있는지 확인해보려는 듯 이마를 손바닥으로 짚었다.

무언가 중요한 일이 여기서 일어나고 있는 것 같기는 한데 그게 무엇인지 전혀 알 수가 없었다.

투명한 유리로 된 세 번째 오일 램프는 주방 카운터 위에 세워져 있었다. 심지에 섞인 불순물 때문에 불이 펄럭이다가 길게 늘어났다. 그 불은 길고 좁은 목 안으로 스윽 들어갔다가 곧 다시 오일 웅덩이로 돌아왔다.

티머시의 손을 다시 두 손으로 잡고 안나마리아가 물었.

"어떻게 그 오랜 시간 동안 너 자신을 지켜낼 수 있었니?"

"책이요. 책을 수천 권 읽었어요."

"올바른 책이었나보구나."

"일부는 그랬고, 일부는 아니었어요. 잘 알아내야 해요."

"어떻게 알아내지?"

"처음엔 느낌으로요."

"그리고?"

"페이지에 적힌 내용과 적혀 있지 않은 내용을 읽고요."

"행간의 뜻을 읽어내면서."

"속뜻을 파악하면서."

심리 치료 같은 두 사람의 대화를 들으며 나는 마치 네 바퀴 수레의 다섯 번째 바퀴, 세발자전거의 네 번째 바퀴가 된 기분이었다.

밖에서 시끄러운 소리가 들려 내 관심은 그리로 쏠렸다. 탕, 쩔그럭 소리에 나는 창가로 걸어갔다. 창문을 걷고 이마를 유리창에 바짝 붙여 아래를 내려다보았다.

건물 앞에 돼지 떼들이 모여들어 있었다. 평범하게 흉측한 놈들과 그보다 더 심하게 흉측한 놈들이 섞여 있었다. 크어억, 쿵쿵대는 소리, 이어서 요란하게 탕! 소리가 들렸다. 놈들 중 하나가 일층 창문을 덮은 쇠창살을 향해 도끼를 휘두른 것이다.

쇠창살이 박힌 부분을 도끼로 깨부수고 쇠창살을 잡아 뽑더라도 창문이 너무 작아서 그들은 그리로는 비집고 들어올 수 없었다. 이 짐승들은 원시적이고, 감정적으로 변덕스러우며, 정신적으로 불안정하고, 돼지 껍데기 튀김과 동급인 놈들이지만, 현관문을 두고 창문만 쓸데없이 공격할 만큼 멍청하지도 완전히 실성하지도 않았다.

현관문은 목재에 쇠를 씌우긴 했지만 전체적으로 철판을 댄 게 아니라 가장자리와 중간 중간에 쇠를 박은 것이어서, 참나무로 된 부분은 얼마든지 도끼로 찍을 수가 있었다. 목재 자체가 상당히 두꺼워서 멍청한 짐승들이 무턱대고 달려드는 공격쯤은 버틸 수 있겠지만, 도끼와 망치로 무장한 괴물들의 공격을 버텨내기엔 역부족이었다.

빅토리아 모르스는 괴물들이 이런 식으로 무장하고 온 건 처음이라고 했다. 전에는 몽둥이나 들고 왔었다고, 놈들이 점점 똑똑해지고 있다고 했다.

괴물들 중 하나가 이층 창문 너머에 있는 나를 올려다보았다. 놈은 쨰액쨰액 소리를 지르며 주먹을 흔들어댔다. 놈의 분노는 곧 동료들에게 전파되어 다 같이 살기충천해서 나를 향해 울부짖고 주먹과 무기를 흔들어댔다.

그 모습에 하늘로 올라가 신들과 전쟁을 벌이려 돌을 높이 쌓아 올렸으나 결국 그 돌에 깔리고 만 엔셀라두스와 타이탄 족이 떠올랐다. 물론 나는 신이 아니고, 이 게스트하우스 이층은 하늘만큼 지상에서 멀리 떨어져 있지도 않지만 말이다.

창문에서 돌아선 나는 어쩔 수 없이 안나마리아와 티머시의 알쏭달쏭한 대화에 끼어들었다.

"괴물들이 여기까지 왔어요. 놈들이 현관문을 공격하기 시작하면 우린 십 분밖에 시간이 없어요."

"그럼 그때부터 팔 분 후에 그 걱정을 하기로 해요."

안나마리아는 건물 밖에 모인 괴물들이 새로 나온 개인 생활용품을 팔러 찾아온 에이본 화장품 판매원 아줌마처럼 대하며 대수롭지 않게 말했다.

"아뇨, 안 됩니다. 저 괴물들이 어떤 놈들인지 몰라서 그러나본데, 지금 이렇게 저들에 대해 얘기할 시간도 없단 말입니다."

"그럼 그 얘기는 하지 말기로 해요. 나는 지금 티머시와의 대화가 먼저예요."

티머시와 개들은 그녀와 같은 생각인 듯했다. 우리를 잡아먹으려고 눈이 벌건 돼지들이 코앞까지 와 있어 초조해하는 내게 그들은 그게 무슨 대수냐는 듯 미소를 지었다.

"당장 삼층으로 올라가야 합니다. 여기서 빠져나가려면 티머시랑 내가 들어왔던 터널을 이용해야 해요."

"먼저 가 있어요, 젊은이. 우린 여기서 할 일을 마치고 바로 뒤따라 갈게요."

더 재촉해봤자 소용없다는 걸 나는 잘 알고 있었다. 내가 아무리 급하다고 난리를 쳐봤자 안나마리아는 나를 조용히 안심시키려 들거나, 아니면 내가 삼 년이 지나도 이해 못할 수수께끼 같은 말이나 늘어놓을 것이다.

"예, 예, 알았어요. 알았다고요. 좋아요. 나 먼저 삼층으로 올라가서 당신들이 올라오길 기다리죠. 괴물들도 올 테고, 유령 말도 올 테고, 행군 악대든 누구든 다들 올라올 때까지 무작정 가서 기다리죠."

"그래요."

안나마리아는 다시 티머시와 대화를 나누었다.

나는 그 방을 나와 등 뒤로 문을 닫고 계단을 내려갔다. 현관문과 내 숙소 방 사이에 서서 소리를 들어보니, 돼지들이 건물 앞에서 웅성대고 있었다. 돼지처럼 꾸애액 대는 소리에 인간처럼 느껴지는 부분이 있어 소름이 끼쳤다. 그들은 다음 경기에 나가기 전에 서로 사기를 북돋우는 선수들처럼, 서로를 부추겨 흥분시키고 있는 듯했다.

나는 내 숙소로 들어가 침실 벽장 맨 위 칸에서 비닐에 싼 돈 뭉치를 꺼냈다. 벽돌처럼 보이는 그 돈 뭉치는 며칠 전, 그러니까 내가 매직비치를 떠나기 전에 노배우 허치슨 씨가 요긴하게 쓰라며 준 것이었다. 만일 내가 로즈랜드를 영원히 폐쇄시키고 여기서 살아서 나갈 수 있다면, 안나마리아와 함께 돌아다닐 때 이 돈이 꼭 필요할 것이다.

나는 매직비치에서 수 주일을 머물면서 허치슨 씨의 요리사로 일을 했고 우리는 친구가 되었다. 나는 그에게 따로 돈을 받고 싶지 않았지만, 그는 한 번만 더 거절하면 모욕으로 알겠다고 온화하고 품위 있게 고집을 부렸다.

허치슨 씨가 아홉 살 때 대공황이 찾아와 은행들이 줄줄이 도산했다. 그래서 그는 은행을 믿지 않았다. 돈을 이렇게 흰 쓰레기봉지에 담고 배관테이프로 밀봉해서 벽돌처럼 차곡차곡 냉동고에 넣어두었다.

그리고 겉에는 암호를 적어놓았다. '소 혀'라고 적은 것은 20달러 지폐 뭉치이고, '췌장'이라고 적은 것은 20달러 지폐와 100달러 지폐가 반반씩 들어 있는 뭉치였다. 그는 그중 한 뭉치를 노란 새들이 날아다니는 분홍색 종이봉투에 담아서 내게 주었다. 그는 그 안에 얼마가 들어 있는지 말해주지 않았고 지금까지 나도 확인해보지 않았다.

이 돈 뭉치 겉면에 적힌 암호를 지금껏 잊어버리고 있었는데, 벽장에서 꺼내 확인해보니 '돼지 껍데기'라고 적혀 있었다. 우주의 중심에 계신 분은 유머 감각이 꽤 있으신 듯하다.

허치슨 씨의 선물을 손에 들고 나는 방을 나가 문을 잠갔다.

괴물들은 아직 현관문을 도끼로 찍지는 않고 있었다.

서둘러 나선형 계단을 올라갔다. 안나마리아의 숙소가 있는 이층을 지나 곧장 삼층으로 향했다. 삼층 문의 문틀에는 아까 끼워둔 2달러짜리 지폐가 꽂혀 있었다.

문을 밀어 열고 천장이 높은 방 안으로 들어가자마자, 문 뒤에 숨어 있던 콘스탄틴 클로이스가 달려들어 권총 손잡이가 달린 산탄총의 개머리로 내 얼굴을 찍었다.

나는 아우슈비츠에서 두 번 죽을까봐 두려워하고 있었다. 땅을 열심히 팠지만 간수는 만족할 줄을 몰랐다. 그는 왜 이리 느리냐며 나를 한 번, 두 번, 세 번 걷어찼다. 쇠를 댄 군화 끄트머리가 내 왼뺨을 찢어놓았다. 그러나 내 뺨에서 흐르는 것은 피가 아니라 회색 재였다. 재가 흘러내리며 내 얼굴은 안으로 무너져 내리기 시작했다. 마치 내가 인간이 아니라 공기를 주입해 부풀린 인형인 것처럼, 속을 짚으로 채웠는데 어느새 그 짚이 재와 그을음으로 변해버린 속이 텅 빈 사람인 것처럼 느껴졌다. 나는 보초를 좀처럼 만족시키지 못하며 구덩이를 계속 팠고 그 속에서 의자 하나가 나타났다. 그리고 그 의자에는 시인 T. S. 엘리엇이 앉아 있었다. 엘리엇은 시집을 펼치고 「속이 텅 빈 사람들」이라는 시 중에 두 줄을 낭독해주었다.

"이것이 세계가 끝나는 모습. 소리도 없이 조용한 스러짐으로."

천장이 높은 방의 구리로 된 바닥에서 나는 정신이 들었다. 잠시 동안은 내가 어떻게 여기로 왔는지 알 수가 없었다. 그러다 차츰 기억이 났다. 월플로…… 아니, 클로이스. 콘스탄틴 클로이스. 그의 무광 스틸 같은 회색 눈동자가 나를 내려다보고 있었다. 그는 미남 배우의 턱처럼 잘생긴 턱을 앞으로 내민 채, 이를 악물고, 통통한 작은 입술의 한쪽 끝을 위로 올려 비웃음을 머금으며 산탄총 개머리로 내 얼굴을 내리찍었다.

얼굴이 얼얼했다. 피 맛이 났다. 눈앞이 흐렸다. 눈을 여러 번 깜박거렸지만 앞이 잘 보이지가 않았다. 눈을 깜박일 때마다 골만 지끈거렸다.

클로이스가 나지막하게 노래를 부르고 있었다. 처음에는 잘 몰랐는데 들어보니 미국의 대표적인 작곡가 콜 포터의 '비행을 저지르자'라는 노래였다.

자기방어가 가능할 만큼 앞이 보이기 전까지는 그의 주목을 끌면 안 되므로 섣불리 움직일 수가 없어, 고개를 오른쪽으로 돌린 채 계속 엎드려 있었다. 일 분쯤 지나자 앞이 어느 정도 보였다.

두 걸음쯤 떨어진 바닥에 비닐에 싸인 돈 뭉치가 떨어져 있었다. 내 보물이 총 얼마이든, 그 정도로는 억만장자 살인자에게 목숨 값으로 내밀지도 못할 것이다.

돈 뭉치 뒤로는 시간구체가 자리하고 있었다. 클로이스의 발이 그 반짝이는 기계 안에서 움직이고 있지는 않았다. 안쪽 짐발대의 팔들이 불가능할 정도로 마찰 없이, 그리고 끊임없이 길쭉한 8자를 그리며 소리 없이 움직이고 있을 뿐이었다. 방 안에 고르게 퍼져 있는 황금 빛 속에서 나의 적은 그림자 없이 단출하게 서 있었다.

오른팔이 내 몸 아래 깔려 있어 오른손가락을 살짝 움직여보았다. 벨트 슬라이더 권총집이 불룩하게 만져졌다. 천천히, 티 나지 않게 베레타 권총이 있던 자리로 슬금슬금 손을 움직였으나 권총집은 비어 있었다.

나와 돈 뭉치 사이의 바닥에 이빨이 하나 떨어져 있었다. 혀로 입 안을 훑어보니 이가 한 개도 아니고 두 개나 빠져 있었다. 입 안에 피가 고여 있어 피 맛에 속이 역해졌다.

목소리를 들어보니 클로이스는 내 등에서 몇 걸음 떨어진 곳에 서 있었다.

무기도 없는 지금, 재빨리 일어나 시간구체 뒤로 도망쳤다가 구리문으로 나가거나 스테인리스강 계단으로 도망쳐 내려가는 수밖에 없었다.

몸을 일으키려는데 눈앞이 어질어질하고 머리가 욱신거려서 엉거주춤하게 엎드린 자세로 꼼짝할 수가 없었다. 클로이스가 아래서 왼팔을 걷어차 나는 다시 고꾸라졌다.

이제 그는 콜 포터의 '당신 때문에 즐거워'라는 노래를 부르고 있었다.

그의 선곡은 다음에 닥쳐올 상황을 짐작케 했다. 위험을 감지했지만 몸이 말을 듣지 않았다. 그는 내 엉덩이를 걷어차고, 왼쪽 옆구리를 두 번 세게 차서 결국 갈비뼈에 금이 가게 만들었다.

그리고 온몸의 무게를 실어 내 등을 짓밟았다. 금 간 갈비뼈에 불이 붙은 듯 온몸에 불길이 번져나갔다.

이제야 아우슈비츠 꿈의 의미를 알았다.

나치가 그들이 죽인 유태인들에게, 집시들에게, 가톨릭 교도들에게 하고자 했던 일은 그들을 두 번 죽이는 것이었다. 그것은 국가라는 강력한 힘으로 무장한 히틀러 같은 자들, 그리고 그보다는 못하지만 나름의 권력을 가진 클로이스 같은 독재자들이 바라는 바이다. 그들은 적의 육체를 망가뜨리는 것만으로는 만족하지 못한다. 그들은 두려움을 이용해 당신의 영혼을 시들게 만들고, 지속적인 선전과 잔인한 조롱으로 당신을 혼란에 빠뜨린다. 몸뿐만 아니라 정신까지 망가지게끔 당신을 고문하고 강제 노역을 시킨다. 그들은 당신을 자아를 지탱해준 믿음을 잃어버리고 굴욕을 당연한 것으로 받아들이며 정의가 이뤄질 거라는 믿음마저 포기할 정도로 깊은 우울감에 빠져든 겁에 질린 짐승으로 만들고자 한다. 그들은 당신의 영혼을 먼저 죽이고 나서 육체를 즐거이 죽이려 든다. 영혼이 죽고 난 후에 여러분은 육체의 죽음을 순순히 받아들이게 된다. 그들은 저주받은 군대다. 선의 깨달음과 힘에 대한 희생자의 믿음보다, 사악함에 대한 그들의 믿음이 더 크면 그들은 항상 승리한다.

그들의 악랄함에 대해 우리가 보일 수 있는 반응은 용기를 내 반격하거나, 비겁하게 묵종하거나 둘 중 하나다. 흠, 혹은 묵종하는 척만 하거나.

부러진 갈비뼈로 인해 옆구리가 불에 타는 듯했고, 구타당한 얼굴에 통증이 주기적으로 밀려들었다. 나는 그에게 제발 더 때리지 말라고 살려달라고 애원했다. 굽실거리며 애원하고, 간청하고, 얼굴을 바닥에 댄 채 빌었다. 통증이 워낙 커서 눈물을 짜내기는 쉬웠다. 하지만 그는 그 눈물을 공포와 자기 연민의 눈물로 착각할 것이다.

그는 스포츠 재킷 위로 내 뒷덜미를 움켜잡고는 일어서라고 명령했다. 내가 다리에 힘을 못 주자 붙잡아 일으켜 벽에 세차게 밀어붙였다. 그 충격은 두개골까지 못으로 뚫은 것처럼 강렬하게 전해졌고 의식에 구멍이 나면서 머릿속으로 또 다시 어둠이 밀려들었다. 나는 간신히 의식의 끝을 붙들었지만 어둠의 파도가 바로 앞에서 넘실거렸다.

클로이스가 콜 포터의 〈뭐든 할 수 있어〉라는 노래를 부르고 있었다. 조그맣게 흥얼거리는 게 아니라 단어 하나하나를 바로 내 얼굴에 내뱉고 있었다. 그는 키가 크고 근육질이며 강한 남자였다. 총을 쏘지 않고 개머리판으로 나를 기습해 쓰러뜨린 걸 보면, 그는 나를 주먹으로 때려죽이며 기쁨을 누릴 작정인 듯했다. 그의 숨결은 시큼하고 불쾌했다. 그는 한 손으로는 내 머리카락을, 다른 손으로는 사타구니를 움켜잡았다. 노래 사이사이에 그는 나더러 성적으로 자신에게 굴복하라고 말했다. 앞서 겁에 질린 여자들을 죽이기 전에 성적으로 굴복시킨 것처럼 말이다.

나는 오른손으로 스포츠 재킷 주머니를 더듬거렸다. 탄약통 몇 개, 분홍색 플라스틱 코일로 된 긴 줄 끝에 달린 열쇠뿐이었다.

갑자기 테슬라가 우리 옆에 나타났다. 테슬라의 수척한 얼굴이 분노로 일그러졌다. 테슬라는 클로이스에게 손을 뻗었지만 그의 손은 클로이스의 몸을 통과해 지나갈 뿐이었다.

내가 테슬라에게 도움을 받을 줄 기대하는 줄 알았는지 클로이스가 말했다.

"저건 널 못 도와줘. 저건 그가 아니고 그의 잔상일 뿐이거든. 실험 중에 튕겨 나가서 어느 시간에도 속하질 못하고 시간 속에서 이리저리 돌아다니고 있지."

클로이스는 내 얼굴을 타고 흐르는 눈물에 만족해하면서, 그 눈물이 상징하는 무력함에 기뻐하면서 내 머리카락과 사타구니를 움켜잡고 한껏 비웃음을 쏟아냈다.

나는 엄지와 검지 사이에 열쇠의 두툼한 부분을 끼우고, 울퉁불퉁한 열쇠의 날을 그의 턱 아래 부드러운 곳으로 온 힘을 다해 찔러 넣었다. 혀뿌리까지 잘라버릴 만큼 깊게 찔러 넣은 후 격하게 좌우로 틀었다.

내 손으로 뜨끈한 피가 쏟아져 나왔다. 클로이스는 제 목을 움켜잡고 고통스런 비명을 흘리며 뒤로 주춤주춤 물러섰다. 내가 칼로 자기 목을 찌른 줄 아는 게 분명했다.

죽을 정도로 다친 게 아니라는 걸 그가 알아채기 전에 서둘러야 했다. 나는 뒤로 한 걸음 물러나 바닥에 놓인 산탄총을 들고 돌아서서 펌프를 움직인 후 클로이스에게 두 번째 죽음을 선사했다.

 바깥이 조용한 걸로 봐서 괴물들은 아직 현관문을 도끼로 부수지는 않고 있는 듯했다. 하지만 곧 건물을 이리저리 돌아보다가 현관문을 만지작거릴 테고, 도끼질을 시작할 것이다.
 하관이 온통 얼얼하고 치아 두 개가 빠진 자리가 욱신거렸다. 얼굴 오른쪽이 퉁퉁 부어서 눈을 간신히 떴다. 입 안에 계속 차오르는 피는 그저 삼킬 수밖에 없었다. 코에서도 조금씩 피가 흐르고 있었다. 사타구니에 있는 신체 기관은 온전히 붙어 있기는 했지만 걸을 때마다 입에서 절로 낑낑대는 소리가 터져 나왔다.
 심령자석은 사람을 찾을 때 제일 큰 효과를 발휘한다. 찾는 사람의 얼굴과 이름을 마음속에 담고 돌아다니다보면 어느새 찾아내게 된다. 가끔은 찾는 물건의 이미지를 머릿속에 그리고 물건을 찾아내기도 한다.
 하지만 테슬라가 말한 주 스위치는 어떻게 생겼는지를 모르기 때문에 이미지를 머릿속에 그릴 수가 없었다. 그래도 니콜라 테슬라처럼 기계의 세부 사항과 질서에 집착하는 사람이라면 그 망할 스위치에 '주 스위치'라고 써 붙여놓았을 테니, 그 두 글자를 머릿속에 그리고 이 방에서 찾아낼 수 있기를 바랄 수밖에 없었다. 이 방은 천장이 하도 높아서 시간 조종 기계가 놓인 그랜드센트럴 역 같았다.

나는 일 분 정도 시간구체 주변을 돌다가 시간구체 쪽으로 가까이 다가갔다. 바깥쪽의 짐발대를 지나, 여러 개의 팔로 공기 중에 길쭉한 8자를 그리고 있는 안쪽 짐발대로 접근했다. 가까이 와서 보고 있으면서도, 이 팔들이 어떻게 가운데서 회전하는 황금 알을 지탱하면서도 정교하게 8자를 계속 그릴 수 있는지 의아하기만 했다. 황금 알은 기계 중간에 떠 있었고 그 안에 사람이 들어가 앉을 수 있는 일종의 캡슐이었다.

나중에 나는 튀김 요리에 최적화된 내 두뇌가 견딜 수 있는 만큼 자이로스코프에 관한 자료를 읽어보았다. 대부분은 소화를 하지 못했고, 이 기계가 정전기 자이로스코프가 아닐까 짐작하는 선에서 끝났다. 이 기계의 경우 일반적인 회전자가 있을 자리에 황금 알 즉, 캡슐이 위치해 있고 이 캡슐은 전기장이나 자기장에 의해 떠받쳐지고 있었다. 내가 자료를 제대로 이해했다면, 정전기 자이로스코프의 회전자는 진공 상태에서 작동한다. 그런데 이 캡슐은 진공 상태에 있지 않았다.

나는 안쪽 짐발대로 다가가면서 저 위에서 내리찍는 황금 팔들 때문에 캡슐로 접근은 못 할 것 같다는 생각을 했다. 무턱대고 캡슐로 들어가려 했다간 저 황금 팔에 맞아죽을 테니까.

그런데 내가 접근해오는 것을 감지했는지 거대한 황금 팔들이 새로운 리듬과 패턴으로 움직이기 시작했다. 천을 짜듯 공기 중에 길쭉한 8자를 그리고 있는 그 팔들은 같은 지점에 같은 시간에 지나고 있는 것 같은데 이상하게도 서로 부딪치지를 않았다. 그리고 지금은 내가 캡슐로 들어갈 수 있게 길을 내주었다.

저 황금 팔들이 갑자기 변덕이 나서 내 몸을 반으로 자르지는 않을 거라 믿으며 나는 두려움도 그림자도 없이 캡슐로 나아갔다. 캡슐과의 거리가 1미터 정도로 좁혀지자 캡슐의 회전 속도가 점점 느려지다가 멈췄다. 캡슐은 회전 없이도 공중에 30센티미터쯤 떠 있었고, 캡슐 꼭대기는 내 머리 위로 60센티미터쯤 더 높이 있었다.

캡슐의 위에서 1.5미터쯤 되는 곳이 분리되면서 뚜껑처럼 열렸다. 캡슐 안에는 가운데 콘솔을 사이에 두고 가죽으로 된 좌석 두 개가 놓여 있었다.

캡슐 안으로 들어가 안을 둘러보다가 그중 한 자리에 앉아 뚜껑을 닫았다. 앞에는 단순한 제어반이 붙어 있었다.

제어반 맨 위에는 현재 시각을 나타내는 숫자판 열네 개가 나란히 놓여 있었다. 현재 년도, 월, 일, 시, 분, 초까지 나란히 표시되는 구조였고, 단위별로 편하게 볼 수 있도록 숫자판 중간 중간에 간격이 맞춰져 있었다. 드럼에 검은색으로 숫자가 표기된 숫자판이었는데, 체리와 레몬 대신 숫자가 그려져 있다는 점만 빼면 저급 슬롯 머신과 비슷했다. 내가 아는 한 표시된 시각은 정확했다.

그 아래에 두 번째 숫자판 열네 개가 있었다. 이 숫자판에는 숫자가 표시되어 있지 않았다. 각 숫자판마다 그 아래 손잡이가 있어서, 그것으로 드럼을 돌려 여행을 가고자 하는 날짜를 설정하게 되어 있었다.

그 외에는 어린이 장난감에 붙어 있는 것처럼 커다란 누름단추 다섯 개가 붙어 있었다. 맨 왼쪽 첫 번째 단추에는 '날짜 고정'이라고 적혀 있었다.

그 옆에 있는 단추에는 '오직 여행만'이라고 되어 있고, 그 아래 단추에는 '주차'라고 표기되어 있었다. '오직 여행만' 단추와 '주차' 단추 사이에는 제어반에 '혹은'이라고 적혀 있으니, 두 단추 중 하나를 고르라는 뜻일 것이다. 로즈랜드 사람들은 몸에서 세월을 사십 년쯤 덜어내고 싶으면 이 캡슐에 들어와 '오직 여행만' 단추를 눌렀을 것이다. 이미 알고 있는 위험과 아직 알려지지 않은 위험에도 불구하고 과거의 다른 시간대에 내리고 싶으면 그 아래에 있는 '주차' 단추를 누르면 될 것이다.

이 두 단추 옆에는 '출발'이라고 표시된 단추가 있고, 그 옆에는 '귀환'이라는 단추가 있었다.

천치도 사용할 수 있을 만큼 조작이 쉬운 기계였다.

이 캡슐로 들어오기 전, 시간구체 주변을 서성이면서 나도 모르게 지갑에서 집시 미라의 예언 카드를 꺼냈다. 그 카드는 지금 내 손에 쥐어져 있었다. '두 사람은 영원히 함께할 운명이나니.'

이 캡슐을 타고 스토미의 목숨을 앗아간 날의 바로 전날로 돌아갈 경우, 캡슐을 주차해놓고 로즈랜드에서 조용히 빠져나가 피코문도로 가면 된다. 그날에 로즈랜드 사람들은 내가 누구인지 모를 테니 들키지 않고 잘 빠져나가야 할 것이다.

스토미에게 다음 날 총에 맞아 죽을 거라고 미리 경고를 해줄 수도 있다. 내 얘기가 판타지처럼 들리겠지만, 스토미는 내 말을 믿어줄 것이다. 그 이유는 첫째, 스토미는 내 삶이 온갖 기괴하고 황당한 일투성이라는 걸 잘 알고 있고, 수차례 나와 그런 순간을 경험했기 때문이다. 둘째, 우리는 서로에게 거짓말을 한 적이 없고 서로를 의심한 적도 없기 때문이다.

'두 사람은 영원히 함께할 운명이나니.'

그러나 내가 과거로 돌아가 무슨 일을 벌이든 현재는 달라져 있지 않을 것이고, 스토미는 여전히 죽은 사람일 것이다. 그래도 내가 과거에서 현재로 데려온 스토미는 복제 인간이나 영혼 없는 로봇이 아니라 완전한 스토미 르웰린일 게 분명하다. 티머시처럼 스토미도 살아 있는 역설이 될 것이다.

그녀의 목소리, 그녀의 웃음소리를 다시 들을 수 있겠지. 그녀의 손을 잡고. 사랑으로 가득한 예쁜 눈을 바라보고. 그녀의 얼굴, 그 고운 얼굴을 만지고. 키스를 하고.

그녀는 결코 나이를 먹지 않을 것이다. 만일 내가 로즈랜드를 차지할 방법을 찾아내면 이 기계도 내 소유가 될 것이고 나 또한 스토미와 마찬가지로 나이를 먹지 않을 것이다. 우리는 집시 미라가 예언한 운명대로, 여기서 영원히 함께 살 수 있다.

클로이스에게 맞은 자리가 계속 아프고 눈에서 눈물이 흘렀다. 하지만 이것은 고통의 눈물이 아니라 기쁨의 눈물이었다.

심령자석은 '주 스위치'를 찾아주지는 못했지만 내가 원하고 필요로 하는 것, 내 심장이 요구하는 것 앞에 나를 데려다 놓았다

두 번째 숫자판에 날짜를 지정하고 '날짜 고정' 단추를 눌렀다.

그리고 '오직 여행만' 단추와 '주차' 단추 중에 선택을 했다.

어마어마한 위험성과 그로 인한 엄청난 파장을 고려하지 않을 수 없었다. 앞으로 내가 이 선택을 얼마나 후회하게 될지도 잘 알았지만, 사람 장난감처럼 취급되면 안 된다는 점을 잊지 않았다. 인간의 마음은 머리를 충분히 속일 수 있다는 사실을 계속 스스로에게 주지시키며 결심을 굳혔다. 그래도 눈물이 났다.

'출발' 단추를 눌렀다.

캡슐이 고속으로 다시 회전을 시작했는지 어떤지 안에서는 알 수가 없었다. 위아래로 혹은 좌우로 혹은 앞뒤로 흔들린다는 느낌이 전혀 들지 않았다. 움직이는 것 같기는 했지만 지금껏 경험해보지 못한 새로운 움직임이었다. 마치 내가 느슨한 손목시계 태엽이라서 그 태엽을 누군가 단단히 감아주고 있다는 느낌. 정확하지는 않지만 이렇게밖에는 표현할 길이 없다.

내가 시간을 거슬러 가는 동안 통증이 점차 수그러들었다. 부러졌던 갈비뼈가 다시 붙고 입 안에 고인 피도 사라졌다. 혀로 더듬어보니 빠졌던 이들이 제 자리에 돌아와 있었다. 얼굴의 붓기도 빠르게 가라앉아서 더는 한쪽 눈을 실눈으로 뜨지 않아도 되었다.

캡슐이 시간의 흐름을 벗어나는 순간 나도 알 수가 있었다. 심장이 뛰지 않았고 폐는 몸 안으로 공기를 들이지 않았다. 시간이 존재하지 않는 이 영역에서는 생명을 유지하는데 들숨과 날숨, 혈액의 흐름이 필요치 않았다.

이 캡슐에 창문이 있으면 주변 풍경을 내다볼 수 있을 텐데 싶었다. 하지만 곧 그게 위험하고 잘못된 생각임을 깨달았다. 시간의 영역 밖에 무엇이 존재하든 인간의 눈에는 경악할 만한 풍경일 것이다. 이해의 범위를 넘어서는 극도의 경이로움이 밀려들지 않을까. 살아 있는 인간은 보아서는 안 될 짜릿하고 무시무시하고 심오한 풍경이 아닐까. 그렇다면 그런 풍경을 본 인간은 그후로 제정신을 유지하고 살 수 없을 것이다.

캡슐이 다시 시간의 흐름 속으로 돌아오자 심장 박동이 재개되고 내 폐는 다시 자동으로 풀무질을 시작했다.

'주차' 단추를 누르지 않았으니 현재로 돌아오기 위해 '귀환' 단추를 누를 필요도 없었다. 나는 스토미 르웰린이 살아 있던 당시로 돌아가지 않았다. 그저 하루 전으로 돌아갔을 뿐이다. 따라서 그렇게 많이 젊어지진 않았고 콘스탄틴 클로이스가 내게 입힌 상처를 없애는 정도였다. 로즈랜드 사람들이 노화를 되돌리기 위해 이 기계를 사용한 것처럼, 나는 몸의 상처를 복구시키기 위한 용도로만 이 기계를 썼다.

스토미는 지금 우리가 사는 세상은 내세의 복무에 대비하기 위한 신병훈련소라고 믿었다. 이 세상과 다음 세상, 그리고 소위 '천국'이라고 하는 마지막 세상 사이에는 굉장한 모험이 우릴 기다리고 있다고 그녀는 생각했다. 스토미는 가톨릭이지만 그녀의 신학 체계는 정통파와는 거리가 멀었다. 그런데 만약 스토미가 지금 다음 세상에서 웅장한 위업을 달성하고 있는 중이라면, 그녀에 대한 내 사랑이 아무리 깊고 영원하다고 해도, 그녀의 또 다른 삶을 방해하고 그녀가 지금 찾아냈을지도 모를 새로운 모험을 하지 못하게 가로막을 권리는 없다.

캡슐의 회전이 멈춘 후 나는 순전히 호기심에서 도착 날짜를 미래의 어느 년도로 해보았다. 하지만 역시 예상대로 미래로는 설정이 되지 않았다.

우리에겐 자유의지가 있기 때문에 하루하루 다 살아나갈 때까지 미래는 정해지지 않는다. 내가 미래로 시간여행을 갈 수 없었던 이유는 무수한 가능성들만 있을 뿐 확정된 미래가 없기 때문이었다. 과거는 쥐라기 시대의 화석처럼 단단히 굳어 있지만, 미래는 우리가 매일매일 하는 행동에 따라 계속 바뀌게 된다.

캡슐 뚜껑이 열려서 일어서려는데 내 옆자리에 누군가 앉아 있어 깜짝 놀랐다. 테슬라였다. 매 같은 얼굴, 자존심 강해 보이는 코, 방사선처럼 사람 속을 꿰뚫어보는 듯한 눈매는 한결 같았다.

"테슬라 씨."

나는 그에 대한 경외심으로 머릿속이 하얘져서 아무 말도 생각나질 않았다.

"이 모든 것이 엄청나게 끔찍한 실수였네."

그는 이렇게 선언하고는 엄숙하고 위엄 있게 외쳤다.

"J. P. 모건, 웨스팅하우스 같은 자본가들은 연구에 자금을 충분히 대주지도 않으면서 연구를 마치면 그걸로 돈을 잔뜩 벌어들이지. 그러고는 다음 프로젝트에는 예산을 쥐꼬리만큼 밖에 배정을 안 해줘! 선견지명이라곤 없어!"

"저기요."

안쪽 짐받대의 황금 팔 너머로 티머시와 함께 방 안에 들어와 서 있는 안나마리아가 보였다.

"선견지명이 없고말고! 그들은 지식도, 경이로움도, 신의 비밀도 모르고 그저 이득만 쫓을 뿐이야! 그런데 클로이스와 치앙은 선견지명이 있는 척을 했네. 자본도 두둑했지. 그런데 알고 보니 폭력배에 거짓말쟁이에 멍청이들이었어!"

"저기요."

안나마리아와 티머시의 등 뒤로, 구리 문을 쾅쾅 두드리는 소리가 요란했다. 돼지들이 게스트하우스 건물 안으로 들어온 것이다. 그리고 그들은 삼층으로 올라와 우리의 마지막 보루인 저 구리 문을 부수려 하고 있었다.

테슬라가 계속 고함을 쳤다.

"모자란 것들! 미신이나 믿는 바보들! 변태들! 그들은 변태에 악마들이었어! 우린 주 스위치를 당겨야 돼."

"저기요, 돼지들이 곧 들이닥칠 겁니다."

테슬라는 우리가 앉아 있는 좌석 사이에 놓인 콘솔 뚜껑을 열려고 했다. 하지만 그의 손은 뚜껑을 그대로 통과해버렸다.

"이런 제기랄! 나란 놈은 시간 타자기의 고무 롤러에 찍혀 나오는 테슬라의 복사본에 지나지 않아! 시간구체를 최초로 실험할 때 떨어져 나와 수년의 세월 사이로 이리 튀고 저리 튀면서, 어디에도 속하질 못하고, 어디에도 유용하게 쓰이질 못하고, 아무 짝에도 쓸모가 없어!"

나는 콘솔 박스의 뚜껑을 열어보았다. 그 안에는 작은 손잡이가 아니라, 스포츠카의 변속 기어처럼 생긴 큰 손잡이가 들어 있었다. 그리고 그 손잡이에는 '주 스위치'라고 적혀 있었다.

테슬라가 재촉했다.

"어서 당겨! 여기와 나를 이만 끝장내줘."

나는 주 스위치를 당기기 전에 말했다.

"좀 더 대화를 나눴으면 좋았을 텐데요, 테슬라 씨."

"나도 마찬가지네. 여기서 그리고 저기서 자네를 지켜봤는데, 자네는 큰일을 해낼 용기와 머리를 갖춘, 정의감 있는 청년이더군."

"꼭 그렇지도 않습니다. 그럭저럭 해나갈 뿐입니다."

그는 어깨를 으쓱했다.

"누구나 그렇다네."

주 스위치를 당기자 테슬라는 사라졌다. 캡슐 너머, 소리 없이 계속 팔을 휘젓고 있던 안쪽 짐발대의 움직임이 요란한 마찰음과 함께 멈췄다.

그리고 괴물들이 구리 문을 부쉈다.

나는 서둘러 캡슐 밖으로 나가, 죽은 기계의 거대한 황금 흉곽 아래 서 있는 안나마리아와 티머시 곁으로 갔다.

티머시는 클로이스가 나한테서 빼앗아 바닥에 던져놓은 베레타 권총을 주워서 내게 건넸다. 다행히 나는 터널에서 빅토리아를 만난 후 탄창에 탄환을 마저 채워놓았었다.

방 안으로 들어온 괴물은 네 마리뿐이었지만 탄환 열일곱 발로는 어림도 없었다. 게다가 그들은 내게 재장전할 시간을 줄 만큼 정정당당한 싸움을 하지는 않을 것이다.

주 스위치를 당기자마자 만조가 끝날 줄 알았다. 왜 저 괴물들은 테슬라처럼 사라지지 않는 걸까. 내가 아무리 굉장한 팬케이크 요리법을 알고 있다고 해도 지금 그런 건 아무 소용이 없었다.

안나마리아와 티머시와 나는 서로 등을 맞대고 섰다. 그래야 바깥 짐받대 안쪽으로 들어가 시간구체 주변을 조심스럽게 맴돌고 있는 괴물 네 마리를 지켜볼 수 있기 때문이었다. 괴물들은 툴툴 으르렁대면서 그 기계에 대한 의심을 드러냈다. 그들은 마치 기분 나쁜 냄새가 난다는 듯 코를 쿵쿵대고 인상을 찌푸리며 고개를 가로저었다. 그리고 우리를 겁먹게 하면서 동시에 구역질 나게 만들려는 수작인지, 통통한 코에서 손바닥으로 콧물을 뿜은 후 그 손바닥을 옆구리에 슥슥 문질렀다.

내 이마에 땀방울이 송골송골 맺혔다.

"놈들이 한꺼번에 달려들면 둘 다 바닥에 엎드려요. 내가 한 바퀴 쭉 돌면서 총을 쏠 겁니다."

안나마리아가 나를 안심시켰다.

"저들은 우리한테 달려들지 않을 거예요. 이 불쾌한 상황은 거의 끝나가요."

"저들은 우리한테 달려들 겁니다."

"당신은 걱정이 너무 많아요, 별종."

"모질게 굴려는 건 아니지만, 당신은 너무 걱정을 안 해서 탈입니다."

"걱정을 해봤자 점점 더 걱정만 많아지지 않나요?"

차분하게 말이 오가기는 했지만 우리는 또 다시 논쟁에 돌입한 것이었다. 그런데 네 마리 중 제일 덩치가 큰 놈이 낮고 거친 목소리로 말을 하는 바람에, 마치 거미들이 내 등을 타고 후다닥 달려 올라간 것처럼 척추를 타고 소름이 쫙 끼쳤다. 그놈 덕분에 우리의 대화 화제는 곧장 바뀌었다.

"아기를 가진 여자."

나는 이 괴물들이 언어 능력을 갖고 있는 줄은 꿈에도 몰랐다. 게다가 우리말을 할 줄 알다니 의외였다.

놈이 또 말했다.

"나에게 아기를 줘."

그 놈은 나머지 셋에 비해 머리통이 컸고 이마의 경사가 좀 더 완만했다. 어쩌면 이놈 혼자만 인간의 언어를 말할 수 있는 것인지도 몰랐다.

"나에게 아기를 줘."

내 몸에서 땀이 더 많이 났다. 꼭, 돼지처럼 땀을 흘리고 있었다.

"넌 어떤 요구도 할 수 없어. 여기서 넌 결정권이 없어."

"우리가 죽인다. 우리가 아기를 먹는다."

"물러가. 너희가 있어야 할 그곳으로 돌아가."

네 마리가 서서히 우리 쪽으로 다가오기 시작했다. 그들도 우리처럼 그림자가 없었다. 피부는 창백했으며, 뻣뻣한 회색 털이 듬성듬성 나 있었다. 그런데 그림자가 몸 안으로 들어가 그 안에서 잔뜩 개체수를 늘리고 내면을 새까만 증오로 채운 것처럼, 그들에게서 어둠이 느껴졌다. 세 마리는 도끼를, 한 마리는 망치를 들었다.

나는 베레타 권총을 두 손으로 잡고, 인간의 말을 하지 않는 세 마리 중 한 마리에게 총구를 겨눴다.

수다스런 놈이 말했다.

"나는 아기를 먹기 위해 태어났다. 너의 아기, 그 아기."

안나마리아는 침착했다.

"여긴 너희들의 시간대기 이니야. 너는 나를 죽일 수도 이 아기에게 손을 댈 수도 없어. 돌아가. 고통스런 너의 시간대로 돌아가."

어쩌면 그 순간 내가, 내 정신 상태가 좋지 않았던 것인지도 모르겠

463

지만, 내가 전혀 이해할 수 없는 무언가가 여기서 일어나고 있다는 느낌이 들었다. 불가사의한 동행자 안나마리아와 함께 다니면서 그런 느낌을 자주 받기는 했지만 이렇게 확실하게 와 닿았던 적은 없었다.

"고통스런 너의 시간대로 돌아가."

안나마리아가 다시 한 번 말했다.

그러자 내 예상대로 놈들이 우리에게 달려들었다. 그러나 바닥에서 올라오는 뜨거운 아지랑이 사이로 달려오는 것처럼 몸이 잔물결처럼 흔들리면서 사라졌다.

티머시가 말했다.

"이 안이 점점 더워지고 있어요."

괴물들과 대치하느라 압박감 때문에 몸이 더워진 줄 알았는데 이 열기는 스트레스에 대한 주관적 반응이 아니었다. 방 온도가 빠르게 올라가고 있었다.

시간을 조종하는 기계가 작업 과정에서 발생하는 열역학적 에너지를 이용해 로즈랜드에 동력을 제공하는 역할도 한다고 했던 티머시의 말이 기억났다.

혹시 주 스위치를 당겨 기계를 끄면 기계가 그간 축적된 열을 이용하여 자폭하게끔 테슬라가 설계를 해놓지 않았을까, 하는 생각이 들었다.

"당장 여기서 나가는 게 좋겠어요. 여긴 곧 폭발할 겁니다."

그러자 안나마리아가 다시금 내게 일깨워주었다.

"걱정을 해봤자 점점 더 걱정만 많아진답니다."

"네, 네, 알았어요, 알았어."

나는 대충 대꾸를 하고는 안나마리아와 티머시를 재촉해, 클로이스의 시체에 가까이 가지 않도록 시간구체를 빙 돌아서 문 쪽으로 데려갔다. 가는 도중에 바닥에 떨어져 있는 돈 뭉치도 잊지 않고 챙겼다. 그리고 두 사람의 뒤를 따라 부서진 너머 계단을 내려갔다.

층계참에 모여 있는 괴물들은 우리가 그들에게 다가가는 동안 희미하게 사라지고 있었다. 건물 앞마당에 집결한 괴물들도 우리에게 무기를 휘두르며 아우성을 칠 뿐, 그들의 시간대로 희미하게 밀려나가느라 우리에게 제대로 달려들지 못했다.

어느새 건물 밖으로 나온 라파엘과 부는 두 귀를 머리에 납작하게 붙이고 뒷다리 사이에 꼬리를 집어넣은 자세로 우리 곁을 지나 저만치 앞서서 뛰어갔다.

유칼립투스 숲 사이로 난 길을 따라 서둘러 이동하고 있는데, 게스트하우스 꼭대기 층이 무너지는 소리가 들렸다. 듣기 싫은 소리를 내는 종들을 모아 만든 카리용처럼 엄청난 소음이었다. 뒤를 흘끗 돌아보니, 유리창이 산산조각 나고 황금색 먼지가 창문 밖으로 터져 나오고 있었다. 건물 벽이 흔들리고, 나무 사이로 부서진 돌 파편들이 비처럼 쏟아졌다.

유칼립투스 숲을 빠져나와 저택 쪽으로 이어지는 길게 경사진 잔디밭으로 들어섰다. 그런데 개들이 털을 곤추세우고 그 자리에 얼어붙는 것이었다. 개들의 시선은 엔셀라두스 조각상이 서 있고, 저택에서 멀리 남쪽으로 뻗은 기다란 잔디밭에 고정되어 있었다. 개들이 이를 드러내고 으르렁대게 만든 것은 멀찌감치 서 있는 엔셀라두스 조각상이 아니었다.

잔디밭 서쪽 가장자리를 따라 서 있는 리브참나무 숲 아래, 무언가가 그림자에 몸을 숨기고 서서히 움직이고 있었다. 처음에는 크고 희미한 덩어리로만 보였다. 규칙적으로 몸을 들썩이는 그 덩어리는 뚜렷한 형체가 없었다.

그것은 앞을 가로막는 낮은 나뭇가지들을 꺾고 나무들을 흔들면서, 리브참나무 숲 사이로 고집스럽게 밀고 들어가고 있었다. 그리고 슬픔과 갈망이 담긴 괴상하고 낭랑한 울음을 울고 있었다. 로즈랜드에 머무는 동안 이른 아침마다 잠에서 깨게 만들었던 바로 그 울음소리였다. 역시 아비새의 울음이 아니었다. 지독히 가슴 저미는 그 소리는 큼직한 덩치를 가진 괴생물체에게서 흘러나오고 있었다. 밤에 출처도 모르고 들었을 때보다 낮에 직접 그 대상을 보면서 들으니 더 으스스했다. 지구상에 존재한 적이 없는 생물이긴 한데, 좀 더 자세히 봐야 알겠지만 몸집은 코끼리와 비슷했다. 숲 가장자리에 어렴풋하게 모습을 드러낸 그 창백하고 거대한 생물은 피부가 두껍게 접혀 있었고 곳곳이 궤양으로 헐어 있었으며 극도로 심한 기형이었다. 돼지놈들과 친척 관계인 것 같기도 했지만, 돼지놈들 중에 제일 심하게 기형인 놈들보다 더 괴상한 외모였다. 우리가 몇 분만 더 그 생물을 볼 수 있었으면, 그 생물은 햇빛 속으로 걸어 나와 몸을 완전히 드러냈을까. 아니면 그림자 속에 계속 모습을 감췄을까. 악몽 속의 지독한 괴물들이 결코 제 모습을 드러내지 않는 것처럼. 악몽 속 괴물들은 우리가 직접 대면하지 못하는 우리 자신의 모습일 때가 종종 있다. 어쩌면 저 육지의 레비아단(성서에 나오는 바다 속 괴물-옮긴이)은 자신의 끔찍한 본성을 알고 있기에 모습을 드러내려 하지 않는 것인지도 모른다. 죄지은 영혼이 변명을 필요로 하듯 그림자를 필요로 하기에.

시간 조정 기계가 자폭하자, 만조의 기운은 우리 시간대의 해안에서 멀찍이 물러갔다. 숲 속의 괴이한 생물도 미래로, 시커먼 그을음이 쭉쭉 번져나간 싯누런 하늘 아래 세상으로 사라져갔다.

지하의 여러 방들, 통로들이 무너져 내리면서 넓은 잔디밭의 지형이 달라지고 있었다. 우리가 서둘러 저택 쪽으로 가고 있는데 저택의 문과 창문을 덮고 있던 강철 셔터가 일제히 위로 올라갔다. 곧이어 창문이 박살나면서 반짝이는 유리 파편이 테라스로 우수수 떨어졌다.

저택 옆 차고는 원래 마차 차고였는데 1926년에 자동차 차고로 리모델링했다. 조만간 자동차들이 도로를 지배하게 될 것이라 여기고 리모델링을 한 모양이었다. 로즈랜드에 있는 다양한 자동차들의 열쇠는 전부 그 차고의 나무못 판에 걸려 있었다.

나는 캐딜락 에스컬레이드를 골랐다. 뒷문을 열지도 않았는데 부가 뒷문을 통과해 뒷좌석으로 올라갔다. 내가 문을 열어주자 라파엘도 부 옆으로 올라갔다.

나는 안나마리아에게 물었다.

"담장 너머 밖으로 나가면 티머시는 어떻게 되는 겁니까?"

티머시는 안나마리아 옆에 꼭 붙어 있었다.

"아무 일도 일어나지 않아요. 티머시는 살 것이고 잘 자랄 거예요."

"하지만 티머시 얘기로는……."

"이제 상황이 달라졌어요, 젊은이. 앞으로 어떻게 될지는 보면 알 거예요."

지금은 이렇게 당황스럽고 아리송한 대화를 할 때가 아니었다. 나는 운전석에 들어가 앉았고, 안나마리아는 티머시와 함께 뒷좌석에 올라탔다.

저택 옆으로 지나가는데 건물이 폭발하면서 기반이 무너지기 시작했다. 건물의 잔해가 지하의 비밀스런 방들로 쏟아지고 어느 깊숙한 곳에서 시작된 불과 함께 두꺼운 연기 기둥이 치솟았다.

어서 가의 건물들이 악취 진동하는 늪 속으로 무너져 들어간 것처럼, 로즈랜드는 시간 조종 기계의 해체와 함께 지하로 무너져 내리고 있었다.

저택의 주랑 현관 앞을 지나갈 때 나는 진입로 옆에 서 있는 히치콕 씨를 보았다. 그가 내게 손을 흔들어서 나도 손을 흔들었다. 잠시 차를 멈추고 그에게 이제 시간을 내드릴 수 있다고 말할 뻔했지만, 아직은 그럴 여유가 없었다.

그는 폐허가 된 로즈랜드를 바라보며 환하게 미소 지었다. 클로이스는 형편없는 인간이었을 뿐 아니라 영화사 사장으로도 형편없는 작자였던 게 분명했다.

경비실도 지하로 무너져 내려 구멍만 뻥 뚫려 있었다. 아마 헨리러럼도 그 구멍 속으로 떨어지고 말았을 것이다.

정문을 수동으로 열기 위해 차에서 내리려는데, 정문 옆의 담장이 녹으며 무너졌다. 담장에 붙어 있던 정문도 분리되어 바닥으로 쓰러졌다. 나는 차에서 내릴 필요 없이 그대로 문을 통과해 서둘러 차를 몰았다. 여기를 빨리 벗어나고 싶지만, 근처에 있을지도 모를 경찰의 주의를 끌면 안 되기에 속도를 크게 높일 수는 없었다.

정문이 있던 자리를 지나 45미터쯤 달렸을 때 마드라가 멋진 종마를 타고 내 옆을 지나갔다. 그녀의 하얀 잠옷이 말의 검은 옆구리 위에서 너울거렸다. 마드라는 뒤를 한 번 흘끗 쳐다보며 미소를 지었고, 곧 이 세상을 벗어나 다음 세상으로 힘차게 달려 들어갔다.

오래된 참나무들이 2차선 도로 양 옆에 도열해 있었다. 길게 뻗은 검은 나뭇가지들 사이로 비가 억수같이 쏟아졌다. 아침부터 하늘에 모여 있던 구름이 드디어 비를 내린 것이다. 앞유리 너머 세상이 부옇게 흐려지자 나는 혹시나 싶어 두려움에 사로잡혔지만, 와이퍼를 작동시키자 세상은 여전히 그 자리에 있었다.

언덕 사이를 지나 해안 고속도로로 접어든 후 남쪽으로 방향을 돌렸다. 회색 바다가 회색 하늘과 맞닿아 있는 수평선이 옅은 안개에 가려 명확하게 보이지 않았다. 은색 비가 햇빛 사이로 비스듬히 내리는 동안, 에스컬레이드는 타이어에서 지글지글 소리를 내며 곳곳에 물이 고인 포장도로를 달려갔다.

우리는 에스컬레이드를 어느 슈퍼마켓 주차장에 버리고, 조용한 해안 마을의 방 세 개짜리 작은 집을 월세로 얻었다. 부겐빌리아 덩굴이 지붕의 반을 뒤덮고, 앞 현관에 서면 바다를 마주볼 수 있는 집이었다.

다른 세입자들 같으면 집 주인이 신분 확인을 요청했겠지만, 우리는 안나마리아의 미소와 접촉, 그리고 현금 덕분에 신분 확인도 없이 이 집을 쉽게 얻을 수 있었다.

한동안 로즈랜드 붕괴 사건은 사람들 사이에서 큰 화제였지만, 국토안보국이 헌법에 위배되는 권한을 행사하며 로즈랜드를 관리하에 두자 곧 시들해졌다. 인터넷에서는 로즈랜드가 사악한 범죄를 꾸미던 테러리스트의 소굴이었다는 소문이 돌았다. 군 인사들과 과학자들이 로즈랜드에 진을 치고 앉아 폐허 여기저기를 조사하고 있어서, 그 소문은 꽤 믿을 만한 것으로 여겨졌다.

새로운 안식처에서 머문 첫 한 달 동안, 나는 내 방에서 잠을 잤고 티머시는 혼자 자는 게 무섭다며 안나마리아와 함께 잤다. 티머시는 예전과는 달라졌다. 수천 권의 책을 읽고 간접 경험을 쌓은 소년인 점은 마찬가지지만 그는 아예 로즈랜드에 대한 기억은 없는 것처럼 로즈랜드를 결코 입에 올리지 않았다. 가끔은 어머니에 대해, 어머니에 대한 절절한 그리움에 대해 얘기를 했지만, 그는 어머니가 말에서 떨어져 세상을 떠난 것으로 생각하고 있었고 아버지에 대해서는 아는 바가 없었다.

어떻게 이런 변화가 나타날 수 있는지 궁금했지만, 안나마리아에게 묻지는 않았다. 그녀가 또 길게 알 듯 모를 듯한 말로 설명을 할까봐, 내가 한마디도 이해하지 못할 까봐였다. 시간이 흐르면서, 불가사의를 굳이 풀지 않아도 된다는 생각에 마음이 편안해졌다. 내 육감도 굳이 그 불가사의를 풀어야한다고 나를 몰아붙이지 않았다.

티머시는 머리카락이 자란다며 무척 좋아라했다. 이상한 주장처럼 들리겠지만, 이라고 전제를 깔고는 전에는 머리카락이 자란 적이 없다고 털어놓았다. 우리는 티머시가 처음 이발관에 간 기념으로, 이발이 끝난 후 쇼핑 아케이드에 들러 아이스크림을 사 먹었다.

그 후로 티머시는 제 방에서 혼자 잠을 잤다.

심리학자들이 몰입 상태라고 부르는 상태로, 나는 바닷가 옆에서 이 회고록을 썼다. 마치 받아쓰기를 하고 있는 것처럼 단어들이 내게서 자연스럽게 흘러나왔다.

개들은 개다운 짓을 하며 살아갔다. 라파엘은 나처럼 명확하게 부를 볼 수 있었기 때문에 부를 놀이 친구로 생각했지만, 유령 개 부는 무슨 게임을 하든 늘 유리한 고지를 점하곤 했다.

나는 더 이상 아우슈비츠에 관한 꿈을 꾸지 않았고 두 번 죽는 것을 두려워하지도 않게 되었다.

　대신 나는 스토미에 관한 꿈, 우리가 풍부한 경험을 함께 쌓으며 살았던 시절에 관한 꿈, 마침내 우리가 함께하게 될 때에 관한 꿈을 꾸었다. 물론 세 번째 꿈은 말 그대로 꿈속에서나 가능한 꿈이기는 했다.

　내 여정은 아직 끝나지 않았다. 곧 나는 다시 길을 떠나게 될 것이다. 가야할 곳으로 떠남으로써 나는 삶을 배워간다.

　안나마리아는 우리가 언제 다시 길을 떠나야 할지는 내가 늘 목에 걸고 있는 목걸이의 종이 알려줄 거라고 했다. 밤에 자다가 그 종소리를 듣고 잠에서 깰 거라고 했다.

　안나마리아는 이제 임신 팔 개월처럼 보였고 배가 더 커지지는 않았다. 산전 건강 관리를 받아야 되는 것 아니냐고 걱정하자, 그녀는 이렇게 임신한 상태로 있은 지 오래되었으며 앞으로도 더 오래 이 상태로 있을 거라고 대답했다. 정확히 어떤 의미인지는 잘 알 수가 없었다.

　이틀 전 저녁 식사를 하려는데 식탁 한가운데에 얕은 초록색 그릇이 하나 놓여 있고, 그 속에 밀랍 같은 꽃잎을 가진 커다란 꽃 한 송이가 둥둥 떠 있었다. 안나마리아는 근처에 있는 나무에서 그 꽃을 따왔다고 했다. 나는 그 꽃이 핀 나무를 찾으려고 몇 번이나 길게 산책을 다녔지만 찾지 못했다.

　나는 안나마리아에게 그 꽃을 이용한 마술을 보여달라고 했다. 로즈랜드에서 그녀가 티머시에게 그 마술을 보여준 것 같아서였다. 하지만 그녀는 그게 단순한 마술이 아니며, 내가 그 꽃의 진짜 이름을 알게 되는 날 내게 말해주겠다고 했다. 여전히 무슨 말인지 이해가 안 되었다.

매직비치에 사는 우리 친구 블로썸이 전화를 걸어와 다음 주쯤에 우릴 만나러 오겠다고 했다. 블로썸은 스스로를 행복한 괴물이라고 부르곤 했는데, 술 취한 아버지가 어린 그녀를 불붙은 드럼통에 던져 넣는 바람에 심각한 화상을 입어 외모가 괴물처럼 변한 탓이었다. 왜 그 많은 아이들이, 왜 그 많은 부모들이 그리 되고 마는 걸까? 어쩌면 그것이 이 길고 긴 전쟁의 본질일 수도 있었다. 어찌됐든, 외모는 흉하지만 마음이 아름다운 사람 블로썸을 하루 빨리 만나고 싶다.

어제 티머시는 아침 샤워를 마치고 나와서도 여전히 제 몸이 더럽다는 생각을 떨쳐버리지 못하고 샤워를 두 번 세 번 더했다. 그러고도 주방 싱크대에서 끝없이 손을 씻으며 울고 있었다.

왜 자신이 더럽다는 생각이 드는지 티머시는 이유를 모르겠다고 했지만 나는 알 것 같았다. 로즈랜드에서 살았던 세월을 그만 완전히 잊어야 하는데 아직 그러지 못했기 때문이었다.

안나마리아도 티머시를 달래주지 못했다. 나는 남자끼리 얘기를 하자며 티머시를 앞 현관으로 데리고 나갔다. 우리는 미스터 굿바 초콜릿을 하나씩 손에 들었다. 해안 가까이에서 하늘을 날아다니는 새들을 바라보다가 나는 미스터 굿바 초콜릿의 제일 좋은 점에 대해 얘기해주었다.

미스터 굿바 초콜릿의 제일 좋은 점은 그 포장지가 아니야, 그렇지? 콜라의 제일 좋은 점이 캔이 아닌 것과 마찬가지야. 잠이 오지 않는 날 밤이면, 어른이나 아이나 자신이 가진 이상한 점들을 한 겹 한 겹 벗겨내면서 스스로에 대해 이런저런 생각을 하게 돼. 그럴 때마다 네가 명심하고 늘 감사히 여겨야 할 것은, 네가 가진 모든 모순들과 보잘 것 없는 욕구들이 너의 제일 좋은 점은 아니라는 사실이야. 포장지가 미스터 굿바의 제일 좋은 점이 아니듯이.

티머시는 내가 안나마리아의 말을 이해하지 못하는 것처럼, 자기는 내 말이 무슨 뜻인지 이해가 안 된다고 했다. 하지만 기분은 한결 좋아진 듯 보였다. 중요한 건 바로 그것이다. 우리가 서로의 기분을 더 좋게 만들어줄 수 있다는 것.

한동안 나는 로즈랜드의 언덕 사이에서 나중에 얘기하자며 히치콕 씨를 돌려보낸 일이 마음에 계속 걸렸다. 그가 내게 도움을 청하러 다시 오지 않을까봐 걱정이 되었다.

그런데 오늘 아침, 앞 현관에 나가 앉아 커피를 마시고 있는데, 쓰리피스 정장을 입고 검은 윙팁스 구두를 신은 히치콕 씨가 해변에서 산책을 하는 모습을 보았다. 그는 내게 손을 흔들고 나서 계속 걸어갔다. 하지만 이제 며칠 후쯤 커피를 마시러 앞 현관으로 나가면 히치콕 씨가 그 자리에 와 있을 것이다.

〈싸이코〉의 감독인 그가 내게 무슨 얘기를 전할지를 생각하면 벌써부터 약간은 기가 죽었다. 하지만 그는 〈북북서로 진로를 돌려라〉를 비롯해 긴장감 넘치면서도 재미있는 다른 영화들의 감독이기도 하니 굳이 기가 죽을 필요는 없을 것 같기도 했다. 게다가 그는 사랑에 관한 영화도 멋지게 잘 만들었다. 여러분도 지금쯤 짐작했겠지만 나는 사랑 이야기라면 사족을 못 쓴다.

이런 이유로 나는 밤중에 목걸이의 종이 울리길 기다린다. 나는 스토미의 꿈을 꾸고, 안나마리아의 불가사의한 나무를 찾아 걸어다니고, 얕은 물에서 티머시와 헤엄을 치기 위해 바다로 내려간다. 그리고 종이 울리길 기다린다.

옮긴이 공보경

고려대 영어영문학과를 졸업하고 현재 소설, 에세이, 인문 번역가로 활동하고 있다. 옮긴 책으로 나오미 노빅의 〈테메레르〉시리즈, 피츠 제럴드의 『벤자민 버튼의 시간은 거꾸로 간다』, 파울로 코엘료의 『아크라 문서』, 찰리 어셔의 『찰리와 리즈의 서울 지하철 여행기』, 크리스토퍼 무어의 『우울한 코브 마을의 모두 괜찮은 결말』, 아이라 레빈의 『로즈메리의 아기』, 칼렙 카의 『셜록 홈즈 이탈리아인 비서관』, 애거서 크리스티의 『커튼』, 켄 그림우드의 『다시 한 번 리플레이』, 앤 캐서린 에머리히의 『패션 오브 크라이스트』, 데이브 배리와 리들리 피어슨의 『피터팬과 런던의 비밀』 『피터팬과 그림자 도둑』 『피터팬과 마법의 별』 제임스 발라드의 『하이라이즈』 『물에 잠긴 세계』 등이 있다.

살인예언자 5

초판 1쇄 인쇄 2014년 7월 9일
초판 1쇄 발행 2014년 7월 14일

지은이 딘 쿤츠
옮긴이 공보경
펴낸이 김선식

경영총괄 김은영
마케팅총괄 최창규
책임편집 백상웅 **디자인** 문성미 **크로스교정** 서유미
콘텐츠개발2팀장 김현정 **콘텐츠개발2팀** 박여영, 백상웅, 문성미, 서유미
마케팅팀 이주화, 이상혁, 도건홍, 박현미, 백미숙 **홍보팀** 윤병선, 반여진
경영관리팀 송현주, 권송이, 윤이경, 김민아, 한선미

펴낸곳 다산북스 **출판등록** 2005년 12월 23일 제313-2005-00277호
주소 경기도 파주시 회동길 37-14 3, 4층
전화 02-702-1724(기획편집) 02-6217-1726(마케팅) 02-704-1724(경영관리)
팩스 02-703-2219 **이메일** dasanbooks@dasanbooks.com
홈페이지 www.dasanbooks.com **블로그** blog.naver.com/dasan_books
종이 신승지류유통(주) **출력·인쇄** (주)현문

ISBN 979-11-306-0353-7 (04840)
       978-89-6370-042-7 (세트)

• 책값은 뒤표지에 있습니다.
• 파본은 구입하신 서점에서 교환해드립니다.
• 이 책은 저작권법에 의하여 보호를 받는 저작물이므로 무단 전재와 복제를 금합니다.
• 이 도서의 국립중앙도서관 출판시도서목록(CIP)은 서지정보유통지원시스템 홈페이지(http://seoji.nl.go.kr)와
  국가자료공동목록시스템(http://www.nl.go.kr/kolisnet)에서 이용하실 수 있습니다. (CIP제어번호 : CIP2014019816)

다산북스(DASANBOOKS)는 독자 여러분의 책에 관한 아이디어와 원고 투고를 기쁜 마음으로 기다리고 있습니다. 책 출간을 원하는 아이디어가 있으신 분은 이메일 dasanbooks@dasanbooks.com 또는 다산북스 홈페이지 '투고원고'란으로 간단한 개요와 취지, 연락처 등을 보내주세요. 머뭇거리지 말고 문을 두드리세요.